DER TOTE IM BALLSAAL

WEITERE TITEL VON VERITY BRIGHT

In Deutscher Sprache

Ein allzu englischer Mord

Der Tote im Ballsaal

In Englischer Sprache

A Very English Murder

Death at the Dance

A Witness to Murder

Murder in the Snow

Mystery by the Sea

Murder at the Fair

A Lesson in Murder

Death on a Winter's Day

A Royal Murder

The French for Murder

Death Down the Aisle

Murder in an Irish Castle

Death on Deck

VERITY BRIGHT

DER TOTE IM BALLSAAL

Übersetzt von
Johannes Schmid & Cyra Pfennings

bookouture

»Jeder Heilige hat eine Vergangenheit und jeder Sünder hat
eine Zukunft.«

Oscar Wilde, *Eine Frau ohne Bedeutung*

EINS

Eleanor hockte am Fußende ihres Bettgestells, als ihr plötzlich Glasscherben auf den Kopf rieselten. »O Mist!« Sie schüttelte sich die größeren Scherben aus ihren feuerroten Locken und spähte mit ihren aufmerksamen grünen Augen zur Decke hinauf, an deren kunstvollen Kronleuchter nur mehr ein Stück Kabel erinnerte, das aus dem rosenförmigen Stuckornament hervorlugte.

»Doppelter Mist!« Sie schleuderte das lange Bambusrohr, das für den Schaden verantwortlich zeichnete, auf ihr Bett, schlüpfte in ihre Hausschuhe und schritt damit über die knirschenden Scherben. In ihrem grauen Seidenpyjama sah sie mit ihrer schmächtigen Gestalt schon beinahe aus wie eine richtige Meisterin der Kampfkunst. Sie öffnete die Tür und schreckte zurück. »Clifford! Schleichen Sie da draußen doch bitte nicht so herum! Sie bringen mich eines Tages noch um den Verstand!«

Ihr Butler senkte seine weiß behandschuhte Hand, die sich gerade angeschickt hatte, zu klopfen. »Verzeihung, Mylady, aber ich befürchte fast, dass das bereits vor langer Zeit geschehen ist.«

»Was? Also wirklich!« Sie blickte zu ihm auf und sah gerade noch, wie er mit einem Auge zwinkerte. Sie ergab sich und grinste zurück. Er war nicht nur der Butler, sondern ungeachtet des Klassenunterschieds auch ein enger Freund ihres seligen Onkels gewesen. Und auch sie war mittlerweile gut mit ihm befreundet.

»Kommen Sie bloß nicht rein. Nun gut, ich fürchte, Sie müssen reinkommen.« Sie öffnete die Tür, sodass er sehen konnte, was passiert war. »Sie mögen vermutlich ein klitzekleines Geräusch vernommen haben.«

»In der Tat, Mylady. Mr Penry von der Metzgerei im Dorf ließ fragen, ob wir so freundlich wären, den Geräuschpegel zu reduzieren.«

»Sehr lustig.«

Clifford zog zweimal an der Glockenkette am Kopfe von Eleanors Bett. »Keine Sorge, die Damen werden in Anbetracht der Umstände hurtig arbeiten.«

»Umstände?«

»Die Umstände, dass Ihnen bis zu unserem Aufbruch genau siebenunddreißig Minuten Zeit bleiben.«

»Donnerwetter, das ist wirklich nicht viel. Aber Augenblick, wohin brechen wir denn auf?«

Clifford zupfte an seinen perfekt justierten Manschettenknöpfen. »Falls Sie sich entsinnen, Mylady, die Fenwick-Langhams geben einen Maskenball, und ich werde Sie im Rolls-Royce dorthin fahren.«

Eleanor nahm sich die Taschenuhr ihres Onkels von der Bettkante. Diese hatte sie gefunden, als sie Henley Hall nach dem unerwarteten Tod ihres Onkels geerbt hatte, und sie als Andenken an die seltenen Momente, die sie mit ihm verbracht hatte, aufbewahrt. »Siebenunddreißig Minuten sind ...« Sie blickte an ihrem Pyjama hinab. »... sind doch eine Menge. Und ich bin mir sicher, die Damen werden ... Ah! Da sind sie ja.«

»Oh, Grundgütiger!« Mrs Butters, die Haushälterin kam

hereingeflattert und starrte ungläubig auf das Häufchen aus Glas und Silber. »Zum Glück war Master Gladstone nicht hier, sonst hätte er die Pfoten jetzt voller Kristalllüstersplitter.«

Gladstone war die ältliche Bulldogge, die Eleanor zusammen mit Henley Hall und vielen anderen Dingen von ihrem seligen Onkel geerbt hatte.

Mrs Butters blickte von dem Durcheinander am Boden auf. »Viel wichtig aber: Sind Sie unversehrt geblieben, Mylady?«

»Ja, mir geht es bestens. Komm nur rein, Polly.« Eleanor musste gar nicht erst durch die Tür spähen, um zu wissen, dass das junge Dienstmädchen auf der anderen Seite wartete.

Polly stakste auf ihren dünnen Beinen herein und sah sich im Zimmer um. »Ach, du Schreck!«

»Ja, Polly, ach du Schreck, fürwahr«, sagte Clifford. »Aber keine Sorge, Ihre Ladyschaft hat ihr Kampfkunsttraining fürs Erste abgeschlossen, seien Sie also doch bitte so freundlich, die Nachwirkungen zu beseitigen.«

Eleanor hob fragend eine Augenbraue. Woher wusste er nur, was sie hier gemacht hatte? »Sehen Sie, Clifford, ich dachte nur, in Anbetracht der Ereignisse der letzten paar Wochen, wäre es eine gute Idee, besser vorbereitet zu sein. Folglich das Selbstverteidigungstraining.«

»In der Tat, Mylady, unter der Voraussetzung selbstredend, dass ein potenzieller Angreifer plante, sich vom Kronleuchter aus auf Sie hinabzustürzen.«

»Wirklich ulkig. Tatsächlich finde ich es sehr schade, dass Baritsu so schnell aus der Mode geraten ist, mir hat es zugesagt. Auch Sherlock Holmes hat das praktiziert, müssen Sie wissen.«

Clifford räusperte sich. »Sherlock Holmes übte tatsächlich eine Kampfkunst aus, Mylady. Ich glaube allerdings, dass der korrekte Name dafür *Bartitsu* lautet, mit einem T in der Mitte. Es handelt sich um ein Kofferwort, zusammengesetzt aus dem Vornamen des Erfinders, Mr Barton-Wright, und Jiu-Jitsu. Bedauerlicherweise schloss der Bartitsu Club vor achtzehn

Jahren, im Jahr 1902 seine Pforten, obschon Mr William Barton-Wright noch immer unterrichtet, soviel ich weiß.«

Eleanor war immer wieder erstaunt, wie viel ihr Butler über jedes beliebige Thema dieser Welt zu wissen schien. Nachdem sie das Chaos beseitigt hatte, machte Mrs Butters eine Halbverbeugung. »Sonst noch etwas, Mylady? Soll Polly Ihnen beim Anziehen helfen?«

»Um Himmels willen, nein!«, antwortete Eleanor ein klein wenig zu vehement. »Ich meine, nein, danke. Ich muss mir noch überlegen, welches dieser Folterwerkzeuge aus Seidenbrokat ich mir für den heutigen Abend aussuchen will.«

Die Haushälterin gluckste und zwinkerte ihr über die Schulter hinweg zu, als sie Polly aus dem Zimmer geleitete.

Clifford ließ ein höfliches Hüsteln vernehmen. »Vielleicht wäre anzuraten, in die Hufe zu kommen, wie man heutzutage so schön sagt?«

»Tss, tss, Hufeisen wären für den heutigen Abend wohl kaum ein angemessenes Schuhwerk, Sie Dummerchen.«

»Man hat mich wissen lassen, dass Sie dort mehrere Personen treffen werden, die Sie bereits bei dem von Lady Fenwick-Langham veranstalteten Mittagessen im Rosengarten vor zwei Monaten kennengelernt haben.«

Sie stöhnte und ließ sich rückwärts auf das Bett plumpsen. »Großartig! Eine strenge alte Witwe mit einer rührseligen Nichte und ein unterwürfiger Ehemann mit einer amerikanischen Frau, die Freude daran hat, meinen mangelnden Sinn für Mode zu verspotten.«

»Und ein gewisser Gentleman natürlich ...«

Eleanor setzte sich auf. »Was? O nein, nicht dieser Colonel Bardifoot-Puttleton. Was auch immer ich tue, er scheint es zu missbilligen.«

»Sie meinen Colonel Puddifoot-Barton, Mylady. Ein hochdekorierter Militär. Zugegeben, auf den ersten Blick wirkt er ein klein wenig ... bissig, aber wenn man –«

»Man müsste schon sehr tief graben, um irgendwelche positiven Eigenschaften an diesem Mann zu finden. Und offen gesagt, bin ich nicht in der Stimmung, zu graben. Ich habe versucht, mit ihm ein normales Gespräch zu führen, aber er verfügt über die unübertroffene Fähigkeit, selbst aus einem schlichten ›Guten Tag, Colonel, wie geht es Ihnen?‹ eine Kriegserklärung zu machen!«

Clifford nahm die beiden Kleider, die an der Tür ihres Kleiderschranks hingen, und legte sie sorgfältig neben Eleanor aufs Bett.

»In der Tat, Mylady, allerdings bezog ich mich ursprünglich gar nicht auf den Colonel, sondern vielmehr auf einen Gentleman jüngeren Semesters.«

Sie errötete ob seiner letzten Bemerkung und versuchte, desinteressiert zu erscheinen. »Ach, Lancelot, meinen Sie.« Sie beäugte die Kleider. »Welches davon würde ihm wohl gefallen?« Sie schlug sich gegen die Stirn. »Oh, das wollte ich eigentlich gar nicht laut sagen.«

Clifford lächelte. »Mir deucht, der Gentleman wird entzückt sein, Sie zu sehen, unabhängig davon, was Sie tragen, Mylady. Da Sie nun allerdings gefragt haben: Ich hege den Verdacht, das blaue Kleid würde ihm mit voller Gewissheit ins Auge stechen.«

»So? Dann werde ich das rote tragen! Ich lasse mich doch nicht den ganzen Abend lang von ihm anstarren. Ich versuche schließlich, eine Lady zu sein.«

»Nun, die Hoffnung stirbt zuletzt«, murmelte Clifford, als er das Zimmer verließ.

Kaum war sie allein, zog Eleanor ihren Hauspyjama aus und beförderte ihn zerknüllt auf ihr Bett. Als sie den Kleiderschrank öffnete, machte sich ein Lächeln auf ihrem Gesicht breit. Mrs Butters hatte sie am Vortag mit einer exquisiten selbst gefertigten Kollektion aus hängenden Aufbewahrungsfächern überrascht. Die aus zartblauem Seidenvoile gefertigten Fächer eigneten sich hervorragend für ihre Strumpfhosen.

Sie wählte ein Paar von mittlerer Fadenstärke in glänzendem Schwarz, stieg hinein und schnappte sich das rote Kleid vom Bett. Mit einem Bein im Kleid hielt sie inne und runzelte die Stirn. Clifford war natürlich zwangsläufig davon ausgegangen, dass sie das Kleid auswählen würde, das er nicht vorgeschlagen hatte. Oh, welch Torheit, fast wäre sie darauf hereingefallen. Sie griff nach dem blauen Abendkleid. Doch halt, was, wenn es gleich ein doppelter Bluff gewesen sein sollte?

Fünfunddreißig Minuten später zog sie die Tür hinter sich zu und versuchte, elegant die Stufen hinabzustolzieren, wobei sich die Schleppe ihres Kleides in ihren Beinen verhedderte und ihre Bemühungen so beinahe zunichte gemacht hätte. Ihre Wahl war letztendlich auf ein smaragdgrün-goldenes Abendkleid gefallen. Obwohl es ihrer Mutter gehört hatte, passte es ihr perfekt. Nach dem Verschwinden ihrer Eltern hatte ihr Onkel die Kleider ihrer Mutter auf The Hall aufbewahrt, zu Eleanors großer Freude, als sie diese nach ihrer unerwarteten Erbschaft vorgefunden hatte.

Mrs Butters, Polly und Mrs Trotman, die Köchin, warteten aufgeregt im Flur.

»Na, die Damen, kann ich mich so sehen lassen?«

»Hach, Mylady, Sie sehen aus wie eine Prinzessin.« Mrs Butters nahm Eleanors Hände, öffnete ihre Arme zu den Seiten und gackerte stolz wie eine Glucke.

»Ausgezeichnete Wahl, Mylady. Sie werden der Star des Abends sein, so viel ist sicher«, lächelte Mrs Trotman.

Polly wischte sich die Tränen von den Wangen, während

Mrs Butters den Arm ausstreckte, um die offenstehende Kinnlade des Dienstmädchens nach oben zu schieben.

»Danke, die Damen. Ich hoffe allerdings inständig, nicht der Star zu sein. Ich beabsichtige, mich hinten hineinzuschleichen und mich, in der Hoffnung, niemandem ins Auge zu fallen, im Zwielicht herumzudrücken, um dem Überdruss der gesellschaftlichen Etikette aus dem Weg zu gehen.«

»Nun ja, einem gewissen Augenpaar vielleicht schon«, murmelte Mrs Trotman.

»Trotters!«, mahnte Mrs Butters. »Anstand, bitte! Verzeihen Sie, Mylady, ich werde ihr die Zunge verbrühen, damit das nicht noch einmal geschieht.«

Alle kicherten, Polly wackelte aufgeregt auf ihren langen Beinen umher.

»Gut, drücken Sie mir die Daumen«, sagte Eleanor. »Hoffen wir, dass dieses Kleid die Gästeschar zu täuschen vermag und sie nicht bemerkt, dass ich darunter so undamenhaft wie ein Frosch in Gummistiefeln bin.«

Sie trat zur Haustür.

»Viel Spaß, Mylady.« Mrs Butters tätschelte ihr den Arm, als sie ihr die Tür aufhielt. »Sie sehen absolut vorzüglich aus, eindeutig der schönste Frosch, den ich jemals gesehen habe.«

»Danke schön.« Eleanors Augen strahlten und sie empfand tiefe Zuneigung für die warmherzige Haushälterin, die sie sich bereits zu Kindheitstagen auf Henley Hall gewünscht hätte.

Clifford war mit dem Rolls-Royce vorgefahren und wartete nun geduldig daneben. Es war ein früher Juniabend, und die warme, klamme Brise ließ Regen befürchten. Als sie auf dem Schotter angekommen war, rief Mrs Butters ihr nach: »Oh, du liebe Zeit, Ihre Schleppe, Mylady!«

Mit einem dankbaren Nicken schnappte Eleanor sich das Ende ihrer Schleppe und ging zur Fahrertür.

Clifford hob die Augenbraue. »Ja, Mylady?«

»Hören Sie auf damit. Ich fahre, danke, Clifford. Ich habe etwas Fahrpraxis nötig.«

Er besah sie von oben bis unten. »In diesem Kleid? Halten Sie das wirklich für eine gute Idee?«

»Natürlich, warum denn auch nicht?«

»Ich fürchte, Sie werden sich Ihre Absätze abbrechen, wenn Sie auf die Bremse treten, und sich die Schleppe Ihres Kleides zerreißen, wenn Sie den Schaltknüppel vor- und zurückbewegen.«

Sie starrte ihn an. »Sie sind ein furchtbarer Mensch, und das wissen Sie auch.«

»Danke für die Blumen, Mylady. Wollen wir?« Er wies auf die Beifahrertür und ging voran, ohne ihre Antwort abzuwarten. Als er auf den Fahrersitz rutschte, wies er auf das Handschuhfach. Darin befand sich eine Maske, die perfekt zu ihrem Kleid passte.

ZWEI

Clifford fuhr in die hufeisenförmige Einfahrt von Langham Manor ein und kam am Fuße der geschwungenen Steintreppe zum Stehen, die zu dem herrschaftlichen Säulenportal hinaufführte. In allen Fenstern leuchteten Lichter und auf jeder Stufe brannten Laternen und setzten die üppigen Rosengirlanden in Szene, die sich entlang der Balustraden zu beiden Seiten bis zum Portal schlängelten. Eleanor seufzte angesichts dieser märchenhaften Atmosphäre.

»Hier wären wir, Mylady. Auf der Einladung hieß es sieben bis halb acht, entsprechend sollte Viertel vor acht noch früh genug sein.«

»Wünschen Sie mir Glück, Clifford«, sagte Eleanor.

Clifford lächelte. »Sie werden schon zurechtkommen, vielleicht sollten Sie versuchen, Themen wie Politik, Religion und Colonels zu meiden.« Er nickte einem Diener zu, woraufhin sich ihre Tür wie von Zauberhand öffnete.

Sandford, der Butler des Anwesens, erwartete sie am oberen Ende der Treppe.

»Guten Abend, Sandford. Wie geht es Ihnen?«, rief Eleanor, als sie versuchte, die vielen Meter Stoff zu ordnen, aus denen ihre Schleppe bestand.

Clifford hüstelte auf dem Fahrersitz. »Und vielleicht vermeiden Sie besser die Fraternisierung mit der Dienerschaft. Stichwort ›damenhaftes Verhalten‹.«

Mit finsterem Blick stieg Eleanor schließlich aus dem Wagen. »Wissen Sie, Sandford, ich beabsichtige, Clifford zurück auf die Butlerschule zu schicken, damit er endlich lernt, wie man mit der Dame des Hauses spricht.«

Ein Funkeln in Sandfords Augen verriet, dass er ein Lachen unterdrückte.

»Mr Sandford, bitte geben Sie heute Abend acht auf Lady Swift«, rief Clifford seinem Freund zu. »Falls es unangenehm werden sollte, dann wissen Sie ja, wo Sie mich finden. Falls jedoch eine Kaution fällig werden sollte, nun, dann bin ich verzogen und habe keine Nachsendeadresse hinterlassen.«

Sandfords Schultern bebten, doch er erlangte schnell die Fassung wieder. »Sehr wohl, Mr Clifford. Lady Swift ist bei uns in besten Händen.«

Eleanor verdrehte die Augen, als sie die Stufen hinaufstieg. »Sandford, Clifford ist doch wirklich ein Scheusal. Auf eine solche Art und Weise sprechen Sie mit Lady Fenwick-Langham doch sicherlich nicht?« Als sie seine entsetzte Miene sah, nickte sie. »Das habe ich mir gedacht. Nun, dann wollen wir die Sache hier mal in Angriff nehmen. Je früher wir anfangen, desto früher können wir aufhören, so lautet mein Motto.«

»Bei allem Respekt, Mylady, aber der Ball hat bereits begonnen. Sämtliche anderen Gäste sind schon vor einer Weile eingetroffen.«

»Ja, nun, auch dafür ist Clifford verantwortlich. Er hat so einen Wirbel darum gemacht, welches Kleid ich anziehen soll, und dann war da noch dieser Streit darüber, wer fährt.« Auf etwa halber Höhe der Treppe blickte Eleanor über ihre Schulter zurück und stöhnte. »Wären Sie so freundlich, mir mit der Schleppe dieses teuflischen Kleides zu helfen? Sie hat sich so verknotet, dass ich meine Beine kaum mehr bewegen kann.«

Sandford entwirrte den Stoffknoten und breitete ihn auf der Treppe aus. »So sollte es gehen, Mylady.«

Er begleitet sie in die Eingangshalle, die mit großen Schalen voller weißer Lilien und Gardenien geschmückt war. Als sie an der beeindruckenden Flügeltreppe vorbeigingen, wehten die Klänge eines Kammerorchesters durch die wohlduftende Luft.

Am Ballsaal angelangt, rang Eleanor nach Atem. Die Wände des ovalen zweistöckigen Saals waren in einem satten Cremeton gehalten, und vergoldete Stuckarbeiten schmückten jedes der gewölbten Portale, um sich von dort aus bis zur Decke hinaufzuschrauben. In tiefen Wandnischen zwischen den Türen waren Skulpturen ausgestellt, die von weiterem goldenem Stuck mit gedrehten Ästen und Blättern umgeben waren. Kristallkronleuchter schmückten die Kuppeldecke, während sich unten auf der Tanzfläche bereits verschleierte Damen in bunten Farben tummelten, die mit maskierten Gentlemen in Schwarz zu den Orchesterklängen plauderten. Sie trat einen Schritt vor.

»Mylady, vielleicht wären Sie so freundlich, mir zu gestatten, Sie anzukündigen?«

»Oh, ja, natürlich.« Eleanor war im Ausland bei künstlerischen Eltern aufgewachsen und hatte, obwohl sie nach deren Verschwinden ein strenges Mädcheninternat besucht hatte, niemals richtige gesellschaftliche Etikette erlernt.

Sandford gestikulierte in Richtung des Dirigenten des kleinen Orchesters, der seine Musiker daraufhin anwies, sotto voce zu spielen. Der Saal verstummte augenblicklich, und sämtliche Köpfe drehten sich in ihre Richtung.

»Lady Eleanor Swift von Henley Hall.« Sandford nickte dem Dirigenten zu, und die Musik kehrte zu voller Lautstärke zurück.

Eine große Dame Ende fünfzig mit ergrauenden Korkenzieherlocken und tiefblauen Augen glitt mit ausgebreiteten Armen über den Marmorfußboden auf sie zu. »Meine liebe Eleanor, da sind Sie ja, Sie armes Lamm! Was ist nur passiert?«

»Guten Abend, Lady Fenwick-Langham«, sagte Eleanor. »Ähm, nichts, soweit ich weiß.«

»Aber Sie sind als Letzte erschienen, eine geschlagene Viertelstunde zu spät. Wir haben den Beginn des Tanzes verschoben, um Sie ankündigen zu können. Und nennen Sie mich doch Augusta, meine Liebe.«

»Ah! Ja, für beides bitte ich um Verzeihung.« Eleanor versuchte, das Thema zu wechseln. »Was ... was für ein exquisites Ambiente.«

Das Stirnrunzeln der Gastgeberin löste sich unverzüglich in Wohlgefallen auf. »Oh, gefällt es Ihnen? Es ist wundervoll, den Saal von herumwirbelnden Kleidern und schwarzen Krawatten gefüllt zu sehen. Ich sage Harold immer wieder, so etwas sollten wir öfter veranstalten.«

Lord Fenwick-Langham überschlug sich geradezu, als er seinen Namen vernahm. »Eleanor, meine Liebe, wie geht es Ihnen?«

»Sehr gut, danke schön, äh, Harold.« Obwohl sie beide gernhatte, fühlte sie sich in der Gesellschaft des alten Kauzes mit seiner ungezwungenen Art wohler als allein mit seiner Frau, die viel Wert auf Etikette zu legen schien.

»Unverletzt, und Ihr hübsches Kleid ist auch noch nicht durch ein Sträflingskostüm ersetzt worden, wie ich sehe« Er wandte sich seiner Frau zu und tätschelte ihr den Arm. »Gut gemacht, meine Liebe.«

»Was schwafelst du denn da schon wieder für ein Zeug, Harold?«

»Nichts, Blüte meines Lebens. Ich beglückwünsche dich lediglich dazu, mit Eleanor nicht zu hart ins Gericht dafür gegangen zu sein, dass sie so unverzeihlich spät gekommen ist.«

Er schnipste einen Diener herbei und schnappte sich drei

Champagnerflöten von dessen Tablett. Eine davon reichte er Eleanor und flüsterte ihr zu: »Trinken Sie etwas Schampus, damit lässt sich das Ganze deutlich besser ertragen.«

Eleanor unterdrückte ihr Gekicher und nahm das ihr dargebotene Glas entgegen. »Die Organisation einer solchen Veranstaltung muss eine regelrechte Mammutaufgabe sein.«

Lady Fenwick-Langhams Augenbrauen schnellten bis zu ihrem Haaransatz hinauf. »Nun, unter uns gesagt, meine Liebe, war es ein fürchterlicher Alptraum, das Ganze auf die Beine zu stellen. Sie glauben ja gar nicht, wie viele Katastrophen ich seit vier Uhr heute Nachmittag abgewendet habe.«

Lord Fenwick-Langham nickte. »Ist sie nicht eine wunderbare Ente?«

Eleanor wusste nicht, wo sie hinschauen sollte. »Verzeihen Sie, Sagten Sie ›Ente‹, Harold?«

»Ja. An der Oberfläche völlig im Gleichgewicht. Unter ihrem Kleid jedoch paddelt sie wie wild! Deshalb ist ihr Rock auch so gigantisch groß!« Er brüllte vor Gelächter über seinen eigenen Witz und legte seiner Frau einen Arm um die Schultern.

Zu Eleanors Erleichterung lächelte Lady Fenwick-Langham nur gut gelaunt und tätschelte den stattlichen Bauch ihres Mannes. »Jetzt aber ab mit dir, du musst doch noch Lancelot aufspüren. Sag ihm, dass Eleanor erschienen ist ... endlich.«

»Schnieker Plan, Augusta, altes Haus. Der Junge schleicht hier schon seit fast einer Stunde umher und tut so, als würde er nicht nach Ihnen suchen, Eleanor, meine Liebe.« Ehe er sich auf die Suche nach Lancelot machen konnte, erspähte er Colonel Puddifoot-Barton. »Pudders! Ihr Glas ist ja leer, altes Haus, Schande über Sie! Trotzdem, dem Champagner sollten Sie wohl lieber abschwören. In Ihrem Alter kann Champagner im Überfluss den Tod bedeuten. Besorgen wir Ihnen lieber einen Brandy ...«

Der ältliche, kahl werdende Colonel salutierte. Als er Eleanors Gegenwart bemerkte, schürzte er die Lippen und nickte ihr steif zu.

Sie erwiderte die unterkühlte Begrüßung und wandte sich erneut Lady Fenwick-Langham zu, die sich bei ihr einhakte.

»Sorgen Sie sich nicht wegen des Colonels, meine Liebe. Für den gibt es seit vierzig Jahren nichts anderes als militärischen Drill, und eine nette Frau, die ihn etwas auflockern könnte, hat er auch nicht an seiner Seite. Harold hat ihn wirklich gern ... warum auch immer. Ah, sehen Sie mal, da sind Viscount und Viscountess Littleton. Sie erinnern sich sicherlich?«

»Selbstverständlich«, entgegnete Eleanor mit mehr Begeisterung, als sie empfand, denn bei den beiden handelte es sich um das Paar, das sie Clifford als einen unterwürfigen Ehemann und eine unhöfliche, modebesessene amerikanische Ehefrau beschrieben hatte.

»Lady Swift, sofern tatsächlich Sie unter dieser Maske stecken.« Viscount Littleton kam auf sie zu und nahm ihre Hand.

Viscountess Littleton folgte ihrem Ehemann mit etwas Abstand. »Hector, du Grützkopf, das kannst du doch nicht zu jedem sagen. Der Witz ist platter als ein Reifen, der an eine Wand genagelt ist.« Lady Fenwick-Langham versteifte sich angesichts der lang gedehnten »Ahs« ihres Bostoner Akzents, die in den meisten ihrer Worte steckten.

Eleanor lachte. »Es scheint, als müsste ich mehr als eine Maske tragen, um mich zu verschleiern, Viscount Littleton. Wäre ich wohl besser in voller Kostümierung erschienen?«

In diesem Moment wurde Lady Fenwick-Langham des verzweifelten Blicks eines Dieners gewahr und wechselte den Modus. »Es tut mir leid. Anscheinend muss ich uns abermals vor einer Krise bewahren. Ich muss los!«

Allein mit dem Viscount und der Viscountess versuchte

sich Eleanor an höflicher Konversation. »Wie geht es Ihnen beiden?«

»Alles bestens, ganz famos«, sagte der Viscount. »Delias Geduld hat vielleicht etwas nachgelassen seit unserem letzten Aufeinandertreffen, und ihre Allergie gegen alles, was mit dem Landleben zu tun hat, nimmt mittlerweile fürchterliche Ausmaße an, armes Ding, aber ansonsten ist alles in bester Ordnung.«

Er zuckte zusammen, als seinem Arm ein Schlag widerfuhr.

»Ignorieren Sie Hector, Lady Swift. Er war wirklich in jederlei Hinsicht ein guter Fang, mit Ausnahme seiner Manieren«, erklärte seine Ehefrau.

Eleanor schaute sich im Saal um, verzweifelt auf der Suche nach einem Rettungsanker. »Würden Sie mich wohl für einen Moment entschuldigen? Ich muss ... den Colonel begrüßen. Er wird es mir furchtbar übel nehmen, wenn ich es nicht tue.«

Viscountess Littleton rümpfte die Nase. »Der alte Bock nimmt doch jedem alles Mögliche übel. Wussten Sie, dass ich ihn noch nie habe lachen sehen?«

»Delia, bitte!« Ihr Ehemann schüttelte den Kopf.

»Was denn? Er ist wie ein Stockfisch. Steif wie eine Leiche.«

In diesem Moment erschien der Colonel selbst. Lord Fenwick-Langham folgte ihm laut summend und balancierte zwei großzügig gefüllte Gläser mit Brandy in den Händen. Der Colonel zog eine finstere Miene.

»Eine Schande, dieses Land steckt in ernsthaften Schwierigkeiten. Männer, die kostümiert in Federschmuck herumtollen. Wie stehen wir denn bitte da, sollte der Boche wieder beginnen, sein Unwesen zu treiben?«

Federschmuck? Vielleicht war das ja Lancelot! Sie erwog, den Colonel zu fragen, wo er den gefiederten Gast gesehen hatte, überlegte es sich dann aber anders. Wenn sie ihm erzählte, dass sie auf der Suche nach Lancelot war, wüsste noch vor Ende des nächsten Tanzes die ganze Welt darüber Bescheid.

Lord Fenwick-Langham gluckste in sich hinein. »Früher war's noch schlimmer, alter Knabe. Denken Sie doch bloß an diese Regency-Zeiten! All das Herausputzen mit Schminke und Absatzschuhen ... Was meinen Sie, Sandford?«

Eleanor erschrak. Auch der Butler von Langham Manor beherrschte die einzigartige Fähigkeit der Butler, genau in dem Moment zu erscheinen, in dem er gefordert wurde, und plötzlich da zu sein, als wäre er es schon die ganze Zeit über gewesen.

Lord Fenwick-Langham fuhr fort: »Die Butler sind doch am Ende die Schiedsrichter der Mode, nicht wahr?« Er grinste, als er einen großen Zug aus einem der Gläser nahm, sodass ihm der Großteil davon zurück aus seiner Nase gespritzt kam.

Lady Fenwick-Langham erschien mit verwirrter Miene an seiner Seite. »Was stehen Sie denn alle so hier herum? Harold? Sandford?«

Lord Fenwick-Langham schwenkte sein Glas. »Lass den Mann antworten, Augusta. Wir führen eine höchst kurzweilige Unterhaltung zum Thema Männermode. Sandford ist gerade dabei, uns zu erhellen.«

Sandford räusperte sich. »Nun, bei allem Respekt, Mylord, da Sie gefragt haben, ich bin der Ansicht, dass man in der Regency-Epoche nach den Exzessen der Macaronis eher versuchte, die Männermode wieder zu vereinfachen.«

»Der Maca-was-bitte?«, stammelte Lord Fenwick-Langham. »Ist das nicht eine Nudelsorte?«

»Macaronis, Mylord. Eine Gruppe von Gentlemen, die in scharlachroten Schuhen mit zehn Zentimeter hohen Absätzen und turmhohen Perücken durch die Straßen von Mayfair zu flanieren pflegten, geschmückt mit zahlreichen Diamanten und Accessoires wie Muffs und Fächern.«

»Hört, hört!«, rief der Colonel entsetzt. Seine rheumatischen Augen warfen erst Sandford und dann erneut Eleanor einen missbilligenden Blick zu. »Mit so einem Gehabe kann ich gar nichts anfangen, mit Leuten, die sich in derartigem Gewand präsentieren.«

»Aber lässt sich das nicht mit den Kostümierungen und dem Festschmuck beim Militär vergleichen, Colonel?«, fragte Eleanor. »Was ist mit den Helmen mit Straußenfedern und dergleichen?«

Der Colonel schnaubte. »Das ist doch etwas völlig anderes!«

Lady Fenwick-Langham bedeutete ihrem Ehemann hinter dem Rücken des Colonels mit wild wedelnden Händen, seinen alten Kumpanen in einen abgelegenen Winkel des Ballsaals zu eskortieren.

»Guten Abend, übrigens, Colonel.« Eleanor lächelte süß. »Ich glaube, wir haben vergessen, uns anständig zu begrüßen.«

»So, so! Guten Abend dann.«

Lord Fenwick-Langham drehte den Colonel an den Schultern herum und schob ihn fort mit einem lautstarken »Ach, famos, sehen Sie, da sind Barty und seine neue Frau. Lächeln, Pudders, wir sind hier auf einer Party, alter Knabe.«

Eleanor nutzte die Gelegenheit. »Hören Sie mal, Sandford, wissen Sie zufällig, wo Lance... der junge Lord Fenwick-Langham weilt?« Lancelot war der einzige Sohn von Lord und Lady Fenwick-Langham. Obwohl er die Position des Lords erst nach dem Tode seines Vaters erben würde, hielt er, wie es der Brauch war, bereits den Titel des Lords.

Sandford senkte den Blick zu seinen Handschuhen. »Der junge Lord hat sich in den Garten zurückgezogen, zusammen mit Lady Coco und Lady Millicent Childs, Mr Seaton, Mr Singh und Mr Appleby. Ihn zu erkennen, könnte sich allerdings etwas schwierig gestalten, Mylady. Er ist gewissermaßen in vollem Ornat erschienen.«

»Typisch Lancelot, aber dadurch wird er doch nur umso leichter zu erkennen sein.«

»Womöglich, jedoch scheinen einige der Gäste es ihm gleichgetan zu haben und tragen die gleiche Montur.«

»Donnerwetter! Ich hoffe, es sind keine Frauen dabei, das wäre ja ein schändlicher Fauxpas für eine Dame. Was für ein Kostüm trägt er denn?«

»Ich glaube, eine Art Piratenkostüm. Das auffälligste Merkmal ist ein Säbel. Und Federn, sonderbarerweise.«

Stimmt ja, Federn, Ellie!

»Nun, wollen wir?« Lady Fenwick-Langham wies auf die andere Seite des Ballsaals. »Da drüben sind Ihre alten Bekanntschaften, die Gräfinwitwe Goldsworthy und ihre Nichte, die entzückende Cora Wynne. Gehen wir ihnen Hallo sagen, im Anschluss möchte ich Sie gern noch anderen Gästen vorstellen.«

Eleanor folgte der Gastgeberin und hielt dabei Ausschau nach einem speziellen jungen Gentleman. Einem, der mit Federn geschmückt war und einen Säbel schwang.

DREI

Draußen hatte der befürchtete Regen eingesetzt. Große, dicke Tropfen fielen träge gegen die raumhohen Fenster des Ballsaals. Im Inneren wirbelten die Tanzenden zur Musik umher, während die unzähligen Gesichter, die Lady Fenwick-Langham ihr vorstellte, vor Eleanors Augen verschwammen. Doch dann blieb die Gastgeberin bei ihrer Runde durch den Saal vor eine Gruppe junger Menschen stehen, von denen einige voll kostümiert waren. »Und das hier sind Lancelots ... Freunde aus Oxford. Guten Abend, allerseits, amüsieren Sie sich?« Lady Fenwick-Langham rang sich ein Lächeln ab.

»Aber klar doch!«, erwiderte ein Harlekin.

»Absolut knorke«, antwortete eine elegante Kleopatra.

»Einfach dufte, *so* nett von Ihnen, uns einzuladen«, krähte ein exotisches Paradiesvogelweibchen, das sich über seinen Kopfschmuck strich.

»Ja, danke, Lady Fenwick-Langham. Die Farbenpracht dieses Spektakels inspiriert mich dazu, ein Gedicht zu verfassen.« Das war von einer Person zur Linken des Paradiesvogels gekommen, die ein handgemachtes Kostüm trug.

Lady Fenwick-Langham lächelte knapp. »Sie alle, das ist Lady Eleanor Swift.«

Die Einführung wurde mit einer Runde winkender Hände beantwortet.

»Oh, wir haben natürlich schon viel von dir gehört.« Die Kleopatra trat einen Schritt vor. Sie lachte auf eine Weise, die Eleanor nicht einordnen konnte.

»Schwesterherz, sei nicht so gemein!«, zischte der Paradiesvogel.

Lady Fenwick-Langham tätschelte Eleanors Arm. »Ich bin gleich zurück, meine Liebe. Die Pflicht ruft.«

Als Lady Fenwick-Langham in der Menge verschwunden war, überkam Eleanor ein Gefühl von Beklommenheit. Offensichtlich hatte Lancelot seinen Freunden von ihr erzählt, was genau aber hatte er gesagt?

»Apropos einen besonderen Auftritt hinlegen«, sagte sie, obwohl das niemand getan hatte, »habt ihr Lancelot gesehen? Ich hätte erwartet, dass er in seinem Flugzeug oder auf dem Hinterrad seines Motorrads balancierend angebraust kommt.«

Der Harlekin nickte. »Ja, das wäre wohl typisch Lance. Immer für eine Kapriole zu haben. Übrigens, ich bin Johnny, die Kleopatra da ist Millie und der exquisite Paradiesvogel ist Coco, ihre Schwester.«

Eleanor lächelte ihnen zu.

»Oh, tut mir leid, Albie, Kumpel.« Johny nickte dem bislang noch nicht vorgestellten Mitglied der Gruppe zu. »Und das ist Albie, oder Albert, wenn man ihn gerade in einer besonders poetischen Stimmung erwischt. Wir haben eine Wette darüber laufen, als was genau er gekommen ist.«

Millie lehnte sich mit verschränkten Armen an die Wand. »Ich hatte mich ja auf Vagabund festgelegt.«

»Millie!«, zischte ihre Schwester. »Warum musst du jedes Mal deine Krallen ausfahren? Albie, ich hab's dir ja schon gesagt, du siehst fantastisch aus. Du bist doch als eine Art Priester verkleidet, oder?«

Johnny schüttelte den Kopf. »Ehrlich, Albie, es ist mir ein Rätsel. Ich setzte ja auf den Lord Mayor of London ... beim Barbierbesuch und mit einem kleinen Imbiss in der Hand.« Er deutete auf den Apfel in Alberts Hand.

Eleanor musste sich ein Kichern verkneifen.

»Philiströs!«, sagte Albert. »Tatsächlich bin ich Raffaels junger Mann mit einem Apfel.«

»Das finde ich genial! Sehr originell«, befand Eleanor.

Millie schlug ihm auf den Rücken. »Genial daneben, Albie, aber keine Sorge. Ist sonst niemandem aufgefallen.«

Eleanor wandte sich erneut an Coco. »Seid ihr für heute Abend alle aus Oxford rübergekommen?«

Coco nickte. »Ja, allerdings hast du soeben Lucas verpasst, den letzten aus unserer Clique. Er musste vor wenigen Augenblicken gehen.«

Millie beugte sich vor. »Eigentlich ja *Prinz* Lucas.«

»Lass das doch, Millie«, sagte Johnny. »Was nützt es ihm denn, in good old England zu sein, wenn er noch immer an die Erwartungen gefesselt ist, die mit seinem Titel verbunden sind? Er bevorzugt schlicht Lucas Singh.« Er lächelte Eleanor zu. »Und wie wirst du am liebsten angesprochen?«

Sie lachte. »Schlicht Eleanor genügt.«

»Schlicht ist gut«, murmelte Millie.

Coco schlug ihrer Schwester auf den Arm. »Halt den Mund!«

Millie gähnte ostentativ. »Ja, ich konnte gar nicht erst mit ihm tanzen, da die alte Lady Fenwick-Langham niemanden loslegen ließ, bis du endlich kamst.«

Coco schob ihre Maske hoch und funkelte ihre Schwester an.

Eleanor beschloss, Millie zu ignorieren. »Ach, dann werde ich Lucas also gar nicht kennenlernen?«

Millie winkte einen Diener herbei und nahm sich eine weitere Champagnerflöte.

»Nein. Was für eine Schande. Insbesondere dich wollte er doch so gern kennenlernen.«

»Mich kennenlernen?«

Ohne zu antworten, leerte Millie ihr Champagnerglas.

Gelangweilt von Millies Querschüssen, blickte Eleanor in die Traube aus Menschen und wurde eines Piraten ansichtig, der mit einem Entersäbel versehen war und sich seinen Weg durch die Gäste bahnte.

»Entschuldigt ihr mich bitte für einen Moment?« Sie raffte ihr Kleid zusammen und eilte ihrer Beute hinterher, doch als sie das andere Ende des Ballsaals erreicht hatte, war er schon wieder verschwunden. Sie verbrachte die nächsten paar Minuten damit, alles abzusuchen. Als sie gerade aufgeben wollte, fuhr sie herum, vergaß jedoch die Schleppe ihres Kleides, sodass sie flach auf ihre Nase fiel.

»O Mist!«, sagte sie zu dem polierten Marmorfußboden.

Lord Fenwick-Langham, der gerade vorbeigeschlendert kam, hielt an und beugte sich über sie, um ihr aufzuhelfen. »Gute Arbeit, altes Mädchen. Sie haben sich offensichtlich schon auf den Champagner gestürzt. Das ist die richtige Einstellung!«

Viscount Littleton eilte herbei. »Sind Sie wohlauf, Lady Swift?« Er hielt ihren Ellbogen fest, als sie aufstand. Seine Ehefrau erschien, und ihr Gesicht verriet ihr Entsetzen angesichts einer solchen öffentlichen Blamage.

Dann erschien die Gräfinwitwe mit Cora im Schlepptau. Cora wiederholte mit weit aufgerissenen Augen die besorgten Worte des Viscounts: »Sind Sie wohlauf, Lady Swift?«

Eleanor lächelte in die Runde aus besorgten und weniger besorgten Gesichtern. »Wie liebenswürdig, aber mir geht es wirklich gut. Abgesehen von meiner leicht angekratzten Würde sind keinerlei Verluste zu beklagen.«

Die Männer lachten und verdrehten leicht die Augen.

Sie klopfte sich ihr Kleid ab und dankte Viscount Littleton dafür, ihren Haarreif aufgesammelt zu haben. Nachdem sie ihn sich wieder auf den Kopf gesetzt hatte, richtete sie sich auf. Eleanor sah, wie Sandford das Treiben von der Seite des Saals beobachtete. Als ihre Blicke sich trafen, kam er über die Tanzfläche auf sie zugelaufen. »Benötigen Sie einen Umschlag, Mylady? Ich kann die Köchin unverzüglich verständigen.«

Eleanor schüttelte den Kopf. »Nein, wirklich, mir geht's gut, danke. Es sei denn, die Köchin verfügt über ein Heilmittel gegen demütigende Blamagen?«

»Ich fürchte nicht, Mylady.«

Lady Fenwick-Langham erschien und hakte sich bei ihr unter. »Meine Liebe, ich wollte nur sichergehen, dass Sie nicht in Tränen ausgebrochen sind?«

»Tränen? Danke, aber wieso sollte ich denn in Tränen ausbrechen?«

»Nun, Sie sind doch gestürzt.«

»Ach so, das war doch nicht schlimm.«

»Nicht schlimm!« Lady Fenwick-Langham lehnte sich zu ihrem Ohr vor und flüsterte: »Mein liebes Mädchen, die *gesamte* Gästeschar hat Sie fallen sehen!«

»Ja, nun, das war nicht mein glorreichster Moment, das stimmt.«

»Beschämend peinlich, würde ich sagen.«

Eleanor fragte sich, ob Lady Fenwick-Langham sich damit auf ihre eigenen Gefühle bezog. Erst da wurde ihr bewusst, dass die Musik aufgehört hatte zu spielen und der gesamte Ballsaal sie anstarrte. Sie hüstelte und verkündete den Schaulustigen: »Das nennt man einen Pariser Pfannkuchen. Wirklich, alle Damen machen das dort so.«

Unter dem Vorwand, ihr Make-up in Ordnung bringen zu müssen, entschuldigte sie sich bei der Gastgeberin und ergriff die Flucht. Dann erregte eine Bewegung ihre Aufmerksamkeit. Gestreifte Hosen samt Entersäbel verschwanden hinter einer geschwungenen Kurve der Seitentreppe. Sie lächelte. Sie würde Lancelot sagen müssen, dass enge Hosen seinen Beinen nicht gerade schmeichelten. Er würde am Boden zerstört sein.

Als sie sich ihren Rock hochhielt, um die verbleibenden Stufen zu überspringen, wurde ihr klar, dass sie keinerlei Idee hatte, wann sie Lancelot erwischen würde – und ob überhaupt. *Na ja, Ellie, immerhin kannst du dich heute Abend nicht noch mehr blamieren, als du es ohnehin schon getan hast.*

Auf der obersten Treppenstufe blieb sie stehen und schaute nach links und nach rechts. »Zum Kuckuck!« Keine gestreiften Hosen. Kein Entersäbel. Kein zerzaustes blondes Haar und keine blaugrauen Augen. Ohne zu überlegen, bog sie nach rechts ab und ging den Korridor entlang.

Wenige Minuten später musste sie zugeben, sich verlaufen zu haben. Das Anwesen war im Vergleich zu Henley Hall ein regelrechtes Labyrinth. Wie schafften es die Diener nur, sich hier zurechtzufinden? Sie stellte sich vor, erst in mehreren Wochen in einem abgelegenen Flügel des Hauses gefunden zu werden und bis dahin von toten Fliegen und Abwasser leben zu müssen.

Ein leises Krachen flurabwärts ließ sie zusammenzucken. Sie schlich auf Zehenspitzen voran und lauschte aufmerksam. Ein Schrei ertönte: »Verdammt, das darf doch nicht wahr sein!«

War das Lancelot?

Als sie die getäfelte Eichentür zu ihrer Rechten aufschob, erspähte sie den Piraten, dem sie die Stufen hinauf gefolgt war. Er beugte sich über eine Person, die in einem sonderbaren Winkel auf dem Boden des Raums lag, der wohl als Arbeitszimmer fungierte. Eleanor erhaschte gerade noch einen Blick auf Wände voller Bücher.

»Lancelot?«

Der Pirat drehte sich um. Er hielt einen großen silbernen Kerzenhalter in der rechten Hand.

»Sherlock, was zur Hölle machen Sie hier? Sie müssen hier weg. Sofort!«, flüsterte der maskierte Mann in einem eindringlichen Ton.

»Aber was ...? Wer ...?« Sie schreckte zusammen, als sie die gekrümmte Gestalt zu Füßen des Piraten erkannte.

Die Doppeltüren am fernen Ende des Flurs sprangen auf, und die Türgriffe schlugen gegen die Holzvertäfelung. Sie fuhren beide herum und blieben wie angewurzelt stehen, als ein halbes Dutzend Polizisten hereingestürmt kam und sie umzingelte. Dann folgte ein breitschultriger Mann, der von zwei weiteren Polizisten begleitet wurde.

Eleanor rang nach Luft. »Inspector! Was machen Sie denn hier?«

»Lady Swift!« Für einen kurzen Moment sahen sie einander in die Augen, dann schaute er hinüber zu dem maskierten Mann. »Treten Sie bitte zur Seite.«

Er wandte sich den beiden Beamten zu seiner Linken zu. »Legen Sie ihm Handschellen an, Brice. Peters, überprüfen Sie den Verletzten.«

Als Lancelot mit Handschellen versehen war, trat Detective Chief Inspector Seldon vor und zog ihm die Maske vom Gesicht.

»Sie!«

Der demaskierte Lancelot starrte DCI Seldon kühl an.

Eleanors Gedanken rasten. »Inspector? Lancelot? Was ...?«

DCI Seldon lief um Eleanor herum zur gegenüberliegenden Wand. In die Wand war ein Safe eingelassen, dessen Tür offenstand. Eleanor bemerkte ihn erst jetzt. DCI Seldon sah hinein. »Leer!« Er wandte sich wieder Lancelot zu. »Lord Fenwick-Langham, Sie werden wegen des Diebstahls an Lady Fenwick-Langhams Halskette verhaftet und stehen im

Verdacht, für eine Reihe damit zusammenhängender Einbrüche verantwortlich zu sein.«

Eleanor fühlte sich wie in einem schlechten Traum.

»Jetzt machen Sie aber mal halblang«, stieß Lancelot endlich hervor. »Ich werde dafür verhaftet, die Halskette meiner eigenen Mutter gestohlen zu haben? Das ist doch absurd!«

Der Beamte, den DCI Seldon als Peters angesprochen hatte, blickte mit kreidebleichem Gesicht auf. Er wies auf die Gestalt am Boden. »Er ist ... tot, Sir.«

Alle blickten auf die Leiche. DCI Seldon kniete sich nieder, um sich selbst zu vergewissern. Er richtete sich auf und blickte Lancelot an.

»Außerdem verhafte ich Sie wegen Mordes. Ihre Rechte werden Ihnen auf der Polizeistation von einem Justizbeamten verlesen. Brice, führen Sie Lord Fenwick-Langham durch die Hintertür ab, um den Gastgebern die Beschämung zu ersparen.«

Lancelot starrte den Inspector weiterhin kühl an. »Die Gastgeber, wie Sie es formulieren, sind meine Eltern. Sie werden nicht sonderlich begeistert davon sein, dass Sie nicht nur den falschen Mann, sondern auch noch ihren Sohn in ihrem eigenen Haus verhaftet haben. Das wird nicht gut für Sie aussehen.«

DCI Seldon hielt seinem Blick stand. »Also aus meiner Sicht, Ihre Lordschaft, ist es *Ihre* Position, die nicht gut aussieht. Am Tatort eines Diebstahls und eines Mordes ertappt. Und ...« Er wies auf den Kerzenhalter. »... das auch noch mit der Tatwaffe in den Händen, wie ich vermute. Sie haben das Recht, zu schweigen, bis ein Rechtsvertreter anwesend ist. Führen Sie ihn ab, Brice.«

Eleanor schwirrte der Kopf. »Aber Inspector, Sie glauben doch nicht –«

»Lady Swift, bitte gehen Sie nicht. Ich benötige eine

ausführliche Aussage von Ihnen.« Er nickte einem weiteren uniformierten Beamten zu, der einen Schritt auf sie zukam.

Lancelot beugte sich zu ihr, als er von einem Polizisten abgeführt wurde, und flüsterte: »Spielen Sie lieber die Unbeteiligte, Sherlock, Sie wissen ja, wie diese uniformierten Kerle ticken. Sie sind denen schon einmal zuvorgekommen. Aber ich war das hier nicht, das schwöre ich Ihnen.«

Brice schubste Lancelot durch die Tür, und Eleanor schickte sich an, ihnen zu folgen, doch DCI Seldon schnippte mit den Fingern einem jungen Beamten zu und gestikulierte in Eleanors Richtung. Dieser stellte sich ihr daraufhin in den Weg.

Sie wirbelte herum, um den Inspector mit glühenden grünen Augen anzusehen.

Draußen auf dem Flur war ein lauter Tumult zu vernehmen. »Öffnen Sie unverzüglich diese Tür, ansonsten wird Ihnen Harold die Knöpfe von Ihrer Uniform reißen, Sie Idiot!«

»Wer hat die Fenwick-Langhams unterrichtet, bevor ich es tun konnte?«, knurrte DCI Seldon. Als er auf die Tür zuschritt, flog diese auch schon auf.

Lord Fenwick-Langham stürmte in das Zimmer und trat dem Inspector entgegen. »Was zur Hölle haben Sie hier angerichtet? Ich werde den Polizeipräsidenten –« Er erstarrte, als er die verkrümmte Gestalt an der gegenüberliegenden Wand entdeckte.

»Pudders!«

Lady Fenwick-Langham erschien an der Seite ihres Mannes. »Colonel Puddifoot-Barton?«

»Constable!«

Ehe der Beamte sie auffangen konnte, war Lady Fenwick-Langham auch schon bewusstlos auf dem Boden zusammengesunken.

VIER

»Meinen Sie, ich muss noch sehr lange warten?« Eleanor hob ihre Stimme, um den Regen, der lautstark gegen das Fenster prasselte, zu übertönen.

Der ängstliche junge Polizist, der sie zur Bibliothek geführt hatte, zuckte entschuldigend mit den Achseln. »Kann ich Ihnen nicht sagen, Mylady.«

»Wird Inspector Seldon hierbleiben oder nach Oxford zurückkehren?«

»Chief Inspector, Mylady. Und das kann ich Ihnen nicht sagen.«

»Wird es Lance–, Lord Fenwick-Langham gestattet sein, heute Abend Besucher zu empfangen?«

»Kann ich Ihnen nicht sagen, Mylady.«

Es war hoffnungslos! Was hielt den Inspector auf? Eleanor hatte ihn bereits wenige Tage, nachdem sie in Little Buckford eingetroffen war, um das geerbte Anwesen ihres Onkels zu beziehen, kennengelernt. Sie hatte ihm davon berichtet, einen Mord bezeugt zu haben, doch da die Leiche verschwunden gewesen war, hatte sich der Inspector weiteren Ermittlungen in dem Fall verwehrt. Als der Fall jedoch gelöst gewesen war, war aus dem barschen Inspector eigentlich ein Verbündeter geworden.

Eleanor seufze. Sie wünschte, das alles wäre vorbei. Dass Lancelot wieder auf freiem Fuß und zurück auf Langham Manor wäre. Sogar, dass der Colonel wieder am Leben und genauso unangenehm wie immer wäre. Ihr Magen grummelte. Champagner und Leichen waren nicht gerade die beste Kombination. Der Geruch von muffigen ledergebundenen Büchern und zu stark poliertem Holz war darüber hinaus auch nicht hilfreich.

Stimmen erklangen von draußen vor der Tür. »Stellen Sie sicher, dass niemand das Haus verlässt.«

Die gemurmelte Antwort entging Eleanors Ohren.

»Tun Sie es einfach, Mensch!«, rief DCI Seldon über seine Schulter, als er den Raum betrat. Er schenkte Eleanor ein knappes Lächeln und trat an den Tisch, an dem sie mit ihren Fingern trommelnd wartete. Er nickte dem uniformierten Beamten zu, der zurücknickte und den Raum verließ. DCI Seldon zog einen Stuhl hervor, setzte sich und schlug unbeholfen seine langen Beine übereinander.

»Lady Swift.«

»Inspector.«

Er holte tief Luft. »Es tut mir leid, Sie hier festzuhalten. Ich wünschte, wir wären unter anderen Umständen aufeinandergetroffen.«

»Ich auch. Ich hoffe, dieses furchtbare Missverständnis kann schnell aufgeklärt werden.«

»Missverständnis?«

»Spielen Sie bitte nicht den Ahnungslosen, Inspector. Sie werden doch wohl unmöglich glauben, dass Lancelot Lady Fenwick-Langhams Juwelen gestohlen hat? Sie ist seine Mutter, in Gottes Namen! Warum sollte er ihre Juwelen stehlen?«

Er konsultierte mit erhobener Hand sein Notizbuch. »Der Beschuldigte wurde vor einem geöffneten Tresor angetroffen, der auf meine persönliche Überprüfung hin leer war.« Er sah zu ihr auf.

»Das mag sein, aber wir können ja nicht mit Sicherheit sagen, ob sich die Juwelen überhaupt in dem Tresor befunden haben. Der tatsächliche Dieb könnte ohne Wei–«

Der Inspector erhob abermals seine Hand und las aus seinen Aufzeichnungen vor. »Ich habe das Vorhandensein der fraglichen Halskette um exakt sieben Uhr fünfundvierzig bestätigt.« Er ließ den Deckel des Notizbuchs mit seinem Daumen auf- und zuschnappen. »Und da der Tresor nicht aufgesprengt wurde und die Zeitspanne zwischen meiner Bestätigung des Vorhandenseins der Juwelen und des Eintretens meiner Männer, die Stimmen vernommen hatten, nur kurz war, muss derjenige, der die Juwelen gestohlen hat, meiner professionellen Einschätzung nach den Code gekannt haben.«

Da sie darauf keine Antwort wusste, wechselte sie den Kurs. »Aber es ist undenkbar, dass ... dass er den Colonel ermordet hat. Der arme Kerl war ein enger Freund von Lancelots Familie. Was für ein Motiv soll er denn dafür gehabt haben? Bleiben Sie realistisch, Lancelot ist ein Clown, kein Mörder. Er besitzt weder das Zeug noch die Bösartigkeit dazu, etwas derart Schreckliches zu tun.« Eleanors Gesicht errötete. »Und warum waren Ihre Männer da? Warum waren die Polizisten und Sie überhaupt auf dem Ball? Wenn ich es nicht besser wüsste, dann würde ich behaupten, das Ganze riecht ziemlich nach einem Polizeikomplott!«

DCI Seldon erstarrte. »Ich weiß sehr wohl, wie Sie der Obrigkeit im Allgemeinen und der Polizei im Besonderen gegenüberstehen, Lady Swift, allerdings –«

Sie schnitt ihm das Wort ab: »Wenig verwunderlich, wenn man berücksichtigt, dass diese das letzte Mal, als ich mit ihr zu tun hatte, versucht hat, einen Mord und umfassende Korruption zu verschleiern.«

»Allerdings.« Der Inspector fuhr sich mit der Hand über

den Nacken. »Aber das hier ist eine andere Abteilung. Das sind *meine* Leute. Das ist meine Ermittlung, und ich habe das Sagen, Lady Swift. Ich muss Sie wohl kaum daran erinnern, dass das hier eine Mordermittlung ist, kein erbitterter Zweikampf mit der Obrigkeit.«

Sie hatte den Anstand, verlegen dreinzuschauen. Bei einem ihrer letzten Aufeinandertreffen hatte sie den Inspector praktisch beschuldigt, in polizeiliche Vertuschung verwickelt zu sein. »Ganz recht. Es tut mir so leid, Inspector, ich wollte damit nicht andeuten, dass Sie ... ich meine, ich bin Ihnen noch immer dankbar für Ihre Hilfe bei der Festnahme des Mörders am Steinbruch. Aber vielleicht bin ich nicht besonders gut darin, das zu zeigen«, schloss sie mit abermals errötenden Wangen.

Er nickte. »Ich verstehe ja auch, dass Sie einen ganz schön aufreibenden Abend hinter sich haben.« Er ließ seinen Stift umherwirbeln. »Übrigens, Sie sind mir keinen Dank schuldig ... Alles Teil meines Jobs, wissen Sie. Obwohl mir die Ausübung meiner Arbeit in diesem Fall ein außerordentliches Vergnügen war.«

Er sah sie einen Augenblick lang an und widmete sich dann wieder seinen Notizen. Zum ersten Mal seit den furchtbaren Ereignissen dieses Abends spürte sie, wie sie sich etwas entspannte.

DCI Seldon räusperte sich. »Wo waren wir? Genau, wir hatten konstatiert, dass heute Abend keine heimtückischen Polizeiaktivitäten stattgefunden haben.« Er funkelte Eleanor an. »Und dass die gegenwärtige Faktenlage des Falls darin besteht, dass der Beschuldigte über dem verstorbenen Colonel Puddifoot-Barton kauernd mit einem Kerzenhalter aus Silber in der Hand angetroffen worden ist.«

Eleanor spürte, wie die Anspannung in ihren Körper zurückkehrte. »Ist denn bereits nachgewiesen, dass es sich bei dem Kerzenhalter tatsächlich um die Mordwaffe handelt, Inspector?«

»Bislang nicht. Das müssen die Burschen aus dem Labor noch untersuchen, allerdings konnte eine beträchtliche Menge Blut und etwas Haar auf der Spitze und an der Seite sichergestellt werden. Ich bin leidlich sicher, dass diese zum Verstorbenen gehören.«

Eleanor versuchte verzweifelt, sich irgendetwas anderes einfallen zu lassen, das Lancelots Schuld in Zweifel ziehen könnte. »In Ordnung, aber der Colonel hätte doch bereits tot gewesen sein können, nicht wahr?«

»Bei der Untersuchung des Verstorbenen fand man seine Armbanduhr defekt vor. Das Uhrglas war zertrümmert worden. Bruchstücke davon wurden auf dem Kaminsims gefunden. Ich folgere daraus, dass der Colonel mit einem schweren Gegenstand am Hinterkopf getroffen wurde, dem Kerzenhalter, wie ich zum gegenwärtigen Zeitpunkt annehme. Anschließend fiel er nach vorn, wobei seine Uhr gegen den Rand des Kamins schlug. Der Aufprall zertrümmerte Glas und Uhrwerk. Das Ziffernblatt der Uhr zeigte acht Uhr dreiundzwanzig an. Meine Männer betraten den Raum um exakt acht Uhr fünfundzwanzig. Zwischen dem Todeszeitpunkt des Colonels und der Ankunft meiner Männer hat also niemand den Raum betreten. Außer ...«

Sie stöhnte und schlug die Hände über ihrem Gesicht zusammen. »Außer mir.«

DCI Seldon wandte sich erneut seinem teuflischen Notizbuch zu. Am liebsten hätte sie es ihm aus der Hand gerissen und ins Feuer geworfen.

»Was hat Lancelot gesagt? Sicherlich kann er alles erklären.«

»Der junge Lord Fenwick-Langham wiederholt einzig gebetsmühlenartig seine ursprüngliche Aussage.« Er blätterte durch einige Seiten seines Notizbuchs. »Um ihn zu zitieren: ›Ich betrat das Zimmer und erblickte den auf dem Boden liegenden Colonel. Ich kniete nieder, um nachzusehen, ob er

Hilfe benötigte, und bemerkte dabei den neben ihm liegenden Kerzenhalter. Ich hörte ein Geräusch und dachte, der Mörder würde zurückkehren, also griff ich nach dem Kerzenhalter, um mich zu verteidigen. Dann hörte ich, wie die Tür aufsprang und Lady Swift hereinkam, gefolgt von euch Typen.‹«

Der Inspector schaute auf. »Mit ›Typen‹ meint er die Polizei. Und er schwört, nichts davon gewusst zu haben, dass der Kerzenhalter verwendet worden sein soll, um den Colonel zu ermorden.«

»Was aber hat er als Grund dafür angegeben, nach oben gegangen zu sein?«

»Er hat keine klare Erklärung dafür abgegeben. Er hat nur gesagt, dass es sein Haus sei und er dort machen könne, wozu er eben verdammt noch mal gerade Lust habe.« DCI Seldon klopfte mit seinem Stift auf sein Notizbuch. »Ich bitte darum, die Ausdrucksweise zu entschuldigen.«

»Kein Problem. Sie sehen mich vielmehr überrascht, dass seine Sprache in dieser Situation nicht vulgärer ausfiel.« Sie rieb sich die Augen. »Dieser dumme Narr. Hält er das Ganze etwa für ein Spiel?«

DCI Seldon räusperte sich. »Lady Swift, Ich muss auch Sie fragen, was Sie im Obergeschoss zu suchen hatten.« Ein Muskel seines Kiefers zuckte, als er auf ihre Antwort wartete.

Sie runzelte die Stirn. »Ich hielt Ausschau nach Lancelot.«

»Warum haben Sie ihn gesucht, Lady Swift?« Da war das Zucken wieder.

Sie beugte sich vor und stützte ihre Ellbogen auf den Tisch. »Weil ich, Inspector, ein klein wenig überfordert davon war, so viele neue Leute kennenzulernen. Ich wollte ein ... vertrautes Gesicht sehen.«

»Ein vertrautes Gesicht«, wiederholte DCI Seldon, dessen Stift über das Papier kratzte. Er sah zu ihr auf. »Lady Swift, fahren Sie doch bitte fort.«

»Nun, ich hatte einen kleinen ... Absturz auf der Tanzfläche hingelegt und wollte gerade mein Make-up richten gehen, als ich ihn plötzlich die Hintertreppe hinauf entschwinden sah.«

DCI Seldon beäugte sie kritisch. »Ja, Ihres kleinen ›Absturzes‹ bin ich mir durchaus bewusst, genau wie jeder andere Gast, meine Leute inbegriffen.« Er senkte den Blick auf sein Notizbuch. »Also sind Sie ihm nach oben gefolgt?«

»Ja, wie gesagt, bin ich ihm die Stufen hinauf hinterhergegangen.«

»Und was hat er dort gemacht?«

»Das weiß ich ehrlich gesagt nicht. Als ich den Treppenabsatz erreicht hatte, war er bereits verschwunden.«

DCI Seldon strich sich über das Kinn. »Wusste er, dass Sie ihm folgten?«

»Nein, er war mir ein gutes Stück voraus.«

»Sie haben also nicht nach ihm gerufen?«

»Inspector, ich weiß ja zu schätzen, dass Sie es unterlassen haben, mich für mein umdamenhaftes Verhalten, ihm überhaupt gefolgt zu sein, zu tadeln, aber sollte ich denn einfach so seinen Namen herausbrüllen? Ich habe versucht, diskret zu sein.«

DCI Seldon kräuselte die Lippen. »Diskret zu sein«, murmelte er beim Schreiben. »Als Sie sich also diskret im Obergeschoss herumschlichen, sind Sie …?«

»Einige Minuten lang umhergestreift, um ehrlich zu sein.« Sie inspizierte die Tischplatte. »Mir ist klar, wie sich das anhört, Inspector, aber ich hatte diesen Impuls und bin ihm einfach gefolgt. Mich immer angemessen zu verhalten, ist mir nicht gerade in die Wiege gelegt worden, wissen Sie.«

»Ja.« Er starrte auf das Papier. »Das weiß ich.«

Sie versuchte, diese Antwort einzuordnen. Machte er sich etwa über sie lustig? *Oh, wie grotesk das alles doch nur ist!* »Ja, nun, jedenfalls bin ich umhergestreift, und da ich dann ein

Geräusch gehört habe, das aus *diesem* Raum kam, bin ich reingegangen.«

»Ohne anzuklopfen?«

Sie versteifte sich. »Inspector, machen Sie sich lustig über mich?«

Er sah auf. »Ich stelle nur die Fakten des Falls fest. Wenn Sie angeklopft hätten, hätte der Beschuldigte Zeit gehabt, um zu reagieren.«

Sie zerrte an dem meterlangen Stoff, der ihre Beine umhüllte. »Es tut mir leid, ich bin etwas nervös. Ja, ohne anzuklopfen. Ich wünschte, ich hätte angeklopft.«

DCI Seldon beugte sich vor. »Lady Swift, es ist meine Pflicht, Sie erneut daran zu erinnern, dass es sich hier um eine Mordermittlung handelt und Ihre Aussage höchst relevant für diesen Fall ist. Vielleicht beschränken Sie sich lieber auf die Fakten.«

Eleanor war müde und verwirrt. Mit jedem einzelnen Wort ihrer Aussage schien sie Lancelot mehr zu belasten.

DCI Seldon räusperte sich. »Wenn Sie vielleicht fortfahren möchten ab ›und da ich dann ein Geräusch gehört habe, das aus diesem Raum kam, bin ich reingegangen?‹«

»Bin ich rein...« Ihre Brust verengte sich und nahm ihr die Luft aus der Lunge.

»Und sahen was?«, drängte DCI Seldon.

Sie schluckte. »Und sah Lancelot, der sich über jemanden beugte, der am Boden lag.«

»Und hielt der Beschuldigte irgendetwas in der Hand?«

Sie nickte langsam. »Ja, einen Kerzenhalter.«

Sie schreckte auf, als das Notizbuch des Detectives zuschnappte.

»Danke, Lady Swift. Es steht Ihnen frei, zu gehen, allerdings müssen wir Sie selbstverständlich auf die Polizeistation von Chipstone bestellen, damit Sie Ihre Aussage unterschreiben. Ich werde auch noch einmal mit Ihnen sprechen müssen, sobald wir Ihre Geschichte bestätigt haben.«

Sie runzelte die Stirn. »Meine Geschichte bestätigt haben?«

Er schob seinen Stuhl zurück und stand auf. »Lady Swift, Sie wurden mit dem Angeklagten auf dem Zimmer angetroffen. Lady Fenwick-Langhams Juwelen fehlen, und es gibt eine Leiche! Sie sind in dieser Angelegenheit genauso verdächtig wie dieser verflixte junge Lord Fenwick-Langham.«

Eleanor rang um Fassung. »Das kann nicht Ihr Ernst sein!«

Der Inspector blickte sie an. »Wie ich bereits zu Anfang gesagt habe, wünschte ich, wir wären unter anderen Umständen aufeinandergetroffen.« Er öffnete die Tür.

»Aber das ist doch absurd!«

Er wirbelte herum. »In Gottes Namen, Sie und der Angeklagte waren doch die einzigen Menschen in diesem Raum. Allein, verdammt! Als Detective muss ich in diesem Fall die Möglichkeit in Betracht ziehen, dass Sie entweder unter einer Decke stecken, Sie ihn schützen oder aber ...« Er blickte ihr tief in die Augen. »... er Sie schützt.«

FÜNF

»Mrs Trotman schickt mich mit Ihrem Lieblingsfrühstück, Mylady, frisch aus der Pfanne«, verkündete Mrs Butters und räumte den Frühstückstisch für das zugedeckte Tablett frei, das sie in den Händen hielt. »Aber aufgepasst, Master Gladstone scheint zu glauben, dass die für ihn bestimmt sind. Er ist mir den ganzen Weg aus der Küche hierher gefolgt.« Sie bedachte die Bulldogge mit einem sanften Blick des Tadels, als sich der Vierbeiner schwer atmend und mit erwartungsvollem Blick gegen Eleanors Bein lehnte.

Eleanor hob strahlend das Tuch an. »Mrs Trotmans berühmte Crumpets! Die kommen mir gerade recht. Sobald ich alles aufgegessen habe, werde ich bei ihr vorbeischauen, um mich bei ihr zu bedanken.«

Die Haushälterin lächelte und reichte Eleanor Senf und Marmelade.

»Sieh sich das mal einer an! Wir haben doch Sommer, oder nicht?« Eleanor deutete mit einem halb gebutterten Crumpet auf die Fenstertüren, die normalerweise eine wunderbare Aussicht auf die Rasenflächen und die farbenfrohen Kräuterrabatten boten. Doch der Regen der Nacht war versiegt und einem Schleier grauen, bedrückenden Nebels gewichen. »Mrs Trotman hätte sich für ihre sehr willkommene, trostspendende Überraschung keinen besseren Zeitpunkt aussuchen können. Was meinen Sie, Clifford?«

Clifford zupfte seine Manschetten zurecht. »Ich würde meinen, dass man nach einer solchen Ladung Crumpets in ein durch Mehl und Zucker induziertes Koma fallen müsste, Mylady.«

»Ach was, dieser Herausforderung stelle ich mich. Zur Hälfte mit Ei, Schinken und Senf, und zur Hälfte mit Mrs Trotmans feiner selbst gemachter Marmelade. Außerdem ist ein gutes Frühstück unerlässlich für die Konzentration.« Sie griff nach einem weiteren Crumpet. »Und es wäre ganz und gar undankbar von mir, sie nach all den Mühen verkommen zu lassen.« Sie sah zu Gladstone hinab und kraulte ihm das Kinn. »Glaub bloß nicht, dass das bedeutet, dass du was davon abbekommst, mein gefräßiger alter Kamerad.« Seine Augen flehten sie an, sich das noch eimal zu überlegen.

Mrs Butters unterdrückte ein Kichern und zog eine frische Serviette aus ihrer Schürzentasche.

Clifford trat an Eleanors Seite. »Darf ich Ihnen noch etwas Kaffee zu Ihrem umfangreichen Frühstück nachschenken?«

Eleanor nickte, als sie einen weiteren Bissen hinunterschluckte und die kontrastierenden Aromen der salzigen Butter und der gesüßten Zwetschgen genoss. »Ja, gewiss.«

Mrs Butters nahm die Kaffeekanne. »Ich bringe eine frische Kanne, Mr Clifford. Ich bin sicher, Sie haben mit der Ladyschaft heute Morgen einiges zu besprechen.« Sie schenkte Eleanor ein verständnisvolles Lächeln, bevor sie die beiden allein ließ.

»So, das wird ein geschäftiger Tag für uns, wenn auch kein leichter.« Eleanor ließ die dargebotene Zange unbeachtet und bediente sich eigenständig aus der silbernen Eierschale, die Clifford ihr präsentierte. »Au, die sind ja fürchterlich heiß!« Sie ließ das gekochte Ei mit Schlagseite in ihren Becher fallen. Clifford richtete es mithilfe der Zange auf. »Ach, und Clifford, danke noch einmal dafür, dass Sie gestern so unverzüglich auf Langham Manor erschienen sind, um mich einzusammeln. Gerade zur rechten Zeit. Ich wollte unbedingt dort weg.«

»Dafür haben Sie Mr Sandford zu danken. Er hat mich angerufen, als Detective Chief Inspector Seldon begann, Sie zu befragen.«

»Ja, Donnerwetter, das war eine furchtbar unangenehme Angelegenheit.«

»Es kann schon ein klein wenig ... verstörend sein, in Mordermittlungen verwickelt zu werden.«

Sie sah ihn über ihre Kaffeetasse hinweg an. »Ich meine, dass es unangenehm mit dem Inspector war. Er verhielt sich, nun, höchst seltsam. Ehrlich gesagt, erschien es mir geradezu, als ob er Lancelot bereits endgültig für schuldig befunden hätte.«

Clifford hob eine Augenbraue.

»Im Ernst, ich hege den Verdacht, dass der Inspector in diesem Fall Schwierigkeiten mit seiner Objektivität hat. Es wirkt so, als ob er Lancelot aus irgendeinem Grunde nicht mögen würde.«

Clifford räusperte sich. »Tatsächlich ist es schwierig, seine Objektivität zu erhalten, wenn man emotional in einen Fall verstrickt ist.«

Eleanor unterbrach die Belegung ihres Crumpets mit einer weiteren Schinkenscheibe. »Wie meinen Sie das, ›emotional in einen Fall verstrickt‹«?

Die Ankunft von Mrs Butters mit der frischen Kanne Kaffee beendete die unangenehme Stille. Da sie wohl merkte, dass irgendetwas in der Luft lag, stellte sie diese wortlos ab. Die Tür schloss sich hinter ihr. Gladstone trauerte mit einem leisen Knurren dem ihm nicht zuteilgewordenen Crumpetleckerli nach und streckte sich unbeholfen auf dem Boden aus.

Eleanor starrte ihren Butler an. »Clifford, bitte reden Sie nicht um den heißen Brei herum. Was wollten Sie damit andeuten?«

»Wenn ich Ihnen eine konträre Auffassung anbieten dürfte, Mylady, ich wollte gar nichts andeuten, es war lediglich eine Tatsachenfeststellung. Der Inspector hat die herausfordernde Aufgabe, den Ansprüchen zweier gewaltiger Kräfte gerecht zu werden, die ihn in unterschiedliche Richtungen reißen.«

»Rätsel, Sie sprechen nur in Rätseln! Drücken Sie sich doch klar aus! Welche Kräfte?«

Clifford schenkte ihr eine Tasse Kaffee ein und platzierte diese auf ihrem Untersetzer.

»Meiner Erfahrung nach ist Detective Chief Inspector Seldon immer ein äußerst engagierter Beamter gewesen. Aber hinter dem Polizisten und seiner Verpflichtung der Gerechtigkeit gegenüber steckt noch immer ein Mann.«

Eleanor starrte verwirrt auf die Tischdecke. Dann dämmerte es ihr. »Wollen Sie damit sagen, dass ... er mich mag?«

»Mehr als das, vermute ich, Mylady.« Clifford richtete seinen Kragen und schwieg.

Eleanor verrührte energisch einige Würfel Zucker in ihrem Kaffee.

»Nein, nein, nein! Verstehen Sie das denn nicht? Das ist ein Desaster.« Ihre Wangen erröteten. »Wie um Himmels willen soll er denn gewährleisten, dass dem Colonel Gerechtigkeit widerfährt, wenn sein Hirn mit ... nun ja, anderen Dingen beschäftigt ist?«

»Ich fürchte gar, das Problem ist ein noch größeres, Mylady, wenn man die Umstände bedenkt, in denen der Chief Inspector den jungen Lord Fenwick-Langham angetroffen hat. Der Beschuldigte war nicht allein am Tatort des Verbrechens, wie man hört?«

»Nein, der Inspector hat im Wesentlichen gesagt, dass ich

genauso verdächtig sei wie Lancelot. Irgendwas von wegen, dass wir unter einer Decke steckten oder dass ich ihn schützte.«

Clifford nickte. »Wie ich befürchtet hatte, was bedeutet ...«

Eleanor stöhnte. »Was bedeutet, dass ich Lancelots Namen reinwaschen muss, um meinen eigenen reinzuwaschen.« Sie drehte die Gabel in ihren Händen. »Die Sache ist die ... Ich habe Lancelot mit dem vermeintlichen Mordwerkzeug in der Hand über den armen Colonel gebeugt angetroffen. Ich weiß nicht, was ich tun würde, wenn man ihn für ...«

Clifford arrangierte Marmelade, Senf, Frühstücksrelish, Salz und Pfeffer in Reih und Glied auf dem Tisch. »... schuldig erklären würde, Mylady?«

Eleanor vergrub ihr Gesicht in den Händen. »Wissen Sie, was das Schlimmste an alldem ist? Ich hatte das Gefühl, jede meiner Antworten auf die Fragen des Inspectors war ein weiterer Nagel zu Lancelots Sarg.«

»Sie hatten keine Wahl, Mylady. Sie mussten die Wahrheit sagen.«

Sie sah auf. »Ich weiß, aber Lancelot ist doch kein Mörder. Er hat nicht, würde nicht, könnte nicht ... töten.«

Clifford straffte die Schultern. »Verzeihen Sie die Direktheit meiner Frage, Mylady, aber was macht Sie da so sicher?«

»Weil wir hier von Lancelot sprechen! Kommen Sie schon, Clifford, Sie haben ihn aufwachsen sehen. Fragen Sie Sandford, er hat Lancelot furchtbar gern. Glauben Sie, dass er irgendwelche Zweifel an der Unschuld des jungen Lords hegt? Natürlich nicht.« Sie starrte auf ihr Messer.

»Mylady, ich teile Ihre Ansichten bezüglich des Beschuldigten. Meiner Erfahrung nach –«

»Würde es Ihnen etwas ausmachen, ihn nicht ›den Beschuldigten‹ zu nennen? Das Wort hat so etwas Schreckliches, gewissermaßen Endgültiges an sich.«

»Ich bitte um Entschuldigung. Auch meiner Erfahrung nach verfügt der junge Lord Fenwick-Langham nicht über das

Gemüt, derart abscheuliche Taten zu begehen, wie etwa einem Mann das Leben zu nehmen. Allerdings ...« Seine Stirn legte sich in Falten. »... könnten Sie und ich dies an Eides statt versichern, die Geschworenen würde es dennoch nicht umstimmen. Wir benötigen Beweise.«

Eleanor ließ den Kopf hängen. »Das ist mir klar«, murmelte sie. »Himmel, wie hat sich dieser riesige Dummkopf nur in eine solche Situation manövriert?« Bei dem Wort »Dummkopf« ließ sie ihren Löffel auf die Spitze ihres weich gekochten Eis niederfahren und stellte sich vor, es wäre Lancelots dämliches Gesicht, das sie da gerade zerschmetterte.

Clifford tupfte mit einer Serviette über das Tischtuch, um die gröbsten Flecken zu beseitigen, die das verspritzte Eigelb verursacht hatte.

»Entschuldigen Sie, Clifford. Ich bin heute morgen nicht ganz bei mir selbst.«

»Üblicherweise gelingt es Ihnen allerdings, Ihr Frühstück größtenteils auf Ihrem Teller zu behalten, Mylady.«

Sie goutierte seinen Versuch, ihren Ausbruch herunterzuspielen. »Clifford, kann ich mit Ihnen sprechen?«

»Ich ging in der Annahme, wir würden bereits seit nahezu einer halben Stunde Konversation betreiben.«

»Ich meine, offen mit Ihnen sprechen. Ich habe sonst niemanden, dem ich mich anvertrauen könnte. Gut, Gladstone natürlich, aber der ist ein absolut hoffnungsloser Fall. Er dreht nur immerzu den Kopf zur Seite und gibt vor, mir zuzuhören, wo er sich doch eigentlich die ganze Zeit fragt, ob ich irgendwas mit ›Leckerli‹ gesagt habe.« Gladstone fuhr hoch und bettete seinen tröstlichen, wenn auch recht schweren Kopf in ihren Schoß.

Cliffords Mundwinkel formten eine Art Lächeln. »Ich begrüße die Anerkennung, dass ich als Vertrauensperson einer ältlichen, gefräßigen Bulldogge vorzuziehen bin.«

»Sie wissen, wie ich das meine. Lancelot ist jetzt auf Ihre

natürliche Begabung für Logik und Vernunft angewiesen. Ich selbst habe die Situation bereits um einiges verschlimmert.« Sie ließ sich in ihren Stuhl zurücksinken.

»Ich bin der Ansicht, Mylady, dass man eine Situation nicht schlimmer machen kann, indem man die Wahrheit sagt. Zumindest nicht, wenn es sich um eine Situation handelt, in der die Wahrheit erzählt werden sollte, wovon ich in diesem Fall felsenfest überzeugt bin. Ihre Aussage gegenüber dem Chief Inspector war doch korrekt und wahr, oder etwa nicht?«

Eleanor nickte niedergeschlagen.

»Dann haben Sie dem jungen Lord Fenwick-Langham den besten Dienst in einer für ihn zugegebenermaßen bedrohlichen Situation erwiesen. Sie haben einen der besten Ermittler des Landes mit den Ihnen bekannten Fakten konfrontiert.«

»Aber alle Fakten deuten auf Lancelot als ... Schuldigen hin.«

»Das ist wahr.«

»Und der Inspector mag Lancelot nicht, weil ... ach, zum Kuckuck! Weil er glaubt, dass ich Lancelot mag, und der Inspector mich mag, zumindest Ihrer Meinung nach.«

»Auch das ist wahr.«

»Dann erklären Sie mir bitte, inwiefern Sie irgendeinen Hoffnungsschimmer für Lancelot sehen können, wo ich mich doch gewissermaßen auf ein Podium gestellt habe und mit dem Finger auf ihn als Mörder gewiesen habe.« Verzweifelt warf sie die Hände in die Luft. »Und wo alles danach aussieht, als würde der Inspector alles tun, um ihn aus dem Weg zu räumen.«

»Nicht auf alle Fragen gibt es sofort eine Antwort.«

»Kommen Sie schon, Clifford. Wir wissen beide, dass der echte Mörder gegenwärtig frei herumläuft, und wir haben doch bei der Aufklärung dieses verflixten Steinbruchmordes ein großartiges Team abgegeben.«

Clifford hüstelte demonstrativ. »Nachdem Sie aufhörten,

mich des versuchten Mordes an Ihnen zu bezichtigen, wohlgemerkt.«

Eleanor wischte den Einwand beiseite. »Das war doch nur eine unbedeutende Kleinigkeit. Aber danach, finde ich, lief doch alles wie am Schnürchen.«

Clifford nickte. »Jedoch habe ich die große Sorge, dass wir diesmal vor einer weitaus größeren Hürde stehen.«

»Keine Sorge, Clifford, ich werde Sie nicht mehr beschuldigen, mich umbringen zu wollen, versprochen.« Eleanor hielt inne und runzelte die Stirn. »Unter der Voraussetzung selbstredend, dass Sie nicht versuchen wollen, mich umzubringen. Ich weiß, dass ich in seltenen Fällen ein klein wenig lästig sein kann.«

»Ich werde mich in der Kunst der Selbstbeherrschung üben, Mylady.« Clifford verbeugte sich großmütig. »Allerdings verweise ich zurück auf den Anfang unserer Konversation und die Schwierigkeit einer objektiven Sichtweise, wenn man emotional in einen Fall verstrickt ist.«

Eleanor schloss die Augen und nickte. »Ich weiß, ich weiß. Ich bin doch in der gleichen Position wie der Inspector, zum Kuckuck.«

Clifford schenkte ihr eine weitere Tasse Kaffee ein. Mit sanfter Stimme fuhr er fort: »Nichtsdestotrotz glaube ich, dass sich der junge Lord Fenwick-Langham äußerst glücklich schätzen kann, dass eine Dame wie Sie sich so für ihn einsetzt.«

»Wieso das?«, fragte Eleanor verblüfft.

»Ich hatte reichlich Gelegenheit, Ihr hartnäckiges Streben nach Gerechtigkeit in Kombination mit Ihrem stets kritischen und erfinderischen Verstand zu beobachten.«

»Danke schön.« Eleanor lächelte. »Sie meinen also meine Dickköpfigkeit?«

»In der Tat. Und natürlich haben Sie gern recht.«

»Wer auch nicht?« Sie lachte. »Aber im Ernst, wo wollen wir anfangen?«

»Vielleicht ist der junge Lord Fenwick-Langham selbst die informativste Quelle?«

»Gute Idee! Ich streife mir nur eben etwas angemessenere Kleidung über.« Sie blickte an ihren seidenen Pyjamahosen und ihrem Hausmantel hinab. »Und dann überreden wir den Inspector dazu, uns Lancelot besuchen zu lassen.« Sie versah Gladstones Haupt mit einem flüchtigen Kuss, sprang auf und runzelte dann die Stirn, als sie das Läuten der Türklingel vernahm.

»Entschuldigen Sie, Mylady, die Tür«, sagte Clifford unnötigerweise.

»Nun, wer auch immer das sein mag, bitte weisen Sie ihn brüsk ab, wir sind zu beschäftigt, um Besuch zu empfangen.«

Einen Augenblick später, als Eleanor gerade dabei war, ihre Kaffeetasse zu leeren, kehrte Clifford zurück. »Lord und Lady Fenwick-Langham möchten Sie sprechen, Mylady.«

SECHS

Wenige Minuten später betrat Eleanor das Gesellschaftszimmer. Lady Fenwick-Langham erhob sich von dem gestreiften Regency-Sofa.

»Eleanor, meine Liebe, es tut uns entsetzlich leid, Sie unangemeldet aufzusuchen.«

»Ja, Verzeihung, altes Mädchen.« Lord Fenwick-Langham blickte auf Eleanors petrolfarbene Seidenbluse und ihren silbernen Plisseerock. »Sieht ganz so aus, als hätten wir Sie aus Ihrem Pyjama gezerrt.«

»Harold!« Lady Fenwick-Langham gab ihm einen Klaps auf den Arm.

Eleanor lächelte. »Es ist eine Freude, Sie zu sehen. Wie kommen Sie zurecht?«

»Ach, meine Liebe, es ist so furchtbar.« Sie zog ein geblümtes Spitzentaschentuch aus ihrem Ärmel hervor. »Wir konnten kein Auge zumachen. Und ich kriege keinen Happen hinunter.«

Lord Fenwick-Langham nahm seine Frau beim Arm und geleitete sie zurück zum Sofa. »So eine üble Sache! Ich verstehe schlechterdings nicht, was dieser Kerl Seldon da im Schilde führt.«

»Ähm ... Clifford, Tee!«, rief Eleanor.

Er nickte, und als er den Raum verließ, konnte er nicht verhindern, dass Gladstone sich seinen Weg hineinbahnte.

Lady Fenwick-Langham schnäuzte sich. »Eleanor, meine Liebe, wir wussten nicht, an wen wir uns sonst wenden sollten. Es ist eine derart heikle Angelegenheit und ... Ach, es tut mir leid, vielleicht hätten wir besser nicht kommen sollen.«

Lord Fenwick-Langham legte ihr seine Hand in den Schoß und umschloss damit die ihre.

»Doch, und ob. Eleanor, altes Haus, sehen Sie, die Sache ist eben ziemlich unangenehm, genau wie es das alte Mädchen hier gerade gesagt hat, aber wir brauchen Ihre Hilfe, und Sie haben sich ja bereits als eine ziemlich einfallsreiche Detektivin erwiesen.« Ihre beiden Gäste tauschten einen Blick und nickten.

Eleanor sah von einem zum anderen. Als sie auf Henley Hall angekommen war, hatte sie niemanden gekannt. Die Fenwick-Langhams hatten sie auf ihr Anwesen eingeladen und sie von Anfang an wie eine gute Freundin behandelt. Nun würde sie sich revanchieren. *Aber wie?*

Ein Pochen an der Tür kündigte Cliffords Rückkehr mit einem kompletten Teeservice an. Eclairs, zart verpackt in Spitzenpapier, füllten eine silberne Etagere.

»Danke schön, Clifford. Fahren Sie bitte fort, Augusta.«

Ihre Gäste schienen zu zögern. Sie blickte erst die beiden, dann Clifford an. Natürlich, ihr Butler war anwesend, und es galt hier, eine sehr persönliche Angelegenheit zu besprechen. »Das wäre dann alles, Clifford.«

Lord Fenwick-Langham sprang auf. »I wo! Kann Clifford denn nicht bleiben? Vielleicht brauchen wir Sie beide. Herz und Hirn, sozusagen.« Er lachte gequält und setzte sich wieder.

»Unbedingt!«, erwiderte Eleanor erleichtert.

»Ach, Harold!« Lady Fenwick-Langham nahm seine Hand. »Vielleicht sollte ich dieses Gespräch führen.« Sie hielt inne und schien zu überlegen. »Eleanor, wir waren so beeindruckt von alldem, was Sie in dieser schrecklichen Sache erreicht haben ...«

»Üble Sache!«, murmelte ihr Ehemann.

»Nun, na ja, Sie und Clifford haben zwei Morde aufgeklärt und den Mörder auf eigene Gefahr zur Strecke gebracht.« Sie hielt inne und lächelte matt.

Eleanor nickte Clifford zu, der sich anschickte, den Tee zu servieren. »Das ist sehr freundlich von Ihnen.«

»Nun, die Sache ist die: Wären Sie bereit, uns zu helfen? Dass Lance Pudders getötet haben soll, ist völliger Mumpitz, und wir wollen, dass beiden Gerechtigkeit widerfährt«, erläuterte Lord Fenwick-Langham.

»Natürlich, Clifford und ich werden uns dieser Sache unbedingt annehmen. Wir arbeiten sozusagen als Team, wenn es um, nun, solche Angelegenheiten geht. Bitte fahren Sie fort. Seien Sie versichert, dass wir diese Unterhaltung streng vertraulich behandeln werden.«

Clifford bot Lord Fenwick-Langham ein zweites Kännchen an.

»Erste Sahne, Clifford, herzlichen Dank.« Er zwinkerte Clifford zu, der etwas in seinen Tee gab, das verdächtig nach einer großen Menge Whisky aussah.

»So«, sagte Eleanor, »wollen wir nicht ganz direkt miteinander sein und sagen, was auch immer gesagt werden muss? Die ganze Situation ist so verfahren, aber dafür sind Freunde doch da!«

Lady Fenwick-Langham erhob sich und drückte Eleanor fest an sich. »Ganz wie Ihr Onkel, mein liebes Mädchen. Ganz wie er.«

Clifford reichte die Etagere herum. Lord Fenwick-

Langham nahm sich erst nur ein Teilchen, entschied sich dann aber nach kurzem Zögern noch für ein zweites.

»Hören Sie mal, Eleanor, altes Haus, wollen Sie Ihre fantastische Köchin nicht mal nach Langham Manor schicken, um unserer Köchin beizubringen, wie man diese schlichtweg fantastischen kleinen Biester zustandebringt?« Er nahm einen Bissen und stupste seine Frau an. »Leg los, Liebste, es hat keinen Sinn, um den heißen Brei herumzureden.«

Lady Fenwick-Langham starrte in ihre Teetasse. »Das ist das Schlimmste, was der Familie passiert ist, seit … nun, ich will Sie nicht mit unseren Familientragödien langweilen.« Sie nahm einen tiefen Atemzug. »Und ich fürchte, dass wir Lancelot diese Katastrophe auch noch selbst aufgebürdet haben.«

Eleanor blickte abwechselnd zwischen ihnen hin und her. »Wie das?«

Lady Fenwick-Langham lachte ängstlich. »Es gibt keine einfache Art, das zu sagen, meine Liebe. Bedauerlicherweise befinden wir uns in einer, nun, vorübergehend angespannten Situation. Sie wissen ja, wie das ist, wenn einige Investitionen schief gehen.«

Eleanor nickte, obschon sie noch nie genug Geld gehabt hatte, um irgendwelche Investitionen zu tätigen. Nicht, bis sie unerwartet Gutsherrin geworden war und das bescheidene Vermögen ihres Onkels geerbt hatte.

Lord Fenwick-Langham schlug auf die Armlehne, und Gladstone, der zu Eleanors Füßen lag, blickte auf. »Und dann klopft der Steuereintreiber auch noch an unsere heilige Pforte, um seine Ansprüche geltend zu machen. Just wenn es finanziell gerade sowieso schon nicht gut läuft. Ein echtes Ärgernis, insbesondere, da es meine liebe Ehefrau so mitnimmt.«

Besagte Ehefrau lächelte ihn liebevoll an und nahm den Faden auf. »Ich beschloss, dass der einzige Ausweg darin bestand, meine Halskette zu veräußern.«

Eleanor holte Atem. *Eine angespannte Situation, fürwahr!* »Ist das nicht die ...?«

Lady Fenwick-Langham nickte langsam und sprach mit gesenktem Haupt weiter. »Ja, die, die Harold mir zu unserem Hochzeitstag geschenkt hat.«

Lord Fenwick-Langhams Gesicht errötete. »Es fühlt sich scheußlich an, in einer derart miesen Lage zu sein. Die arme Augusta hat es nicht verdient, sich von solchem Unsinn beunruhigen lassen zu müssen. Ich konnte doch nicht zulassen, dass sie den alten Klunker zur Auktion freigeben und sich dann auch noch den hochnäsigen Blicken und dem Getratsche hinter unserem Rücken aussetzen muss. Also habe ich ihr gesagt, dass wir die Kette auf keinen Fall verkaufen.«

Eleanor erwartete, dass einer von beiden weitersprechen würde. Da sie jedoch lediglich Stille vernahm, ergriff sie selbst das Wort. »Sie müssen meinen langsamen Verstand bitte entschuldigen. Können Sie mir den Zusammenhang zwischen Ihrer bedauernswerten Situation und Lancelots gegenwärtiger Bredouille erläutern?«

Lady Fenwick-Langham nahm nickend eine weitere Tasse Tee aus Cliffords Händen entgegen. »Nun, genau das ist ja der Punkt, verstehen Sie. Wir können nur vermuten, dass er uns darüber schnattern gehört hat, was für ein lächerlicher, garstiger Schlamassel das doch alles ist, mit den Finanzen und ... und dass wir, wenn wir einen Ball geben würden, womöglich einen Glückstreffer landen könnten ... mit einem Dieb.«

»Aber nicht irgendeinem Dieb. Dem Besten!«, führte Lord Fenwick-Langham aus. »Sie wissen schon, dieser teuflisch brillante Fassadenkletterer, der rund um London schon seit Gott weiß wie vielen Monaten sein Unwesen treibt.«

Eleanor war verwirrt.

»Ach, kommen Sie schon, altes Haus, spielen Sie jetzt nicht die Unwissende. Selbst Sie müssen doch davon gehört haben.

Er ist mit glitzerndem Plunder im Wert von Tausenden, wenn nicht sogar Zehntausenden Pfund davongekommen.«

Ah ja! Das erklärt, wieso der Inspector Lancelot wegen des Verdachts auf eine Reihe damit zusammenhängender Einbrüche verhaftet hat, Ellie. Er muss ihn für diesen Dieb halten.

Lady Fenwick-Langham rümpfte die Nase. »Plunder ist das ganz bestimmt nicht. Dieser Mann kennt sich mit Juwelen aus. Er hat es nur auf die besten abgesehen. Ich bin mir sicher, dass Clifford von den Verbrechen dieses Diebs gehört hat.«

Clifford nickte. »Ich habe die Meldungen gelesen, Mylady. Der fragliche Schurke erscheint gewiss höchst gewieft.«

»Daher glauben Sie auch, dass er versucht gewesen sein musste ... Ihren Schmuck zu stehlen?« Eleanor hatte das Gefühl, endlich wieder etwas zu verstehen.

»Haargenau!« Lady Fenwick-Langham erhob einen Finger. »Verstehen Sie, wieso wir davon ausgingen, dass die Chancen gut stünden, von ihm ins Visier genommen zu werden, wenn wir einen Maskenball abhielten und ihn, nun ja, groß ankündigten?«

Eleanor lehnte sich in ihren Stuhl zurück. »Mir entgeht hier offensichtlich etwas sehr Wichtiges. Ich verstehe nur, dass Lancelot möglicherweise etwas von Ihrem Plan mitbekam, den Ball als Ziel für den Juwelendieb zu veranstalten, aber dann hätten Sie doch Ihre Juwelen verloren. Inwiefern hätte Ihnen das weitergeholfen?«

»Die Versicherung, Mylady«, sagte Clifford.

»Ach, natürlich, ich Dummerchen.«

Lord Fenwick-Langham seufzte. »Nun, es wäre kein Betrug gewesen, verstehen Sie. Die Halskette wäre ja wirklich gestohlen worden, das wäre das Geniale daran gewesen. Natürlich hat uns die Veranstaltung des Balls eine Stange Geld gekostet, das wir zu keiner Zeit besaßen, aber wir sind davon ausgegangen, dass das Versicherungsgeld auch diesen Betrag decken würde.«

»Äußerst gewieft«, staunte Eleanor. »Was aber, wenn der Dieb nicht aufgetaucht wäre?«

»Diese Möglichkeit bestand«, gab Lady Fenwick-Langham zu. »Aber es sieht ganz so aus, als hätte er gar nicht erst die Gelegenheit dazu bekommen. Lancelot hat es sich wohl zur Aufgabe gemacht, dem Dieb zuvorzukommen, mein armer, einfältiger Liebling.«

Irgendetwas an ihrer Traurigkeit berührte Eleanor. »Wissen Sie, ich habe Schwierigkeiten, das alles zu begreifen, aber einer Sache bin ich mir sicher: Lancelot mag geplant haben, die Juwelen zu stehlen, um Ihnen zu helfen, aber er hätte ... er hätte doch dem Colonel niemals ein Haar gekrümmt. Das kann ich einfach nicht glauben.«

Alle Anwesenden, mit Ausnahme von Clifford, der sehr beschäftigt mit dem Tee schien, pflichteten ihr bei.

Eleanor entsann sich, dass Lord Fenwick-Langham mit dem Colonel befreundet gewesen war. »Und mein aufrichtiges Beileid, Lord, äh ... Harold. Er war ein höchst außergewöhnlicher Gentleman.«

Lord Fenwick-Langham seufzte. »Vielen Dank, meine Liebe. Um ehrlich zu sein, war er den Großteil der Zeit über eine absolute Nervensäge, der alte Schwachkopf. Aber tief drin war er ein anständiger Mensch. Wissen Sie, er konnte nichts dafür, dass er nie eine gute Frau gefunden hat, die ihn zur Vernunft gebracht hat, so wie ich.«

Lady Fenwick-Langham rieb ihm die Schulter. »Es ist eine solche Tragödie. Und es sollte doch eine Party sein. Wenn auch eine mit Hintergedanken.«

»Sie dürfen sich wirklich keine Vorwürfe machen«, sagte Eleanor. »Ehrlich gesagt, glaube ich noch nicht einmal, dass es Lancelot war, der Ihre Juwelen gestohlen hat.«

Die Fenwick-Langhams tauschten einen flüchtigen Blick aus.

»Warum das, meine Liebe?«, fragte Lady Fenwick-Langham leise.

»Ich war doch auch in dem Zimmer.« Sie blickte zu Lord Fenwick-Langham und fügte schnell hinzu: »Äh, natürlich erst nachdem der arme Colonel ermordet worden war. Und der Tresor, nun, der stand sperrangelweit offen. Das fiel mir erst auf, als die Polizei hereingepoltert war und der Inspector den Tresor für leer und die Juwelen für verschwunden erklärt hatte. Jedenfalls wurde Lancelot an Ort und Stelle durchsucht, und auf dem Weg zu dem Zimmer ist mir niemand begegnet. Überdies weiß ich ja, dass ich, entgegen der ungehobelten Unterstellung des Inspectors, nicht Lancelots Komplizin bin.«

Lady Fenwick-Langhams Hand schnellte zu ihrem Mund. »Das hat er nicht im Ernst behauptet? Sie sagen, er hat tatsächlich *Sie* beschuldigt, involviert gewesen zu sein? Oh, was für ein Schlamassel wir doch angerichtet haben. Das tut mir *so* leid, meine Liebe.«

»Sie brauchen sich nicht entschuldigen, Augusta. Was ich damit sagen will, ist Folgendes: Lancelot hatte gar keine Gelegenheit, die Juwelen zu stehlen. Jemand muss ihm zuvorgekommen sein. Und ... ich glaube, dass dieser Jemand auch den Colonel auf dem Gewissen hat.« Sie dachte an die Worte von DCI Seldon zurück. *Zwischen dem Todeszeitpunkt des Colonels und der Ankunft meiner Männer hat also niemand den Raum betreten.* Sie stöhnte innerlich.

Clifford räusperte sich. »Verzeihen Sie den Einwurf, aber da ist eine Sache, die mir höchst seltsam erscheint. Darf ich fragen, wieso der Chief Inspector und seine Männer dem Ball beiwohnten? Sie waren nicht als Gäste dort, sondern meines Wissens im Dienst, richtig?«

Lady Fenwick-Langham sprang auf, schritt zum Fenster und starrte hinaus. Alle warteten. »Es waren die verflixten Einladungen! Sie wissen, wie das ist. Wenn man einen Ball hält, muss man die richtigen Leute einladen. Es wäre ein fürchterlicher Fauxpas gewesen, das nicht zu tun. Aber hätten wir doch ... diese eine nicht verschickt.« Sie schniefte. Gladstone kam hinübergeschlurft und beschnüffelte ihre Hand. Ihre Finger baumelten schlaff an seiner Wange.

Lord Fenwick-Langham nahm die Zügel wieder in die Hand. »Mea culpa, absolut, darüber habe ich überhaupt nicht nachgedacht. Selbstverständlich habe ich auch Lord Cavendish-Wraith auf die Gästeliste gesetzt.«

»Äh, selbstverständlich«, sagte Eleanor. *Wer zum Teufel ist Lord Cavendish-Wraith?*

Als hätte er ihre Gedanken gelesen, fügte Lord Fenwick-Langham hinzu: »Cavendish ist der verdammte Polizeichef, altes Haus. Und der hat natürlich Inspector Seldon angewiesen, diesen verfluchten Juwelendieb auf dem Ball abzufangen. Damit hat er den ganzen Plan durcheinandergebracht und am Ende auch noch unseren Jungen in Handschellen gelegt.«

Clifford nickte. »Lord Cavendish-Wraith muss gewusst haben, dass Chief Inspector Seldon den Juwelendieb bereits seit Monaten jagt. Ich vermute, beide stimmten mit Lord und Lady Fenwick-Langham darin überein, dass der Dieb sich die Gelegenheit nicht entgehen lassen würde, eine Beute wie Lady Fenwick-Langhams Halskette zu machen.«

»Haargenau, Mr Clifford!« Lady Fenwick-Langham fuhr mit rot geränderten Augen herum. »Wir beschlossen, dass wir keine andere Wahl hatten, als den Ball trotzdem zu veranstalten. Wir hofften, dass der Dieb so clever sein würde wie bei seinen anderen Raubzügen und der Polizei entwischen und mit der Halskette entkommen würde.« Sie setzte ihre Tasse ab. »Bitte entschuldigen Sie uns, liebe Eleanor, aber das ist wirklich alles, was wir Ihnen erzählen können. Wir müssen jetzt gehen. Diese Angelegenheit hat uns so aufgewühlt, dass wir wirklich nicht mehr wir selbst sind.«

Sie trieb ihren Ehemann aus dem Zimmer, wandte sich aber noch einmal zu Eleanor um und gab ihr einen Kuss auf die

Wange. »Vielen Dank, meine Liebe, Sie haben uns beiden Hoffnung gegeben. Wenn Sie sich mit Clifford Lancelots Fall widmen, wird er damit weitaus besser fahren als in den Händen der sogenannten Hüter von Recht und Gerechtigkeit.«

»Natürlich. Clifford und ich werden ihn bald schon zurück nach Langham Manor bringen, wo er hingehört.«

Eleanor hoffte, dass sie überzeugender klang, als sie sich fühlte.

SIEBEN

Als Clifford Lord und Lady Fenwick-Langham zur Tür gebracht hatte und zurückgekehrt war, ließ sich Eleanor der Länge nach auf das Sofa plumpsen.

»Clifford?«

»Ja, Mylady?«

»Was halten Sie von alldem?«

Clifford schürzte die Lippen. »Wie der selige Mr Burns sagen würde: ›Der beste Plan von Maus und Mann gelingt oft nicht.‹«

Eleanor prustete. »Nun, ich würde diesen Plan kaum als einen der besten bezeichnen, der mir je begegnet ist. Ich würde ihn sogar als einen der schlechtesten Pläne bezeichnen, ob von Maus oder Mann. Was *haben* sie sich dabei nur gedacht? Ich meine, wer würde einen derart albernen Plan aushecken, Clifford?«

Seine Antwort beschränkte sich auf ein diskretes Hüsteln.

Sie stöhnte. »Zugegeben, in mancherlei Hinsicht könnte dieser Plan auch von mir sein. Jetzt aber Spaß beiseite. Was ist unser erster Schritt?«

Clifford blickte einen Augenblick nachdenklich drein und

nickte sich dann selbst zu. »Wenn wir der Lord- und Lady-schaft helfen wollen, vom jungen Lord Fenwick-Langham ganz zu schweigen, sollten wir vielleicht den exakten Ablauf der Geschehnisse dieses Abends bis hin zum Juwelendiebstahl und dem Mord am Colonel rekonstruieren.«

»Sie haben recht, Clifford, wir sollten uns erst einmal über alles im Klaren sein, danach können wir herausfinden, was Sache ist.«

Sie holte ihr Notizbuch herbei und fing an, einen großen Zeitstrahl für den Abend zu skizzieren. Dabei erläuterte sie Clifford ihre Zeitangaben.

»Lady Fenwick-Langham meinte, dass ich mit einem Abstand von etwa fünfzehn Minuten als Letzte angekommen sei. Nun, ich bin gegen sieben Uhr fünfundvierzig eingetroffen, also müssen Lancelots Freunde kurz vor sieben Uhr dreißig da gewesen sein, da ich mir kaum vorstellen kann, dass sie als Erste da sein wollten.«

Sie blickte auf und bemerkte Cliffords Miene. »Sagen Sie kein Wort, Clifford! Ich bin einfach von Natur aus schlecht darin, pünktlich zu sein, völlig ungeachtet des Anlasses.«

»Sehr wohl, Mylady«, sagte er in bester butlerhafter Manier, konnte sich ein Zwinkern aber nicht verkneifen. »Was ist mit dem Colonel?«

»Ich möchte ja nicht schlecht über Tote sprechen, Clifford, aber der Colonel war wirklich ein äußerst unangenehmer Zeit-genosse. Ich habe mit ihm gesprochen, bevor ich nach oben gegangen bin, um nach Lancelot zu suchen, und er hat jede Menge Unsinn erzählt.« Sie seufzte. »Aber wir können nicht zulassen, dass dieser Mörder frei herumläuft. Also, weiter.«

»Was ist mit dem Tod des Colonels?«, fragte Clifford. »Hatten Sie mir nicht erzählt, dass Chief Inspector Seldon eine stehen gebliebene Uhr im Arbeitszimmer vorgefunden hat?«

»Ach ja, Sie haben recht. Es wird vermutet, dass der Colonel irgendwann um diese Zeit ermordet wurde, denn laut dem Inspector ist die Uhr des Colonels um acht Uhr dreiundzwanzig stehen geblieben.« Sie ergänzte ihre Liste um den entsprechenden Eintrag und präsentierte sie Clifford.

- *19 Uhr*: Beginn des Balls
- *19:15 bis 19:30 Uhr*: Lancelots Freunde treffen ein – Childs-Schwestern, Singh (Prinz), Seaton und Appleby.
- *19:45 Uhr*: Ich treffe ein.
- Sandford erzählt mir, dass Lancelot mit Freunden im Garten weilt.
- *20:05 Uhr*: Prinz Lucas Singh bricht auf. – Zeit?
- Erste Sichtung von Lancelot im Piratenkostüm – Zeit?
- *20:15 Uhr*: Sehe den Pirat erneut und folge ihm, falle dabei aber auf die Nase!
- *20:20 Uhr*: Versuche, mein Make-up und meine Würde wiederherzustellen. Erspähe Piratenbeine, welche die Treppe hinaufeilen, und laufe hinterher.
- *20:23 Uhr*: Die Uhr des Colonels bleibt stehen.
- *20:24 Uhr*: Gehe in das Arbeitszimmer, wo ich Lancelot und Leiche vorfinde!!
- *20:25 Uhr*: Die Polizei stürmt herein.

Eleanor legte den Stift beiseite und sah auf. Obwohl ihr Bauchgefühl ihr sagte, dass Lancelot die Juwelen nicht gestohlen haben, geschweige denn den Colonel auf dem Gewissen haben konnte, zeichneten ihr Verstand und ihre Notizen ein gänzlich anderes Bild.

»O Clifford, wo sind wir da bloß reingeraten? Wie um Himmels willen sollen wir die Unschuld eines Mannes beweisen, wenn dieser sich in flagranti erwischen lässt und sämtliche Beweise auf seine Schuld hindeuten?«

ACHT

Am folgenden Tag hatte die Sonne beschlossen, sich aus ihrem Versteck zu wagen und sich zu zeigen. Trotz dieses Zeichens des guten Willens war die Hauptstraße von Chipstone recht leer, da kein Markttag war. Der Rolls-Royce rollte an Grüppchen von Frauen vorbei, die an Straßenecken tratschten, während gelangweilte Ladenbesitzer ihre Schaufenster säuberten und vor ihren Ladentüren fegten.

Als Clifford auf einem Parkplatz neben der unverkennbaren blauen Lampe der Polizeistation zum Stehen kam, bemerkte Eleanor, dass sich, anders als sonst, keine uniformierten Raucher im angrenzenden Gässchen befanden. Womöglich hatte ein Stühlerücken eingesetzt, nachdem sie und Clifford die Korruption auf der örtlichen Polizeistation aufgedeckt hatten.

Nachdem er ihr die Tür geöffnet hatte, stieg sie aus. »Danke schön, Clifford, bitte warten Sie hier auf mich. Das ist ein Kampf, den ich allein durchstehen muss.«

»Natürlich, Mylady. Aber meinen Sie, diese martialische Einstellung ist die beste Geisteshaltung, um eine solch heikle Angelegenheit anzugehen?«

»Nein, mitnichten. Aber ich kann es nicht ändern.« Ohne eine Antwort abzuwarten, schritt sie die Vortreppe hinauf.

Im Inneren der Station herrschte eine gänzlich andere Atmosphäre als noch bei ihrem letzten Besuch. Ein leises, betriebsames Summen erfüllte das Gebäude, und der Trittschall von Stiefeln hallte ihr von den polierten Fluren entgegen. Der Beamte am Empfang schnellte hoch, als sie sich ihm näherte.

»Guten Morgen«, sagte sie.

Der Beamte spähte auf die riesige Uhr an der gegenüberliegenden Wand. »Streng genommen ist es bereits Nachmittag, Miss.« Dann erkannte er sie. »Ach, Sie sind es, Lady Swift. Ich bitte um Entschuldigung, was kann ich für Sie tun?«

»Constable ... oh, entschuldigen Sie, inzwischen Sergeant Brice, habe ich recht?«

»Völlig korrekt, Lady Swift.« Seine Brust schwoll an vor Stolz. Brice war vor Kurzem befördert worden, nachdem der vorige Sergeant wegen Inkompetenz und Korruptionsverdacht entlassen worden war. »Darf ich nach dem Grund Ihres Besuchs fragen?«

»Ja, das dürfen Sie. Ich wünsche, Lance... Lord Fenwick-Langham zu sprechen, bitte.«

Brice stieß unwillkürlich einen leisen Pfiff aus, den er vergeblich als Hüsteln zu tarnen versuchte. »Häftlinge, die wegen schwerwiegender Straftaten inhaftiert sind, dürfen keinen Besuch empfangen.«

Eleanors starrer Blick bohrte sich in seinen Schädel. Nur wenige vermochten dem Swiftschen Starrblick zu widerstehen.

Er bewegte sich nervös hinter dem Schalter hin und her. »So sind nun mal die Vorschriften. Sie können eine Nachricht hinterlassen, dann frage ich Detective Chief Inspector Seldon, ob ich diese an den ... Beschuldigten weitergeben darf.« Er sah zu ihr auf, um den Blick danach schnell wieder sinken zu lassen. »Das ist wirklich das Einzige, was ich Ihnen anbieten kann.«

»Den Inspector?« Sie legte die Stirn in Falten. »Ist er noch immer hier? Ich hatte ja eher gehofft, dass er wieder zurück nach London oder Oxford beordert worden wäre.«

»Er leitet die Ermittlungen, Lady Swift. Er bleibt bei uns, bis das Urteil gefällt ist.«

»Urteil? Immer langsam mit den jungen Pferden! Keiner von Ihnen sollte zum gegenwärtigen Zeitpunkt über Gerichtsverhandlungen oder gar Urteile nachdenken. Bislang haben Sie noch nicht einmal den vollständigen Ablauf der Ereignisse ermittelt!«

Eine weitere Stimme unterbrach sie: »Guten Nachmittag, Lady Swift. Sind Sie vorbeigekommen, um der Polizei Ratschläge darüber zu erteilen, wie man eine Mordermittlung führt, oder gibt es noch irgendetwas anderes, das wir für Sie tun können?«

Sie wandte sich dem Neuankömmling zu. »Inspector.«

»Detective Chief Inspector«, flüsterte Brice.

Sie kam nicht umhin zu bemerken, dass DCI Seldons Augen freundlich erschienen, wenngleich sein Lächeln nicht viel mehr als ein schmaler Strich zwischen seinen markanten Wangenknochen war.

Er hob sein Kinn. »Kann ich Ihnen helfen?«

»Ja. Wie Sie höchstwahrscheinlich mitbekommen haben, würde ich gern Lord Fenwick-Langham sehen.«

»Es tut mir leid, aber er ist nicht befugt, Besuch zu empfangen.«

»Das habe ich ihr bereits gesagt, Sir«, erklärte Brice.

DCI Seldon blitzte ihn an. »Tee, Sergeant. Wir sind in meinem Büro.«

»Ich dachte, Sie wollten außer Haus, um ...« Der Sergeant beugte sich dem gestrengen Blick des Inspectors. »Ja, Sir.«

»Heiß und in sauberen Tassen, wohlgemerkt«, konnte sich Eleanor nicht verkneifen, ihm hinterherzurufen.

DCI Seldon hob fragend eine Augenbraue.

»Oh, das war der Lieblingsbefehl dieses Kretins Wilby. ›Brice, Tee, heiß und in sauberen Tassen!‹«

»Ach ja, Sergeant Wilby. Nun, wie Sie wissen, arbeitet er nicht länger auf dieser Polizeistation.«

»Und auch auf keiner anderen, hoffe ich inständig.«

DCI Seldon rieb sich die Stirn und wies auf die halb geöffnete Tür hinter ihm.

»Lady Swift, da Sie die Hauptzeugin sind, wollte ich Sie anrufen und bitten, vorbeizukommen und Ihre Aussage zu unterschreiben, aber wie es scheint, ersparen Sie mir diese Mühe.«

Er marschierte in das Büro und duckte sich unter dem Türrahmen. Sie folgte ihm und blieb stehen, als er hinter ihr die Tür geschlossen hatte. Das Büro hatte etwas Provisorisches an sich; Kisten voller Akten standen überall auf dem Fußboden, der Sekretär jedoch war leer, die Tür einen Spaltbreit geöffnet. Er beförderte seinen blauen Wollmantel und seine Melone auf den Ständer in der Ecke und zog ihr einen Stuhl hervor.

Lächelnd nahm sie Platz. »Inspector, ich muss unbedingt mit Lancelot sprechen. Es ist sehr wichtig.«

»Ebenso wie die Beantwortung sachdienlicher Fragen.«

Sie beugte sich über den Schreibtisch. »In Ordnung. Dann bringen Sie mich im Anschluss also zu Lancelot?«

Er ließ sich in den Stuhl hinter dem Schreibtisch fallen, überschlug seine langen Beine unter dem Stuhl und stellte sie dann unbeholfen wieder nebeneinander. »Lady Swift.« Er seufzte. »Ich muss Ihnen, wie gesagt, noch einige weitere Fragen stellen.« Er zog sein Notizbuch aus der Tasche.

Sie entledigte sich ihrer Handschuhe, nahm ihren Hut ab und legte alles vor ihm auf dem Tisch ab. »Ich muss Sie ebenfalls ein paar Dinge fragen. Sie zuerst.«

»Ganz recht.« Er wuchtete einen Berg aus Akten an den Rand seines Schreibtischs. »Zunächst einmal, was genau haben Sie gesehen, als Sie das Zimmer in der Mordnacht betreten haben?«

»Hatten wir darüber nicht bereits in besagter Mordnacht gesprochen?«

»Lady Swift, bitte beantworten Sie nur die Frage.«

Eleanor ordnete ihre Gedanken. »Ich habe die Tür aufgestoßen und Lancelot gesehen. Nun, zunächst war ich nicht sicher, ob er es war. Folglich müsste ich also korrekterweise sagen, dass ich eine Gestalt bemerkt habe, die über eine andere Gestalt gebeugt war, die am Boden lag.«

»Haben Sie irgendetwas Ungewöhnliches am Opfer bemerkt?«

»Ich habe mir gedacht, dass er in einem höchst sonderbaren Winkel dalag.«

»Und was haben Sie als Nächstes getan?«

Eleanor kniff die Augen zusammen. »Ich habe Lancelots Namen gesagt.«

»Wovor wollten Sie ihn denn warnen?«

»Warnen? Ich wollte ihn vor überhaupt nichts warnen. Wie gesagt, zu diesem Zeitpunkt war ich mir noch nicht einmal sicher, dass es sich überhaupt um ihn handelte. Also sagte ich seinen Namen, woraufhin er aufstand.«

»Was genau haben Sie gesagt?«

»Seinen Namen.«

DCI Seldon seufzte. »Einzelheiten, wenn ich bitten darf. Haben Sie ihn bei seinem Vor- oder Zunamen angesprochen?«

Eleanor runzelte die Stirn und versuchte, seinen Kiefer im Blick zu behalten. Zuckte er gerade wieder? »Lancelot. Ich habe schlicht ›Lancelot‹ gesagt. So lautet nämlich sein Name, wissen Sie.« *Ellie, beantworte doch einfach die Frage!* Sie schüttelte den Kopf, in dem Bewusstsein darüber, dass DCI Seldon sie beobachtete. Sie wollte ihm keine Schwierigkeiten machen, aber seit dem Verschwinden ihrer Eltern hatte sie ein Problem mit der Obrigkeit, insbesondere mit der Polizei. Da kam ihr ein Gedanke. »Aber Sie müssen mich doch sicherlich gehört haben? War das nicht der Anlass dafür, dass Sie mit Ihren Männern das Zimmer gestürmt haben?«

»Meine Männer und ich traten exakt nach diesem Moment ein, ja.«

»Weil Sie mich gehört haben?«

Er schien erleichtert, als ein Geräusch am Türgriff zu vernehmen war. »Ah, das muss der Tee sein. Genug Fragen für den Moment.«

Er stand auf, um die Tür zu öffnen.

»Danke, Brice.« DCI Seldon bat ihn, die Tassen an der einzig freien Stelle des Schreibtischs abzustellen. »Das wäre alles.«

»Ähm, Sir, soll ich Ihre Verabredung telefonisch absagen? Sie sollten sich ja ...«

»Ich weiß, was ich gesollt hätte, Sergeant. Inzwischen wird ja wohl offensichtlich sein, dass ich aufgehalten worden bin.«

Als sich die Tür hinter Brice geschlossen hatte, stützte sich Eleanor wieder mit den Ellbogen auf den Schreibtisch. »Bin ich jetzt an der Reihe, Inspector?«

»Noch nicht.« Er ächzte und fuhr mit seinem Finger über den Henkel seiner Tasse. »Ich war noch nicht fertig.« Er nahm einen Schluck seines Tees und zuckte zusammen. »Zwischen Ihrer Nennung des Namens des Beschuldigten und unserem Betreten des Zimmers lagen einige Augenblicke. Können Sie beschreiben, woran Sie sich erinnern?« Er blickte sie mit gezücktem Stift an.

»Ähm, war dem so? Es ist alles so schnell passiert, ich bin mir nicht sicher, ob ich mich daran erinnere.«

»Mal sehen, vielleicht könnten Sie es ja versuchen.«

»Okay, nun, ich glaube, Lancelot ist aufgestanden und hat sich umgedreht.«

»Und hat er darauf reagiert, dass Sie nach ihm gerufen haben?«

»Aber das müssen Sie doch gehört haben ...« Eleanor hielt einen Moment lang inne und holte dann tief Luft. »Er hat etwas gesagt, aber ich weiß nicht mehr genau, was es war.«

»Ich erinnere Sie gern an den Wortlaut.« DCI Seldon blätterte durch die Seiten seines Notizbuchs. »›Sherlock, was zur Hölle machen Sie hier? Sie müssen hier weg. Sofort!‹ Kommen Ihnen diese Worte vertraut vor?«

»Ja, vielleicht hat er etwas in der Art gesagt.«

»Er schien überrascht zu sein, Sie zu sehen?«

»Natürlich war er das. Wie ich Ihnen bereits gesagt habe, hatte er keine Ahnung, dass ich ihm, Sie wissen schon, die Treppe hinauf gefolgt war.«

»Und er befahl Ihnen, zu gehen?«

»Da eine Leiche in dem Zimmer lag, hätte vermutlich jeder Gentleman versucht, einer Dame diese Unannehmlichkeit zu ersparen.«

Bei dem Wort »Gentleman« versteifte sich DCI Seldon. »Und was bitte hat es mit ›Sherlock‹ auf sich? Ist das ein Codewort für etwas, das mit dem Verbrechen in Verbindung steht?«

Eleanor errötete. »Um Himmels willen, Sie wissen ganz genau, dass das kein Codewort ist. Genauso, wie Sie wissen, dass ich nicht Lancelots Komplizin bin und er weder des Juwelendiebs noch des Abmurksens des alten Colonels schuldig ist!«

Seldon beugte sich zu ihr vor, sein Tonfall war brüsk. »Sherlock?«

Sie zuckte die Achseln. »Das ist ein ... Kosename, wenn Sie es genau wissen müssen.«

»Danke schön. Hiermit ist die Vernehmung beendet, für den Moment jedenfalls. Ich werde Sergeant Brice jetzt bitten, das Fingerabdruckset hereinzubringen.«

»Fingerabdruckset? Für mich? Aber ich habe doch gar nichts angefasst.«

»Womöglich nicht, allerdings müssen wir alle Fingerabdrücke, die wir vor Ort gefunden haben, abgleichen, inklusive jener, die auf dem Kerzenhalter gefunden wurden, den wir mittlerweile mit Sicherheit als Mordwaffe identifiziert haben. Die Mordwaffe, die Sie anzweifelten und die sich in der Hand des Beschuldigten befand, als dieser sich umdrehte und Sie Sherlock nannte!«

Bleib ruhig, Ellie! Sie nahm einen tiefen Atemzug. »Haben Sie irgendwelche anderen Fingerabdrücke auf dem Kerzenhalter gefunden? Abgesehen von ... Lancelots natürlich.«

»Die einzigen anderen Fingerabdrücke stammen vom Zimmermädchen, das, wie Lady Fenwick-Langham bestätigt hat, am Tag zuvor das Zimmer gereinigt hat.«

Eleanor beugte sich vor. »Und kann sie ein Alibi für die Zeit aufweisen, in welcher der Colonel ermordet worden ist?«

»Ja, sie befand sich im Salon mit zwei anderen Bediensteten, die ihre Aussage bestätigt haben.«

Sie lehnte sich in ihren Stuhl zurück und stöhnte.

Er schritt zur Tür und öffnete sie. »Brice! Fingerabdrücke, jetzt!«

Der Sergeant kehrte eiligen Schrittes in das Zimmer zurück. Beim Blick in DCI Seldons Gesicht stieß er ein gestammeltes »Soll ich sie hier nehmen, Sir?« hervor.

»Ich kümmere mich darum. Lassen Sie gut sein.«

DCI Seldon klappte den Deckel des Stempelkissens auf und zögerte, bevor er Eleanor mit ausgestrecktem Arm um ihre Hand bat. Sie gab ihm zunächst die linke. Die Hand, mit der er jeden ihrer Finger in die Tinte und von dort aus auf das dazugehörige Papier führte, war warm, stark und überraschend weich. Im Anschluss füllte er die Felder am Ende des Formulars aus.

Sie sah ihre Chancen, Lancelot zu helfen, von Minute zu Minute schwinden. »Inspector, darf ich Sie fragen, ob Lancelot irgendetwas gesagt hat, was das Geschehene erklären könnte?«

DCI Seldon ächzte erneut. »Er weigert sich nach wie vor,

eine andere Aussage zu machen als die, die er bereits am Tatort gegeben hat und die ich Ihnen bereits in der Tatnacht vorgelesen habe.«

»Wenn wir den Colonel für einen Augenblick außer Acht lassen, welches mögliche Motiv könnte Lancelot gehabt haben, die Juwelen seiner Mutter zu stehlen?« Sie errötete. »Oder dafür, Ihr berüchtigter Juwelendieb zu sein?«

»Der junge Lord Fenwick-Langham hat sich mit den falschen Leuten eingelassen, wie mir zu Ohren gekommen ist. Vielleicht haben ihn seine Umtriebe ja mehr gekostet, als seine vernarrten Eltern ihm gaben?«

Eleanor entging der höhnische Unterton des Detectives nicht. »Inspector, ich habe nicht das Gefühl, dass diese Ermittlungen einzig im Namen der Gerechtigkeit geführt werden. Ich habe den Verdacht, dass Ihr Urteilsvermögen bezüglich des Beschuldigten durch irgendetwas getrübt ist.« *Oh, Ellie, was tust du da nur?*

DCI Seldons Hals errötete. Noch bevor er antworten konnte, kam ein uniformierter Beamter hereingestürmt, der zu DCI Seldon hinüberschritt, aber ruckartig stehen blieb, als er Eleanor bemerkte. »Oh, entschuldigen Sie, Sir, mir war nicht bewusst, dass Sie nicht allein sind.«

»Was gibt's?« DCI Seldons Stimme war so unterkühlt wie sein Blick. Der Beamte flüsterte etwas in sein Ohr. »Gut, dann holen Sie den Wagen.« DCI Seldon winkte ihn mit der Hand fort.

Eleanor wartete, bis sie wieder unter sich waren. »Eine neue Wendung in dem Fall?«

»Lady Swift, wie Sie nur zu gut wissen, sind Sie zu tief in diesen Fall verwickelt, als dass ich weitere Details mit Ihnen diskutieren könnte.«

Sie schluckte schwer. »Darf ich eine Frage stellen?«

DCI Seldon kratzte sich im Nacken. »Die da wäre?«

»Sind Sie, als Sie unmittelbar nach Lancelots Verhaftung

das Arbeitszimmer durchsuchten, auf Lady Fenwick-Langhams Juwelen gestoßen?«

Er schüttelte den Kopf und griff nach Hut und Mantel.

Eleanor entschloss, sogar noch einen Schritt weiterzugehen. »Und glauben Sie noch immer, dass der Dieb einen Komplizen hatte?«

DCI Seldon blickte ihr tief in die Augen. »Lady Swift. Ich warne Sie hiermit offiziell davor, sich in diese Ermittlungen einzumischen. Und sorgen Sie bitte dafür, dass auch Mr Clifford das nicht tut. Ich erinnere Sie nicht noch einmal daran, dass es sich hierbei um eine polizeiliche Angelegenheit handelt, in welcher wir auf Grundlage von Beweisen und Tatsachen im Einklang mit dem Gesetz handeln werden. Und da auch Sie eine Verdächtige sind ...« Er ließ den Satz im Raum stehen. »Wenn Sie mich jetzt bitte entschuldigen würden, Pflicht und Gerechtigkeit rufen.« Er setzte sich seine Melone auf den Kopf.

Seine Schritte hallten auf dem Korridor wider, genau wie das Echo seiner gebellten Anordnung an den frisch gebackenen Sergeant am Schalter: »Brice! Gewähren Sie Lady Swift fünf Minuten mit dem Beschuldigten. Lassen Sie die beiden nicht unbeaufsichtigt. Und nur fünf Minuten! Wo zum Donnerwetter bleibt denn bloß mein verdammtes Auto?«

NEUN

»Lady Swift, bitte folgen Sie mir.« Sergeant Brice stand in der Tür.

Eleanor folgte ihm bis zum Ende des langen Flurs, wo ihnen eine gewaltige Stahltür den Weg versperrte. Er schob die schmale Klappe auf und rief: »Sergeant Brice mit einer Besucherin für Zelle dreizehn, Langham-Fenwick.«

Als die Tür aufgestoßen wurde, schnaubte Eleanor verächtlich. Zumindest die Reihenfolge von Lancelots Nachnamen hätten sie sich doch richtig merken können!

»Sergeant Brice, Sir.« Ein jugendlich frischer Beamter in makelloser Uniform salutierte den beiden.

»Wir sind hier bei der Polizei, nicht bei der Armee, Lowe«, murrte der Sergeant.

»Constable Lowe?«, Eleanor spähte Brice über die Schulter.

»Guten Tag, Lady Swift.« Lowe zog seine Mütze ab und strich sich das Haar glatt. »Ich bin zu einer Vollzeitstelle befördert worden, jetzt, da Sergeant Brice nicht mehr Constable ist.« Seine Brust schwoll vor Stolz derart an, dass sie drohte, die Knöpfe seines Jacketts zu sprengen.

Eleanor lächelte dem dienstbeflissenen jungen Mann zu. »Glückwunsch!«

Brice verdrehte die Augen. »Lowe, ich eskortiere Lady Swift zu einem Gefangenen, nicht auf ein Schwätzchen zur Sonntagsschule. Die Tür!«

Der junge Constable wurde aktiv und schlug die Tür derart heftig zu, dass Eleanor die Ohren klingelten. »Hier entlang.«

Ihre Schritte hallten den Korridor hinab. Dieser Teil der Station wurde nur selten von der Öffentlichkeit frequentiert und war im Gegensatz zum vorderen Teil nicht renoviert worden. Die orange Farbe, sie sich auf halber Höhe über die gesamte Länge des Korridors erstreckte, war verblichen und zerkratzt, die Bodenfliesen abgeplatzt und schmutzig.

Sie passierten eine Reihe leerer Zellen mit eisernen Bettgestellen und hauchdünnen Matratzen, auf denen jeweils ein Bündel mit einer ebenfalls sehr dünnen und kratzig aussehenden Decke lag. Eleanor erschauderte.

Vor der vorletzten Zelle blieb Brice stehen und zog einen Schlüsselbund hervor. »Fünf Minuten. So lautete die Anordnung des DCI.«

Lancelot lag quer auf dem Bett, hatte seine Beine nach oben gestreckt und die Füße gegen die Wand gelehnt und warf wiederholt einen Apfel in die Luft.

»Besuch für Sie«, rief der Sergeant, nachdem er die Tür geräuschvoll hinter Eleanor zugesperrt hatte.

Lancelot drehte seinen Kopf träge zur Tür. »Sherlock!« Er sprang auf. Sein zerknittertes Hemd hing aus seinen ebenfalls knittrigen Hosen. »Chapeau, altes Haus. Wie haben Sie Seldon verdammt noch mal dazu überredet, Sie mich besuchen zu lassen?«

Eleanor lächelte. »Das ist ein Geheimnis.« Sie blickte in sein Gesicht. »Wie kommen Sie zurecht?«

Lancelot lachte. »Sie klingen genau wie Mater. Wozu die Theatralik?«

»Stimmt, Sie sitzen ja lediglich im Gefängnis! Nun, in einer Polizeizelle jedenfalls, angeklagt wegen Diebstahls und ...« Sie spähte zu Brice, der draußen an der Wand lehnte, und flüsterte: »Und Mordes!«

Seine Miene wurde kurz düster, und er fläzte sich zurück auf die Matratze. Er präsentierte ihr den Apfel. »Hungrig? In Sachen Gastfreundschaft kann ich Ihnen leider nicht viel anbieten.«

»Lancelot, hören Sie –«

»Was ist mit Brilli geschehen? Den mochte ich eigentlich.«

Sie seufzte verzweifelt. Brilli war der Kosename, den sie ihm verliehen hatte, als sie sich erst kurz gekannt hatten und er in seine Fliegerkluft gehüllt gewesen war. »Dann eben Brilli. Es sieht schlecht aus. *Richtig* schlecht. Sie stecken in einem wahren Berg aus Schwierigkeiten. Zum Kuckuck, wir beide, besser gesagt!«

Er runzelte die Stirn. »Augenblick, wieso stecken *Sie* in Schwierigkeiten?«

»Weil der Inspector den bösen Verdacht hegt ...« Sie überprüfte, ob Brice mithörte. Allerdings schien er viel zu sehr damit beschäftigt zu sein, seine Schuhe an der Rückseite seiner Hosen zu polieren. »... dass ich Ihre Komplizin gewesen sein könnte.«

»Was?« Lancelot setzte sich auf und rieb sich die Stirn. »Dieser Dummkopf, wie kann er es wagen! Wenn ich ihn das nächste Mal sehe, werde ich ihm das Licht ausknipsen!«

Sie stöhnte auf. »Bitte nicht, Sie ... Sie Idiot. Verstehen Sie denn nicht, dass es nicht helfen wird, einen Polizeibeamten zu attackieren?«

Er zuckte mit der Schulter. »Vermutlich nicht. Aber ernsthaft, was für eine Unverschämtheit, Sie zu beschuldigen! Ich sage es Ihnen, dieser Mann ist sooo lästig. Zum Lachen geht er vermutlich in den Keller.« Er sah sie seitlich auf eine Art und Weise an, die sie nicht einzuordnen wusste. »Sherlock?«

»Was?«

»Warum sind Sie gekommen?«

Sie starrte auf die gegenüberliegende Wand. »Das wissen Sie ganz genau.«

»Um ... Ihren Namen reinzuwaschen?«

»Sie unmöglicher Einfaltspinsel! Nein, um zu versuchen, den Ihren reinzuwaschen. Sie sind doch wirklich nicht zu fassen.«

»Nein, Sie sind nicht zu fassen. Sie sind ... besonders. Und mit Ihnen hier in diesen reizvollen, eleganten Gemächern zu weilen, entschädigt doch für alles andere.« Er streifte eine verirrte Strähne zurück hinter ihr Ohr.

»Brilli, das ist jetzt etwas unangenehm.«

»Ich weiß. Es gibt hier einen Voyeur und ...« Er kam ihrem Ohr so nah, dass seine Bartstoppeln ihre Wange berührten. »... der Unhold hat sich auch noch als Polizist verkleidet!«

Eleanor lachte, dann aber verfinsterte sich ihr Gesicht. »Lancelot, was können Sie mir zum tatsächlichen Ablauf der Geschehnisse erzählen?«

Er sah ihr tief in die Augen. »Nicht mehr als das, was ich Seldon und seinen Tölpeln bereits bis zum Abwinken erzählt habe.«

Sie fasste ihn an den Schultern. Das Kribbeln in ihren Armen ließ sie beinahe ihre Worte vergessen. »Da muss noch mehr sein. Etwas, das beweist, dass Sie kein ... dass Sie es nicht getan haben.«

Lancelot seufzte. »Das wäre toll, nicht wahr, wenn da noch etwas wäre? Die Wahrheit aber ist, Sherlock, dass ich denen genau das gesagt habe, was geschehen ist. Ich kam in das verdammte Arbeitszimmer und sah den Colonel am Boden liegen. Ich eilte hinüber und kniete mich hin, um nachzusehen, wie dem alten Burschen zu helfen sein könnte. Dann vernahm ich ein Geräusch. Ich stand unter Schock und geriet in Panik, denn ich dachte, es wäre der zurückkehrende Mörder. Also packte ich den nächstbesten Gegenstand, den ich erreichen konnte, um mich verteidigen zu können.«

»Den Kerzenhalter«, riefen sie wie im Chor.

»Exakt. Ich wusste ja nicht, dass dies die Mordwaffe gewesen war. Ansonsten hätte ich ihn nicht angerührt.« Er schaute sie fast erwartungsvoll an. »Haben Sie irgendjemandes Fingerabdrücke an dem verfluchten Ding gefunden?«

»Nur jene des Zimmermädchens, die das Zimmer am Vorabend gesäubert hatte. Sie kann allerdings ein wasserdichtes Alibi für die Zeit vorweisen, in der der Colonel ermordet worden ist.«

»Verdammt! Ich vermute, der Juwelendieb hat natürlich Handschuhe getragen.«

»Aber wieso waren Sie überhaupt im Arbeitszimmer und nicht im Ballsaal?«

»Nun, mein Lieblingsgast ließ sich unanständig viel Zeit und alle anderen erschienen mir entsetzlich langweilig, also habe ich beschlossen, mich ins Obergeschoss zu verkriechen. Dann habe ich ein ... ein seltsames Geräusch vernommen, dem ich auf den Grund gehen wollte.« Er neigte seinen Kopf. »Wichtiger noch, wie hat es Sie überhaupt nach oben verschlagen?«

»Wie wäre es damit, dass mein Lieblingsgastgeber nirgendwo aufzufinden war? Er hat es noch nicht einmal für nötig erachtet, als mein Retter in der Not aufzutreten, als ich mich vor versammelter Gästeschar auf die Nase gelegt habe. Also bin ich ihm hinterhergeschlichen, nachdem ich seine albernen Piratenbeine die Treppe hinaufrennen sah.«

Lancelots Schultern bebten vor Lachen. »Ein fataler Fall beim Ball – das bringen auch nur Sie fertig. Was für eine Riesenschande, dass ich das verpasst habe. Sie müssen wirklich aufhören, mir auf diese Art und Weise nachzustellen. Erst auf dem Flugplatz aufgrund irgendeiner fadenscheinigen Geschichte von einem nicht existierenden Mordfall, dann beim

Mittagessen im Rosengarten. Und nun hier. Die Leute werden sich das Maul darüber zerreißen, das ist wirklich nicht sehr damenhaft.«

»Nun, ich bin auch nicht wirklich eine Dame.«

»Das ist mir aufgefallen.«

Sie schlug ihm auf die Hand und vergewisserte sich dann, dass Brice sich weiterhin außer Hörweite befand. »Hören Sie.« Sie sprach mit gesenkter Stimme. »Ich weiß, dass Sie mir nicht die ganze Wahrheit sagen. Ihre Eltern waren bei mir.«

Er erschrak über ihre Worte. »Dann ... wissen Sie also davon?«

Sie nickte. »Nun, ich verstehe, dass Sie Seldon nicht davon erzählen können, dass Sie vorhatten, die Juwelen zu stehlen, um Ihren Eltern aus der Patsche zu helfen, vermutlich würde Sie das nur noch schuldiger erscheinen lassen, aber wir müssen einen Weg finden, Ihre Unschuld zu beweisen. Gibt es irgendetwas, dass Ihrer Meinung nach einen Hinweis darauf geben könnte, wer der wahre Dieb und Mörder ist?«

Lancelot seufzte. »Niemand kennt die Identität des Juwelendiebs, selbst die Polizei war bislang nicht in der Lage, diese herauszufinden.« Er grinste, ohne sich zu amüsieren. »Er scheint sich allerdings Partys auszusuchen, die wir besuchen, was wohl nur deutlich macht, wie gefragt wir auf allen wichtigen gesellschaftlichen Veranstaltungen sind. Eine Party ohne uns ist eben zum Scheitern verurteilt.«

Eleanor runzelte die Stirn. »›Wir‹ sagten Sie?«

Er zuckte mit der Achsel. »Meine ›Bright Young Things‹-Bande, wie so einige stumpfsinnige, langweilige Typen uns getauft haben.« Er runzelte ebenfalls die Stirn. »Ich vermute, wenn man darüber nachdenkt, macht sie das wohl zu Verdächtigen. Dieser verflixte, äh ... der arme alte Colonel, meine ich natürlich, hat das mehr als nur einmal behauptet.« Er schaute zu ihr auf. »Allerdings wusste jeder von Maters Juwelen. Viele Leute mit hochtrabenden Adelstiteln befinden sich heutzutage in Geldnöten, wie auch Mater und Pater, wie Sie ja wissen. Folglich könnte der Juwelendieb sogar einer der blaublütigen Gäste gewesen sein, die auf dem Ball zugegen waren.« Er seufzte. »Das grenzt die Verdächtigenliste nicht gerade ein, nicht wahr?«

Brice klopfte gegen die Gitterstäbe der Zelle und rasselte mit dem Schlüsselbund. »Die Zeit ist um, Lady Swift.«

Eleanor funkelte ihn an, um sich dann wieder Lancelot zuzuwenden. »Keine Bange, Brilli, Sie haben mir einige Ideen gegeben, denen ich nachgehen werde. Ich werde alles tun, was ich kann, um Sie aus diesem Schlamassel herauszuholen. *Ich weiß, dass Sie unschuldig sind.*«

»Nun, da sind Sie vermutlich die Einzige, die das glaubt.« Lancelot fuhr sich mit der Hand durch sein zerzaustes Haar.

»Lady Swift, *bitte*«, rief Brice von der Zellentür.

Sie ignorierte die Dringlichkeit seines Befehls und starrte Lancelot an. »Was meinen Sie mit ›die Einzige‹?«

»Nun, Sherlock, ich danke Ihnen für Ihre Hilfe, aber ich möchte nicht, dass Sie meinetwegen noch mehr Ärger bekommen. Ihr Inspector Saubermann wird mir die Schuld so oder so in die Schuhe schieben, nur um Sie für sich allein zu haben, der Halunke!«

Sie wandte den Blick ab und entsann sich Cliffords Worten. »Papperlapapp, der Inspector interessiert sich doch nicht für mich.«

Er umfasste zärtlich ihr Kinn und sprach mit leiser Stimme. »Süße Frucht, Sie werden es wohl nie verstehen, nicht wahr? Sie sind unwiderstehlich ... einzigartig. Sie machen uns Männer, nun, ein bisschen verrückt, um ehrlich zu sein. Ich konnte es in Seldons Gesicht sehen, als er seinen Beamten in jener Nacht befahl, mir Handschellen anzulegen. Er hat Sie mit diesem Blick angesehen. Für einen Detective ist er wenig subtil!«

»Aber er ist ein Profi!«

Lancelot zuckte mit der Schulter. »Womöglich. Aber wieso war er in der Ballnacht verdammt noch mal überhaupt zugegen?«

»Ich habe jetzt keine Zeit, Ihnen das zu erklären, aber seine Gegenwart hatte einen guten Grund.«

Brice trat in die Zelle und ergriff Eleanor beim Ellbogen.

»Lassen Sie sie los, Sie Unmensch!«

Brice strafte Lancelot eines abschätzigen Blickes, doch er ließ von ihr ab und gestikulierte lediglich in Richtung Tür. Eleanor ging voran und spürte einen Stich in ihrem Herzen, als sich der Schlüssel im Schloss drehte.

»Sherlock? Hat unser großartiger Detective die Juwelen denn inzwischen gefunden?«, rief ihr Lancelot durch die Gitterstäbe hindurch nach.

Sie schüttelte den Kopf, drehte sich um und sah, wie er ihr zuzwinkerte, bevor er sich zurück auf das Bett fallen ließ.

Das dumpfe Geräusch eines Apfels, der immer wieder gegen eine Wand geworfen wurde, verfolgte Brice und sie den Korridor entlang.

ZEHN

»Guten Morgen, Mylady. Die Ladyschaft erwartet Sie bereits.«

»Guten Morgen, Sandford. Wie kommen Sie alle zurecht?«, erkundigte sich Eleanor mit einem warmherzigen Lächeln.

Sandford zögerte. »Ich muss zugeben, Mylady, dieses Haus hat schon glücklichere Tage gesehen. Nichtsdestotrotz sind wir Ihnen für Ihre engagierten Bemühungen zu tiefstem Dank verpflichtet.«

»Daumen drücken!« Sie folgte ihm die große Vortreppe hinauf bis in den Gesellschaftsraum, in dem Lady Fenwick-Langham wartete.

»Eleanor, meine Liebe, bitte setzen Sie sich. Starken Tee, bitte.« Als der Butler die Tür hinter sich geschlossen hatte, setzte sich Lady Fenwick-Langham zu ihr. »Es ist so gütig von Ihnen, dass Sie Lancelots Unschuld auf eigene Faust beweisen wollen, meine Liebe. Wirklich, dafür sind wir Ihnen auf ewig dankbar.«

»Das ist das Mindeste, was ich tun kann, um mich für Ihre Freundlichkeit zu revanchieren«, erwiderte Eleanor. »Ich hoffe nur, dass mir das auch gelingen wird.«

»Das hoffen wir alle, meine Liebe.« Lady Fenwick-Langham tätschelte Eleanors Handrücken.

»Wie schlägt sich Harold?«, fragte Eleanor.

Ihre Gastgeberin lächelte matt. »Selbst er kann die schreckliche Belastung, die diese Situation für uns alle bedeutet, nicht verhehlen. Gestern traf ich ihn in Lancelots Zimmer an, wie er auf dem Bette unseres Sohns sitzend mit den Armen des Teddybären herumspielte, den mein Bruder zu Lances viertem Geburtstag aus Amerika geschickt hat.«

»Mein Güte!« Eleanor wurde den Kloß in ihrem Hals nicht los und war dankbar, als Sandford an der Tür klopfte und das Teegedeck vor ihnen ausbreitete. Dank seiner lebenslangen Erfahrung als Butler nahm er die gedrückte Stimmung augenblicklich wahr und verließ das Zimmer, ohne anzubieten, den Tee auszuschenken.

Lady Fenwick-Langham wandte sich wieder Eleanor zu. »Wissen Sie, Sandford ist ein echtes Juwel. Und aus irgendeinem seltsamen Grund hat er eine Schwäche für meinen Sohn. Ich erinnere mich noch an einen ausgesprochen regnerischen Tag, Lancelot war damals sechs und seine Gouvernante hatte ihn bereits mehrfach gescholten.« Sie lächelte wehmütig. »Ich bin sicher, er hatte es verdient, wie zumeist. Ich kann Ihnen gar nicht sagen, wie viele Gouvernanten wir verschlissen haben. Wie dem auch sei, sie hatte ihn in den anderen Flügel des Hauses verbannt. Ein klein wenig später ging ich zufällig durch den Korridor in die Butlerkammer, um nach einer Sache für das Abendessen zu sehen, und Sie werden nie erraten, was für ein Anblick sich mir dort bot.«

Eleanor rutschte nach vorn. »Ich bin neugierig, erzählen Sie's mir.«

»Ich sah Lancelot, der auf zwei Blumentöpfen mit Seilen balancierte, sich dabei wie eine Marionette bewegte und sich das Herz aus dem Leibe kicherte. Und dicht dahinter Sandford, auf seinem eigenen Paar Stelzen.«

Eleanor brüllte bei der Vorstellung vor Lachen. »Sandford scheint mit seinem ehrlichen, warmherzigen Wesen eine äußerst wertvolle Bereicherung für das Personal zu sein. Ganz ähnlich wie Clifford tatsächlich.«

»In dieser Hinsicht können wir uns beide wirklich glücklich schätzen. Und im Stillen sind die beiden echte Kumpel, wissen Sie.« Lady Fenwick-Langham starrte in die Ferne. »Aber wo war ich noch?«

Eleanor stellte ihre Tasse ab und sah Lady Fenwick-Langham an. Sie schenkte sich gerade ein kleines Glas Sherry ein, das augenscheinlich den ›starken‹ Beitrag zum angeforderten Tee darstellte. Sie bot Eleanor ebenfalls ein Glas an.

»Nein, danke.« Eleanor holte tief Luft. »Vielleicht sollte ich damit anfangen, die Dienerschaft zu befragen. Nicht etwa, dass es dort irgendwelche Verdachtsfälle gäbe«, fuhr sie fort, »nur sind die Mitarbeiter ja, wie wir wissen, die Augen und Ohren eines Haushalts.«

»Fantastische Idee, meine Liebe. Ich glaube ja, dass es der List einer Frau bedarf, um einen Mann zu einem Geständnis zu bewegen.«

»Oder eine Frau.«

»Eine Frau? Sie glauben doch wohl sicherlich nicht, dass es eine *Frau* gewesen sein könnte? Was für eine herzlose Kreatur könnte ihre natürlichen Befindlichkeiten in diesem Maße ignorieren und eine derartige Tat begehen?«

Eleanor runzelte die Stirn. »Nun, wir sind inzwischen im zwanzigsten Jahrhundert angekommen, das neunzehnte ist Geschichte. Wenn Frauen dieselben Rechte erhalten sollen, dann sollte dies auch das Recht darauf umfassen, eines Mordes verdächtigt zu werden. Wenngleich das vermutlich nicht in der Charta der Suffragetten steht.«

»Sie werden mich sicherlich einen urzeitlichen Dinosaurier schimpfen, aber ich halte überhaupt nichts von all diesem Unsinn rund um die Gleichberechtigung der Frauen. Für das

Parlament kandidieren? Was glauben die denn eigentlich, was sie da tun?«

Eleanor entgegnete freundlich: »Ich glaube, Sie werden feststellen, dass eine Frau genauso gute Arbeit leisten kann wie ein Mann.«

»Genau darin, meine Liebe, besteht das Problem.«

»Verzeihen Sie, Augusta, ich kann nicht ganz folgen.«

»Meine Liebe, es ist doch folgendermaßen: Sobald sich jemand in einer politischen Machtposition befindet, steigt ihm diese zu Kopf, und das eigene Ego verdrängt jeden Sinn für Vernunft und Mäßigung.«

Eleanor lachte. »In diesem Punkt stimme ich Ihnen voll und ganz zu.«

»Über Jahrhunderte hinweg«, setzte Lady Fenwick-Langham ihre Überlegungen fort, »war die Ehefrau oder die Mätresse die einzige Stimme der Vernunft. Hinter den Kulissen bewahrten sie ihre Männer vor den schlimmsten Blüten der Torheit und alle anderen vor den katastrophalen Auswirkungen eben jener Torheit.«

»Und Sie glauben, immer wenn eine törichte Entscheidung *tatsächlich* gefällt wurde, wurde die Dame ignoriert?«

»Haargenau!« Lady Fenwick-Langhams Stimme verriet eine unterschwellige Bitterkeit. »Immer wenn ein Politiker den Krieg erklärt oder eine Steuererhöhung beschließt, die Familien dazu zwingt, ihre liebsten Besitztümer zu veräußern, dann ist dies das Werk eines Mannes ohne Gewissen. Denn die Frau ist das einzig wahre Gewissen eines Mannes. All das Gerede von Gleichberechtigung ist ja ein feiner Gedanke, aber was soll aus diesem Land werden, wenn alle Frauen sich gegenseitig in der Öffentlichkeit verleumden und bekämpfen und im Privaten herumhuren und -zocken wie die Männer?«

Eleanor dachte für einen Augenblick nach. »Nun, das Gute wäre, dass wir so ein Gesetz verabschieden könnten, das diese verflixten Korsetts verbietet!«

Lady Fenwick-Langham starrte sie an und brach kurz darauf in schallendes Gelächter aus. Sie leerte den verbliebenen Sherry aus ihrem Glas und erhob sich. »Jetzt aber an die Arbeit. Kommen Sie. Das Schicksal unseres Lancelots liegt in Ihren Händen!«

Mit diesen Worten in den Ohren folgte Eleanor Sandford in ein kleines Wohnzimmer in einem abgelegenen Winkel des Erdgeschosses. Zur einen Seite des Zimmers stand ein ausgesessenes Sofa der Länge nach vor der Eichenvertäfelung, während ein fröhlicher Wandteppich, der eine Familie beim Krocketspiel zeigte, die gegenüberliegende Wand einnahm. Ein hochfloriger rosafarbener Wollteppich brachte zusätzliche Behaglichkeit in das gemütliche Ambiente.

»Das ist perfekt«, sagte Eleanor. »Ich wünsche, dass sich das Personal während meiner Befragung wohlfühlt.«

»Ich fürchte, Mylady, dass dies im Lichte der jüngsten Ereignisse ein schwer zu erreichender Anspruch sein dürfte«, bemerkte Sandford.

»Ich werde behutsam vorgehen, versprochen. Wen soll ich Ihrer Meinung nach als Erstes befragen?«

»Vielleicht mich, Mylady? Dann kann ich lautstark im Dienstbotenquartier verkünden, dass Sie höchst umgänglich und wohlwollend gewesen seien.«

»Und falls Sie meine Verhörmethoden als entsetzlich erachten sollten?«

»Dann werde ich versuchen, das Beben in meiner Stimme zu unterdrücken, während ich eine Fabelgeschichte erzähle.«

Sie lachte. »Danke, Sandford.« Als sie es sich auf dem Sofa gemütlich gemacht hatte, fuhr sie fort: »Warum erzählen Sie mir nicht einfach alles, was Ihnen von jenem Abend in Erinnerung geblieben ist?«

»Gewiss, Mylady. Wie es auf einem solchen Anlass schicklich ist, begrüßte ich zunächst die Gäste. Als Letzte trafen die Herren der Finanz ein. Sie verbringen den Großteil ihrer Zeit in London. Anschließend wurde ich von Lady Fenwick-Langham dazu entsandt, auf der Vortreppe einen besonders verspäteten Gast in Empfang zu nehmen.«

Sie nickte. »Ich war wirklich fürchterlich spät dran, nicht wahr?«

Er zwinkerte ihr zu. »Ganz fürchterlich spät, Mylady.«

»Und waren Sie über Lancelots Verbleib bis zu diesem Zeitpunkt im Bilde?«

Er schüttelte den Kopf. »Für einen Großteil der Zeit, Mylady, nicht aber die gesamte. Zur Eröffnung des Balls stand der junge Lord hinter der Lord- und Ladyschaft, um, wie es üblich ist, die Gäste zu begrüßen. Anschließend lungerte er im Durchgang zum Westflügel herum. Es schien, als ob er jemanden suchte.«

»Tatsächlich?« Sie errötete ein wenig und sprach schnell weiter. »Als also alle Gäste Champagnerflöten hielten und darauf warteten, das Tanzbein zu schwingen, wo befanden Sie sich?«

»Bei dem Orchester, Mylady. Von dort aus hat man einen hervorragenden Überblick über den Ballsaal ... und alle Gäste, die Hilfe benötigen.« Er zwinkerte einmal mehr.

Eleanor zuckte mit der Schulter. »Ich habe mich wohl in der Tat auf die Nase gelegt, und zwar wortwörtlich. Ich fürchtete, Lady Fenwick-Langham würde nie mehr mit mir sprechen wollen.«

Sie erinnerte sich plötzlich an Lancelots Worte: *Der Juwelendieb scheint sich allerdings Partys auszusuchen, die wir besuchen ... Ich vermute, wenn man darüber nachdenkt, macht sie das wohl zu Verdächtigen.* Sie beschloss, während der Befragungen so viel wie möglich über die Bewegungen von Lancelots »Bright Young Things« an diesem Abend in Erfahrung zu bringen.

Sie nahm ihre Befragung wieder auf. »Kurz nach meiner Ankunft, als ich mich nach Lancelots Verbleib erkundigt habe, haben Sie mich freundlicherweise informiert, dass Sie ihn im Garten gesehen hätten?«

Sandford strich sich mit einer Hand über sein glatt frisiertes Haar. »Ja, die Freunde des jungen Lords hatten sich in den Garten begeben, um dort ein klein wenig Tabak zu konsumieren. Nachdem sie damit fertig waren, kehrten sie in den Ballsaal zurück. Dann machte mich Prinz Singh darauf aufmerksam, aufgrund eines Notfalls bedauerlicherweise nach Oxford zurückkehren zu müssen. Ich veranlasste, dass sein Wagen bis an die Vortreppe gebracht wurde, was bei der Ladyschaft und der Gästetraube um sie herum für Bestürzung sorgte.«

»Warum das?«

»Ich glaube, es gab eine ganze Reihe von Damen, die darauf wartete, mit ihm zu tanzen.«

Sie verdrehte die Augen. »Ja, vermutlich hat man das ganz große Los gezogen, wenn man mit einem Prinzen tanzen darf. Wissen Sie, wann er gefahren ist?«

Sandford dachte für einen Augenblick nach. »Ich glaube, das muss gegen acht Uhr gewesen sein, Mylady.«

Sie nickte. Das stimmte ungefähr mit dem überein, was Coco ihr beim Ball erzählt hatte.

»Danke, Sandford. Sie haben mir sehr weitergeholfen, und ich hoffe, keine entsetzliche Inquisitorin gewesen zu sein.«

Als Eleanor darauf wartete, dass er den nächsten Bediensteten hereinschickte, schloss sie die Augen und versuchte, sich zu entspannen. Jegliche Anspannung, die von ihr ausging, würde sich auf die Menschen übertragen, die sie befragte.

Die Tür ging auf und Sandford verkündete: »Mr Andrew Parsons, Diener, Mylady.« Er ging und ließ sie mit dem außerordentlich groß gewachsenen Diener allein.

»Mr Parsons. Danke für Ihr Kommen. Bitte nehmen Sie Platz.«

Er hockte sich wie eine Giraffe auf die Kante des Stuhls.

»Ich würde Ihnen gern ein paar Fragen stellen, wie Sandford Ihnen sicherlich bereits erklärt hat.«

»Gewiss, Mylady.«

»Bitte erzählen Sie mir doch: Worin bestand Ihre Hauptaufgabe in der Ballnacht?«

»Ich war damit beauftragt, den Champagner im Ballsaal zu servieren. Ich bin, gemäß Weisung, den ganzen Abend über auf meinem Posten geblieben.«

»Sie wurden also nicht anlässlich irgendeines der kleinen Problemchen abberufen, die sich laut Lady Fenwick-Langham während des Balls ereigneten?«

»Nein, Mylady. Für derlei Dinge ist Mr Bates zuständig. Ich bin Teil der Dienerschaft der Butlerkammer. Als Erster Diener bin ich Mr Sandfords Stellvertreter. Hinsichtlich der Bewirtung waren keinerlei Problemchen zu beklagen.«

»Ganz recht.« Eleanor fuhr fort: »Waren Sie sich über den Verbleib des Colonels in der halben Stunde vor seinem Ableben bewusst?«

»Ja, Mylady, jedoch lediglich während eines kurzen Zeitfensters. Es gab unzählige wichtige Gäste, um die ich mich zu kümmern hatte. Meine Begegnungen mit dem Gentleman beschränkten sich auf den Moment seiner Ankunft im Ballsaal und dann auf einen Moment im späteren Verlauf des Abends, als er ein zweites Glas Champagner ablehnte, bevor er nach oben ging.«

»Folglich ist er wohl kein Freund von Schampus?«

»Der Gentleman war höchst ungestüm in seiner negativen Antwort, Mylady. Ich fürchte, ich könnte diese hier nicht wiedergeben.«

»Um Himmels willen, wie unhöflich kann man denn anlässlich eines Glases Schaumwein sein?«

Der Diener errötete. »Der Kommentar des Gentlemans richtete sich nicht gegen das Getränk, sondern gegen einen anderen Gast.«

»Was hat er gesagt?«

Der Diener errötete abermals. »Die genauen Worte des Colonels vermag ich in Ihrer Anwesenheit wirklich nicht wiederzugeben, Mylady, aber im Wesentlichen sagte er: ›Da ist ja der Bengel!‹«

Eleanor versuchte, in gemäßigtem Ton zu sprechen. »Und haben Sie zufällig gesehen, auf wen sich der Colonel damit bezog?«

Er schüttelte den Kopf: »Leider nicht, Mylady, aber er sah hinüber in Richtung …«

»Der Freunde Lancelots?«, vollendete sie den Satz für ihn.

Er nickte ihr verwundert zu. »Ja, Mylady.«

»Und haben Sie zufällig auch der Polizei davon erzählt?«

»Natürlich. Ich habe es dem Detective Chief Inspector persönlich erzählt. Er hat mir dazu gratuliert, die Ermittlungen vorangebracht zu haben.«

Eleanor stöhnte innerlich auf. »Um wie viel Uhr ist das gewesen?«

Der Diener errötete zum wiederholten Male. »Ich glaube, das muss gewesen sein, kurz nachdem Sie … gefallen sind, Mylady. Ich meine um kurz nach acht oder so, ganz sicher bin ich mir nicht.«

Sie legte die Stirn in Falten. Sie hatte geschätzt, dass sie gegen acht Uhr fünfzehn gestürzt war, aber womöglich war das auch einige Minuten früher geschehen. So oder so bedeutete es, dass der Colonel vor seinem Tod für etwa zehn Minuten oben gewesen sein musste. *Was hat er während dieser Zeit gemacht? Sich auf Piratensuche begeben, womöglich?*

»Haben Sie vielen Dank, Mr Parsons, das wäre dann alles.«

Als sich hinter ihm die Tür schloss, ließ sich Eleanor zurück auf das Sofa fallen. Sie seufzte. Sofern den Colonel nicht gerade irgendjemand oben gesehen hatte, sah sie keinerlei Möglichkeit, seine Bewegungen nachzuvollziehen. Plötzlich erschauderte sie. Eine Person hatte ihn dort oben natürlich gesehen – nämlich sein Mörder.

»Geht es Ihnen gut, Mylady?«, erkundigte sich Sandford vom Türrahmen aus.

Sie schnellte empor und strich sich das Haar glatt. »Alles bestens, danke.«

»Wie wäre es mit einem Kaffee zur Stärkung? Ich bringe Ihnen gern eine Kännchen.«

Eleanor lächelte. »Wissen Sie was? Das wäre in der Tat fabelhaft. Danke, Sandford. In der Zwischenzeit können Sie mir gern weitere Bedienstete hereinschicken.«

»Sehr wohl, Mylady. Miss Lillian Glew, das Oberhausmädchen«, vermeldete Sandford.

Die Frau trat ein par zaghafte Schritte in das Zimmer vor und blieb dann mit ineinander verschränkten Händen vor einer hohen Kommode stehen. Ihr dunkel gewelltes Haar, das durch ein weißes Spitzenband nur beinahe gezähmt wurde, betonte die dunkelblauesten Augen, die Eleanor je gesehen hatte. Sie musste Mitte zwanzig sein.

»Miss Glew, nur keine Scheu.« Eleanor wies auf den Stuhl. »Ich möchte Sie lediglich fragen, was Ihnen vom Abend des Balls in Erinnerung geblieben ist.«

»Ja, Mylady«, flüsterte das Hausmädchen.

»Hervorragend, dann legen wir mir mit Colonel Puddifoot-Barton los. Ich gehe davon aus, dass Sie wissen, wer er war, da er ja bei Ihnen im Hause nächtigte?«

Die junge Frau biss sich auf ihre rosige Unterlippe. »In der Tat, Mylady. Der Gentleman hatte keinen Kammerdiener dabei, deshalb wurde mir aufgetragen, mich ein wenig um seine Wünsche zu kümmern.«

»Ich verstehe, und war der Colonel in einer der Gästesuiten im Ostflügel untergebracht?«

Das Hausmädchen schüttelte den Kopf. »Der Colonel, Gott hab ihn selig, verlangte nach seiner ersten Nacht in einer der Räumlichkeiten im Westflügel untergebracht zu werden.«

»Wieso im Westflügel?«

»Aufgrund der Vögel, Mylady.«

»Was für Vögel? Ich wusste nicht, dass die Lordschaft Vögel hält?«

»Nicht doch, Mylady, das tut die Lordschaft auch nicht, beziehungsweise nur Wildvögel, zur Jagd. Die Vögel, über die sich der Colonel beschwerte, waren Krähen.«

Eleanor, die innerlich darüber schmunzeln musste, dass es dem streitlustigen Colonel sogar gelungen war, sich mit den gefiederten Freunden aus der Natur anzulegen, regte das Mädchen mit einem Nicken dazu an, fortzufahren. »Krähen?«

»Ja, Mylady, eine riesige Familie von ihnen lebt in einer alten Eiche. Laut der Köchin leben sie dort schon seit vielen Generationen, und damit länger, als es das Anwesen überhaupt gibt.«

»Und was hatte der Colonel zu beanstanden?«

Das Hausmädchen schluckte schwer. »Der Colonel bekam einen furchtbaren Schrecken. Es war noch früh am Morgen. Ich traf ihn auf dem Flur an, als ich gerade die Hintertreppe hinunterging, um nachzusehen, ob Molly das Feuer in der Küche bereits entzündet hatte.«

»Hat der Colonel irgendetwas geäußert?«

»Ja, Mylady, er murmelte immer wieder: ›Sechs, sechs von den Quälgeistern.‹ Ich bitte meine Ausdrucksweise zu entschuldigen.«

Eleanor machte eine wegwerfende Handbewegung, um dem Hausmädchen seine Sorge zu nehmen. »Aber sechs was?«

»Krähen. Sechs Krähen. Die haben ihn mehr als nur ins Bockshorn gejagt, insbesondere als eine an sein Fenster gepocht hat.« Die junge Frau erschauderte und bekreuzigte sich. Auf Eleanors verwirrten Blick hin erklärte das Hausmädchen: »Wissen Sie, Mylady, Krähen sind doch ein Symbol des ... Todes. Selbstredend ist der Colonel, kaum dass die Ladyschaft wach war, ins Frühstückszimmer marschiert, um darum zu bitten, auf ein anderes Zimmer verlegt zu werden.«

»Dann hat er also Räumlichkeiten im Westflügel bezogen?«

»Das hat er. Die Vögel lungern im Wald auf der anderen Seite herum, entsprechend hätte also eigentlich alles gut sein müssen. Das heißt ...« Sie bekreuzigte sich abermals. »... wenn er nicht bereits schon verflucht gewesen wäre. Ich verstehe wirklich nicht, dass manche Leute das für reinen Aberglauben halten.«

»Absolut.« Eleanor versuchte, sich zu überlegen, was sie sonst noch fragen konnte. »Um fortzufahren, Miss Glew, ist Ihnen aufgefallen, ob im Arbeitszimmer irgendetwas fehlt seit ... jener Nacht?« Abgesehen von einem leeren Tresor und einem fehlenden Kerzenhalter, dachte sie bei sich.

Die Hände des Hausmädchens flogen zu seinem Mund. »Ich ... ich war dort gar nicht mehr drin, seit der Colonel ... Sie wissen schon. Vielleicht ist er noch gar nicht übergetreten. Es ist ja erst wenige Tage her, womöglich ist sein Geist noch zugegen. Als mich dieser Polizist in jener Nacht bat, einen Blick ins Innere zu werfen, habe ich ihn angefleht, mich nicht dorthinein zu schicken.«

Eleanor merkte, dass sie das Mädchen beunruhigt hatte. »Schon gut, mein Liebes, vergessen Sie einfach, dass ich das gefragt habe. Letzte Frage: Ist Ihnen in jener Nacht noch irgendetwas Ungewöhnliches aufgefallen?«

»Nein, Mylady.« Sie hielt inne. »Außer, dass dieser Gentleman, Prinz Sowieso, früher gegangen ist. Ach ja, und dass ich glaubte, ich würde doppelt sehen.«

»Wie meinen Sie das? Doppelt sehen?«

Die junge Frau errötete. »Ach, eigentlich war es nichts. Nur sah ich einen Gast, der als eine Art Pirat verkleidet war, zumindest glaube ich, dass es das sein sollte. Und dann, kurze Zeit später, sah ich einen anderen in einer exakt identischen Kostümierung.«

»Dann könnte es möglicherweise zwei als Piraten verkleidete Gäste gegeben haben?« Eleanor versuchte einen entspannten Gesichtsausdruck zu wahren, aber ihr Herz schlug wie wild. Hatte Sandford nicht erwähnt, dass einige der Gäste in dem gleichen Kostüm erschienen waren?

Das Hausmädchen riss sie aus ihren Gedanken. »Eigentlich, jetzt wo ich so darüber nachdenke, könnte es auch ein und derselben Gast gewesen sein, nicht wahr?«

»Aber aus irgendeinem Grund dachten Sie ja, dass es zwei Gäste in identischer Kostümierung gewesen sein mussten und nicht etwa zweimal derselbe Gast, richtig?«

Das Hausmädchen sah aus, als ob es sich wünschte, das Ganze nie erwähnt zu haben. »Ja, denn ich habe zweimal einen Piraten die Stufen hinaufgehen, aber keinen Piraten die Stufen wieder *hinab*kommen sehen, also dachte ich mir, dass es zwei Piraten gewesen sein müssen, die jeweils einmal hinaufgestiegen sind, wenn Sie verstehen, was ich meine?« Sie runzelte die Stirn. »Andererseits hätte er auch ohne Probleme über eine der anderen Treppen zurück nach unten steigen und dann wieder hinaufsteigen können. Es gibt jede Menge Treppen in diesem Haus.« Sie seufzte. »Und jede einzelne davon will geputzt sein.«

Fast eine Stunde und eine Kanne Kaffee später meldete Sandford den letzten Bediensteten an.

»Mr Nathaniel Pickerton, Zweiter Kutscher.«

Der Mann stand in polierten Stiefeln und einem grauen maßgeschneiderten Wams vor ihr. Seine jungenhaften Züge und sein dichtes blondes Haar machten es schwer, sein Alter zu schätzen.

»Mr Pickerton, ich wäre Ihnen sehr dankbar, wenn Sie mir alles erzählen könnten, was Sie noch aus der Ballnacht wissen.«

»Natürlich, Mylady. Es wäre mir eine Freude, dem jungen Lord zu helfen. Schreckliche Angelegenheit.«

»Durchaus.« Sie versuchte, bei der Sache zu bleiben. »Nun, in der Ballnacht waren Sie vermutlich dafür zuständig, nach den Automobilen der Gäste zu sehen?«

»Ja. Da waren schon einige absolute Prachtexemplare dabei. Ich weiß nicht, ob ich schon einmal so viele Modelle der Marken Rolls-Royce, Alvis, Austin und gar Alfa Romeo auf einem Haufen gesehen habe.«

»Entsprechend waren Sie gut beschäftigt?«

»Nun, als dann alle angekommen waren, hat es sich natürlich ein klein wenig beruhigt.«

»Sicherlich aber war Jenkins, der Chauffeur, vor Ort, um Ihnen auszuhelfen?« Eleanor bemerkte, dass er nicht in der Aufstellung der Mitarbeiter aufgeführt worden war, die Sandford organisiert hatte.

»Mr Jenkins war nicht im Hause, weil seine Mutter verstorben ist. Die Ladyschaft sagte, der Zeitpunkt käme furchtbar ungelegen im Hinblick auf den Ball und so weiter, meinte aber, er solle besser gehen, um nach dem Rechten zu sehen. Inzwischen ist er natürlich wieder zurück.«

»Natürlich.« Sie dachte einen Augenblick lang nach. »Sandford erwähnte, dass einer der Gäste vorzeitig gegangen sei.«

Der Kutscher errötete. »Die Wahrheit ist, dass ich meinen Posten nur für einen kurzen Moment verlassen habe, Mylady, um ...« Er errötete abermals. »Ich habe Mr Sandford erzählt, dass es mir furchtbar leidtut und so weiter. Hatte nicht damit gerechnet, dass irgendjemand schon so früh aufbrechen würde.« Er blickte hinab auf seine Stiefel.

»Dann haben Sie also nicht gesehen, wie der Gast gegangen ist?«

»Nein, Mylady, aber der Rolls-Royce, in dem dieser fremdländische Prinz erschienen war, war bei meiner Rückkehr verschwunden.«

ELF

»Ein großes Kompliment an die Köchin, Sandford, die Fasanenpastete war wirklich vorzüglich. Und bitte danken Sie ihr auch für den belebendsten Kaffee, den ich jemals getrunken habe.« Eleanor tätschelte sich den Bauch.

Sandford nickte. »Die Köchin ist eine starke Verfechterin der Verwendung von Madeirawein in einem solchen Gericht, da jener sowohl geschmacksverstärkend als auch medizinisch wirksam ist. Das gilt auch für den Brandy in den Rhabarbertörtchen. Wünschen Sie noch etwas mehr Kaffee, bevor Sie die Befragungen wieder aufnehmen?«

Sie schüttelte den Kopf. »Nein, danke, Sandford.«

Das vorzügliche Mittagessen hatte ihre Vorfreude auf die zweite Runde der Befragungen nicht gerade verstärkt. Das sonnige Wetter war schlicht zu verlockend. Ihr einziger Wunsch bestand darin, nach Henley Hall zurückzufahren, sich Gladstone zu schnappen und einen seelenbelebenden Ausflug in den Wald zu unternehmen. Stattdessen folgte sie Sandford, der sie die Treppe hinab und bis an den Rande des Rasens geleitete. »Im Berberzelt warten Kannen mit eisgekühlter Limonade, Limettenspalten und ein Sonnenhut auf Sie, Mylady.«

Sie tröstete sich damit, dass die nächste Runde der Gespräche also wenigstens draußen abgehalten werden würde. Ihr Herz machte einen Sprung, als sie das verschnörkelte cremefarben-gold gestreifte Zelt erblickte, dessen Spitzdach und geschwungene Ecken einen Hauch von Orient verströmten.

»Heda, Eleanor!«, dröhnte Lord Fenwick-Langhams Stimme hinter ihr.

»Guten Tag, Harold. Wir sind bereit fürs Krocket, wie ich sehe.«

Er bot ihr seinen Ellbogen an, in den sie sich einhakte, und nickte Sandford zu, als sie auf das Zelt zusteuerten.

»Eine schlaue List des alten Mädchens, nicht wahr? Auf diese Weise können Sie den Feind verhören, ohne dass er es bemerkt.« Er zwinkerte ihr zu und senkte seine Stimme. »Unter uns gesprochen, Krocket ist ein fürchterliches Spiel, meine Liebe. Wer den ganzen Tag damit zubringt, einen kleinen Holzball durch Törchen hindurchzuschlagen, hat es eigentlich verdient, als Dorftrottel abgestempelt zu werden. Aber man füge noch ein paar elegante Damen in piekfeinen Kleidern und Gentlemen in Klubjacken hinzu, und zur Hölle, auf einmal sprechen wir von einer britischen Institution!«

Eleanors lautstarkes Lachen ließ Lady Fenwick-Langham ihren Kopf aus dem Zelt recken. Sie winkte den beiden fröhlich zu und schlüpfte ins Innere zurück.

»Das ist aber ein schönes Zelt. Stammt es von einer Ihrer früheren Reisen?«

Er hielt inne und tätschelte ihr die Hand. »Viele Jahre ist es her«, sagte er wehmütig. »Damals habe ich andauernd im Zelt übernachtet.«

»Mit Lancelot?«, fragte sie leise.

Er nickte. »Selbstverständlich haben wir dabei kein Auge zugetan. Halligalli die ganze Nacht, Sie verstehen. Wir mussten uns nachmittags von seiner Mutter wegschleichen, um etwas

Schlaf nachzuholen. Sie meinte ja immer, der Junge bräuchte seine festen Strukturen, sonst würde er dies oder jenes anstellen. Ich habe kein Wort davon verstanden.«

Er erblickte seine Frau, die vom Zelteingang aus wie wahnsinnig winkte.

»Hoppla, die feuerspeiende Hausherrin ruft. Am besten einen munteren Eindruck machen, um eine Zurechtweisung zu vermeiden.«

Als sich Eleanor dem Zelt näherte, stöhnte sie innerlich, denn sie erblickte die griesgrämige Gräfinwitwe Goldsworthy, ihre öde Nichte Cory Wynne und die prätentiöse Viscountess Delia Littleton, selbsternannte amerikanische Päpstin der Pariser Modewelt.

Lady Fenwick-Langham wandte sich mit weit ausgebreiteten Armen der Gruppe zu und verkündete: »Drei pro Team, liebe Freunde. Möge das Spiel beginnen!« Sandford rief sie zu: »Wir benötigen einen Schiedsrichter. Sandford, wären Sie so freundlich?«

Er nickte und zog ein kleines Notizheftlein und einen Stift aus seiner Westentasche hervor.

Eleanor lächelte der Gräfinwitwe zu. »Leidenschaftliche Krocketspielerin, Lady Goldsworthy?«

»Dreifache Siegerin von Craiglockhart«, kam die bissige Antwort.

Cora schlich sich an Eleanor heran. »Tante Daphne ist äußerst stolz auf ihre Trophäen dieser ach-so-angesehenen Meisterschaft in Edinburgh. Wenngleich ...« Sie senkte ihre Stimme. »... man am besten nicht genau danach fragt, den wievielten Platz sie im Finale belegt hat.« Sie zeigte vier Finger hinter ihrem Rücken, als sie zurückflanierte, um sich ihren Teammitgliedern anzuschließen.

Als Lady Fenwick-Langham das Spiel für eröffnet erklärte, fiel Eleanor schlagartig auf, dass sie nicht auf eine mobile Befragung vorbereitet war. Plötzlich erschien Viscountess Littleton an ihrer Seite.

»Es war freundlich von Ihnen, dass Sie ... danach noch geblieben sind«, legte sich Eleanor schnell zurecht. »Das muss in der Nacht des Mordes ein ziemlicher Schock gewesen sein.«

»Absolut! Dieser Herr Inspector war ungeheuerlich! Ich würde ihn ja gern mal dabei sehen, wie er seine wichtigtuerische Nummer dort durchzuziehen versucht, wo ich aufgewachsen bin. Erst letztes Jahr ist Gouverneur Coolidge hart gegen die aufmüpfig gewordene Polizei vorgegangen. Die werden ihre Spielchen nicht noch einmal treiben. Neulich Abend schien Ihr englischer Inspector geradezu besessen davon zu sein, mehr über meine Ehe mit Hector herauszufinden. Dieser Schuft!«

»Tss«, echauffierte sich Eleanor gespielt, musste aber ein Grinsen verbergen. »Kannten Sie den Colonel eigentlich gut?«

Lady Fenwick-Langham unterbrach ihre Unterhaltung, als sie zu ihrer Gruppe hinüberrief: »Die Damen, die roten und gelben Bälle sind Ihre. Die schwarzen und blauen gehören uns. Daphne, seien Sie doch unsere erste Schlägerin, meine Liebe.«

Viscountess Littleton verdrehte die Augen, als sie sich wieder Eleanor zuwandte. »Ob ich den Colonel gut gekannt habe? Nur über Lady Fenwick-Langham. Dieser Mensch war eine Schlange. Er hat keine Gelegenheit ausgelassen, um Hector zu beleidigen.«

»Aber was für einen Grund hatte der Colonel denn, so gemein zu Ihrem Ehemann zu sein?«

Viscountess Littleton hob ihre Augenbrauen. »Sie sollten lieber fragen, wem gegenüber der Colonel nicht gemein war!« Sie wandte sich dem Spiel zu. »Oh, formidabler Schlag, Lady Goldsworthy!«

Es folgte eine Runde stürmischen Applauses. Die Gräfinwitwe drehte sich zu den beiden Frauen um. »Lady Swift! Sie könnten besser von meiner Expertise profitieren, wenn Sie eine Position in Spielfeldnähe einnähmen.«

Eleanor, die sich fühlte wie ein gescholtenes Kind, eilte quer über den Rasen und nahm eine Position in Coras Nähe ein, um ihre Ermittlungen fortführen zu können. Als sie das Mädchen musterte, bemerkte sie ein schmales schwarzes Band aus Spitze, das aus dem Ärmel seines Kleides herausragte.

»Zu Ehren des Colonels?«, fragte sie vorsichtig.

»Oje, ist es etwa herausgerutscht?« Cora steckte es eilig zurück unter das Ärmelbündchen. »Ich weiß, man soll nicht schlecht von den Toten sprechen und so weiter, aber um ehrlich zu sein, Lady Swift, war er ... nun, das sage ich jetzt besser nicht.«

»Sprechen Sie weiter, ich werde es niemandem verraten.«

Cora schüttelte den Kopf. »Verzeihen Sie, das war schrecklich taktlos von mir. Sehen Sie mal, Viscountess Littleton hat den Ball komplett danebengeschlagen.«

Eleanor wollte das Mädchen drängen, weiterzusprechen, allerdings rief die Gräfinwitwe nach ihr. »Lady Swift! Sind Sie so weit? Unser Team weist in Sachen Geschick leider ein schwaches Glied auf.« Sie blickte finster zu Viscountess Littleton, die gerade eifrig damit beschäftigt war, die Riemen ihrer Satinballerinas zu justieren.

»Ja, ja! Ich bin leider auch etwas eingerostet, muss ich zugeben, aber ich schwinge jetzt einfach mal den Mallet.«

Als sich Lady Fenwick-Langham zu Cora gesellt hatte, trat Eleanor einen Schritt vor, um ihren ersten Schlag zu wagen.

»Sie stehen zu weit rechts von dem Tor«, mäkelte die Gräfinwitwe.

Eleanor ging über sie hinweg und drosch die Kugel durch das erste Tor und auf das nächste zu, wobei sie Lady Fenwick-Langhams Kugel aus dem Weg schubste.

Alle applaudierten.

»Nicht schlecht«, bekundete die Gräfinwitwe, als sie zu Eleanor aufschloss. »Das ist wohl nicht Ihre erste Partie.«

»Wirklich, das war lediglich ein Glückstreffer. Im Elefantenpolo bin ich versierter.« Eleanor nutzte die Gelegenheit. »Was für eine schreckliche Belastung das doch für Lord und Lady Fenwick-Langham sein muss, Sie wissen schon, dass ihr Sohn jetzt im Gefängnis sitzt.«

Die Gräfinwitwe wirbelte herum und blickte sie an. »Dieser Sohn! Augusta ist eine sehr alte Freundin von mir, aber was ich Ihnen jetzt sage, habe ich ihr schon einige Male gesagt, und neulich Nacht auch dem Polizisten. Sie haben den Jungen verdorben, und er hat sich als genau jener faule Apfel erwiesen, den ich ihnen immer prophezeit habe.«

Sie warf ihre Arme in die Luft. »Cora! Nicht so lasch, Mädchen! Mit Schmackes, wenn ich bitten darf!«

Eleanor merkte, wie die Wut sie überkam. Aus Angst, sich zu einem zornigen Schwung in Richtung dieses zänkischen alten Schottenweibs verleiten zu lassen, stellte sie den Mallet sicherheitshalber hinter ihrem Rücken ab.

Die Gräfinwitwe kehrte zu Eleanor zurück. »Cora kann der Violine ein paar passable Töne entlocken und ist nicht unerträglich dumm. Sie hat noch nicht einmal ein Gesicht wie ein Kuhhintern. Und sie ist die Nichte und das Mündel der besten Freundin seiner Mutter. Jeder halbwegs anständige Mann hätte sie mir schon längst aus den Händen gerissen. Es war ernsthaft geplant gewesen, dass er sie zur Braut nimmt.«

Eleanor rang nach Luft. *Die Gräfinwitwe versuchte, ihre Nichte zu verheiraten, und zwar mit ... Lancelot!* Es stimmte also wirklich, was Lancelot ihr damals beim Mittagessen im Rosengarten erzählt hatte.

Die Gräfinwitwe bemerkte nichts von Eleanors Erschütterung und fuhr fort: »Dann wäre sie jetzt mit einem Mörder verheiratet! Nun, das wäre ja mal eine schöne Bescherung gewesen!«

Eleanor verkniff sich eine Antwort. *Hüte deine Zunge, Ellie. Du kannst das Wort ergreifen, sobald Lancelot aus dem Gefängnis ist.*

Lady Fenwick-Langham gesellte sich zu ihnen. »Daphne, Liebes. Sie sind wieder dran.«

Eleanor warf der Gräfinwitwe einen vernichtenden Blick hinterher, als diese über den Rasen davonschritt.

Lady Fenwick-Langham nahm Eleanors Arm. »Sind Sie wohlauf, meine Liebe? Sie sind ganz schön rot im Gesicht, wissen Sie.«

»Ja, danke schön. Das muss die Hitze sein ...«

Die Hausherrin tätschelte ihre Hand. »Ich kann mir gut vorstellen, dass Sie gerade eine Ladung giftig-heißer Luft auf die Ohren bekommen haben. Daphne hat schon vor langer Zeit beschlossen, dass Lancelot sie von der Last Coras befreien soll, aber er wollte nichts davon wissen. Und ich kann ihre Sorge gut verstehen. Daphne ist bereits Ende siebzig und eine fürsorgliche Tante ... unter der harten Schale.«

Sie senkte ihre Stimme. »Cora wird nicht das kleinste Fitzelchen des Anwesens erben, wenn sie keinen Ehemann hat, der es für sie verwaltet, so hat es Daphnes Ehemann in seinem letzten Willen verfügt. Und Coras Mutter hat ihr so gut wie nichts vermacht. Wenn Cora bis zu Daphnes Hinscheiden noch nicht verheiratet ist, wird sie mittellos sein.«

Eleanor machte große Augen. »Aber das merkt man Cora gar nicht an. Weiß sie davon?«

Lady Fenwick-Langham schüttelte den Kopf. »Sie ging immer in der Annahme, dass ein Treuhandfonds in ihrem Namen existiert, den ihr der Bruder ihrer Mutter hinterlassen hat. Dieser Fonds ist jedoch während des Kriegs verschwunden ... wie so vieles.«

»Daher rührt also ihre Geringschätzung Lancelot gegenüber?«

Lady Fenwick-Langham nickte. »Ich weiß, es muss seltsam,

ja geradezu albern, erscheinen, dass ich jemanden umhege, der wie der Inbegriff einer streitsüchtigen alten Hexe aus den Highlands daherkommt. Allerdings ist sie einst sehr gut zu meiner Mutter gewesen. Wir haben eine gemeinsame Vergangenheit.«

»Aber Sie würden Cora doch sicherlich aufnehmen?«

»Aber selbstverständlich. Allerdings wäre sie eine ausgehaltene Belastung, der eine trostlose Zukunft als Junggesellin bevorstünde.« Lady Fenwick-Langham seufzte. »Das Leben ist unangenehm chaotisch, meine Liebe.«

Das Spiel wurde unter den ständigen Beschwerden der Gräfinwitwe fortgesetzt, die jeden einzelnen Schlag Coras mit einer Herabwürdigung bedachte, was diese wiederum mit wütenden Blicken quittierte. Es bedeutete eine Erleichterung für die gesamte Gesellschaft, als Lady Fenwick-Langham die Halbzeit verkündete und allesamt zurück zum Berberzelt trieb.

Eleanor zeigte sich vom Inneren des Zeltes gleichermaßen beeindruckt wie von seinem Äußeren. Niedrige Sofapolster in passenden Creme- und Goldtönen waren um einen Teppich in der Mitte arrangiert, während in jeder Ecke eine Stehlampe platziert war. Lord Fenwick-Langham schlurfte zur Globusbar hinüber und klatschte in die Hände.

»Wer hat Lust auf etwas Pep im Nachmittagstee?«

Alle Hände mit Ausnahme von Coras schnellten in die Höhe.

»Gute Wahl! Schwerstarbeit, diese ganze Krocketspielerei. Ein kleines Schlückchen Zielwasser kann da nicht schaden.«

Eleanor nahm neben der Viscountess Littleton Platz. »Ach du liebe Zeit, wie unhöflich von mir, mich nicht schon eher danach erkundigt zu haben. Wo ist Hector eigentlich?«

»Der wurde am Morgen nach der Mordnacht zu irgendeinem beruflichen Notfall abberufen. Hat mich mir selbst überlassen!«

Wie versprochen, mischte Lady Fenwick-Langham zur zweiten Runde die Mannschaften durch. Sie tat sich mit Eleanor und Cora zusammen, während Lord Fenwick-Langham dazu beordert wurde, gemeinsam mit der Gräfinwitwe und Viscountess Littleton zu spielen.

Nachdem sie sichergestellt hatte, dass niemand sonst in Hörweite war, hakte sich Eleanor bei Cora unter. »Mein liebes Mädchen, Ihr Trauerflor, den ich vorhin bemerkte, gilt gar nicht dem Colonel, habe ich Recht? Sondern Lancelot.«

Cora durchsuchte die Tasche ihres Kleides. »Ja. Ich mache mir solche Sorgen, Lady Swift, dass er ...« Sie verstummte, als sie ein Taschentuch zückte, um sich zwei dicke Tränen abzutupfen.

Eleanor blickte Cora aufmerksam an. »Meine Liebe, ist Ihnen aus jener entsetzlichen Nacht irgendetwas in Erinnerung geblieben, das Lancelot weiterhelfen könnte?«

Cora nickte zögerlich.

Eleanors Herz schlug schneller. »Was denn?«

»Nein, es ist zu schrecklich. Wie sollte es Lancelot weiterhelfen? Es würde ihn wahrscheinlich eher an den Galgen bringen!«

»Cora, Liebes, ohne unsere Hilfe steht er fürchterlich allein da und sieht einer höchst ungewissen Zukunft entgegen.«

»Nein. Sein Schicksal ist gewiss. Dafür sorgt meine Tante schon. Wenn sie ihn in Ruhe gelassen hätte, dann hätte er sich vielleicht mehr für mich interessiert. Sie hat die ganze Sache verpatzt, gibt ihm aber die Schuld daran!«

Eleanor strich dem Mädchen teilnahmsvoll über die Schulter. »Es tut mir so leid, all dies angesprochen zu haben. Aber bitte erzählen Sie mir, was Sie wissen, um Lancelots willen.«

Cora tupfte sich die Augen trocken und nahm einen tiefen Atemzug. »Ich habe gesehen ... Oh, Lady Swift, ich habe Lancelot im Garten in seinem Piratenkostüm gesehen. Er hatte Maske und Hut abgenommen und ... und war in einen entsetzlichen Streit mit dem Colonel verwickelt. Das war kurz bevor ...«

Eleanor biss sich auf die Unterlippe. Sie brauchte Cora gar nicht erst zu fragen, was sie meinte. Das war nicht das, was sie zu hören gehofft hatte. Kein Wunder, dass das Mädchen diese Information für sich behalten hatte.

»Haben Sie mitbekommen, worum es bei diesem Streit ging?«

»Nicht wirklich, nur Wortfetzen. Anfangs schienen sie noch zu flüstern, kurz darauf aber wurde es dann richtig hitzig. Der Colonel schrie irgendetwas über ›Flugzeuge‹ und dass Lancelot ein ›erbärmlicher Taugenichts‹ sei. Dann beschimpfte er ihn noch als ›Soundso-Ochsen‹. Ich habe Lancelot bislang immer nur lachen und scherzen gesehen, aber in diesem Moment sah er aus, als ob ...«

Eleanor befürchtete die entsprechende Antwort bereits, als sie dennoch fragte: »Als ob was?«

»Als ob er beabsichtigte, den Colonel zu schlagen!«

Lady Fenwick-Langham stand auf der obersten Stufe der prachtvollen Vortreppe von Langham Manor und hatte sich bei Eleanor eingehakt. »Meine Liebe, ich kann Ihnen gar nicht sagen, wie dankbar Harold und ich Ihnen für, nun, schlichtweg alles sind. Verraten Sie mir: Haben Sie irgendetwas Hilfreiches herausgefunden?«

Coras Worte klangen Eleanor noch in den Ohren. »Möglicherweise. Allerdings schwirrt mir der Kopf ob all der Informationen, die ich den Tag über gesammelt habe. Ich muss jetzt erst einmal nach Hause fahren, um sie allesamt durchzugehen.«

»Mit Unterstützung von Mr Clifford, wie ich hoffe? Sie geben ein wirklich unkonventionelles Team ab.« Ihre Gastgeberin drückte ihr den Ellbogen. »Ah, da ist ja schon der Wagen. Jenkins!«

Der Chauffeur sprang aus dem glänzenden Rolls-Royce und brachte sich auf der untersten Stufe in Stellung. »Ja, Mylady.«

»Lady Swift wird gegenwärtig von Clifford im Autofahren unterrichtet. Wenn sie darum bittet, darf sie sich ans Steuer setzen.«

Eleanor blieb der Mund offenstehen und sie starrte von dem inzwischen kreidebleichen Chauffeur zu Lady Fenwick-Langham und zurück.

»Ich bitte um Verzeihung, Ihre Ladyschaft, aber die Lordschaft ...«

Lady Fenwick-Langham umarmte Eleanor sanft und wies die Treppenstufen hinab. »Keine Widerrede, Jenkins. Wir sind inzwischen im zwanzigsten Jahrhundert angekommen, das neunzehnte ist Geschichte!« Sie zwinkerte Eleanor zu und kehrte ins Haus zurück.

ZWÖLF

Am darauffolgenden Morgen fühlte sich Eleanor, als ob sie eine ganze Woche lang nicht geschlafen hätte. Sie stieg die Treppe hinab, nur um unten angekommen von Gladstones überschwänglicher Begrüßung zurück auf die Stufen geworfen zu werden. Nachdem sie ihn davon überzeugt hatte, dass zu hohes Springen für einen Herren im vorgerückten Alter wie ihn keine sonderlich gute Idee war, trottete die Bulldogge an ihrer Seite den Korridor entlang.

Polly erwartete sie auf halber Strecke. Das junge Dienstmädchen machte einen Diener und schüttete dabei etwas Poliermittel über Eleanors Kleid. »Tsch-tschuldigung, Ihre Ladyschaft! O nein, jetzt habe ich Ihr reizendes Kleid ruiniert. Ich bin ein solcher Tollpatsch.« Sie schlug sich gegen die Stirn.

Eleanor schluckte ihre Bestürzung angesichts des Flecks auf der Vorderseite ihres Kleides hinunter. Es war eines der Lieblingskleider ihrer Mutter gewesen. Sie nahm das niedergeschlagene Mädchen bei den Schultern. »In Wahrheit, Polly, schulde ich dir eine Entschuldigung.«

Der Kopf des Dienstmädchens schnellte nach oben. »Eine

Entschuldigung, Ihre Ladyschaft? Aber ... aber das ist doch nicht richtig, oder? Ich meine, Sie sind doch die Hausherrin, und ich bin nur das Dienstmädchen. Nicht dass ich unhöflich sein möchte, versteht sich.«

»Nein, ich bin furchtbar nachlässig gewesen, Polly. Ich habe völlig vergessen, dir etwas äußerst Wichtiges mitzuteilen.«

Die Augen des jungen Mädchens wurden groß wie Teller.

»Ich habe vergessen, dir zu sagen ... dass du das beste Dienstmädchen bist, das ich jemals hatte.«

Pollys Hand schnellte zu ihrem Mund und ihre Augen quollen regelrecht über. »Ich?«

»Ja, du. Du bist wirklich unersetzlich. Also, Schluss jetzt mit all dem Gerede davon, dass du ein Tollpatsch seist, oder dergleichen wenig schmeichelhaften Kommentaren, verstanden?«

Das Dienstmädchen nickte. »Ja, Ihre Ladyschaft. Das beste Dienstmädchen ... Vielen Dank. Donnerwetter, soll ich um Ihr Frühstück bitten, Ihre Ladyschaft?«

»Sehr gern. Ich wünsche heute ein leichtes Frühstück im Morgensalon einzunehmen.« Ihr Magen war noch immer mit der Bewältigung des Berges an Essen beschäftigt, das ihr am Vortag auf Langham Manor verabreicht worden war.

Polly hüpfte den Korridor hinunter in Richtung Küche und bemerkte dabei Mrs Butters nicht, die mit einem Staubwedel in der Hand hinter dem Geländer hervorlugte.

Die Haushälterin grinste, als sie hervortrat.

»Mylady, Sie sind so gütig. Sie meint es immer so gut. Es sind diese schlaksigen Arme und Beine, die sie so unbeholfen machen. Und ihre jungen Jahre. Ich hoffe ja immer, dass sie eines Tages in sie hineinwachsen wird, aber langsam fange ich an, es zu bezweifeln.«

»Meine Worte waren aufrichtig, Mrs Butters.«

»Daran habe ich keinerlei Zweifel. Und weder ich noch

Mrs Trotman werden Pollys Seifenblase zerplatzen lassen, indem wir sie darüber aufklären, dass sie das *einzige* Dienstmädchen ist, das Sie jemals hatten.« Die Haushälterin zwinkerte ihr zu. »Wenngleich die Tatsache, dass Sie noch nie ein Dienstmädchen hatten, ziemlich, nun ja, ungewöhnlich ist, wenn ich mir die Bemerkung erlauben darf, Mylady.«

»Nun, Mrs Butters, wie Sie wissen, waren meine Eltern ziemlich ›ungewöhnlich‹, genau wie meine Kinderstube, bis ... sie verschwunden sind.«

»Natürlich, Mylady, Gott sei ihrer Seelen gnädig. Ich serviere sogleich das Frühstück. Die Köchin hat sich an einer neuen Gebäckrezeptur versucht: Zimt-Vanille-Wickel. Für das von Ihnen gewünschte leichte Frühstück eignen sich diese perfekt. Die werden Sie sicherlich im Nu wieder in Schwung bringen. Allerdings sind sie nicht dazu gedacht, sie mit Monsieur Gierschlund hier zu teilen.« Sie wies auf Gladstone, der sich mittlerweile mit dem Rücken gegen Eleanors Füße stemmte und mit seinem Stummelschwanz in dumpfen Schlägen den Hochflorteppich traktierte. »Und keine Bange, Ihr schönes Kleid wird schnell wieder aussehen wie neu, dafür werde ich sorgen.«

Zum tausendsten Mal fragte sich Eleanor, wie es diese freundliche Frau nur immer wieder schaffte, ihre Stimmung aufzuhellen.

Als Clifford anklopfte und den Morgensalon betrat, fand er Eleanor bereits in einem frischen Kleid vor. Sie erwartete ihn mit ihrem Notizbuch in den Händen.

»Also, Clifford, ich muss jetzt noch einmal rekapitulieren, was ich gestern in Erfahrung gebracht habe, um unsere nächsten Schritte planen zu können.«

Er stellte ihr Frühstückstablett auf dem Tisch ab und wartete geduldig. Während sie aß, berichtete sie ihm von alldem, was sie am Vortag auf Langham Manor herausgefunden hatte. Hin und wieder unterbrach er sie, um den ein oder anderen Sachverhalt abzuklären, im Großen und Ganzen aber hörte er stumm und aufmerksam zu, bis sie fertig war. Da sie zeitgleich auch ihr Frühstück beendet hatte, räumte er ihren Teller ab und schenkte ihr eine weitere Tasse Tee ein.

»Mylady, zunächst einmal möchte ich Ihnen zu Ihren gestrigen Bemühungen gratulieren. Was unseren nächsten Schritt anbetrifft, so würde ich meinen, dass die Informationen, die Sie von Mr Sandford bezüglich der Umtriebe der ›Bande‹ des jungen Lord Fenwick-Langham, wie Sie sie zu nennen pflegen, erhalten haben, insbesondere der vorzeitige Abschied von Prinz Singh, nahelegen, dass wir uns mit dieser Gruppierung sicherlich näher beschäftigen sollten. Ob Miss Glews Behauptung, dass sie gesehen haben könnte, wie zwei Gäste in täuschend ähnlicher Piratenkostümierung die Treppe hinaufgegangen sind, eine falsche Fährte sein mag oder nicht – nachgehen müssen wir diesem Hinweis nichtsdestotrotz.« Er hielt inne und räusperte sich. »Von den Informationen, die Sie von den Gästen zusammengetragen haben, halte ich die Tatsache, dass die Gräfinwitwe ihre Nichte Miss Wynne als künftige Ehegattin von Lord Fenwick-Langham vorgesehen hat, nicht eben für die frappierendste Enthüllung, das war ja schließlich gemeinhin bekannt –«

Eleanor schnaubte. »Ja, da hat sie in der Tat kein Geheimnis draus gemacht.«

Clifford wischte den verschütteten Tee vom Tischtuch. »In der Tat, Mylady. Wie dem auch sei, wie ich bereits sagte, besteht die hervorstechendste Information darin, dass der junge Lord Fenwick-Langham von Miss Wynne im Streit mit dem Colonel angetroffen wurde, kurz bevor der Colonel ermordet worden ist. Die Schwierigkeit hier besteht natürlich darin, dass wir, sofern nicht gerade noch jemand den Streit mitbekommen hat, in diese Richtung nicht gut ermitteln können, da wir die beiden beteiligten Gentlemen nicht ohne Weiteres dazu befragen können.«

Eleanor stieß einen tiefen Seufzer aus. »Ich weiß. Der eine ist ... tot und der andere inhaftiert.« Sie schüttelte den Kopf. »Ich werde den Inspector wohl oder übel überreden müssen, mich Lancelot noch einmal besuchen zu lassen, obgleich ich nicht weiß, wie ich das anstellen soll.«

Ein Klopfen an der Tür des Morgensalons unterbrach sie.

»Ja?«

Mrs Butters trat ein. »Entschuldigen Sie die Störung, Mylady, Sie haben Besuch.«

»Wer ist es?«

»Es ist Lady Coco Childs.«

Eleanor blinzelte. »Tatsächlich? Was um Himmels willen führt sie hierher? Vielleicht kommt sie mit Neuigkeiten, die Lancelot weiterhelfen könnten. Bitten Sie sie doch, auf der Terrasse Platz zu nehmen, es ist ein solch schöner Morgen.«

Nachdem die Haushälterin gegangen war, wandte sie sich Clifford zu. »Ich werde wohl eine weitere Kanne Tee benötigen. Wissen Sie, ich bezweifle ja, dass die Duchess of Bedford die Erfindung ihres ach-so-modischen Nachmittagstees wirklich gut durchdacht hat. Sie hat offensichtlich nicht berücksichtigt, welche Folgen es hat, wenn man eine Schar unerwarteter Gäste zu empfangen hat.«

Clifford mokierte sich ironisch: »Höchst unverantwortlich von der Frau Herzogin, Mylady. Vielleicht schwebte ihr nie vor, ihn gleich morgens zu servieren?«

Eleanor ging über die Stichelei hinweg. »Hören Sie mal, wie wäre es, wenn Sie Ihr wundervolles Butlertalent, sich unbemerkt herumzudrücken, zum Einsatz brächten? Vielleicht schnappen Sie ja etwas auf, das mir entgeht.«

»Es wird mir ein Vergnügen sein ...« Er rümpfte gespielt die

Nase. »... mich unbemerkt herumzudrücken, wie Sie es ausdrücken.«

»Prima!«

»Lady Childs!«, rief Eleanor, als sie die von einer Balustrade eingefasste Terrasse betrat, die von der mittäglichen Junisonne beschienen wurde. Der berauschende Duft der Flieder- und Lavendelblüten mischte sich mit dem des kürzlich gemähten Rasens und verkündete, dass es nun wahrhaftig Sommer war. Aus den Feuerlilien und Montbretien drang das stete Summen der Bienen, die emsig ihrer Arbeit nachgingen.

Ihr Gast sprang augenblicklich auf und küsste Eleanor auf beide Wangen. »Guten Morgen, wollen wir es nicht einfach bei Coco belassen? All der andere Kram ist doch nichtig, richtig?«

Eleanor atmete den Duft eines entzückenden Parfüms ein und verspürte ihrem unerwarteten Gast gegenüber ein unmittelbares Gefühl der Wärme. »Natürlich, Coco, nenn mich Eleanor. Was verschafft mir das Vergnügen?«

»Du bist ja goldig. Ich hätte es völlig verstanden, wenn du mich mit einer scharfen Zurechtweisung fortgeschickt hättest. Schrecklich unhöflich, ich weiß, aber ich muss wirklich mit dir sprechen.«

»Schieß los.« Eleanor zog einen Stuhl heran und brachte den Sonnenschirm in eine Position, in der er sie beide auch tatsächlich vor der Sonne schützte. »Du trinkst aber einen Tee, oder?«

Coco nickte, als Clifford das Tablett abstellte. Sie fuhr mit den Fingern über den Rand ihres cremefarbenen Seidenschals und seufzte. »Schreckliche Sache, das mit Lancelot. Ich kann kaum glauben, dass man ihn ...« Sie beugte sich vor und flüsterte: »Du weißt schon, des Mordes bezichtigt. Aus diesem Grund bin ich hier. Weil wir ... nun, ich, darauf hoffe, dass du vielleicht helfen kannst. Wurdest du auch von diesem attraktiven Detective befragt? Ist der nicht eine Schau?«

»Verhört wäre wohl das passendere Wort«, sagte Eleanor.

»Verhö–, du meinst, er hat dich beschuldigt?« Sie hielt sich erschrocken die Hand vor den Mund. »Womit denn? Lady Fenwick-Langhams Halskette gestohlen zu haben? Doch nicht etwa ... den Colonel umgebracht zu haben? Die Vorstellung allein!«

»So etwa in die Richtung, ja«, sagte Eleanor.

Lady Childs führte ihre Tasse zum Mund und nahm einen zittrigen Schluck. »Das tut mir so leid, meine Liebe. Mir ist ja bewusst, dass man nicht schlecht über Tote sprechen sollte und so weiter, aber ich hätte es vollauf verstanden, wenn du diese schreckliche Tat begangen hättest. Der Colonel war doch eher lästig im Umgang.«

»Kanntest du den Colonel denn gut?«

»Kennen eher weniger, vielmehr ist er mir andauernd über den Weg gelaufen. Die gesellschaftlichen Kreise sind hier in der Gegend peinlich klein. Wir treiben uns für gewöhnlich anderswo rum, hin und wieder aber treten wir bei der richtigen Veranstaltung in Erscheinung – du weißt schon, um das Taschengeld weiter fließen zu lassen.« Ihre Wangen erröteten leicht. »Lucas und Johnny gerieten immer in Rage darüber, dass der Colonel ständig vor Ort war, um uns allen den Spaß zu verderben.«

»Ah ja, aber hat sich *Lancelot* jemals mit dem Colonel gestritten?«

»Gestritten nicht gerade, ein Pistolenduell haben sie jedenfalls nicht ausgetragen, allerdings gab es jede Menge hitziger Auseinandersetzungen.«

»Worüber?«

»Nun, um es ohne Umschweife zu sagen, hielt der Colonel Lancelot für einen Taugenichts und eine Schande für seine

Eltern. Diese Meinung teilte er Lancelot auf seine übliche taktlose Art mit, woraufhin Lancelot, der nun mal Lancelot ist, ihm auf unmissverständliche Weise klarmachte, was er seinerseits vom Colonel hielt.« Coco hielt inne. »Weißt du, Lancelot hat die ganze Zeit nur von dir gesprochen.«

»Wirklich? Wie ermüdend für euch alle!« Eleanor versuchte, es abzutun, doch ihr Gesicht verriet sie. Sie verwies hastig auf die glasierten Brioches, die Mrs Trotman herbeigezaubert hatte.

Coco schüttelte den Kopf. »Ach, Eleanor, komm schon, wir zwei Mädels sind doch hier unter uns. Du willst bestimmt unbedingt wissen, was er über dich gesagt hat, tu doch nicht so, als wäre es dir egal.« Sie nahm die wieder aufgefüllte Tasse mit einem verschämten Lächeln entgegen. »Welche Frau würde sich auch nicht darüber freuen, wenn sich ein so lustiger und hübscher Kerl für sie interessiert?«

Eleanors Gesicht errötete. »Ehrlich gesagt, Coco, bin ich erst seit wenigen Monaten hier und bereits in Dinge hineingeraten, die ich mir niemals hätte träumen lassen.« Sie seufzte. »Ich habe wirklich keine Zeit für irgendwelche weiteren ... Komplikationen.«

»Das musst du selbst wissen, aber genau dies ist auch der Grund dafür, aus dem ich dachte, dass du helfen kannst. Wir haben alle davon gehört, wie du diesen letzten Mord aufgeklärt hast.« Sie erschauderte. »Ich kann nicht nachvollziehen, wie ein Mensch nur imstande sein kann, einem anderen das Leben zu nehmen. Was für ein Scheusal muss man sein!«

Eleanor betrachtete ihren eleganten, schlanken Gast und gedachte der ein oder anderen widerwärtigen Persönlichkeit, der sie auf ihren Reisen begegnet war, die einem Fremden für einen Shilling die Kehle aufgeschlitzt hätten, ohne auch nur mit der Wimper zu zucken.

Coco sprach noch immer: »... und es war natürlich Lancelot, der uns von alldem berichtet hat.«

Die Erwähnung seines Namens riss Eleanor aus ihren Gedanken. »Coco, wie lange kennst du Lancelot bereits?«

»Ich bin mir nicht sicher. Manchmal, wenn er nervt, fühlt es sich an wie eine Ewigkeit.« Sie kicherte. »Er hört ja nie auf mit seinen Witzen und Sprüchen. Tatsächlich kennen wir uns seit Kindheitstagen. Das lässt mich wohl schrecklich alt erscheinen, nicht wahr?« Noch bevor Eleanor höflich widersprechen konnte, sprach Coco weiter: »Darf ich dir etwas verraten, ganz im Vertrauen?«

»Natürlich.« Eleanor hatte Mühe, ihren Blick von Clifford abzuwenden, der in der Tür zur Terrasse stand.

»Nun, eigentlich bin ich gekommen ... um Millie zu helfen.«

Eleanor verarbeitete diese unerwartete Information. »Sprich weiter.«

»Nun, der arme alte Knochen, sie würde mich vermutlich umbringen, wenn sie herausfinden würde, dass ich dir das erzähle. Es ist wirklich peinlich, aber sie ist schon seit Ewigkeiten in Lancelot verknallt.« Cocos Gesicht verzog sich. »Meine Güte, ich will dir damit nicht etwa auf den Schlips treten, wie unsensibel von mir.«

Eleanor gab vor, nicht eifersüchtig zu sein. »Kein Stück, fahr doch bitte fort.«

»Nun, Millie hat schon alles Mögliche unternommen, um Lancelots Aufmerksamkeit zu erregen, doch egal, was sie auch tut, er scheint sie lediglich als Freundin, als Kumpel, zu betrachten. Es ist furchtbar. Ich habe jetzt schon so lange zugesehen, wie ihr seinetwegen das Herz schmerzt. Millie ist über seine Verhaftung bestürzt, genau wie wir alle. Ich glaube, wenn du uns helfen würdest, würdest du ihr damit vielleicht ganz besonders helfen.«

Eleanor stellte ihre Tasse ab und setzte sich in ihrem Stuhl auf. »Coco, ich weiß deine Ehrlichkeit zu schätzen und danke dir dafür, dass du mich im Hinblick auf die Gefühle deiner

Schwester ins Vertrauen genommen hast. Ich glaube nicht, dass Lancelot schuldig ist, und ich werde dafür sorgen, dass ihm Gerechtigkeit widerfährt.«

Coco lehnte sich mit einem erleichterten Seufzen zurück. »Ach, Eleanor, vielen Dank, ich kann dir wirklich gar nicht sagen, wie dankbar ich dir bin. Wir sind zwar Lancelots beste und älteste Freunde, aber die anderen hängen nur herum und geben Dinge von sich wie: ›So was aber auch!‹ Oder: ›Wer hätte das gedacht?‹ Was Detektivarbeit angeht, sind wir ziemlich nutzlos.« Sie schenkte ihr ein mattes Lächeln. »Allerdings sind wir gut im Feiern. Zumindest sagen das die Leute über uns.«

»Was sagen die Leute?«

»Ach, das hast du doch bestimmt schon mitbekommen. Der Colonel hat sich sicherlich schon einmal zu seinem Lieblingsthema ausgelassen, als du dich in Hörweite befandest. Ich bin sie so leid, diese ganzen blutleeren ...« Coco schlug beide Hände über ihrem Mund zusammen. »O nein, nein, ich meinte ›blutleer‹ natürlich nicht im wörtlichen Sinne. Oje, ich wünschte, ich könnte besser mit Worten umgehen.« Sie schüttelte den Kopf. »Es heißt, wir seien forsch, frivol, überprivilegiert und, nun ja, eher stumpfsinnig. Allerdings werden wir zu den wichtigsten gesellschaftlichen Anlässen eingeladen, folglich muss es also irgendetwas geben, was die Leute an uns mögen.«

Eleanor rief sich erneut Lancelots Worte in Erinnerung: *Niemand kennt die Identität des Juwelendiebs ... Er scheint sich allerdings Partys auszusuchen, die wir besuchen.*

Ob Lancelot vielleicht irgendetwas auf der Spur gewesen war? War der Juwelendieb womöglich ein Mitglied seiner Bande? Die wenigen Hinweise, die sie durch die Befragungen des Personals und der Gäste des Balls auf Langham Manor gewonnen hatte, erschienen bestenfalls unsicher. Entsprechend war sie willens, nach jedem Strohhalm zu greifen, außerdem hatte sich auch Clifford dafür ausgesprochen, Lancelots Bande näher unter die Lupe zu nehmen.

Ihr Gast starrte sie mit einem verdutzten Gesichtsausdruck an. Eleanor schüttelte den Kopf.

»Entschuldige, Coco, vielleicht kann ich helfen. Und vielleicht wäre es das Beste, mit Lancelots Freunden zu sprechen, die dem Ball beigewohnt haben. Könntest du das wohl arrangieren?«

»Großartige Idee!«, erwiderte sie rasch, zögerte dann jedoch. Sie fing an, ihre Tasse auf der Untertasse umherzudrehen. »Weißt du, wir sind ziemlich wählerisch, was die Leute angeht, mit denen wir Zeit verbringen. Es gibt unzählige verzweifelte Mitläufer, die nur zu gern mit den ›angesagten Leuten‹ gesehen werden wollen.« Sie zuckte mit den Schultern und beugte sich dann vor. »Augenblick! Willst du nicht einfach heute Abend mitkommen? Wir feiern im Blind Pig, einem sagenhaften Klub am Rande von Oxford. Es ist wirklich hinreißend da. Ich werde den anderen sagen, dass ich dich eingeladen habe.«

»Klingt großartig!«

»Wunderbar. Und danke noch mal, dass du deine Hilfe angeboten hast.«

»Kein Problem, wir werden alles tun, was in unserer Macht steht.«

»Wir?« Coco spähte zu Clifford, als ob sie ihn zum ersten Mal wahrnähme. »Du liebes bisschen! Ich hatte ganz vergessen, dass du diesen Fall in Zusammenarbeit mit deinem Butler gelöst hast. Du bist schon ganz und gar unkonventionell! Wir sehen uns heute Abend!«

»Ich freue mich drauf!«, sagte Eleanor und gab Coco einen Abschiedskuss auf die Wange.

»Danke, Schätzchen, du bist meine Rettung.« Sie winkte zum Abschied.

Sobald sie unter sich waren, wandte sich Eleanor an Clifford. »Also, was halten Sie davon, Clifford? Millie Childs ist also in Lancelot verliebt. Wer hätte das gedacht?«

»Ja, wer nur?«, erwiderte Clifford. Er blickte leicht amüsiert drein.

Sie ignorierte ihn. »Wissen Sie, ich habe mich an etwas erinnert, das Lancelot im Gefängnis gesagt hat, und zwar, dass die ›Bright Young Things‹-Bande auf so gut wie allen gesellschaftlichen Anlässen vor Ort war, bei denen der Juwelendieb zugeschlagen hat. Da habe ich gedacht, wenn ich mich noch einmal mit ihnen träfe, könnte ich dazu ein wenig nachforschen.«

Clifford nickte. »Eine gute Idee, Mylady. Wenn ihre Präsenz auf jenen Anlässen auch interessant sein mag, so ist diese nicht notwendigerweise allzu verfänglich. Der Personenkreis auf dieser Ebene ist hierzulande ziemlich eingeschränkt im Vergleich zu, sagen wir, London. Die Gästelisten der meisten gesellschaftlichen Anlässe der gehobenen Kreise hier weisen daher eine frappierende Ähnlichkeit miteinander auf.«

Eleanor schüttelte den Kopf. »Mag sein, Clifford, aber im Moment ist das einer unserer wenigen Anhaltspunkte, abgesehen von den dürftigen Informationen, die ich während meiner Befragungen erhalten habe.«

Sie blickte Clifford an, der sich dazu entschieden hatte, zu schweigen.

»Was denn?« Sie schnitt eine Grimasse. »Na gut, in Ordnung, vielleicht will ich auch herausfinden, ob Millie und Lancelot ein Techtelmechtel hatten, und wenn ja, ob dieses auch tatsächlich beendet ist. Allerdings sagt mir der Name dieses Nachtklubs nicht gerade zu. Wie war das noch? The Bloody Pig? Klingt ja verlockend!«

»The Blind Pig, Mylady. Das ist tatsächlich *der* Ort

schlechthin, wenn man mit dem Szenepublikum gesehen werden möchte.«

»Nun, das möchte ich definitiv nicht, aber es ist wohl besser, wenn ich so tue als ob. O verdammt, Lancelot, zu welchen Maßnahmen mich dieser Mann zwingt, es ist geradezu absurd!«

DREIZEHN

»Falls Sie sich erinnern, Mylady, Lord und Lady Fenwick-Langham werden in zehn Minuten eintreffen, um unseren Fortschritt zu besprechen.«

Es war kurz nach zwölf, und Eleanor erinnerte sich tatsächlich. Die Ablenkung kam ihr sogar recht gelegen. Nachdem sie sich erfolgreich unter Gladstones massiger Gestalt hervorgekämpft hatte, strich sie sich ihr Kleid glatt.

Draußen im hellen Sonnenlicht setzte sie sich auf eine Bank, und Gladstone, der zu ihrer Überraschung aufgewacht und ihr nach draußen gefolgt war, ließ sich zu ihren Füßen plumpsen und begann wieder zu schnarchen. »Du bist mir ja eine große Hilfe, alter Kamerad«, sagte sie zärtlich, als sie mit der Hand über seinen warmen, runden Bauch strich.

Sie blickte über den makellosen Rasen hinweg auf den exquisit gedeckten Tisch, den Clifford in Zusammenarbeit mit den Damen vorbereitet hatte. Unter einzelnen elfenbeinfarbenen Sonnenschirmen standen in wohlbemessenem Abstand vier weiße Korbstühle, deren Polster auf die mit zartrosa und scharlachroten Seidenrosen bestickte Tischdecke abgestimmt waren. Das heitere Ambiente spiegelte sich in dem edel funkelnden Porzellanteeservice mit kunstvoll gemalten Vögeln wider, die unterschiedliche Blumen im Schnabel trugen.

Mrs Butters erschien auf der Terrasse und gab Clifford ein Handzeichen.

»Ah ja, ich glaube, unsere Gäste sind soeben angekommen, Mylady.«

»Eleanor, meine Liebe. Es ist so schön, Sie zu sehen.« In den Winkeln von Lady Fenwick-Langhams stahlblauen Augen erschienen Lachfältchen, als sie Eleanor beide Hände reichte und ihr liebevoll zulächelte. Zwei aufmüpfige graue Locken flatterten gegen ihre blassen und eingefallenen Wangen.

Eleanor lächelte zurück. »Ebenso. Ich gebe zu, dass ich mir Sorgen gemacht habe, wie es Ihnen wohl geht. Und Harold natürlich auch.« Sie wandte sich zu ihm und nahm mit Erleichterung das Schimmern in seinen tief liegenden grauen Augen zur Kenntnis. Sein Schnurrbart bebte, als er grinste.

»Man muss ja den schönen Schein wahren, nicht wahr? Bin allerdings unheimlich stolz auf meine Memsahib hier, sie hat wirklich ein stählernes Rückgrat.«

Eleanor hakte sich bei Lady Fenwick-Langham ein. »Ich finde, Sie schlagen sich beide ausgezeichnet. Bitte, kommen Sie und setzen Sie sich.« Sie geleitete die beiden zum Tisch. Eleanor nahm gegenüber von Lady Fenwick-Langham Platz, und Lord Fenwick-Langham ließ sich in den Stuhl neben seiner Gattin fallen. Gladstone legte sich mit einem zufriedenen Schnauben zu Eleanors Füßen nieder.

»Clifford, ich denke, wir sind bereit für die Erfrischungen. Und wenn Sie sich doch zu uns gesellen möchten, bitte.«

»Sehr wohl.« Clifford gab Mrs Butters, die auf der obersten Terrassenstufe bereitstand, ein dezentes Handzeichen und stellte sich mit verschränkten Armen neben den vierten Stuhl.

Lord Fenwick-Langham fuchtelte mit seiner Serviette in

Cliffords Richtung. »Das ist doch nicht ›zu uns gesellen‹, Clifford. Sie sind ein bedeutender Teil dieser Detektivunternehmung.«

Eleanor tätschelte die Armlehne des Stuhls. Schwer seufzend gestand Clifford sich zu, auf der äußersten Stuhlkante Platz zu nehmen.

Der Tee traf zusammen mit einigen silbernen Etageren voller herzhafter Gebäckteilchen ein, die von einer lächelnden Mrs Butters und einer nervösen Polly serviert wurden. Zu Eleanors großem Entzücken stand eine eindrucksvolle Vielfalt an Speisen zur Auswahl. Sie spürte, wie sich auch die Schnuppernase zu ihren Füßen für die Teigwaren zu interessieren begann.

Lord Fenwick-Langham rieb sich die Hände. »Famose Vorstellung, meine liebe Eleanor. Vorschusslorbeeren für die Köchin.« Mrs Butters machte einen Knicks und zog von dannen, wobei sie Polly sanft vor sich die Stufen hinaufschob.

Eleanor nickte Clifford zu, den Tee auszuschenken, was er pflichtbewusst erledigte, wobei er Lord Fenwick-Langhams Tasse mit einem großzügigen Schluck Brandy bedachte. Lady Fenwick-Langham gab zu verstehen, dass sie eine kleine Ergänzung dieser Art auch für ihre eigene Tasse begehrte.

»Meine liebe Eleanor, ohne Druck ausüben zu wollen – Sie wissen ja, wie dankbar wir Ihnen dafür sind, dass Sie versuchen, unserem Sohn zu helfen –, haben Sie irgendwelche guten Nachrichten für uns?«

Wenngleich sich Eleanor im Klaren darüber war, dass das Unvermeidliche nicht abzuwenden war, versuchte sie, das Gespräch behutsam einzuleiten. »Möglicherweise, aber zunächst muss ich Ihnen zu Ihrer genialen Idee des Krocketspiels gratulieren.«

Lord Fenwick-Langham schmatzte, nachdem er einen großen Schluck Tee zu sich genommen hatte. »Ein fabelhaftes Wesen, nicht wahr? So einfallsreich und erfinderisch. Ich hätte sie so manches Mal in der Wildnis des Subkontinents gebrauchen können.«

Clifford hüstelte. »Lady Swift hat mir alles erzählt. Äußerst genial. Vor Ihrem Eintreffen haben wir gemeinsam die Faktenlage des Falls besprochen. Sie hatten wahrlich eine beachtliche Gästeschar auf dem Ball.«

Beim B-Wort sprang Gladstone mit wedelndem Schwanz auf. Eleanor schüttelte den Kopf, bis er sich mit einem schweren Seufzer, der seine Hängebacken zum Schlottern brachte, zurück ins Gras warf.

Clifford fuhr fort: »Wie lässt sich die Verdächtigenliste eingrenzen? Nun, da wir wissen, dass der berüchtigte Juwelendieb von Oxfordshire vor Ort war, suchen wir vermutlich nach jemandem, der nicht nur auf Ihrem Ball, sondern auch bei anderen Anlässen zugegen war, bei denen die Raubüberfälle stattgefunden haben.«

»In der Tat«, bestätigte Eleanor. »Wir haben eine Liste der anderen Bälle inklusive der Daten, an denen sie stattgefunden haben, erstellt. Der Colonel scheint nicht auf vielen der anderen Partys gewesen zu sein, auf denen Juwelen gestohlen wurden, was die Wahrscheinlichkeit, dass er den Juwelendieb gut kannte, gering erscheinen lässt.«

»Demzufolge erlaube ich mir zu vermuten«, fuhr Clifford fort, »dass das Ableben des Colonels der Tatsache geschuldet sein könnte, zur falschen Zeit am falschen Ort gewesen zu sein. Bedauerlicherweise hat er wohl den Juwelendieb gestört und dafür mit dem Leben bezahlt.«

»Natürlich«, sagte Lady Fenwick-Langham leise. »Vielleicht haben Sie recht, wenngleich auch er sich im Lauf der Jahre gern mal etwas zu stark aufgeplustert hat. Er hat des Öfteren seine Nase in Angelegenheiten gesteckt, in denen er nicht erwünscht war.«

Eleanor nahm ihren kühlen Unterton zur Kenntnis und fuhr hastig fort: »Eine andere Möglichkeit ist die folgende: Ihr

Oberhausmädchen, Miss Glew, erwähnte, dass der Colonel darum gebeten hatte, aus den ihm zugedachten Räumlichkeiten verlegt zu werden. Möglicherweise hat er den Ball für einen Augenblick verlassen, weil er etwas aus seinen Räumlichkeiten benötigte, und ist auf seinem Weg dorthin zufällig am Arbeitszimmer vorbeigekommen?«

Lady Fenwick-Langham schürzte die Lippen. »Vielmehr ist er gern nach Lust und Laune herummarschiert, wie es ihm gerade in den Kram passte. Allerdings hatte er zu diesem Zeitpunkt nichts im Arbeitszimmer verloren. Er hätte als Mitgastgeber unten Harold zur Seite stehen sollen.«

Lord Fenwick-Langham strich sich über das Kinn. »Aber irgendetwas hat ihn dazu veranlasst, nach oben zu gehen. Vielleicht weiß jemand vom Personal, was es war. Die scheinen weiß Gott besser darüber Bescheid zu wissen, wer in meinem Hause ein- und ausgeht als ich selbst.«

»Das, mein lieber Harold, liegt daran, dass du nichts und niemanden wahrnimmst, der nicht zufällig ein Fasan ist und den du in deinen Lieblingsjagdstiefeln steckend tief im Schlamm antriffst.« Lady Fenwick-Langhams strenger Tonfall wurde durch ein zärtliches Lächeln gedämpft, das sie ihrem Ehemann schenkte. Sie wandte sich Eleanor zu. »Hat jemand vom Personal den Colonel kurz vor jenem verhängnisvollen Moment gesehen?«

Eleanor nickte. »Parsons, Sandfords Stellvertreter. Er sagte, dass er den Colonel nach oben habe gehen sehen, kurz nachdem ich mich im Ballsaal auf die Nase gelegt habe.« Clifford hob fragend eine Augenbraue. Sie winkte mit der Hand ab. »Lange Geschichte. Jedenfalls erwähnte er, dass der Colonel nach oben ging. Er soll wohl ›Da ist ja der Bengel!‹ gerufen haben.«

»Selber Bengel!«, entfuhr es Lord Fenwick-Langham. »Den Kerl werde ich in seine Schranken verweisen!«

»Das waren doch nicht Parsons Worte, Harold. Eleanor hat

den Colonel zitiert.« Lady Fenwick-Langham seufzte und tätschelte seine Hand. »Fahren Sie nur fort, meine Liebe.«

Lord Fenwick-Langham blickte angemessen zerknirscht drein. »Na klar, altes Haus. Hört sich zugegebenermaßen an wie etwas, das aus Pudders' Mund stammen könnte. Aber wen hat er damit denn gemeint?«

»Ehrlich gesagt hatte ich gehofft, dass Sie uns an dieser Stelle weiterhelfen könnten.« Eleanor drückte ihnen im Geiste die Daumen.

»Fürchte nicht, meine Liebe. Ich habe nicht die leiseste Ahnung«, sagte Lord Fenwick-Langham. »Oder keinen Hinweis darauf, wie man unter Detektiven wohl korrekterweise sagen müsste, nicht wahr?«, ergänzte er augenzwinkernd.

»Ach, nun, das macht nichts. Clifford und ich werden uns nach dem Mittagessen wieder an die Arbeit machen«, sagte Eleanor.

»Ihnen gebührt alle Anerkennung, meine liebe Eleanor.« Lady Fenwick-Langham erschauderte. »Auf vollen Magen einen Mordfall zu ermitteln, das würde bei mir mit Sicherheit zu Verdauungsstörungen führen, fürchte ich.«

»Ich bin zum Glück mit einem robusten Magen gesegnet.«

»Und mit einem gesegneten Appetit«, lachte Lord Fenwick-Langham unter Verweis auf die Vielzahl an Backwaren, die Eleanor bereits verschlungen hatte.

»Harold!«, rügte ihn seine Ehefrau. »Entschuldigen Sie, meine Liebe. Ich hoffe, dass Lancelot etwas höflicher ist als sein Banause von einem Vater.«

Eleanor lächelte beiden zu. »Möchten Sie in der Kurzfassung erfahren, was ich bei der Krocketpartie in Erfahrung bringen konnte?«

Lord Fenwick-Langham reckte seine Hände in Luft. »Mein liebes Fräulein, klären Sie uns doch über die sachdienlichen Tatsachen auf, während wir uns weiter über diese köstlichen Gebäckteilchen hermachen. Hast du dich bereits an diesem

Pilzgedicht versucht, Augusta? Vollendetes kleines Monstrum!«
Gladstones starrer Blick folgte Lord Fenwick-Langhams Hand,
als dieser mit der Pastete wedelte. »Fahren Sie fort, altes Haus.«

Eleanor nahm dies als Stichwort. »Die einzige bedauerliche
Enthüllung bestand darin, dass die reizende Miss Wynne
erzählt hat, dass sie eine kleine Kabbelei zwischen Lancelot und
dem Colonel im Garten bezeugt habe. Da diese wohl sonst
niemand gesehen hat, wird diese Information hoffentlich nicht
in die Hände der Polizei gelangen.« Sie spielte mit ihrem
Teelöffel herum. »Cora hat zudem diskret darauf hingewiesen,
dass Lancelot vielleicht, nun ja ...«

»Von Daphne als ihr Retter auserkoren war?«, vollendete
Lady Fenwick-Langham den Satz. »Nur zu, meine Liebe, wir
können hier offen miteinander reden.«

»Danke schön, aber ich bin mir sicher, dass Cora nichts tun
würde, was Lancelot in Schwierigkeiten bringen könnte, selbst
wenn sie womöglich verärgert darüber ist, dass er nicht auf
einem weißen Schimmel angeritten kommt und sie mitnimmt.«

Lady Fenwick-Langham erschauderte. »Er wäre wohl eher
auf seinem Motorrad hereingebraust gekommen, das er ja unbedingt braucht.«

Eleanor war daran gelegen, das Thema der Gräfinwitwe
und ihres möglichen Motivs für Rachegelüste gegenüber
Lancelot zu umgehen. Nicht zuletzt war die Gräfinwitwe eine
der ältesten Freundinnen der Fenwick-Langhams, und die Idee
war ohnehin grotesk. Das bedeute zwar nicht, dass sie und Clifford die Möglichkeit gänzlich ausgeschlossen hatten, sondern
lediglich, dass sie nicht wusste, wie sie das Thema bei Lady
Fenwick-Langham zur Sprache bringen sollte.

Clifford schien ihre Verlegenheit zu registrieren. Er erhob
sich, füllte jede einzelne Teetasse nach und bot erneut die
Gebäckauswahl feil. »Vielleicht sollten wir mit Viscount und
Viscountess Littleton fortfahren?«

Eleanor lächelte erleichtert. »Gute Idee, Clifford. Ich

meine, Viscountess Littleton hätte gesagt, dass ihr Ehemann am Morgen nach dem Hinscheiden des armen Colonels weggerufen wurde?«

Clifford hüstelte dezent. »Es erschien mir höchst merkwürdig, dass Viscount Littleton seine Ehefrau in einer solchen Situation zurückließ, unabhängig davon, ob der Mörder nun augenscheinlich gefasst worden war oder nicht.«

Eleanor wandte sich Lady Fenwick-Langham zu. »Kennen Sie die beiden schon lange?«

Lady Fenwick-Langham platzierte ihre Tasse wieder auf ihrer Untertasse. »Um Ihre Frage zu beantworten, liebe Eleanor, Hector kennen wir seit nunmehr sechs ... nein, sieben Jahren, seine Frau noch nicht so lange. Er kam einst, um Harold in einer kniffligen Rechtsfrage zu beraten, als wir gerade eine äußerst lästige Angelegenheit zu bewältigen hatten. Irgendwie ist er seitdem zu einem festen Bestandteil unserer Gästelisten geworden.« Lady Fenwick-Langham sah nachdenklich aus. »Ich muss gestehen, dass er allzu häufig unter der scharfen Zunge des Colonels zu leiden hatte.«

»Gab es dafür einen bestimmten Grund?«, fragte Eleanor.

»Es schien sich um einen langjährigen Streit zu handeln, den der Colonel nicht beizulegen gewillt war. Ich glaube, es drehte sich um eine Rechtsauskunft, die Hector erteilt hatte, durch die sich der Colonel erheblich benachteiligt gefühlt hatte. Stimmt das in etwa so, Harold?«

»Leider ja. Pudders war nie jemand gewesen, der einen alten Streit ruhen lassen konnte. Er konnte ein richtiger Terrier sein, wenn er glaubte, Grund zur Verärgerung zu haben. Und das tat er dann auch noch immer lautstark kund, der alte Holzkopf.«

Eleanor nahm die Traurigkeit in seiner Stimme wahr und zerbrach sich den Kopf über einen möglichen Themenwechsel. Sie schnipste mit den Fingern. »Eine unserer wichtigsten Aufgaben bestand darin, sämtliche Bewegungen aller Anwesenden über den gesamten Abend hinweg zu erfassen, insbesondere rund um den Zeitpunkt, als dieses ... äh, unglückselige Ereignis Ihrem wundervollen Ball ein vorzeitiges Ende bescherte. Ihre Bediensteten haben sich im Hinblick auf ihre Pflichten als höchst gewissenhaft erwiesen und konnten uns entsprechend helfen, die Bewegungen der allermeisten Gäste nachzuvollziehen.«

»Sandford ist ein Juwel, er hält das Personal in guter Ordnung«, pflichtete Lord Fenwick-Langham bei. »Genau wie Sie, Clifford, eine leise, aber ernst zu nehmende Größe.«

»Vielen Dank, Sir. Es ist ein Glücksfall, dass Ihnen Ihre Gäste wohlbekannt waren, wenngleich es sich natürlich um einen Maskenball handelte.«

»Und manche der Gäste voll kostümiert waren«, fügte Eleanor hinzu, während sie die Bulldogge anherrschte, sich zu setzen. »Etwa Lancelot und seine Freunde.«

»Und die junge Lordschaft war als Pirat verkleidet?«, erkundigte sich Clifford.

Eleanor runzelte die Stirn. »Vielleicht aber war er nicht der einzige Pirat.«

»Mir sind keine weiteren aufgefallen«, warf Lord Fenwick-Langham ein. »Aber ich habe ja anscheinend auch nur Augen für Wildvögel«, fügte er an und wies auf seine Frau, bevor er die Serviette von seinem Schoß nahm und sie über dem Rasen ausschüttelte. Als Gladstone sich auf jeden kleinsten Pastetenkrümel stürzte, lachte er ausgelassen.

Eleanor lächelte ebenfalls über die gefräßige Bulldogge. »Augusta, ist Ihnen denn vielleicht noch jemand anderes im Piratenkostüm aufgefallen?«

Sie tippte sich nachdenklich ans Kinn. »Nein, aber es hätte mich nicht überrascht.« Dann sah sie zu Eleanor. »Was ist denn mit Ihnen, meine Liebe? Sie schauen ja ganz verdutzt drein.«

»Ach, es ist nur wegen einer Sache, die Miss Glew über Lancelots Kostüm gesagt hat.«

Clifford neigte seinen Kopf. »Die da wäre, Mylady?«

»Sie glaubte, Lancelot die Treppe hinaufgehen gesehen zu haben, sah ihn dann aber kurz darauf erneut hinaufgehen. Deshalb hat sie sich gefragt, ob vielleicht noch jemand anderes als Pirat erschienen war.«

Lady Fenwick-Langham wiegelte ab. »Wahrscheinlich nur einer seiner Lausbubenstreiche. Vermutlich ist er erst über die Haupttreppe nach oben gestiegen und dann über die Dienstbotentreppe wieder nach unten gerutscht, um dann kurz darauf wie von Zauberhand erneut an gleicher Stelle unten an der Treppe zu erscheinen.«

»Aber was hätte das für einen Sinn?«

»Mein liebes Mädchen, was für einen Sinn hat irgendeiner von Lancelots Scherzen? Ich liebe ihn von ganzem Herzen, verstehe aber nur selten, was in seinem Kopf vorgeht.«

Eleanor stimmte innerlich zu. »Abgesehen von Miss Glews Erwähnung der Piratenbeine auf der Treppe gab es nur eine andere Person, die berichtet hat, mehr als einen Piraten gesehen zu haben, und zwar Sandford. Aber er war sich auch nicht einhundertprozentig sicher.«

»Gab es denn womöglich ein verbindendes Thema zwischen dem Kostüm seiner jungen Lordschaft und den Kostümen seiner Freunde?«, gab Clifford zu bedenken.

Eleanor zählte sie an ihren Fingern ab. »Nicht, dass es mir bewusst wäre. Ein Pirat, eine Kleopatra, ein Paradiesvogel, ein Raffael-Gemälde und ein Harlekin.«

»Hmm ...« Lady Fenwick-Langham starrte Clifford über den Rand ihrer Teetasse hinweg an. »Ich hoffe doch, ich habe Ihren Gedanken nicht unterbrochen, Clifford?«

»Keineswegs, Mylady. Ich habe mich lediglich gefragt, in welchem Kostüm seine Königliche Hoheit, Prinz Singh, erschienen ist? Vielleicht kam er ebenfalls als Pirat?«

Eleanor zuckte mit den Schultern. »Lucas' Auftritt habe ich verpasst. Er war bereits weg, als ich ankam.«

Lady Fenwick-Langham grollte. »Die jungen Leute von heute. Wo bleiben da nur die Manieren und der Anstand, Clifford?«

»Dazu kann ich mich unmöglich äußern, Mylady«, antwortete Clifford.

Eleanor pochte auf den Tisch. »Aber wir haben noch nicht herausgefunden, was für ein Kostüm Lucas trug.«

Lord Fenwick-Langham gluckste. »Ich weiß es. Und er war gewiss kein Pirat. Ich habe den Kerl bei seiner Ankunft gesehen. Eigentlich ziemlich auffällig. Ein Straßenräuberkostüm, ein waschechter Dick Turpin mit schwarzem Umhang, schwarzem Hut und Maske.«

»Wenn sein Kostüm so überaus schwarz gehalten war«, überlegte Clifford, »dann könnte dies erklären, weshalb ihn niemand beim Verlassen des Anwesens gesehen hat. Nachdem er sich auf den Weg zu seinem Auto gemacht hatte, muss er in der Dunkelheit so gut wie unsichtbar gewesen sein.«

VIERZEHN

Eleanor starrte aus dem Fenster des Rolls-Royce in die Finsternis. »Ich stürze mich ja gern ins Nachtleben, aber damit erst um elf Uhr abends loszulegen, ist für meinen alten Körper ehrlich gesagt ein bisschen zu viel. Ich bin in dieser Hinsicht wirklich aus der Übung.«

»Alles Teil der Rebellion gegen die Obrigkeit und den gesellschaftlichen Anstand, vermute ich«, sagte Clifford.

»Nun, dann passe ich da ja eigentlich gut hinein.«

Clifford kam vor der Vortreppe des Klubs zum Stehen. »Vielleicht, Mylady. Indes, wenn Sie mir die Wiederholung meiner früheren Besorgnis verzeihen möchten, befinden Sie sich in erheblicher Gefahr, sofern einer der Freunde des jungen Lord Fenwick-Langham die Verbrechen verübt hat.«

Eleanor sah ihm in die Augen. »Ach, tatsächlich wird da drin so schrecklich viel los sein, dass niemand Gelegenheit finden wird, irgendetwas Unangebrachtes zu unternehmen, vertrauen Sie mir.«

Er nickte auf die gläserne Eingangstür zu. »Ich glaube, soeben treffen Lady Coco und Lady Millicent Childs ein.«

Eleanor beobachtete, wie die beiden Schwestern aus dem

Auto stiegen, Millie die Treppe hinaufging und ihre Schwester zurückließ, die mit dem Riemen ihres eleganten grauen Tanzschuhs kämpfte.

»Das ist mein Zeichen.« Sie kämpfte mit den Falten ihres smaragdgrünen perlenbestickten Charlestonkleides, dessen goldene Quasten sich hoffnungslos zu verheddern drohten. »Aber Augenblick, Clifford, Sie können doch hier nicht den ganzen Abend lang herumsitzen, um meine Rückkehr zu erwarten, schlimmstenfalls dämmert es womöglich bereits, wenn wir aufbrechen.«

»Kein Problem, Mylady. In der Abingdon Street gibt es diesen Klub, in dem ich Mitglied bin, den Carlton Club. Er liegt gleich hinter den Türmen, die Sie da zur Rechten sehen können.«

»Fabelhaft, dann machen Sie es sich da gemütlich, und ich stoße zu Ihnen, sobald wir fertig sind.«

»Mit Verlaub, Mylady, ich fürchte, es wäre höchst unklug von Ihnen, dort zu Fuß ...«

»Wann werden Sie nur endlich verstehen, dass ich sehr gut in der Lage bin, auf mich selbst aufzupassen? Ich habe es jetzt schon lange genug geschafft, mich auf eigene Faust durch die Welt zu schlagen, zum Kuckuck! Und ich gehe ehrlich gesagt nicht davon aus, dass Oxford ein ähnlich gefährliches Pflaster wie Bombay oder Isfahan ist.«

»Zugegeben, Ihre kühnen Heldinnentaten darf man nicht außer Acht lassen. Wie häufig allerdings befanden Sie sich dabei wohl schon in der potenziellen Gesellschaft eines Mörders?«

Sie begann, dies an ihren Fingern abzuzählen, und nahm sein Stirnrunzeln mit einem Grinsen zur Kenntnis. »Mir wird schon nichts passieren. Wir sehen uns später.«

Clifford wartete noch, bis sie die Vortreppe hinaufgegangen war, bis er den Rolls-Royce aus der Einfahrt steuerte. Die zwei Türsteher zu beiden Seiten der Glastüren öffneten diese punktgenau bei ihrem Eintreffen an der Schwelle. Eleanor, die sich plötzlich vorkam wie ein unbedarfter Neuankömmling, rückte den perlenbesetzten Haarreif ihres Fascinators aus goldener Spitze zurecht und setzte ein Lächeln auf.

Die ovale Lobby strahlte dank des großzügigen Einsatzes von goldenen Vorhängen und roter Velourstapete beeindruckende Opulenz aus. Die tief hängenden Lüster untermalten die exklusive Atmosphäre, die verhieß, dass der Zutritt eine große Brieftasche und eine Vorliebe für das Illegale gebot. Das Garderobenfräulein stand hinter einem langen Tresen, dessen Front in einem gewagten geometrischen Muster aus schwarz-weißen Kacheln verfliest war.

»Guten Abend, Miss. Zum ersten Mal hier?« Die blonden Locken der zierlichen Frau wippten gegen ihre stark rot geschminkten Wangen.

»Ich bin hier mit meinen Freundinnen Lady Millicent und Lady Coco Childs verabredet«, sagte sie, während sie ihr Schultertuch hinüberreichte.

»Ah ja, die müssen unten im Tanzsaal sein, in einer der lila Samtkabinen nahe der Bühne. Lady Coco ist eine äußerst großzügige Trinkgeldgeberin, sie ist unglaublich freundlich.«

»Und Lady Millicent?«, fragte Eleanor.

Das Garderobenfräulein lächelte matt. »Lady Millicent ist ... ebenfalls äußerst großzügig. Nehmen Sie die Treppe linker Hand und amüsieren Sie sich.«

»Danke, Sie auch.«

»Guten Abend, Sir, darf ich Ihnen Ihren Mantel abnehmen?«, hörte sie die Stimme des Mädchens noch anbieten, während sie die breiten, mit rotem Plüsch belegten Stufen hinabstieg. Als sie den Tanzsaal erblickte, blieb sie kurz stehen, um Ausschau nach Coco zu halten. Sie erblickte sie am anderen Ende des Saals und winkte ihr zu, woraufhin Coco sie zu sich rief.

Coco stand auf, als Eleanor an dem Tisch eintraf, der, wie

vorhergesagt, nur ein kleines Stück von der Bühne entfernt war, auf der sich gerade eine siebenköpfige Musikgruppe vorbereitete.

»Hey, willkommen.« Coco lächelte. »Du bist gekommen!«

»Aber natürlich. Hallöchen!« Eleanor winkte in die Runde.

»Tagchen.« Lucas schwenkte sein Glas. »Schön, dich endlich kennenzulernen.«

Eleanor lächelte ihm zu. »Ebenfalls. Ich hoffe, du konntest deinen Notfall aus der Ballnacht aus der Welt schaffen.«

Er blickte für einen Augenblick verwirrt drein und lachte dann. »Ach ja, die Sache! Alles bestens inzwischen, danke der Nachfrage. Eine meiner Tanten hatte einen ›Nervenanfall‹, wie man das meines Wissens nennt. Meine Familie hat einen Hang zum Drama.«

»Guten Abend.« Albert erhob sich zur Hälfte aus seinem eher niedrigen Stuhl.

»Gedenkst du, die versammelte Menge aufs Neue mit deiner Frosch-Flatsch-Einlage zu verzücken, Lady Swift?« Millies Gesicht überzog ein Lächeln, das ihre Augen nicht erreichte.

»Millie, bitte!«, zischte Coco.

»Oh, absolut!«, grinste Eleanor. »Ich lege es darauf an, mich auf der Tanzfläche komplett zum Affen zu machen. Es geht doch nichts über einen schlechten Ruf, wie ich zu sagen pflege.«

Die anderen lachten herzlich, mit Ausnahme von Millie, die nur die Augen verdrehte.

»Johnny ist spät dran, wie immer!«, mokierte sich Coco.

»Der hat es wirklich nicht mit der Pünktlichkeit«, sagte Albert.

»Eigentlich …« Eleanor rutschte auf den Stuhl neben Lucas. »Bin ich ebenfalls furchtbar schlecht im Pünktlichsein.«

Albert schnaubte. »Aber unser Mr Ach-so-wichtig macht das ja mit Absicht. Dieser Einfaltspinsel hat es sich in den Kopf gesetzt, bei jedem unserer Treffen einen besonderen Auftritt hinzulegen, muss immer im Mittelpunkt der Aufmerksamkeit stehen.«

»Ja?« Eleanor runzelte die Stirn.

Coco erhob die Stimme, um den Lärm der sich einstimmenden Band zu übertönen. »Albie ist bloß eifersüchtig, weil Johnny immer für Aufsehen sorgt, wenn er sich denn irgendwann dazu bequemt, aufzutauchen.«

»Ganz im Gegenteil zu unserem guten alten Albie.« Lucas klopfte seinem Freund auf die Schulter.

Albert funkelte ihn an. »Es ist eben nicht jeder als Prinz geboren.«

»Johnny ist aber nicht adelig, oder?«, fragte Eleanor Coco, die bei der Frage lachen musste.

»Nein, aber er tut gewiss so! Sein Vater ist Bankier. Aber wir interessieren uns sowieso nicht für diesen Kram. Das ganze Klassensystem ist ohnehin überholt. Die Zeiten ändern sich.«

Millie zog eine finstere Miene. »Also ich gebe meinen Adelstitel mit Sicherheit nicht her. Wenn du glaubst, dass ich einen einfachen Bürger heirate, dann bist du dämlicher als ein Zimmermädchen, dem man eine gezimmert hat. Und du, *Lady Swift*, was meinst du dazu?«

Eleanor lächelte lieblich. »Nun, ich bin der Auffassung, dass eine Ehe, ungeachtet aller Titel, aus Liebe geschlossen werden sollte. Wenn man nicht glücklich ist, lohnt sich das ganze Tamtam doch nicht.«

»Hört, hört!«, sagte Albert.

Millie schnaubte. »War ja klar, dass du da beipflichten würdest, Albie, du als kleiner Mann hättest ja auch nichts aufzugeben.«

Albert schlug auf den Tisch. »Das habe ich sehr wohl. Ich habe von uns allen den besten Abschluss hingelegt. Und ich habe Ideen. Und ... Beziehungen.«

»Ja, aber nur zu uns, du Trottel«, spottete Lucas und stand

auf. »Dritte Runde, ich bin dran, noch mal das Gleiche für alle?«

Millie knallte ihr Glas auf den Tisch. »Wird auch langsam Zeit, meiner ist schon seit Ewigkeiten leer. Diesmal einen Aviator Fizz für mich, und zwar einen großen.«

»Wenn du dich dazu herablässt, einem Normalsterblichen einen Drink zu spendieren?« Albert hielt sein Glas in die Höhe.

Coco klatschte in die Hände. »Für mich bitte eines dieser sagenhaft aussehenden Dinger in diesem tulpenförmigen Glas. Mit dem Zitronen-Twist um den Stiel.«

Millie schüttelte den Kopf. »Du meinst einen Hanky Panky. Du könntest schon versuchen, ein bisschen origineller zu sein, weißt du. Lucas, vergiss Eleanor nicht, das arme Ding hatte noch gar nichts zu trinken. Wir wollen ihr doch nicht das Gefühl geben, das fünfte Rad am Wagen zu sein, oder?«

Lucas ging über den schnippischen Kommentar hinweg und grinste Eleanor an. »Entschuldigung, frischgebackener Neuling, wie unhöflich von mir. Ich hätte bei deiner Ankunft unverzüglich zur Bar spurten sollen. Was darf's denn sein?«

Eleanor konnte nirgendwo eine Getränkekarte erspähen. »Was ist denn der Cocktail des Hauses? Wobei, wenn man den Namen des Klubs bedenkt, muss das wohl ein Bucheckern-schnaps mit fettigen Speckwürfeln als Fleischbeilage sein.«

Der ganze Tisch brach in Gelächter aus, mit Ausnahme von Millie, die ihre Arme verschränkte. »Lucas, ich weiß den perfekten Cocktail für Eleanor.«

Er hob skeptisch eine Augenbraue.

»Besorg dem Engelsgesicht einen Angel Face.«

»Weiß du, Millie, manchmal bist du ganz schön gemein.« Coco warf Eleanor ein entschuldigendes Lächeln zu.

»Wieso?«, erwiderte Millie unschuldig. »Mit ihrem goldenen Heiligenschein sieht sie doch aus wie ein Engel.«

Eleanor sah Lucas achselzuckend an. »Das hört sich wunderbar an, danke.«

»Ich bin im Nu zurück.«

Er überquerte die Tanzfläche und lief zu der elfenbein- und türkisfarbenen Bar, die sich über die gesamte Länge der Wand erstreckte. Eleanor schaute sich um und ließ die aufwändig gefliesten Säulen und die Silhouetten der tanzenden Paare auf sich wirken.

Sie wurde Johnny gewahr, der die Treppe hinunterkam. Lässig-elegant hielt er inne, um sich vor den vielen Köpfen zu vorbeugen, deren Aufmerksamkeit er sich gewiss war, bevor er die letzten paar Stufen anmutig wie ein Tänzer hinabsprang. Er steuerte auf die Bar zu und patschte Lucas auf den Rücken. Die Frauen an den Tischen in unmittelbarer Nähe der Bar versuchten ihr augenscheinliches Interesse an dem schneidigen Neuankömmling zu verbergen. Sie beobachtete, wie Johnny eine imaginäre Tanzpartnerin im Walzertakt zu ihrem Tisch geleitete.

»Sieh an, sieh an! Die wievielte Runde ist das wohl?« Er beugte sich vor und küsste Millie und Coco je auf beide Wangen.

»Nun, inzwischen müsstest du dran sein«, sagte Albert.

»Unsinn, alter Knochen, bestimmt bist du an der Reihe, schlichtweg weil du deine letzte Runde anno 1819 bezahlt hast.«

»Kokolores! Ich komme für mich selbst auf.« Alberts Gesicht wurde rot.

»Niemand behauptet das Gegenteil, Albie«, sagte Coco mit sanfter Stimme. »Johnny, lass ihn in Frieden.«

»Alles für die Damenwelt«, sagte Johnny. »Ah ja, und wie ich sehe, haben wir eine weitere Lady in unserer Mitte.« Er nickte Eleanor zu.

Millie stützte ihre Ellbogen auf den Tisch. »Ja, sie ist eine Lady, die allerdings bereit dazu wäre, ihren Titel für die Liebe zu opfern. Was für eine großmütige Haltung.«

Eleanor spähte zu Millie. »Offenbar ist meine Einstellung zur Ehe irgendwie belustigend.«

»Aber du bist doch gar nicht verheiratet.« Coco runzelte die Stirn.

Eleanor zuckte mit der Schulter. »Nicht mehr.«

Coco rang nach Luft, und Millie flüsterte ihr ins Ohr: »Ha! Geschieden! Das wird Lady Fenwick-Langham niemals akzeptieren, nicht für alle Rosen Englands.«

Eleanor beschloss, sie nicht aufzuklären. De facto war sie eine Witwe. Sechs Jahre zuvor war sie in Südafrika verheiratet gewesen, nachdem sie ihr Herz an einen flotten Offizier verloren hatte. Als sich herausgestellt hatte, dass er gar kein Offizier war und die südafrikanischen Behörden die Verfolgung auf ihn aufgenommen hatten, war er kurz darauf verschwunden. Aus welchem Grund er verfolgt worden war, das hatte sie nie herausgefunden. Dann war der Krieg ausgebrochen, und sie hatte über mehrere Monate hinweg nichts von ihm gehört, bis ein Regierungsbeamter sie schließlich darüber in Kenntnis gesetzt hatte, dass er erschossen worden war, weil er Waffen an den Feind verkauft hatte.

Just in diesem Moment kehrte Lucas mit einem ausladenden Tablett sowie – zu Eleanors Verzückung – einer Silberetagere voller herzhaften Naschwerks zurück, die er geschickt in je einer Hand zu balancieren verstand.

»Nicht schlecht, Herr Specht.« Johnny pflückte die Drinks eilig vom Tablett und verteilte sie in die Runde. »Was zum Kuckuck ist das denn?« Er spähte in das von einem Orangen-Twist gezierte Highballglas, das Eis und eine gefährlich aussehende bernsteinfarbene Flüssigkeit enthielt. »Augenblick, Eleanor, du hast doch nicht etwa Millie für dich bestellen lassen, oder etwa doch?«

Auf ihr Nicken hin lachte er. »Törichtes Mädchen, das wirst du noch früh genug lernen.« Er setzte ihr ihren Drink vor. »Toi, toi, toi, und möge Gott deinem Kopf morgen gnädig sein! Nun denn, einen Toast auf unseren verhinderten Freund!«

Alle erhoben ihre Gläser. »Auf den alten Lance, auf dass er bald wieder unter uns weilen möge!«

Millie nahm einen großen Schluck von ihrem Aviator Fizz und drehte die Champagnerschale dann mit ihrem diamantengezierten Handgelenk hin und her. »Lucas, die Band ist en carrière. Mir steht der Sinn nach tanzen.«

»Ein Wunsch, dem ich wohl besser nachkomme, werte Dame.« Lucas nahm einen Zug aus seinem Glas und blickte zu Eleanor. »Ich muss meine Zeit nutzen, denn in zwei Jahren, wenn ich laut meines Vaters«, sagte er und malte mit den Fingern Anführungszeichen in die Luft, »›meine Ausbildung‹ abgeschlossen habe, werde ich zurück nach Indien müssen. Und dann werden spontane Tanzeinlagen mit unverschämten Frauen passé für mich sein.«

»Ich bin überhaupt nicht unverschämt.« Millie war sichtlich erfreut über die Anschuldigung.

»Das bist du doch!«, riefen die anderen im Chor.

Millie besah Eleanor mit hochgezogener Augenbraue. »Aber keine Sorge, Lucas, ich werde dich gewiss nicht blamieren, indem ich mich auf die Nase lege.«

Lucas ergriff ihre Hand und zog sie mit sich zur Mitte der Tanzfläche. Eleanor nahm zur Kenntnis, dass Millies goldene Satinpumps für Tanzschuhe lächerlich hoch waren, und fragte sich, wie um alles in der Welt sie es schaffen wollte, damit nicht zu stürzen.

Johnny tippte mit einer Zigarette gegen das silberne Etui, das er aus seiner Innentasche gefischt hatte, führte sie zu seinem Mund und hielt auf halbem Weg inne. Er winkte jemandem auf der anderen Seite des Raums zu. »Entschuldigt mich, ein alter Kumpel.« Er stand auf, und als er auf die Bar zuschritt, rief er: »Jeffers, lange nicht gesehen, alter Mann.«

»Ich muss mal für kleine Mädchen.« Coco stand auf und

ließ Eleanor allein mit Albert, der mürrisch dasaß und in seinen Drink starrte.

Sie versuchte, sich etwas einfallen zu lassen, um das Schweigen zu brechen. »Tanzt du, Albie?«

»Nein, ich dichte. Man kann nicht dichten *und* tanzen.«

»Nun, nicht gleichzeitig, nehme ich an.« Sie versuchte, das Thema zu wechseln. »Kommt ihr alle häufig hierher?«

Er nickte. »Ja. Lancelot hält es für den letzten Schrei, für einsame Spitze, den Inbegriff der *Coolness*, wobei sich die Liste lächerlicher Beschreibungen, die er bei seinen amerikanischen Freunden aufgeschnappt hat, unendlich fortsetzen ließe. Er schleppt uns schon seit Ewigkeiten hierher.«

»Wie hast du Lancelot kennengelernt?«

»Ich bin Hauslehrer. Ich habe zahlreiche Kunden.« Er richtete den Kragen seines Jacketts. »Einer davon ist der jüngere Bruder von Coco und Millie. Coco hat mich eingeladen, zu der Bande dazuzustoßen.«

»Und inzwischen bist du gut mit ihnen allen befreundet?«

»Hmm, nun, einige von ihnen haben eine interessante Art, ihre Freundschaft zu zeigen, aber wie man in den Wald hineinruft, so schallt es wohl auch wieder heraus.« Er drehte sein Glas in einer Hand. »Ist dir das William-Blake-Gedicht ›Ein Giftbaum‹ bekannt?« Ohne ihre Antwort abzuwarten, begann er zu rezitieren:

»Ich war böse auf den Freund;
sagt' es ihm: mein Zorn verblich.
Ich war böse auf den Feind;
schwieg: mein Zorn vervielfältigte sich.«

Während er das Gedicht rezitierte, begannen Alberts Augen seltsam zu funkeln. Eleanor hatte diesen Ausdruck bereits in den Gesichtern anderer Männer gesehen. Dieser dunkle, brütende Starrblick, beunruhigend habichtartig, der den Schmerz eines verletzten Tieres verbarg. Sie machte sich eine Notiz im Geiste, so viel sie konnte über Mr Appleby in Erfahrung zu bringen. Als er das Gedicht beendet hatte, sagte sie: »Das war ... ähm, schön und ... ergreifend.« Es gelang ihr nicht, die skeptischen Falten, die sich quer über ihre Stirn zogen, zu unterdrücken, darum erhob sie sich. »Würdest du mich bitte für einen kleinen Augenblick entschuldigen?«

Schnell ergriff sie die Flucht und fand die Damentoilette am oberen Ende der Treppe vor. Beim Eintreten vernahm sie eine leise Stimme.

»Tu's einfach, du kleines Biest. Keine Fragen, sonst sorge ich dafür, dass du gefeuert wirst!«

»O-okay, ich kümmere mich drum«, erwiderte eine zitternde Stimme.

Sie trat instinktiv in eine Kabine und schob die Tür bis auf einen Spalt zu. Die zitternde Stimme klang irgendwie vertraut. Sie stand wie angewurzelt hinter der Tür. Schritte machten am Waschbecken halt.

»Ich warte so lange«, fauchte die erste Stimme.

Eleanor sah durch den Spalt und erspähte zwei lächerlich hohe goldene Satinabsätze.

FÜNFZEHN

Zurück im Tanzsaal kehrten Lucas und Millie, dicht gefolgt von Johnny, an ihren Tisch zurück. Nachdem sie Platz genommen hatten, griff Johnny nach seinem Drink und wandte sich Millie zu.

»Ich bin völlig ausgetrocknet, ich gönn mir nur schnell einen Schluck, dann tanze ich dich schwindelig, worum du mich ja so klagend angefleht hast.«

»Angefleht! Du arroganter Schwachkopf.« Sie schlug ihm genüsslich auf die Schulter.

Er leerte sein Glas und schob ihren Arm durch den seinen. »Komm schon, Goldfüßchen, dann wollen wir diesem Laden doch mal zeigen, wie man eine heiße Sohle aufs Parkett legt.«

Lucas klatschte Johnny im Gehen auf den Rücken. »Danke, altes Haus, die Frau tanzt wie der Teufel. Ich bin völlig erledigt!«

Sehr zu Alberts Unmut, der es wohl ebenfalls auf diesen Platz abgesehen hatte, ließ sich Lucas auf den Stuhl neben Eleanor fallen.

»Zu spät, Albie. Ehrlich, du würdest keine Minute lang in Indien überleben, ein Tiger hätte dich im Handumdrehen gefressen. Du musst wachsam und schnell sein, der Jäger, nicht die Beute.« Er sah Eleanor aus funkelnden dunklen Augen an.

»Aus welchem Teil Indiens kommst du?«, fragte sie.

»Dem größten«, murmelte Albert laut genug, dass sie es beide mitbekamen.

»Albie, mein Bester, du bist ein kleiner Giftzwerg. Mein Vater ist, wie du ja weißt, der Maharadscha der bescheiden dimensionierten Provinz Malwar. Da sind nicht nur Spaß und unbeschwertes Junggesellenleben angesagt. Deswegen versuche ich das hier auch voll auszukosten. Zurück im Palast wird mein Leben wieder ein gänzlich anderes sein. Dort bleibt mir keine andere Wahl als ... mich am Riemen zu reißen.«

Beim Wort »Palast« schnaubte Albert und begann, Eleanor anzustarren. Sie versuchte, sich seiner Aufmerksamkeit zu entziehen. »Ah, leider hatte ich nicht die Möglichkeit, Malwar zu sehen, als ich entlang des Ganges und davor über die Seidenstraße gereist bin.«

»Nun, in diesem Falle ist dir der schönste Teil Indiens entgangen.« Lucas legte die Stirn in Falten. »Augenblick, Seidenstraße, sagtest du? Als Lady reist man doch nicht mal so eben über Signor Marco Polos lange und abenteuerliche Route.«

»Ach, das war während einer meiner beruflichen Reisen.«

»Beruflichen Reisen?«

»Ja, ich habe neue Routen für Thomas Walkers Reiseunternehmen ausgekundschaftet. Er trug sich mit dem Gedanken, einige Touren in Tibet und Indien zu organisieren. Abenteuerlustige Reisende sollten am Golf von Bengalen abgesetzt werden, von wo aus sie dann per Dampfschiff die Küste entlang bis nach Bombay fahren sollten.«

Er blickte sie mit neuem Respekt an. »Beziehungsweise *Mumbai*. So lautet nämlich der indische Name. So fürchterlich dankbar ich für meine englische Bildung auch sein mag, tief in mir schlägt das Herz eines indischen Nationalisten, fürchte ich.

Ich wünschte, unser Land würde wieder seinem eigenen Volk gehören.«

Eleanor nickte. »Das verstehe ich. Ich hatte häufig den Eindruck, dass die Menschen, die mir auf meinen Reisen durch Indien immer sehr gastfreundlich begegnet sind, einen bedeutenden Teil ihrer Identität verloren hatten, ungeachtet dessen, was sie dafür im Gegenzug gewonnen haben mochten oder auch nicht.«

Lucas schwenkte seinen Drink. »Haargenau!« Er starrte sie einen Augenblick lang an. »Weißt du, ich glaube, du kommst ganz nach deinem Onkel. Ganz und gar nicht die durchschnittliche britische Lady von Adel.«

Eleanor rang nach Luft. »Du kanntest Lord Henley?«

»Nein, aber mein Vater. Er hat von ihm gesprochen und von … der Hilfe, die er meinem Vater geleistet hat.«

Lucas hielt inne und schien sich dafür entschieden zu haben, genug gesagt zu haben. Eleanor überlegte, wie sie ihn dazu animieren könnte, noch mehr zu erzählen. »Ich wette, Colonel Puddifoot-Barton hat deine Ansichten zur Unabhängigkeit nicht geteilt. Hast du mit ihm je darüber gesprochen?«

Plötzlich verdunkelte sich seine Miene. »Dein Onkel war das Gegenteil von diesem Tölpel Barton. Dieses ständige Palaver von der britischen Herrschaft, teile und herrsche. Ich hätte ihn am liebsten mit einem Talwar in zwei Hälften zerteilt, wenn ich nur einen zur Hand gehabt hätte!«

Eleanor blieb die Luft weg. Als hätte er ihre Gedanken gelesen, blickte er plötzlich verlegen drein. »Anscheinend aber ist mir da aber jemand zuvorgekommen. Und außerdem sollte ich nicht schlecht von den Toten sprechen.« Er lächelte und leerte seinen Drink. »Ich bin wohl kein Meister der englischen Kunst, das eine zu denken und das andere zu sagen?«

Eleanor lachte, ihr war jedoch unbehaglich zumute. Bis dato war sie schlicht davon ausgegangen, dass der Colonel den Juwelendieb gestört hatte und der Dieb den Colonel der Eingebung des Augenblicks folgend ermordet hatte. Bislang hatte sie keiner anderen Theorie Glauben geschenkt. Was aber, wenn es genau andersherum gewesen war? Was, wenn der Colonel von Anfang an das Ziel gewesen war und der Juwelendiebstahl lediglich als Ablenkungsmanöver für die Polizei gedient hatte? Diese Theorie würde sie schnellstens mit Clifford besprechen müssen. Bis es so weit war, galt es, so viel wie möglich über diejenigen herauszufinden, die sie mittlerweile als ihre beiden Hauptverdächtigen betrachtete: Lucas und Albert. Sie versuchte, Albert in das Gespräch miteinzubeziehen.

»Albie, erzähl mir doch von deinem neuesten Gedicht. Ich wette, du arbeitest an etwas Bedeutsamem.«

Albert stand auf und leerte seinen Drink mit zittriger Hand. »In der Tat. Es ist eine Tragödie, die von einem Mann handelt, der von seinen sogenannten Freunden gänzlich verkannt und ständig niedergemacht wird, sich schließlich aber rächt! Bitte entschuldigt mich.« Er knallte sein Glas auf den Tisch und drängte sich wortlos an Coco vorbei, die gerade wiederkam.

»Meine Güte, was ist denn in Albie gefahren?« Coco nahm neben Eleanor Platz.

»Die Wahrheit.« Lucas legte seine Hände mit den Handflächen nach unten auf den Tisch.

»Ach, Lucas! Du weißt doch, wie er ist«, sagte Coco. Sie biss sich auf die Unterlippe. »Also wirklich, in Lancelots Abwesenheit hatte Albie sich eigentlich eine Ruhepause von all den Sticheleien erhofft.«

Eleanor sah sich verwirrt. »Neckt Lancelot ihn denn im Besonderen?«

Coco nickte. »Ja, am schlimmsten aber ist es, wenn Johnny dabei ist. Die beiden sind wie ein Paar Schakale, das den armen alten Albie erbarmungslos umkreist und nur darauf wartet, mit einem Kommentar oder einer Stichelei über ihn herzufallen, meist geht es dabei um eines seiner fürchterlichen Gedichte.

Oder die Tatsache, dass sein Vater ...« Sie verzog das Gesicht. »... Bergarbeiter ist.«

Eleanor nahm einen kleinen Schluck von ihrem Drink und ließ sich diese neue Information durch den Kopf gehen.

Millie kehrte ebenfalls an den Tisch zurück, Johnny zog sie an der Hand hinter sich her. »Ihr Jungs seid jämmerlich, ihr habt absolut keine Ausdauer.«

»Was immer du sagst, Millie, altes Haus.« Er ließ sich auf den Platz gegenüber von Eleanor fallen.

Millie blickte in die Gläser, die mit Ausnahme Eleanors allesamt leer waren. »Lucas, anscheinend hat sich niemand die Mühe gemacht, an deine Runde anzuknüpfen.« Sie starrte demonstrativ zu Johnny und dann wieder zu Lucas. »Komm, feg mit Coco und mir über die Tanzfläche. Wir machen diesen Eins-Zwei-Drei-Schritt, der ist urkomisch.«

Lucas erhob sich ächzend.

Coco schmunzelte. »Das macht tatsächlich Spaß.«

»Aber pass auf meine Zehen auf«, ermahnte ihn Millie. »Beim letzten Mal habe ich fast die Hälfte davon verloren.« Die drei verschwanden.

Johnny lächelte Eleanor zu. »Möchtest du noch etwas trinken?«

Sie spähte in ihr Glas. Es schien zu zwei Dritteln gefüllt zu sein, dabei war sie sicher gewesen, es geleert zu haben. Hatte ihr jemand ein zweites Glas bestellt? »Ich bin fürs Erste versorgt, danke. Was ist mit dir?«

Er zog zwinkernd einen Flachmann aus seiner Tasche. »Ich ziehe diesen ausgedachten Cocktails einen gepflegten Cognac vor.« Er goss eine großzügige Menge in sein Glas, hielt es mit beiden Händen von unten fest und ließ die goldene Flüssigkeit in feinfühligen Kreisen zirkulieren. »Böse Sache, das mit Lancelot, nicht wahr?«

Sie versteifte sich, als ihr die Einsicht kam, dass niemand der anderen die Angelegenheit zur Sprache gebracht hatte.

»Alles andere als ideal«, antwortete sie knapper als beabsichtigt.

»Ich hoffe, dass er ein braver Junge ist und kooperiert.«

»Warum sagst du das?« Sie beugte sich über den Tisch.

Johnny lehnte sich zurück. »Weil er ein unmöglicher, dämlicher Clown ist.« Er grinste sie an. »Das muss dir doch bestimmt auch schon aufgefallen sein bei all der Nachstellerei, die du an den Tag gelegt hast?« Auf ihr Schmollen hin hob er beschwichtigend die Hand. »Ich will dich nur auf den Arm nehmen. Ich ging in der Annahme, dass du seine unermüdlichen Witze vermissen würdest.«

Mehr als ich je zugeben würde.

Er zündete sich eine Zigarette an, inhalierte langsam und stieß einen eindrucksvollen Rauchkringel aus. »Millie hat mir erzählt, dass du ihn mit deinem ... Butlerkameraden aus dem Gefängnis holen willst.«

»Das hat Millie gesagt? Dabei habe ich gar nicht mit ihr darüber geredet. Tatsächlich hat sie überhaupt noch nicht mit mir geredet.« Eleanor verzog das Gesicht.

Johnny grinste. »Vergiss sie, sie ist ein heimtückisches Kätzchen, aber ihre Krallen sind nicht so scharf wie ihre Zunge.«

»Was redest du da für einen Stuss, Johnny?« Millie tauchte hinter ihm auf. »Ich bin für eine Zigarette gekommen. Gib mir eine von deinen.«

Er wedelte ihr mit seinem Zigarettenetui zu. »Bitte sehr, du alter Fabrikschlot.«

»Das war deine letzte, besorg dir besser Nachschub.« Sie warf das leere Etui auf den Tisch und stolzierte hinüber zu den anderen auf der anderen Seite der Tanzfläche.

Johnny sah ihr nach und wandte sich dann wieder Eleanor zu. »Arbeitet Lancelot also mit den Jungs in Blau auf der Polizeistation zusammen oder nicht?«

Eleanor seufzte. »Nein, das tut er nicht. Er steht sich selbst am meisten im Wege.«

Johnny nahm einen weiteren langen Zug von seiner Zigarette. »Es gibt da natürlich ein paar Dinge, die für den armen alten Lance nicht allzu gut aussehen, ganz abgesehen davon, dass er bei der Leiche und mit der Mordwaffe in der Hand angetroffen wurde, versteht sich.«

Sie starrte ihn an. »Und zwar?«

Er beugte sich zu ihr hinüber und sagte in ernsthaftem Tonfall: »Das bleibt aber unter uns beiden, ja?«

Sie nickte, und ihr Pulsschlag begann, sich zu erhöhen.

»Es geht um sein Flugzeug.«

»Was ist mit seinem Flugzeug?«

»Die Frage sollte eher lauten: Was ist mit seinen Flugzeugen? Dieses gegenwärtige ...«

»Florence.« Eleanor lächelte, als sie sich an den Tag zurückerinnerte, an dem sie Lancelot kennengelernt und herausgefunden hatte, dass er sein Flugzeug Daphne nannte.

»Exakt.« Johnny wedelte mit seiner Zigarette. »Nun, er hatte schon zwei andere. Delores und ... Daria, meine ich, hieß die Maschine davor. Der Mann ist ein schrecklicher Pilot, musst du wissen. Es ist ein Wunder, dass er noch unter uns weilt, der alte Bruchpilot. Wie dem auch sei, nachdem er Delores zu Schrott geflogen hatte, hat ihm seine Mutter den Geldhahn zugedreht, weil sie sich weigerte, seine ›Zirkuspossen‹, wie sie die ganze Fliegerei bezeichnet, weiter zu finanzieren.«

»Wie konnte sich Lancelot dann also Daphne leisten?«

»Keine Ahnung. Vermutlich vollkommen legal, aber es sieht natürlich verdächtig aus im Hinblick auf all die Juwelendiebstähle, die sich auf so vielen der Partys ereignet haben, auf denen er zugegen war. Ich hoffe, er kann den besten Anwalt des Landes für sich gewinnen, denn andernfalls glaube ich ...« Johnny endete mit einem leisen Pfiff.

Die Ankunft von Lucas und Millie, die an seinem Hals

hing, sowie Coco, die sich bei Albie untergehakt hatte, riss Eleanor aus ihren Grübeleien.

»Es tut mir leid«, sagte Johnny. »Ich muss jetzt los. Irgendeine obskure alte Verwandte ist bei der Familie aufgeschlagen, und ich muss sie jetzt brav willkommen heißen. Wir sehen uns später.«

Nachdem er den Tisch verlassen hatte, sah Eleanor auf ihre Taschenuhr. Zwei Uhr fünfundvierzig. Ein bisschen spät für einen Verwandtenbesuch, ob alt oder nicht.

»Langweilig, langweilig, LANGWEILIG!« Millie wirkte seltsamerweise viel lebhafter als zuvor.

»Finde ich auch.« Coco sah ihre Schwester an und kicherte. »Kommt, es wird Zeit für echtes Amüsement.«

Albert schnäuzte sich wiederholt die Nase und starrte Eleanor so lange an, bis sie begann, sich entschieden unwohl zu fühlen. Selbst Lucas schien ein wenig die Fassung verloren zu haben.

»So, wir kehren diesem Saftladen jetzt den Rücken und lassen es krachen.« Millies Augen blitzten, als sie eine Schnute in Richtung Eleanor zog. »Komm doch mit, du hast uns heute Abend bisher so vorzüglich unterhalten.«

»Oh, danke schön.« Eleanor erhob sich. »Allerdings habe ich morgen eine ganze Menge vor. Ich werde mich jetzt auf den Weg machen.«

»Komm schon, Eleanor, sei kein Frosch«, bettelte Coco.

Eleanor strich sich die Perlen an ihrem Taillenbund glatt. »Ich zeige euch ein andermal, aus welchem Holz ich wirklich geschnitzt bin.«

Lucas nahm ihre Hand. »Davon bin ich überzeugt. Und ich bin mir sicher, wir werden alle in Ehrfurcht erstarren. Los, Pöbel, auf geht's!«

Albert zögerte. »Kommst du auch sicher nach Hause?«

Eleanor lächelte den unbeholfenen Sonderling an. »Danke, Albie, du bist ein wahrer Gentleman. Das tue ich, keine Sorge.«

Er wuselte den anderen hinterher und hielt Coco steif seinen Arm hin, die ihn zum Spaß schubste und vorausrannte, während sie ihn über ihre Schulter hinweg anblickte.

»So!«, sagte Eleanor zu dem leeren Tisch. »Zeit, meinen Schlitten zu finden, wie die Amerikaner sagen würden.«

In der Lobby reichte ihr die Garderobenfrau ihr Schultertuch. »Haben Sie sich gut vergnügt, Miss?«

»Da bin ich mir ehrlich gesagt nicht sicher.«

»Wie schade, vielleicht ein andermal? Draußen wartet kein Wagen auf Sie. Soll ich Ihnen vielleicht ein Taxi rufen?«

Eleanor rief über ihre Schulter: »Nein, danke, ich hoffe, die frische Luft wird mir helfen, meine Gedanken zu sortieren.« Sie hielt inne. *Diese Stimme!* Sie vergewisserte sich rasch, dass niemand sonst in der Lobby war und kehrte zur Garderobe zurück.

»Haben Sie irgendetwas vergessen, Miss?«

Für ein subtiles Vorgehen war jetzt keine Zeit, da jeden Moment irgendjemand kommen konnte. Sie war sich sicher, richtig zu liegen. Eleanor lehnte sich mit einem für ihre Verhältnisse ungewöhnlich ernsthaften Gesichtsausdruck gegen den Tresen, ihr Gesicht nur wenige Zentimeter von dem der jungen Frau entfernt. »Hören Sie, ich weiß, dass Sie gewisse Gäste, insbesondere Lady Millicent Childs mit, sagen wir mal, Stoff versorgen. Wenn ich das dem Manager sage, oder gar ... der Polizei ...«

Die junge Frau wurde kreidebleich. Sie blickte sich verstohlen im Foyer um. »I-ich weiß nicht, was –«

Eleanor richtete sich auf. »In Ordnung, dann also die Polizei.« Sie wandte sich zum Gehen.

»Bitte, Miss!«

Eleanor blieb stehen. Die Garderobenfrau schien den Tränen nahe. »Erzählen Sie bitte niemandem davon. Ich habe keine Wahl. Lady Childs meint, dass sie mich feuern lässt, wenn ich es nicht mache. Ich brauche diesen Job, meiner Mutter geht es nicht gut und ich muss für ihre Arzttermine und die Medizin aufkommen. Bitte, Miss!«

Eleanor hatte Mitleid, doch immerhin standen hier Lancelots Freiheit und möglicherweise sein Leben auf dem Spiel. »Solange Sie Lady Childs demnach gewisse ... Drogen weiterreichen, denkt sie sich keine Fabelgeschichte aus, die Sie Ihren Job kosten würden?«

Die junge Frau nickte.

»Hat Lady Millicent jemals verlangt, dass Sie etwas anderes für sie tun, das ... illegal ist?«

»Nein, noch nie«, antwortete die Garderobenfrau.

Eleanor nahm sie sanft bei den Schultern. »Gehen Sie zu Ihrem Manager und reichen Sie Ihre Kündigung ein.« Die junge Frau öffnete ihren Mund, schloss ihn aber unmittelbar wieder, als sie Eleanors Blick bemerkte. Eleanor ließ von ihren Schultern ab und fischte eine Visitenkarte aus ihrer Tasche. »Und dann rufen Sie morgen früh diese Nummer an. Entweder ich oder mein Butler werden rangehen. Wir werden Ihnen in wenigen Tagen einen besseren Job besorgen, bei dem Sie sich nicht auf derlei Angelegenheiten einlassen müssen.« Lady Fenwick-Langham hatte bei ihrem Besuch erwähnt, dass sie auf der Suche nach einem Zimmermädchen seien. Sie hoffte, dass das noch immer galt. Falls nicht, würde sie die Frau persönlich einstellen.

Bevor die Garderobenfrau antworten konnte, ließ der Türsteher ein Paar ein, das angeregt plaudernd auf die Garderobe zusteuerte. Eleanor lächelte ihr zu und überließ sie den beiden Neuankömmlingen.

Vom oberen Ende der Treppe aus hielt Eleanor Ausschau nach den Türmen, auf die Clifford verwiesen hatte. *Ah, da sind sie ja!* Von irgendwoher schlug eine Kirchturmuhr drei Uhr morgens. Sie zog sich ihr Tuch fester um ihre nackten Schultern und machte sich auf den Weg, während sie Revue passieren ließ, was sie in Erfahrung gebracht hatte. So viele Fragen, aber keine echten Antworten. Warum war Millie so gemein zu ihr? War es wirklich nur wegen Lancelot, oder steckte mehr dahinter? Wie schwer wog Albies Groll gegen seine befreundeten Bandenmitglieder wirklich? Und inwieweit war Lucas bereit dazu, die Regeln zu brechen, solange er die Möglichkeit dazu hatte? Und die Frage, die sie am meisten beunruhigte: Wie hatte Lancelot das Geld für Florence, sein Flugzeug, aufgetrieben?

Das Tempo ihrer Schritte verlangsamte sich, ihre Gedanken bremsten sie. Sie sah sich um. Sie befand sich in einem kleinen Park. Sie fühlte sich mehr als müde ... benommen geradezu. Wie viel hatte sie getrunken? Mit Sicherheit nicht genug, um sich derart schwindelig zu fühlen. Hatte ihr jemand heimlich etwas ins Getränk geschüttet, oder waren die Cocktails einfach derart stark?

Eine schnelle Bewegung zu ihrer Linken erregte ihre Aufmerksamkeit. Sie spähte in die Finsternis. Diese gekrümmte Kontur dort drüben war gar kein Busch, sondern eine Person, nicht wahr? Oder waren das etwa nur die Nachwirkungen des Angel Face? Nein, da war definitiv ein Augenpaar, das sie anstarrte!

Unter anderen Umständen wäre sie womöglich furchtloser gewesen, aufgrund ihres benebelten Kopfes und den menschenleeren Straßen jedoch entschloss sie sich, den Rückzug anzutreten. Sie verfluchte die Tanzschuhe, die sie den ganzen Abend lang nicht benötigt hatte, streifte sie ab und rannte in den Lichtschein der nächsten Straßenlaterne. Sie suchte die verwaiste Straße vor sich ab, überquerte sie auf wackligen Beinen und bog dann nach links ab, um über die breite Steinbrücke über den Fluss zu laufen. Der aufziehende Nebel verschleierte ihr Blickfeld. Wo war Cliffords verflixter Klub nur? Der Hall gedämpfter Schritte hinter ihr trieb ihre schmerzenden bestrumpften Füße weiter voran.

Abingdon Street? Ja, da war das Straßenschild! Sie stolperte nach rechts und rannte die adrette dreistöckige Häuserreihe entlang. Der Klub, wie hieß er noch?

Da! Erneut vernahm sie hinter sich diese hastigen Schritte!

Sie hetzte weiter. Ein Bowlerhut verschwand vor ihr in einer Seitenstraße. Bingo! Da musste er sein. Sie folgte dem Hut. Auf einer Messingplakette an der Tür stand: »The Carlton Club. Zutritt nur für Butler und Leibdiener.«

Sie schob die Tür auf. Sie stolperte über die Schwelle und stürzte in den gefliesten Empfangsbereich. Schnell sprang sie auf und wirbelte herum. Niemand. Dann hörte sie Schritte hinter sich, drehte sich, hob das Knie und trat instinktiv in Richtung der Schritte.

Der Mann krümmte sich vor Schmerzen und winselte entsetzlich. Bevor sie erneut um sich treten konnte, hatten sich ihre Augen an das Licht gewöhnt. »Meine Güte, das tut mir so leid. Sind Sie der Nachtportier?«

»Ja ... My– ... Mylady.« Der Mann lehnte sich mit Tränen in den Augen an den Tresen.

»Wie gesagt, das tut mir furchtbar leid. Ich wurde verfolgt ... Meine Güte, das spielt jetzt keine Rolle. Ich werde jemanden holen, der Ihnen helfen kann.« Sie streckte die Hand nach der Tür aus, die in den Klub führte.

Mit schmerzverzerrtem Gesicht stürzte sich der Portier stolpernd vor sie, achtete dabei aber darauf, außer Trittreichweite zu bleiben. »Gnädige Frau ... da können Sie ... nicht reingehen ... Das wäre ein strenger Verstoß gegen die Klubordnung.«

»Dann werde ich das nächste Mal in Männerkleidern kommen«, antwortete sie mit scharfer Zunge und hatte umgehend ein schlechtes Gewissen deswegen. »Hören Sie, es tut mir wirklich leid. Kann ich irgendetwas für Sie tun?«

»Schon gut, gnädige Frau«, sagte er hüstelnd. »Ich habe schon Schlimmeres erlebt. Wen wünschen Sie, hier zu treffen?«

»Ich suche nach Mr Clifford. Er erwartet mich.«

Der Portier hörte auf zu keuchen und richtete sich, so gut es ihm möglich war, auf. »Ähm ... Entschuldigen Sie, dann müssen Sie wohl Lady Swift sein. Ich habe nicht damit gerechnet, dass Sie ...« Er senkte seinen Blick auf ihre zerrissenen Strümpfe und schwarzen Füße. »Bitte ... nehmen Sie doch Platz.«

Einen Augenblick später erschien Clifford. Er machte seine übliche Halbverbeugung und musterte sie von oben bis unten. »Wie entzückend, Mylady, wie ich sehe, haben Sie einen einmaligen Abend verbracht. Darf ich Sie nach Hause bringen?«

Sie hinterließ dem Portier ein großzügiges Trinkgeld und eilte in die Nacht hinaus.

SECHZEHN

Zum Teufel, Ellie, du bist bereits zu spät! Sie eilte durch die Eingangshalle des Gemeindezentrums. Unter einer fleckigen Schicht aus Politur waren im Holzfußboden die Schrammen Tausender Stiefel verewigt. An den Haken zu beiden Seiten der schweren roten Bühnenvorhänge aus Samt hing ein Sammelsurium von Schärpen, und die Wände schrien geradezu nach einem frischen Anstrich. Da die Hitze der Nachmittagssonne noch nicht bis in die Halle vorgedrungen war, ließ der Temperatursturz Eleanor erschaudern.

In einem Moment der Schwäche (des »Wahnsinns«, wie Clifford es ausgedrückt hatte) war sie der örtlichen Laientheatergruppe beigetreten. Diese traf sich immer donnerstagabends, was Cliffords freiem Abend entsprach. Folglich war es auf The Hall immer furchtbar ruhig, was allerdings, wie sie sich selbst immer wieder versicherte, rein gar nichts mit ihrer Entscheidung zu tun hatte. Sie war jetzt nun mal Hausherrin eines Anwesens in dem hübschen kleinen Dörfchen Little Buckford in der Grafschaft Buckinghamshire, und sie hatte vor, ihren Job richtig zu machen und mehr in das Leben der Leute vor Ort einzutauchen.

»Na, hören Sie mal, wo verbergen Sie sich denn nur alle?«, rief sie.

Die Bühnenvorhänge teilten sich und Elizabeth Shackleys weiche braune Locken, die zu einem Dutt gebunden waren, lugten heraus. Die Frau des Bäckers lächelte warmherzig, als sie Eleanor erblickte.

»Willkommen, willkommen, Lady Swift. Wir freuen und ja so, dass Sie sich unserer kleinen Laientheatergruppe anschließen möchten.«

»Danke für die Einladung«, sagte Eleanor. »Ich muss Sie allerdings warnen, es ist lange her, dass ich an etwas Vergleichbarem teilhatte, das letzte Mal war es ein erzwungenes Theaterprojekt auf meiner grässlichen Mädchenschule.«

Sie kletterte auf die Bühne. Ein hufeisenförmiger Stuhlkreis war um einen großen Tisch herum aufgebaut, auf dem ein gewagter Turm aus Textbüchern balancierte.

»Guten Nachmittag, allerseits.« Eleanor lachte in eine Runde voller erwartungsfroher Gesichter.

»Willkommen, Lady Swift«, strahlte Morace Shackley. Seine Schuhe hinterließen eine verräterische Mehlspur, als er vortrat, um ihr einen Stuhl anzubieten.

»Wir freuen uns immer über Nachwuchs«, sagte Dylan Penry, der Metzger, in seinem charakteristischen walisischen Singsang.

Thomas Cartwright nickte knapp. »Lady Swift.«

Eleanor und Cartwright, ein ortsansässiger Farmer, hatten sich während des erst kürzlich geschehenen Mordes am Steinbruch, in den sie verwickelt worden war, kennengelernt und sofort zerstritten.

»Wir freuen uns, dass Sie an Bord sind.« Arthur Brenchley zog seinen imaginären Hut und versuchte daraufhin gedankenverloren, seine Hände in die Taschen seiner ebenfalls imaginären Schürze zu schieben, die er vermutlich in seinem Gemischtwarenladen gelassen hatte.

Elizabeth winkte einen ergrauten Mann mit Brille heran, der unter einem grellbunt gestreiften Hemd ein Kollar trug.

»Reverend Gaskell haben Sie mit Sicherheit bereits kennengelernt, Lady Swift?«

»Leider nicht«, sagte Eleanor. »Ich muss wohl das schwärzeste neue Schäfchen in Ihrer Herde sein, Reverend. Jedes Mal, wenn Sie Ihre Aufwartung machten, war ich bedauerlicherweise überall, nur eben nicht zu Hause.«

Der Reverend drückte ihr energisch die Hand. »Keine Ursache, Lady Swift, keine Ursache. Was für ein glücklicher Zufall, dass wir uns hier zum ersten Mal treffen, während wir uns anschicken, die Bretter unserer hübschen kleinen Theaterbühne zu betreten.«

»Durchaus.« Sie wandte sich dem Gesicht zu ihrer Linken zu. »Und Sie sind?«

»Pearl Brody.« Die Frau lächelte schmallippig. »Aber alle nennen mich nur Pearly.«

Elizabeth drehte sich ein wenig, sodass nur Eleanor die Grimasse sehen konnte, die sie zog. »Pearly führt das Lesekabinett von Chipstone. Sie ist uns beigetreten, als sie noch hier im Dorf lebte.«

»Ah!«, rief der Reverend. »›Wohl dem Menschen, der Weisheit erlangt, und dem Menschen, der Einsicht gewinnt!‹ Sprüche Salomos, Kapitel drei, Vers dreizehn.«

»›Not bringt Wissen und Wissen führt zu Weisheit.‹ Walisisches Sprichwort«, fügte Penry hinzu.

»Lady Swift«, meldete sich eine weitere weibliche Stimme zu Wort, »wie schön, Sie wiederzusehen. Wer hätte gedacht, dass wir beide eine Schwäche für die Bühne teilen? Sieh an, sieh an.« Mabel Green, die Unterpostmeisterin des Nachbardörfchens West Radington, lächelte sie an.

»In der Tat, Miss Green«, sagte Eleanor. »Verraten Sie mir, wie geht es Ihrer Mutter? Ich hoffe doch, sie ist wohlauf?«

Elizabeth schob ihren Stuhl neben Eleanors und flüsterte:

»Sie ist da drüben. Man kann sie keinen Moment allein lassen. Die arme Alte hat wirklich keine einzige Tasse mehr im Schrank.«

Eleanor gelang es, ihr Glucksen in ein Hüsteln zu verwandeln. Shackley erhob sich und klatschte in seine dicken Hände.

»Nun denn, dann wollen wir mal loslegen, jetzt, da unser Ensemble vollzählig ist.«

»›Eine Arbeit anzufangen, ist bereits die halbe Miete.‹ Auch ein walisisches Sprichwort.« Penry ging auf den Berg aus Textbüchern zu.

Cartwright kratzte sich am Kopf. »Keine Ahnung, wie das funktionieren soll. Ein Anfang kann gar nix anderes sein als ein Anfang.«

Shackley intervenierte hastig, bevor Cartwright und Penry eine ihrer üblichen Auseinandersetzungen vom Zaun brechen konnten. »Meine Damen und Herren, ich schlage vor, jeder einzelne von uns nimmt sich jetzt zwei Minuten Zeit, um das Stück seiner Wahl für unsere Gruppe vorzustellen, und legt dabei sowohl die Vorzüge als auch die Nachteile dar, sodass wir alle ein ausgewogenes Urteil fällen können.«

»Großartig!«, strahlte der Reverend.

Die Teepause zur Halbzeit des Treffens hätte zu keinem besseren Zeitpunkt kommen können. Eleanor war hin und weg von der Vehemenz, mit der die Mitglieder der Theatergruppe ihre persönlichen Favoriten verfochten. Sie hatte sich bestens unterhalten gefühlt, als sich der Reverend eingeschaltet und erklärt hatte: »Höchste Zeit für Tee und Waffenruhe, liebe Leute.«

Oben an der Treppe erschienen Elizabeth und Mabel, jeweils mit einem großen Tablett in den Händen.

»Lassen Sie mich helfen.« Eleanor schob die Stühle beiseite, die ihnen den Weg versperrten, und machte auf dem

Tisch neben den Textbüchern Platz. »Na, diese Fruit Buns sehen ja absolut köstlich aus. Mr Shackley, entstammen die etwa Ihren geübten Händen?«

Der Bäcker nickte stolz. »Mit zusätzlichen Früchten und Honigglasur für die hart arbeitenden Unterhaltungskünstler unserer Gemeinde.«

Der Reverend zog eine kleine hölzerne Kiste unter seinem Stuhl hervor. »Vielleicht wäre dies ein guter Zeitpunkt, unsere Mitgliedschaftsbeiträge zu entrichten?« Taschen und Portemonnaies wurden geöffnet, Münzgeld wanderte in den Schlitz.

Eleanor tastete in ihrer Tasche herum, in der Hoffnung, über das passende Kleingeld zu verfügen. Da sie allerdings gar nicht wusste, wie hoch die Gebühr war, holte sie einfach einen willkürlichen Betrag hervor.

Elizabeth setzte das Tablett ab. »Wir hatten uns auf vier Shillings pro Nase geeinigt, um für den Tee und die Erfrischungen aufzukommen, aber die bekommen wir durch die Kartenerlöse alle wieder zurück.«

»Gut, gut.« Eleanor ließ ihren Beitrag in die Kiste klimpern.

Pearly nahm mit gerümpfter Nase ihre Tasse entgegen. »Ich begreife immer noch nicht, wieso ihr nicht das Potenzial seht, das ich sehe! Wir haben die Möglichkeit, dem Dorf den Dienst zu erweisen, es über Frauenrechte aufzuklären, und –«

Elizabeth verschränkte die Arme. »Offen gesagt, Pearly, ist Little Buckford nicht bereit für weitere Suffragettensperenzchen. Manche Frauen haben das Wahlrecht jetzt doch erhalten, wenngleich ich niemals verstehen werde, was sie damit anstellen sollen. Ich überlasse all diese Angelegenheiten Morace, und zwar mit Freude.«

Pearly beharrte auf ihrem Standpunkt: »*He And She* ist ein modernes Stück, das auf die Ungleichheiten –«

Cartwright funkelte sie an. »Wenn Sie das nächste Mal mit ihrem feministischen Steckenpferd über die Feldwege galoppieren, Mrs Brody, dann halten Sie doch bitte am Farmhaus und besprechen das Ganze mit meinem alten Frauchen. Die wird Ihnen den Kopf waschen.«

Eleanor sah hinüber zu Shackley, der nervös auf seinem Stuhl umherrutschte. Er räusperte sich. »Ich kann mich nur wiederholen: Wir sollten wieder eine Komödie aufführen, so wie letztes Jahr. Diese *Baby Mine*-Farce hat doch einen wahrhaftigen Beifallssturm entfacht.«

Elizabeth nickte und tätschelte ihren Dutt. »Es war ein Riesenspaß, mal etwas derart Albernes zu machen. Wann komme ich sonst schon dazu, mein Haar offen zu tragen?«

Brenchley wedelte mit einem Skript in seiner Hand. »Aber was ist mit meiner Wahl? *The Bad Man* vereint doch alles. Eine Prise Drama mit einem Stückchen Komödie. Und die Kulissen wären auch einfach zu bauen. Mit Thomas' Hilfe könnte ich hier im Saal ohne Weiteres eine Rinderfarm nachbauen.«

Der Reverend lächelte in die Gruppe. »Ich persönlich finde, Komödie hört sich gut an. Ob ich mich allerdings als Cowboy eignen würde, wage ich zu bezweifeln. Ich habe nämlich noch nie auf dem Rücken eines Pferdes gesessen.«

»Keiner von Ihnen hat irgendetwas zu meiner Wahl gesagt«, beschwerte sich Cartwright. »*Ladies' Night* war am West End ein riesiger Erfolg.« Auf das allgemeine Schweigen hin fügte er hinzu: »Kommen Sie schon, nennen Sie mir einen guten Grund, der dagegenspricht.«

»Weil ich mich eher als mexikanischer Bandit verkleide, als in einem Badeanzug über die Bühne zu stolzieren, Sie Unmensch!«, zeterte Pearly.

»Psst, Sie wecken noch Mutter auf«, zischte Mabel. »Sie wissen ja, sie ist leichter zu ertragen, wenn sie schläft.«

»Wenn Sie darauf aus sind, Damenbeine zu sehen, Mr Cartwright, empfehle ich Ihnen einen Ausflug ins Schundkino«, ätzte Pearly weiter.

»Ach, machen Sie sich doch mal locker, Mrs Brody. Sie und ihr sogenannter Fortschritt, Sie würden uns doch alle ins geschniegelte und gestriegelte achtzehnte Jahrhundert zurückversetzen.« Cartwright stand auf, ging auf sie zu und schien sich an ihrem spitzen Schreckensschrei zu erfreuen. »Ei ei ei, ziehen Sie sich doch bitte etwas über, werte Dame. Allein von der Vorstellung des Anblicks einer entblößten Fessel wird mir schwindelig.«

Eleanor schaltete sich ein. »Wenn wir Mr Cartwrights Wahl einen Augenblick beiseitelassen, können Sie uns dann etwas zu Ihrem Vorschlag sagen, Mr Penry? Ich glaube, er könnte mir entgangen sein.«

Penry grinste. »Es nennt sich *The Bat*, und meiner Meinung nach wäre es perfekt. Es handelt sich um eine Komödie mit einem Element von Spannung. In London läuft es noch immer. Ich führe gern Regie.«

Elizabeth runzelte die Stirn. »Und beinhaltet es gute Rollen für uns alle?«

Penry nickte. »Es spielt in einem Landhaus. Da gibt es ein Zimmermädchen, eine hinterhältige Nichte, einen nichtsnutzigen Arzt, einen Detective, eine Dame vom Lande ...« Alle Augen richteten sich auf Eleanor, die mit einem Schulterzucken reagierte. Penry fuhr fort: »Natürlich gibt es auch einen Bösewicht, einen liebestollen Verlobten, einen Anwalt und sogar einen japanischen Butler, den das Publikum lieben wird.«

»Hach, das klingt ja perfekt!«, frohlockte Elizabeth.

»Mir sagt die Rolle des nichtsnutzigen Arztes zu, der klingt nach einem echten Schlawiner.« Der Reverend grinste in schockierte Gesichter. »Man denke nur an die zusätzliche Wirkung, die meine Sonntagspredigten haben werden, nachdem die Dorfbewohner gesehen haben, wie ich den Idioten gebe.«

Penry zog ein Stück Papier hervor. »Kein Problem, Reverend.«

Elizabeth hüstelte leicht. »Kann ich bitte das Zimmermädchen sein? Ich wette, dass die Rolle nicht viel Text hat, und ich bin leider nicht sehr gut darin, mir allzu viel Text einzuprägen.«

»Natürlich, meine Liebe. Ich hatte Sie bereits genau dafür eingetragen.«

Er ging die Liste der Rollen durch und rief laut die Namen seiner Kollegen, die er jeweils dafür vorgesehen hatte.

»Dann bin ich also der Gärtner und der Verlobte!«, nickte Brenchley.

»Oha, die hinterhältige Nichte geht an mich. Das hört sich nach einer ziemlich großen Rolle an. Ich werde mich dieser Herausforderung selbstredend stellen, Mr Penry.« Mabel strich sich durch ihr Haar.

»Und ich werde eine großartige Leiche abgeben«, lachte Shackley. »Das ist genau mein Ding. Sie meinten ja, dass sie nicht für lange Zeit auf der Bühne ist, also könnte ich den Vorhang machen und gleichzeitig den Souffleur geben, wie wär's?«

»Bravo, Schatz«, pflichtete ihm seine Frau bei.

»Und wenn Lady Swift mit der Rolle der Miss Cornelia Van Gorder vorliebnähme?« Penry hob eine Augenbraue. »Die allerdings ziemlich ... betagt ist.« Er errötete.

Eleanor lachte. »Ich befürchte, dass das Erlernen und Perfektionieren meiner Rolle meinen Alterungsprozess erheblich beschleunigen wird, also sollte dies kein Problem darstellen.«

»Es sind also nur noch männliche Rollen zu vergeben, aha!« Der Tonfall war eisig.

»Richtig, Pearly. Bitte spießen Sie mich jetzt nicht mit dem Mast Ihrer Frauenrechtsflagge auf. Allerdings bin ich der Ansicht, dass Sie die Rolle eines Mannes beim letzten Mal höchst überzeugend gespielt haben. Ich bin mir sicher, dass Sie diesen Anwaltstypen mindestes genauso gut hinbekommen würden.«

Die anderen nickten übereinstimmend.

»Also Mr Penry, wen haben Sie für mich aufgespart?«, fragte Cartwright.

Penry lächelte. »Den Bösewicht natürlich.«

»Wissen Sie, Clifford, das Stück, das wir ausgesucht haben, enthält die perfekte Rolle für Sie. Wie gut können Sie einen japanischen Akzent imitieren?«

Er ging zur Fahrerseite und öffnete die Tür. »Japanisch? Eine Butlerrolle womöglich? Und Mr Cartwright gibt den Bösewicht?«

Eleanor staunte einmal mehr über Cliffords Auffassungsgabe. *Vielleicht verfügt er ja tatsächlich über Zauberkräfte?*

»Also, wie sieht es aus?«

»Ich glaube nicht, Mylady. Offen gesagt wäre es mir lieber, in einem zugefrorenen Graben liegend von Schweinen zertrampelt zu werden. Möchten Sie vielleicht fahren?«

Eleanor rutschte schnell hinters Lenkrad.

»Das wird fantastisch. Je früher ich in der Lage dazu bin, Auto zu fahren, desto eher können Sie Ihre kostbaren Donnerstagabende unbehelligt genießen. Ich bin Ihnen übrigens überaus dankbar dafür, dass Sie heute Abend hier rausgefahren sind.«

Clifford nickte und wies auf die Zündung. »Womöglich schaffen wir es bei laufendem Motor schneller nach Hause, Mylady.«

Noch nie zuvor hatte Eleanor ein Automobil derartige Knirschgeräusche von sich geben hören. »Ich glaube, es ist an der Zeit, den alten Bock in die Werkstatt zu bringen, Clifford. Das klingt ja fürchterlich.«

»In der Tat, allerdings bin ich mir sicher, dass Johnson's, das Karosseriebauunternehmen, eine pragmatische Lösung für das Problem parat hätte. Die Scherung metallischer Oberflächen verringert sich nämlich für gewöhnlich, wenn das linke Pedal beim Gangwechsel nach unten gedrückt wird.«

Sie warf ihm einen bösen Blick zu und trat das Pedal durch.

Seine behandschuhte Hand griff ins Lenkrad, um es nach rechts zu korrigieren. »Ich finde ja immer, dass es sich auf der Straße deutlich einfacher fahren lässt als in der Böschung.«

Am oberen Ende der Gasse war das Gemeindezentrum noch deutlich im Rückspiegel zu erkennen. Sie setzte energisch den Blinker und wuchtete das Lenkrad nach rechts. »Abgewürgt ... aua!« Sie fasste sich an der Stelle an die Stirn, mit der sie gegen die Windschutzscheibe geprallt war, während der Rolls-Royce mitten auf der Kreuzung zum Stehen kam.

»Geht es Ihnen gut, Mylady?« Clifford bot ihr ein sauberes Taschentuch aus seiner Westentasche an.

»Alles bestens, danke. Völlig unbeschadet.«

Sie betätigte den Anlasser und zog ruckartig ihre Hand zurück, denn das Auto machte immer noch nicht, was sie wollte.

»Der Motor läuft bereits, Mylady. Einmal drücken genügt für gewöhnlich.«

»Hier gilt es, noch eine Menge zu lernen, Clifford«, räumte sie ein, als sie den Motor einmal mehr abwürgte.

»Keine Eile. Da vorn nähert sich lediglich ein Dampflastwagen in hohem Tempo.«

Mit mehr Glück als Verstand gelang es Eleanor gerade noch rechtzeitig, die Kreuzung vor dem in die entgegengesetzte Richtung verkehrenden Lastwagen zu verlassen.

»Glückwunsch, Mylady, folglich wird sich die Laientheatergruppe von Little Buckford dieses Jahr also doch nicht um eine neue weibliche Hauptrolle bemühen müssen.«

Zurück auf The Hall wurde sie bereits von der Haushälterin erwartet.

»Es wurde eine Nachricht für Sie hinterlassen, Mylady.«

»Vom wem?«

»Chief Detective Inspector Belton ... Augenblick, nein.«

»Sie meinen Detective Chief Inspector Seldon? Was wollte er?«

»Von Ihnen zurückgerufen werden. Er meinte, ich solle Ihnen ausrichten, dass es eine ...« Die Haushälterin kratzte sich an der Nase. »Ah ja, das war es: dass es eine Entwicklung in dem Fall gegeben habe, Mylady. Er hat mir seine Privatnummer gegeben, als ich ihm sagte, dass Sie erst spät zurückkehren würden.«

Es klingelte lediglich zweimal, ehe die Vermittlung sie durchgestellt hatte.

»Abingdon drei-zwei-fünf-fünf.«

»Inspector, hier spricht Lady Swift. Ich hoffe, mein Anruf kommt nicht zu ungelegener Zeit.«

»Keineswegs, Lady Swift. Ich dachte, Sie sollten wissen, dass Lady Fenwick-Langhams Juwelen gefunden worden sind.«

»Fantastisch!«

»Lady Swift. Diese Information ist streng vertraulich, an die Öffentlichkeit wird sie erst während des Prozesses weitergegeben.«

Sie stieß einen enttäuschten Seufzer aus. »Ich werde niemandem davon erzählen, versprochen. Nun, wo wurden sie gefunden?«

»Sie wurden ... in Lord Lancelot Fenwick-Langhams Flugzeug gefunden.«

Sie schloss die Augen.

SIEBZEHN

»Sieh an, das ist doch mal eine ungewöhnliche Ente!«

»Das ist ein Kormoran, Mylady. Diese Vogelart ist auf der Themse kein seltener Anblick.«

»Für mich sind das alles Enten, Clifford.«

Es war ein perfekter Sommertag, und es war keine einzige Wolke am Himmel zu sehen. Eine leichte, kühle Brise trug den Duft der wohlriechenden Heckenkirsche über das Wasser, während das Ruderboot scheinbar mühelos dahinglitt. Sie lächelte beim Anblick von Gladstones Beinen, die über den Bug baumelten, während sein Blick starr auf die vorbeischwimmenden Wasservögel gerichtet war, und legte zur Sicherheit eine Hand um sein Halsband.

»Gladstone weiß die Gelegenheit zur Vogelbeobachtung während unserer Spritztour offenkundig zu schätzen. Allerdings zweifle ich an seiner Schwimmfähigkeit.« Sie beobachtete, wie Clifford gekonnt ruderte. »Kommen Sie schon, jetzt bin aber wirklich ich an der Reihe. Meine Rippen sind nach unserer letzten Mordermittlung wieder genesen. Ich muss etwas Kraft aufbauen, ich habe mich im Lauf der letzten zwei Monate lange genug geschont.«

»Man kann von Glück reden, dass Sie keine schwereren Verletzungen erlitten haben.«

»Man kann von Glück reden, dass ich nicht von dem Mörder erschossen worden bin, der neben mir saß, Clifford. Die paar unbedeutenden ... Schrammen sind wirklich –«

»Ich glaube kaum, dass man die Verletzungen, die Sie erlitten haben, als ›unbedeutend‹ bezeichnen kann, Mylady.«

»Nun, mir geht es jedenfalls gut, und darauf kommt es doch an.« Sie ergriff die Ruder und spähte über das Wasser. »Diese Schlingpflanzen da drüben gefallen mir ganz und gar nicht. Was, wenn wir hineinfallen? Ich bin mir weder sicher, ob Gladstone mir zur Hilfe eilen würde, noch ob er mich retten könnte, falls er es denn täte.« Sie erschauderte. »Wer weiß, wie viele tote Leichen darin schon verheddert sind.«

»Ich glaube ja, *alle* Leichen sind tot.« Clifford richtete seine Manschetten. »Sind Sie sich eigentlich sicher, dass es eine gute Idee ist, in einem Kriminalstück mitzuwirken, während Sie in einem tatsächlichen Mordfall ermitteln, Mylady?«

Eleanor stöhnte. »Wahrscheinlich nicht, ich bin auch nicht sonderlich gut darin, meinen Text zu lernen.« Sie warf ihm ihr abgegriffenes Exemplar des *The Bat*-Skripts zu. »Fangen Sie bitte dort an, wo wir aufgehört hatten.«

Er nahm das Skript entgegen und räusperte sich. »Cornelia Van Gorder erhebt sich von ihrem Stuhl, als das Licht flackert und zu erlischen droht.«

Eleanor versetzte sich in die Rolle der ältlichen Dame und krächzte: »Lizzie! Lizzie! Wo bleiben die Kerzen, Mädchen? Gleich sitzen wir im Dunkeln hier.«

Clifford versuchte sich stirnrunzelnd an Van Gorders Zimmermädchen Lizzie. »Oh, Mylady, ich habe Angst, dass uns diese eiskalten Finger packen, wenn die Lichter ausgehen.«

»Lizzie, ich will nichts mehr davon hören! Hier gibt es keinen Geist von Mr Fleming, der durch die Flure schwebt.«

»Treibt, Mylady.«

»Oh, in Ordnung, es gibt keinen Geist von Mr Fleming, der durch die Flure *treibt*.«

Clifford verstärkte den Griff seiner Hand am Boot und hielt mit der freien Hand Gladstone fest. »Nun, Mylady, unser Boot *treibt* tatsächlich auf dieses äußerst elegante Vergnügungsboot zu Ihrer Rechten zu. Ein Zusammenstoß, so fürchte ich, würde eine schreckliche Delle in diesen in mühevoller Kleinarbeit lasierten Teakholzbrettern verursachen und uns vermutlich beide in jene besagten leichengefüllten Schlinggräser befördern.«

»Meine Güte!« Eleanor schnappte sich die Ruder, die locker in ihrem Schoß gebettet gelegen hatten und ruderte mit aller Kraft. »Ha! Mit meinen Rippen steht alles zum Besten, wie Sie sehen!«

»Das gilt nicht für die Jacke dieses Gentleman, fürchte ich.« Clifford zog seinen Bowlerhut vor dem Mann, der in seinem Boot stand und ihnen mit der Faust drohte.

»Was für ein Aufstand!« Sie rief hinüber: »Das Wasser ist so schön klar, das wird keinerlei Flecken hinterlassen!« Mit aller Kraft paddelte sie schnell den Fluss hinunter. »Vielleicht legen wir eine kurze Probenpause ein, Clifford, Sie wissen schon, damit ich mich besser aufs Rudern konzentrieren kann.«

»Wie Sie wünschen, Mylady. Auch gilt es, Mrs Trotmans Picknick nicht zu vergessen. Vielleicht ist es, im Hinblick auf das Wasser, das unsere Kielräume flutet, vernünftig, dem Essen der Köchin zuzusprechen, ehe ihre liebenswürdigen Anstrengungen im Korb schwimmen?«

»Unbedingt! Von all dem Rudern bekommt man einen ziemlichen Appetit.«

Nachdem das Boot befestigt war und Clifford den Großteil des Wassers aus seinen Hosenaufschlägen gewrungen hatte, nahmen sie am Ufer Platz, wobei Gladstone alles in seiner

Macht Stehende zu unternehmen schien, um ihnen in die Quere zu kommen. Sie rang nach Luft, als Clifford den Deckel des Picknickkorbs anhob. Er öffnete einen gestreiften Sonnenschirm und stellte ihn über der Picknickdecke auf, sodass er den dringend benötigten Schatten spenden konnte.

»Das ist ja wirklich eine unfassbare Auswahl. Schweinefleischpastetchen, Sandwiches, Cocktailtomaten, Krustenschinken, frische Brötchen … Oh, und hat Mrs Trotman da etwa noch etwas von diesem unglaublichen roten Zeug gezaubert?«

»Das Chutney aus roten Zwiebeln und Portwein? Natürlich, Mylady. Dazu Sherry, Ingwerwein nebst Zimt- und Vanillekleingebäck und Kaffee zum Abschluss. Master Gladstone hat ein eigenes Menü, bestehend aus einer Portion Hundefutter und einem schönen Knochen zum Nachtisch.« Er stellte die Speise vor der Bulldogge ab, die sich unverzüglich auf die Schüssel stürzte.

»Das fühlt sich irgendwie falsch an, Clifford, wissen Sie. Ich meine, auf Booten herumdümpeln, ein Picknick machen oder sogar diesen lächerlichen Blind-Pig-Klub aufsuchen, während Lancelot hinter Schloss und Riegel sitzt – ich weiß nicht, was ich mir dabei nur gedacht habe.«

»Ich glaube, Sie versuchen Ihren Verstand auf Trab zu halten und in einen Zustand zu bringen, der Sie dazu befähigt, die Faktenlage auszuwerten, um die Wahrheit zu enthüllen. Worin auch immer diese bestehen mag«, murmelte er.

»Ja, worin auch immer sie bestehen mag.«

Clifford reichte ihr einen Teller. »Vielleicht sollten wir das Theaterstück erst mal außer Acht lassen und die Fakten besprechen, die wir bislang ermitteln konnten.«

Sie nickte und kaute auf ihrem Senf-Rindfleisch-Sandwich. Nach einem Schluck Ingwerwein seufzte sie. »Wissen Sie, ich kann kaum glauben, dass wir schon wieder einen Mord aufzuklären haben. Ich bin doch erst seit wenigen Monaten hier. Das ist wirklich unglaublich. Obwohl im nun vorliegenden Fall viel mehr auf dem Spiel zu stehen scheint.«

»Anstatt uns länger damit auseinanderzusetzen, sollten wir vielleicht einige grundlegende Details feststellen, anschließend könnten Sie dann enthüllen, was Ihre Detektivarbeit im Klub ergeben hat.«

Eleanor griff nach einem Fleischpastetchen, kratzte einige Schnipsel der Kruste ab und nickte.

»Also gut. Jeder einzelne von Lancelots Freunden scheint oberflächlich betrachtet völlig harmlos. Aber ...« Sie rieb sich die Stirn. »Jeder von ihnen hat auch etwas an sich, das ich nicht genau benennen kann. Nehmen Sie zum Beispiel Lucas.«

»Prinz Lucas Singh, Sohn des Maharadschas von Malwar?«, fragte Clifford, während er ihre Gläser auffüllte.

»Genau der. Er hat sich vorgenommen, während seiner Zeit in England so viel Spaß wie möglich zu haben und sich dabei über so viele Regeln wie möglich hinwegzusetzen. Und was wäre bei diesem Vorsatz geeigneter, als sich als Juwelendieb zu versuchen?«

»Wenn ich Ihre Theorie etwas unterfüttern dürfte, Mylady? Sein Vater, der Maharadscha, ist so etwas wie ein Edelsteinexperte. Was wenig zu überraschen vermag, bildeten die Minen von Golkonda und Subramaniam doch über Jahrhunderte hinweg das Hauptgeschäftsfeld seiner Familie.«

»Woher um Himmels willen wissen Sie das?«, fragte Eleanor, die sich durch die Bandbreite von Cliffords Allwissenheit stets aufs Neue erstaunt sah.

»Von Ihrem Onkel«, antwortete er, ohne mit der Wimper zu zucken.

»Ah, jetzt da Sie es ansprechen, Lucas erwähnte, dass sein Vater und mein Onkel sich bekannt waren. Diamanten?«

»Wie auch Saphire und Rubine.«

»Dann ist davon auszugehen, dass Lucas in der Lage wäre,

echte Juwelen zu erkennen. Ob es sich bei unserem Serienjuwelendieb wohl um einen Prinzen handelt?«

»Denkbar ist auch, dass er sich hier kostspielige Gewohnheiten angeeignet hat, die er vor seinem Vater nicht rechtfertigen konnte, als er um eine Erhöhung seines Taschengelds bat.«

»Absolut. Und er hat den Ball vorzeitig verlassen. *Und* darüber hinaus hat er sich mit dem Colonel über die Selbstregierung Indiens gestritten. Er meinte, er hätte den Colonel am liebsten in zwei Hälften zerteilt, wenn er nur ... wie war das noch? Ah ja, einen Talwar zur Hand gehabt hätte.«

»Seltsam, Mylady.«

»Eigentlich nicht, Clifford, der Colonel wäre imstande gewesen, die Geduld Buddhas auf die Probe zu stellen.«

»Seltsame Waffenwahl, meinte ich. Ein Khanda wäre dem zugedachten Verwendungszweck angemessener gewesen. Ein Talwar ist im Wesentlichen ein Kavalleriesäbel, wohingegen ein Khanda eine deutliche schwerere Klinge aufweist, die dafür konstruiert ist —«

»Clifford, keine wissenschaftlichen Abhandlungen über indische Hieb- und Stichwaffen und ihre Tauglichkeit als Mordwaffe, bitte. Wir sollten ihn allerdings auf unsere Verdächtigenliste packen.«

»Wie Sie wünschen, Mylady.«

Sie griff nach ihrem Notizbuch und schlug es auf. Sie schrieb Prinz Lucas Singh auf ihre Verdächtigenliste und malte einen kleinen Säbel neben seinen Namen.

»Nun zu Albie. Für Sie Albert Appleby, Clifford. Er ist in der Tat ein seltsamer Kerl. Das Problem für unsere Ermittlungen besteht darin, dass sein Groll eher den anderen Mitgliedern der Bande als dem Colonel gilt. Die anderen spielen ihm übel mit, offenbar auch Lancelot.«

Clifford bot ihr ein frisches Brötchen aus dem Picknickkorb

an. »Das heißt, Mr Appleby bliebe augenscheinlich ohne ein mögliches Motiv.«

»Hmm, ja. Wenn sein Motiv nicht gerade Rache und Lancelot sein eigentliches Ziel war.« Sie runzelte die Stirn. »Wir haben diesen Gedanken kurz angesprochen, als wir über die Gräfinwitwe und ihr Mündel Cora sprachen. Aber noch mal, ich kann mir das einfach nicht vorstellen. Albies eigentliches Problem besteht schlicht darin, dass er als Sohn eines Bergarbeiters gesellschaftlich in einer anderen Liga spielt.«

»Sie verzeihen meine Ahnungslosigkeit, aber ich dachte, einer der Hauptgrundsätze dieses ›modernen Zirkels‹, wie sie sich selbst bezeichnen, bestünde darin, das Klassensystem als veraltet und verwerflich zu betrachten?«

»Nun, das behaupten sie vielleicht. Allerdings verhalten sie sich wie die wildeste Horde von Rowdys, die man sich nur vorstellen kann.« Sie lachte über Gladstone, der seinen Knochen nun einem Fischotter gleich hielt, während er daran herumkaute.

»Auf das Risiko hin, indiskret zu sein, es scheint, als sei mit Sicherheit davon auszugehen, dass Mr Appleby kein Taschengeld erhält?«

»Korrekt, er verdient sein eigenes Geld, als Hauslehrer.« Sie hielt mitten in ihrem Schluck inne. »Menschenskind, so hatte ich das noch gar nicht betrachtet. Das Gehalt eines Hauslehrers wäre bei dem ausschweifenden Nachtleben, das die Bande lebt, im Handumdrehen aufgebraucht. Vor allem«, sagte sie und beugte sich näher zu ihm, »bei all dem Drogenkonsum.«

Clifford richtete seine Krawatte und entkorkte den Sherry. »In der Tat, der Straßenpreis hat sich seit Einführung des Dangerous Drugs Act dieses Jahr mehr als verdoppelt.«

»Woher zum Teufel wissen Sie solche Dinge?«

»Alle Butler und Leibdiener sind verpflichtet, die täglichen Ausgaben ihrer Herren oder Herrinnen nachzuvollziehen. In letzter Zeit hatten einige meiner Kollegen damit zunehmend Schwierigkeiten.«

»Verstehe. Doch was beutetet das für uns? Dass eine knappe Kasse sowohl den Sohn eines Prinzen als auch den Sohn eines Bergarbeiters zu unserem Juwelendieb gemacht haben könnte? Und möglicherweise gar zu unserem Mörder? Hört sich etwas weit hergeholt an, finden Sie nicht?«

»Mit Verlaub, Mylady, im Fall eines Mordes ist keine Theorie zu weit hergeholt. Ich habe noch nie einen Mann oder eine Frau getroffen, dem oder oder der das Prädikat ›Mörder‹ auf die Stirn geschrieben stand. Es hat mich immer etwas überrascht.«

Sie lachte. »Gutes Argument.« Entsprechend fügte sie Albert Applebys Namen mit der Skizze eines Apfels der Verdächtigenliste hinzu. »Nun, jetzt also zu den Childs-Schwestern.« Sie nahm einen weiteren Bissen von ihrem Schweinefleischpastetchen. »Falls mir nicht irgendetwas entgangen sein sollte, scheint es den Schwestern in finanzieller Hinsicht an nichts zu mangeln. Ich habe keine Ahnung, wer oder was ihr Vater ist.«

»Lord Childs, Earl of Wendover, ein Bankier von hohem Ansehen. Er ist Teil des namhaften Vorstandes der Londoner Privatbank Coutts.«

Sie stieß einen langen, leisen Pfiff aus. »Wenn die Mädels also nicht gerade Angst davor haben, um eine Taschengelderhöhung zu bitten, dann dürften sie keinerlei Geldsorgen haben, ganz egal, wie wild ihre Eskapaden auch sein sollten.« Sie runzelte die Stirn. »Aber wenn wir den Gedanken fortführen, dass die ganze Angelegenheit ein Racheakt gewesen sein könnte, der furchtbar aus dem Ruder gelaufen ist, dann ist Millie womöglich schlicht durchgedreht und hat entschlossen, Rache an Lancelot zu üben, nachdem er sie brüskiert hatte? ›Die Hölle selbst kennt keine Wut, die der einer verschmähten Frau gleicht‹ und so.«

»›Der Himmel kennt keine Wut, die einer Liebe gleicht, die zu Hass wurde.‹«

»Was?«

»Das ist der erste Teil des Zitats, der den meisten unbekannt ist, Mylady. Die Zeilen entstammen William Congreves Tragödie *The Mourning Bride*.«

»Tatsächlich? Ich frage mich, ob der gute alte Congreve zufällig mit Millie bekannt war, das hört sich nämlich stark nach ihr an.«

»Unwahrscheinlich, schließlich ist er bereits im Jahr 1729 verstorben, Mylady.«

»Nun, sie ist so unsäglich, dass ich mir ohne Weiteres vorstellen kann, wie sie dem Colonel einen Hieb verpasst und sich im Anschluss noch darüber beklagt, sich dabei einen Nagel abgebrochen zu haben. Ich habe auch erfahren, dass sie gedroht hat, jemanden im Klub feuern zu lassen.«

»Interessant.«

»Aber natürlich nicht direkt belastend. Es stellte sich heraus, dass sie das arme Garderobenmädchen genötigt hatte, sie mit Drogen zu versorgen.« Eleanor seufzte. »Ich wünschte, ich könnte behaupten, einen Haufen Beweise gegen Millie in der Hand zu haben, doch das habe ich leider nicht. Nichtsdestotrotz verdient sie einen Platz auf meiner Liste, da sie ein mögliches Motiv besitzt.« Sie schrieb Millies Namen auf die Liste und versah ihn eilig mit dem Symbol einer Katze mit ausgefahrenen Krallen.

»Und Lady Coco?«

»Sie ist wirklich ganz schwer einzuschätzen, wissen Sie. Als sie hierherkam und um Hilfe bat, wirkte sie aufrichtig.«

»Aber wäre Lady Childs imstande, eine berüchtigte Juwelendiebin zu sein? Eine Diebin, der es trotz konzentrierter polizeilicher Anstrengungen gelungen ist, auf freiem Fuß zu bleiben?«

»Hört sich unwahrscheinlich an, nicht? Es sei denn, sie

hatte einen Komplizen oder eine Komplizin.« Sie überlegte. »Ich denke, wir nehmen sie zur Sicherheit mit auf.« Sie notierte »Coco« und fügte ein Cocktailglas hinzu.

»Bleibt noch?«

»Mr Seaton, Johnny mit Vornamen.« Eleanor schüttelte sich die Krümel vom Kleid, sehr zu Gladstones Freude, der daraufhin seine Bemühungen unterbrach, die Überbleibsel seines Knochens in einem Maulwurfshügel zu vergraben, um selbige aufzuschlecken. »Johnny scheint von ihnen allen noch der vernünftigste zu sein. Er verfügt über das unerschütterliche Selbstvertrauen Lancelots, geht damit allerdings betont lässig um.« Sie seufzte. »Im Augenblick habe ich nichts gegen ihn in der Hand, aber er gehört definitiv auf die Liste ...«

Neben seinen Namen malte sie ein Paar Tanzschuhe. »Und das wäre es für den Moment mit unseren neuen Verdachtspersonen, glaube ich.« Sie sah auf. »Clifford, geht es Ihnen gut? Sie schauen ungewohnt grüblerisch drein?«

Er nickte abwesend. Eleanor wartete. Einen Augenblick später räusperte er sich. »Es tut mir leid, Mylady. Mir ist eben ein Gedanke gekommen, der die Geschehnisse in einem gänzlich anderen Licht erscheinen lässt.«

Eleanors Interesse war geweckt. »Fahren Sie fort.«

»Nun, gehen wir mal einen Augenblick lang davon aus, dass wir falsch liegen und dass Colonel Puddifoot-Bartons Tod nicht auf einen Angriff im Eifer des Gefechts zurückgeht. Was, wenn der Mord akribisch geplant worden ist und der Juwelendiebstahl lediglich ein Vorwand war?«

Eleanor nickte langsam. »Das ist mir ebenfalls bereits in den Sinn gekommen, das wäre allerdings eine gänzlich andere Ermittlungsrichtung.« Sie dachte einen Augenblick lang nach. »Das würde bedeuten, dass es eine weitere Gruppe von Verdächtigen gibt, die wir ebenfalls zu ermitteln erwägen sollten. Vermutlich gab es weit über Lancelots ›Bright Young Things‹ hinaus eine beträchtliche Anzahl an Leuten, die den

Colonel über die Fenwick-Langhams oder andere Kreise gekannt haben müssen.«

»Und Morde werden überwiegend von Menschen begangen, die das Opfer kennen.«

»Ja, es sei denn, er hat einen Fremden gleich beim ersten Treffen derart in Rage versetzt, dass dieser sich schließlich mit dem Mordinstrument in der einen und dem Kopf des Colonels in der anderen Hand wiederfand.«

»Gut möglich, Mylady. Wollen wir jedoch, um zu vermeiden, schlecht über Tote zu sprechen, vom Gegenteil ausgehen?«

Eleanor zog eine Grimasse. »Dass der Colonel seinen Angreifer also womöglich kannte.« Sie schüttelte den Kopf. »Ich gebe zu, mich beschleicht das Gefühl, dass wir nun sogar noch weiter davon entfernt sind, diesen Fall aufzuklären.«

»Mylady, wir sind zu zweit. Wenn Sie Ihre Ermittlungen in Lancelots Freundeskreis weitertreiben, kann ich sie von einem anderen Blickwinkel aus angehen.«

Sie kratzte sich am Kopf. »Ich kann mir von Lady Fenwick-Langham eine Liste der Gäste geben lassen, die den Colonel kannten und die ich noch nicht befragt habe, aber, Sie verzeihen mir die Unverblümtheit, Clifford, ist denn davon auszugehen, dass die weiteren Bekanntschaften des Colonels sehr mitteilsam sein werden?«

»Mitteilsam, Mylady?«

»Ja, Sie wissen schon, bei der Vernehmung durch ...«

»Durch einen Butler, Mylady?«

»Ja. Werden Sie nicht bei ihnen abblitzen, weil Sie so unverfroren herumschnüffeln?«

Er erhob eine Hand. »Kein Problem, Mylady. Ich werde einem Maulwurf gleich im Untergrund wühlen.«

Sie taxierte ihn amüsiert von oben bis unten. »Sie sehen mir eigentlich nicht wie ein Mann aus, der sich gern die Hände, geschweige denn den Gehrock, schmutzig macht.«

Er verdrehte die Augen. »Im übertragenen Sinne, Mylady.

›Doch wühlte der Maulwurf, damit seine Wege nicht gefunden wurden, im Untergrund‹. Henry Vaughan, ›The World‹«, fügte er erläuternd hinzu.

»Womit Sie mir sagen wollen?«

»Dass, mit Verlaub, hinter jedem adeligen Mann und jeder adeligen Frau ein bürgerlicher, aber allsehender Diener steht.«

»Ah! Jetzt verstehe ich, was Sie da in Ihrem Butlerklub so treiben. Sie entscheiden über Gedeih und Verderb von Lords und Premierministern.«

»Nicht wirklich, Mylady. Wenn allerdings alles, was den Mitgliedern von Einrichtungen wie dem Carlton Club bekannt ist, an die Öffentlichkeit gelangen würde, fänden sich zahlreiche illustre Gentlemen zweifelsohne in einer prekären Situation.«

Sie rang nach Luft. »Ich glaube ja, Sie sind im Stillen Sozialist, Clifford.«

»Sie wären vermutlich überrascht zu hören, dass Ihr Onkel, obschon er selbst von Adel war, selbst eine Art Sozialist gewesen ist.«

»Dann arbeiteten Sie beide also im Geheimen am Sturz des Adelsstands? Wie wundervoll! Und hat Ihre Verschwörung auch das Königtum umfasst?«

Clifford hob ungewöhnlicherweise beide Augenbrauen. »Ich glaube, da überspitzen Sie meine, aber auch die politische Grundhaltung Ihres Onkels doch ein wenig. Wir standen nicht gerade kurz davor, die nächsten Guy Fawkes zu werden.«

Sie grinste. »Schade. Ich kann mir Sie beide lebhaft dabei vorstellen, wie Sie Fässer voller Schießpulver unter dem Parlament verstecken.«

Clifford schickte sich an, die Abfälle von der Picknickdecke zu beseitigen, während Eleanor ihren Sherry austrank. »Ein zielgerichtetes Vorgehen ist jetzt das, was wir brauchen. Ich werde mir Coco vornehmen und ein weiteres Treffen mit ihr und den anderen arrangieren. Sie schwirren, Pardon, wühlen sich hinfort zu Ihrem Butlerklub und finden heraus, welchen Schmutz Sie ans Tageslicht befördern können.« Sie zwinkerte ihm zu.

Clifford räumte die Picknickutensilien ins Boot, zog Gladstones schmutzige Nase aus dem Krater, den er gerade grub, und reichte Eleanor anschließend eine Hand, um ihr den Einstieg ins Boot zu erleichtern.

»Und wir sollten beide vorsichtig sein, Mylady. Wenn der Mörder einer dieser Gruppen angehört, dann wird er – oder sie – auf unsere Ermittlungen nicht besonders gut zu sprechen sein.«

Sie hielt auf halbem Weg ins Boot inne.

Er sah sie verwundert an. »Ist irgendetwas nicht in Ordnung?«

»Ich wollte es eigentlich nicht erwähnen, aber als ich den Nachtklub verließ, da ... da hatte ich das Gefühl, dass mir jemand folgte.«

ACHTZEHN

Das Läuten der Kirchenglocken unten im Dorf drang bis zu Eleanor auf die Terrasse von Henley Hall. Obwohl sie einen Sonnenhut trug, schirmte sie ihre Augen mit der Hand ab, als sie dem Gärtner Joseph zuwinkte, der seine Schubkarre zwischen den Bergamotten und Ziergräsern hindurchschob. Er schien sich jedoch gerade angeregt mit Gladstone zu unterhalten, der neben ihm hertrottete, und bemerkte sie nicht. Bald schon waren beide hinter der hohen Buchsbaumhecke verschwunden.

»Ihr Kaffee, Mylady.« Clifford platzierte das Tablett auf dem verschnörkelten Tisch.

»Perfekt, danke schön. Hören Sie, es ist bereits Sonntag. Für unser Treffen mit den Fenwick-Langhams heute Morgen muss unser Verstand so scharf sein wie ... so scharf wie ...« Sie machte eine wegwerfende Handbewegung. »Sehen Sie? Es gelingt mir nicht einmal mehr, eine passende Analogie zu finden. Kaffee, schnell! Und stark, bitte!«

»Gewiss. Einstweilen würde sich vielleicht ›scharf wie ein *Obsidian*‹ anbieten? Und ich glaube, ›so scharf wie‹ ist ein Vergleich, keine Analogie, Mylady.«

»Genau genommen ist das eine Metapher, meine ich.«

Er hüstelte. »Die Metapher ist gewissermaßen ein verkürzter Vergleich.«

Sie erklärte das Thema mit einer unmissverständlichen Handbewegung für beendet. »Wie auch immer. Was ist so ein *Obsidingsbums* überhaupt?«

»Obsidian. Ein vulkanisches Gesteinsglas, das bereits vor zweieinhalbtausend Jahren von malaysischen Tamilen verwendet wurde. Es verfügt über eine theoretische Schärfe, die fünfhundertmal höher ist als die einer Stahlklinge.«

»Tatsächlich? Wissen Sie, Clifford, ich habe noch nie jemanden getroffen, der über einen solchen Reichtum an Informationen verfügt, die mich weder interessieren noch voranbringen.«

Er reichte ihr die Kaffeetasse. »Danke, Mylady.«

Sie konnte sich ein Lächeln nicht verkneifen. »Übrigens hatte ich eigentlich an die Frau gedacht, die das Lesekabinett von Chipstone führt, Pearly Brody. Ihre Zunge ist so scharf, da ist es eigentlich ein Wunder, dass sie sich beim Schlucken nicht selbst die Kehle aufschneidet. Donnerwetter, die hätten Sie mal bei der Theaterprobe erleben müssen. Ich meine, ich bin ja eine große Verfechterin von Frauenrechten, aber alles zur richtigen Zeit und am richtigen Ort. Und die Theaterprobe in Little Buckford ist weder noch.«

Cliffords Augen funkelten. »Ich hatte eher die Unterpostmeisterin Miss Green als Person mit der gefährlichsten aller gegabelten Zungen vor Augen.«

Eleanor lachte. »Die folgt sicherlich dicht dahinter.«

»Tatsächlich könnte man die Auswahl eines neuen Stücks für jede neue Spielzeit auch als gehörige Zeitverschwendung betrachten.« Auf ihren verdutzten Gesichtsausdruck hin führte er seinen Gedanken aus: »Ich mache lediglich die Feststellung, dass man die Mitglieder der Laientheatergruppe auch schlicht zusammen in das Gemeindezentrum stecken könnte, um sie der

Öffentlichkeit zu präsentieren. Das Publikum sähe sich mit intensivem Schauspiel, schillernden Dialogen und unendlichen Konflikten konfrontiert, die ein Dramatiker nicht besser zu schreiben vermocht hätte.«

Sie prustete und verschüttete dabei prompt ihren Kaffee. »Hoppla! Zudem wäre dem Publikum vermutlich sogar ein echter Mord vergönnt!«

Clifford wischte Eleanors Kaffee auf und füllte ihre Tasse nach. »Darf man fragen, wie es mit Ihrer eigenen Rollenvorbereitung vorangeht, Mylady?«

Sie stöhnte. »Schrecklich, um ehrlich zu sein. Es ist ganz schön ermüdend, diesen ganzen Text zu lernen. Nichtsdestotrotz werde ich durchhalten. Ich. Gebe. Niemals. Auf!« Jedes einzelne Wort ihres letzten Satzes unterstrich sie durch einen Schlag auf die Tischplatte, was weiteren Kaffeeverlust aus ihrer Tasse zur Folge hatte. »Tut mir leid, Clifford, Sie haben ja eben erst sauber gemacht.«

Er schickte sich an, den Kaffee ein zweites Mal aufzuwischen. »Verbissenst, wenn man so sagen darf. Ihre Entschlossenheit verdient Applaus.«

Sie runzelte die Stirn. »Nun, das wäre dann vermutlich das einzige Beklatschenswerte für das Publikum, sofern es mir nicht gelingt, meinen Text zu lernen. Allerdings kommt das Ganze im Hinblick auf diesen Mordfall wirklich zu ungelegener Zeit.«

»Höchst ungelegen, in der Tat.« Er justierte seine bereits perfekt ausgerichteten weißen Manschetten. »Vermutlich denken Sie ähnlich über Ihr anstehendes Frühstück bei Lord und Lady Fenwick-Langham, zu dem wir nun aufbrechen müssen?«

»Ja, aber vergessen Sie nicht, dass die Einladung uns beiden gilt, Clifford. Lady Fenwick-Langham hat sehr deutlich gemacht, dass Sie genauso eingeladen sind wie ich. Nur Mut! Sie werden ihnen nämlich berichten müssen, was Sie herausgefunden haben, während ich den gesamten gestrigen Tag bei der

Theaterprobe war.« Sie runzelte die Stirn. »Glauben Sie, dass die Köchin auf Langham Manor irgendetwas zu fabrizieren imstande ist, was Mrs Trotmans sagenhaftem Paprika-Relish auch nur im Entferntesten das Wasser reichen kann? Vielleicht könnten Sie ja ein klein wenig davon für mich hineinschmuggeln.«

»Augusta ist draußen bei ihren geliebten Rosen, meine liebe Eleanor. Clifford, auch Ihnen einen Guten Morgen.« Lord Fenwick-Langham winkte seinen eigenen Butler heran. »Sandford, gestatten Sie uns doch bitte noch eine halbe Frauenstunde, bevor Sie den Frühstücksgong läuten, wenn Sie so freundlich wären.«

»Sehr wohl, Ihre Lordschaft.« Sandford machte sich auf den Weg durch den Flur in Richtung Butlerkammer.

Eleanor hakte sich in Lord Fenwick-Langhams angebotenem Arm ein. »Eine halbe Frauenstunde? Darf man fragen, worin hier die Abweichung zu einer halben Männerstunde besteht?«

»Gewiss doch. Ich würde sagen, in mindestens sechzig oder siebzig Minuten im Verhältnis zu unseren dreißig. Eine angemessene Einschätzung, finden Sie nicht, Clifford?« Er zog Eleanor mit sich voran.

Von hinten antwortete Clifford: »Dazu kann ich mich unmöglich äußern, Mylord.«

Eleanor fuhr rechtzeitig herum, um ihn mit vergnügten Augen nicken zu sehen.

»Wie geht es Augusta heute?«, fragte sie Lord Fenwick-Langham.

»Jetzt gerade, mit ihrer Rosenschere und ihrem kleinen Blumenkorb in den Händen, ist sie einigermaßen bei sich, aber ...«

Eleanor tätschelte seinen Arm. »Aber sobald wir eintreffen,

um über Verdächtige und Hinweise zu sprechen, wird ihre Contenance ins Wanken geraten.«

»Also vielleicht besser Samthandschuhe anziehen, die Herren von der Firma Spürnasen und Co, nicht wahr?«, empfahl Lord Fenwick-Langham leise, als sie auf die Terrasse hinaustraten.

Wie immer verschlug es Eleanor auch diesmal beim Anblick des exquisiten Rosengartens den Atem. Jedes Beet war durch geometrische Linien aus kniehohen Buchsbaumhecken getrennt, zwischen denen sich ein sanft geschwungener Pfad zog. Aus einem der vielen Rosenspaliere erschien Lady Fenwick-Langham, die dem Anschein nach damit beschäftigt war, einige Exemplare aus ihrem Korb auszuwählen.

Lord Fenwick-Langham platzierte Daumen und Zeigefinger zu beiden Seiten seiner Zunge und stieß einen erstaunlich lauten Pfiff aus. Lady Fenwick-Langham zuckte zusammen und winkte daraufhin alle zu sich.

»Guten Morgen, Eleanor, meine Liebe. Und willkommen, Clifford. Harold, hättest du nicht Sandford vorausschicken können, um mich über die Ankunft unserer Gäste zu unterrichten, anstatt nach mir zu pfeifen, als wäre ich einer deiner Spaniels?«

»Obwohl du doch meine liebste Leithündin bist. Loyal, mit glänzender Nase und vorsätzlich unfolgsam.«

Eleanor konnte sich ein Kichern nicht verkneifen. »Haben wir Zeit, um uns einen Augenblick lang an Ihren Rosen zu ergötzen, Augusta? Es ist ein solches Vergnügen, einen Rundgang durch die Blumen zu unternehmen.«

»Ooh, unbedingt. Beginnen wir mit *der* Rose schlechthin.« Sie führte Eleanor um einige Kurven des Wegs zu einem zentralen kreisförmigen Beet voller durchscheinender zartrosa Blüten, gemischt mit auffallend violetten, fast scharlachroten Rosen. »Celestial, die Himmlische«, sagte Lady Fenwick-Langham ehrfürchtig. »Das ist meine Welt, in der ich nach

Gutdünken erschaffen, zelebrieren und verkuppeln kann. Bei mir gehen die violetten Schultern von ›Cardinal de Richelieus‹ auf Tuchfühlung mit jenen der zitternden ›Königin von Dänemark‹, oder ›Koningen von Danemark‹, wie sie unter Rosenliebhabern genannt wird. Die ›Marchioness of Lorne‹ verzichtet umgeben von ›Zigeunerknaben‹ auf ihre königliche Entourage. Meine kleinen Kuppeleien überschreiten Jahrhunderte, den Anstand und religiöse Grenzen noch dazu.« Sie lächelte. »Ich kann jedwede Geschichte verwirklichen, die mir nur in den Sinn kommt.« Sie wandte den Blick ab. »Und damit davonkommen.«

Sie spazierten weiter auf eines der drei fünfeckigen Beete zu, die von einem kunstvoll verzierten Rosenbogen überspannt wurden. Sie ließ sich auf einer nahen schmiedeeisernen Bank nieder und deutete auf den Platz neben sich. Die Bank war von der Sonne so aufgeheizt, dass Eleanor ihr Kleid sorgfältig zurechtzupfen musste, um sicherzustellen, dass ihre nackten Beine nicht mit dem heißen Metall in Berührung kamen.

»Das ist ... Lancelots Beet.«

Eleanor nahm Platz. »Einen grünen Daumen hätte ich ihm gar nicht zugetraut.«

Lady Fenwick-Langham lachte sanft. »Iwo, das Dummerchen würde vermutlich alles verkehrt herum einpflanzen. Nein, mein liebes Kind besitzt definitiv keinen grünen Daumen.« Sie sah Eleanor mit leuchtenden Augen an. »Entschuldigen Sie, meine Liebe, ich wollte damit sagen, dass jeder Rosenstock in diesem Beet für ein wichtiges Ereignis in Lancelots Leben steht. Ich verbringe im Moment die meisten Morgenstunden hier und schaue mir die Rose an, die Harold für mich an dem Tag, an dem Lancelot geboren wurde, gepflanzt hat, den ›Général Jacqueminot‹.« Sie deutete auf einen hohen Busch mit leuchtend kirschroten Blüten, die wild durcheinander wuchsen. »Jedes Blütenblatt, das gefallen ist, seitdem er mir genommen wurde, hat mir ein weiteres Loch in mein Herz gerissen.« Sie tupfte sich die Nase mit einem Taschentuch. »Und wenn Sie es auch leugnen mögen, so verehrt er Sie auf seine eigene törichte Art und Weise.«

Eleanor wusste nicht, was sie erwidern sollte. Stattdessen wischte sie sich im schmerzhaften Bewusstsein darüber, dass ihr zwei verirrte Tränen das Gesicht hinabbrannen, mit dem Ärmel über die Wangen.

Lady Fenwick-Langham nahm die Schultern zurück und setzte sich kerzengerade auf. »Jetzt aber zum Geschäftlichen. Wie, wenn überhaupt, kann ich Ihnen mit meinem Wissen weiterhelfen?«

Eleanor sammelte sich. »Können Sie mir mehr über Lancelots Freunde erzählen?«

Lady Fenwick-Langham überlegte für einen Moment. »Mir ist noch nie etwas besonders Verdächtiges an einem von ihnen aufgefallen, falls Sie darauf hinauswollen. Jede Menge Albernheiten und Kapriolen, erbitterte und vorsätzliche Verachtung fürs Betragen, nie aber für Besitz. Ehrlich gesagt wäre ich einigermaßen überrascht, wenn einer von ihnen tatsächlich irgendetwas *gestohlen* haben sollte. Und so dumm kann doch auch Lancelot nicht sein, oder?«

Eleanor hoffte, dass man ihr ihre Gedanken nicht ansah.

Lady Fenwick-Langham fuhr fort: »Allerdings gibt es da einen Sonderfall namens Mr Appleby, wie er meines Wissens heißt. Ein höchst absonderlicher Vogel, der sich finanziell weit außerhalb seines Spielfelds bewegt, wie Harold zu sagen pflegt – aber mein lieber Ehemann kann die Dinge ja auch nur im Kontext von Jagdwild oder einem Cricketspiel betrachten. Mr Appleby ist der Sohn eines Bergarbeiters, wussten Sie das? Sicherlich ist Ihnen sein selbst gebasteltes Kostüm beim Ball aufgefallen, er war darin schließlich nicht zu übersehen. Wie um alles in der Welt kann er Leuten wie den Lady-Childs-Schwestern oder dem Prinzen das Wasser reichen?« Sie zuckte mit der Schulter. »Paradoxerweise erschien mir Mr Appleby allerdings immer der Wohlerzogenste und Respektvollste von allen.«

»Haben Sie irgendeine Vorstellung davon, wie sich Mr Appleby diese Gesellschaft leisten kann?«

»Nicht die leiseste.«

»Haben Sie jemals eine Auseinandersetzung zwischen Mr Appleby und dem Colonel mitbekommen?«

»Ehrlich gesagt, ohne schlecht von den Toten sprechen zu wollen, aber der Colonel schien immer tief in einen Streit mit demjenigen verwickelt zu sein, der gerade das Pech hatte, vor seiner Nase zu stehen.« Sie schien für einen Augenblick in Gedanken verloren zu sein. »Ob es ihm jemand heimgezahlt hat, möchten Sie wissen? Hmm, mein Gott, ja! Ich hatte die Idee bereits aus meinem Bewusstsein gestrichen, so unerhört schien sie mir. Man sollte meinen, dass gerade er es besser hätte wissen müssen, als sich mit einem älteren anzulegen.«

»Wer?«

»Der Prinz.«

»Lucas!«, stöhnte Eleanor.

»Meine Liebe, es war beschämend. Es trug sich während einer musikalischen Soirée kurz vor Ihrer Ankunft auf Henley Hall zu, ansonsten hätten wir Sie natürlich ebenfalls dazu eingeladen. Ich konnte den genauen Wortlaut nicht verstehen, da das Orchester recht engagiert zu Werke ging. Der Prinz jedenfalls stellte sich wild gestikulierend vor den Colonel, mit hochrotem Gesicht, als etwas, das man nur als eine Tirade bezeichnen kann, aus ihm hervorbrach.«

Eleanor verzog das Gesicht und dachte an Lucas' Schilderung der vermeintlich selben erhitzten Debatte über die britische Herrschaft in Indien zurück, von der er ihr im Blind Pig erzählt hatte. »Wie endete die, äh, Auseinandersetzung?«

»Entsetzlich, wie gesagt! Beiderseits, wohlgemerkt. Der Prinz stieß den Colonel in die Brust, mitten in seine Orden.«

»Was dem Colonel gar nicht geschmeckt haben dürfte?«

»Genau. Weshalb er dem Prinzen eine schallende Ohrfeige verpasste.«

»Eine rundum armselige Vorstellung. Überdies war es nicht die einzige«, sagte Lord Fenwick-Langham, der sich mit Clifford zu ihnen gesellte.

Eleanor wandte sich zu ihm. »Haben Sie jemals einen der anderen aus Lancelots Bande mit dem Colonel streiten sehen?«

Lord Fenwick-Langham zögerte und spähte dann zu seiner Frau. »Keine Geheimnisse, hattest du verordnet, altes Haus?«

Sie schüttelte müde den Kopf. »Keine Geheimnisse.«

Er seufzte. »Nur Lancelot.«

Eleanor blickte verzweifelt zu Clifford, der mal wieder seine makellosen Manschetten zurechtzupfte. »Darf ich fragen, ob Ihrer Lordschaft oder Ihrer Ladyschaft jemals irgendwelche ... seltsamen Verhaltensweisen unter den Freunden der jungen Lordschaft aufgefallen sind, die über das hinausgehen, was man vorsichtig als ausgelassene Späße bezeichnen würde?«

»Das haben wir tatsächlich. Die ältere der beiden Childs-Schwestern, Lady Millicent, hat sich auf dem Rubinhochzeits-ball der Worthingtons aufs Schimpflichste benommen!«, empörte sich Lady Fenwick-Langham.

Lord Fenwick-Langham stieß einen leisen Pfiff aus. »Sie hatte definitiv mehr als nur einen im Tee. Tanzte für eine Drei-viertelstunde lang wie ein Verrückte und ist dann an der Wand hinabgerutscht, als hätte ihr jemand den Stecker gezogen. Da hieß es im Handumdrehen plötzlich Ex und hopp statt chin-chin. Hat der Dame des Hauses ganz schön die Schamesröte ins Gesicht getrieben.«

Lady Fenwick-Langham schüttelte den Kopf. »Harold, mein Liebster, ich bin mir ziemlich sicher, dass der Alkohol daran keine Schuld trug. Ich fürchte, dafür dürfte etwas ... *Stärkeres* als Champagner verantwortlich gewesen sein.« Sie wandte sich Eleanor zu. »Kinder, meine Liebe, bereiten einem nichts als Kummer.«

Lord Fenwick-Langham schnaubte. »Unsinn! Unser Junge hat uns viele Jahre des Lachens und der Unbeschwertheit beschert.«

»Und jede Menge grauer Haare!«

Er unterdrückte ein Grinsen. »Das mag sein, aber die bringen doch ein Diadem schön zur Geltung. Wo wir gerade schon von schimmernden Dingen und Lancelots Freunden sprechen, wieso hat sich Prinz Sowieso eigentlich ständig so schmeichelhaft über deine Halsketten und andere funkelnde Kinkerlitzchen geäußert?«

»Wieso denn auch nicht?«, gab seine Frau zurück. »Es ist doch wenig verwunderlich. Sein Vater besitzt in seiner Region Indiens die Hälfte aller Edelsteinminen. Ich glaube, er hat es immer für eine sichere Themengrundlage gehalten, auf der man mit Lancelots verstaubter Mutter höflich Konversation betreiben konnte. Ich mache mir keinerlei Illusionen darüber, dass sie mich so betrachten, daher auch diese wenig schmeichelhafte Bezeichnung Lancelots für mich.«

»Verstaubt, ja?« Lord Fenwick-Langham grinste. »Das sehe ich anders. Aber nun zurück zum Prinzen. Angesichts der jüngsten Ereignisse erscheint sein großes Interesse daran, sich mit dir über deine Juwelen auszutauschen, aber doch ein klein wenig merkwürdig.«

Eleanor und Clifford tauschten einen Blick aus.

»Harold, Darling, ich könnte mir vorstellen, dass unsere beiden Spürnasen hier diesen Gedanken bereits hatten.«

Eleanor nickte. »Ja, obgleich uns nicht bewusst war, dass er so kühn war, Ihnen sein Interesse so unverhohlen mitzuteilen und Ihre Juwelen aus nächster Nähe in Augenschein zu nehmen.«

Die Unterhaltung wurde vom Klang des Gongs unterbrochen, der von der Terrasse her zu ihnen hinüberhallte.

Lady Fenwick-Langham reckte einen Finger in die Luft. »Ah ja! Das Frühstück.«

Lord Fenwick-Langham bot den beiden Damen je einen seiner Arme an. »Essen ahoi, ich bin völlig ausgehungert!«

»Ich auch. Ich glaube, ich ziehe eine halbe Männerstunde zur Einleitung des Essens vor«, flüsterte Eleanor ihm zu.

Er gluckste und wandte sich zu Clifford um. »Antreten, Clifford. Keine Trödelei da hinten, Sie haben heute dienstfrei, nicht vergessen.«

»Sehr wohl, Ihre Lordschaft.« Clifford schloss zu Eleanors rechter Seite auf, schaffte es aber dennoch mit einem Schritt Verzögerung anzukommen, als sie das Haus erreichten.

NEUNZEHN

Sandford wartete, bis die Rosengartenpartie die breiten, umbrüsteten Stufen vor der Terrasse erreicht hatte, und geleitete sie dann durch das große Gesellschaftszimmer mit seinen königsblauen Gardinen und raumhohen Porträts in goldenen Rahmen in das angrenzende kleinere Esszimmer.

Lady Fenwick-Langham nahm Eleanors Arm und führte sie an den Tisch mit den vier Platzgedecken.

»Ich hoffe, Sie haben nichts dagegen, dass ich mich anstelle des großen Speisesaals für das Familienzimmer entschieden habe. Ich dachte, es könnte unserer Unterredung dienlich sein. Sandford, wir bedienen uns selbst. Vielen Dank, dass Sie hier alles so hübsch angerichtet haben.«

Sandford verbeugte sich und ging.

Lord Fenwick-Langham wies auf die fünf silbernen Servierteller in der Mitte des Tisches. »Na dann, greifen Sie beherzt zu!«

Dann gab er sich selbst die Ehre, die erste Platte zu enthüllen. Der Duft von gebratenem Schinken und würzigen Würsten trieb Eleanor fast die Tränen in die Augen. Sie räusperte sich.

»Sie müssen verzeihen, aber dies ist mein Lieblingssessen.«

Lady Fenwick-Langham lächelte. »Ich glaube, die Köchin ist heute Morgen von ihren üblichen Beilagen abgewichen. Das hier, meine ich ...«, begann sie und hob eine verzierte Sauciere an. »... ist ein Parika-Relish. Wohl eine neue Rezeptur.«

Eleanor ließ Clifford ein Lächeln zukommen, das »Dankeschön« bedeutete. Jedoch war jener in just diesem Moment damit beschäftigt, die Serviette in seinem Schoß zurechtzuzupfen.

Lady Fenwick-Langham klatschte in die Hände. »Dürfte ich so frech sein, anzuregen, direkt beim Essen zum Anlass, ja, zum leider trostlosen Anlass, Ihres Besuchs zu kommen? Ich warte höchst angespannt darauf, unser Gespräch fortzusetzen. Wenn Sie, Eleanor, und auch Sie, Clifford, damit einverstanden wären?«

»Absolut!«

»Vorbehaltlos, Ihre Ladyschaft.«

»Gut. Woran sollen wir anknüpfen?«

»Eigentlich«, begann Eleanor und blickte dabei zu Clifford, dessen zustimmendes Nicken sie animierte, fortzufahren. »Eigentlich haben wir eine Frage, die vermutlich fürchterlich irrelevant erscheinen mag.«

Lord Fenwick-Langham klopfte mit seinem Messer auf den Tisch. »Unsinn! Die Wände haben hier keine Ohren. Schießen Sie los, Mädchen, aber wenn Sie mir zunächst die Eier reichen könnten, das wäre große Klasse.«

Sie tat, wie ihr geheißen. »Also gut, wie gut sind Sie mit Lord Hurd, dem berühmten Textilmagnaten, bekannt?«

»Er war auf dem Ball«, sagte Lord Fenwick-Langham. »Musste ihn natürlich einladen, als einen von den Großen und Wichtigen und so.«

Seine Ehefrau spähte ihn über den Rand ihrer Kaffeetasse hinweg an. »Ich wüsste nicht allzu viel Gutes über ihn zu berichten. Warum fragen Sie?«

Eleanor wies Clifford an, die Sache auszuführen.

»Wenn ich mich um eine Erklärung bemühen dürfte, Mylady. Ich bin der Möglichkeit nachgegangen, auf die wir bereits kurz zu sprechen gekommen sind, dass Colonel Puddifoot-Barton vorsätzlich ermordet worden ist und der Diebstahl der Juwelen Ihrer Ladyschaft lediglich der Verschleierung diente. Darum bin ich gestern nach London gereist, um mich mit Mr Leonard Burkett zu treffen.«

»Dem Hausdiener des Colonels?«

»Ein und dieselbe Person, Mylord. Mr Burkett hat sich in unserer Unterhaltung als sehr mitteilsam erwiesen, unter ehrbarer Rücksichtnahme auf Schicklichkeit, versteht sich. Allerdings sah ich mich äußerst überrascht, zu erfahren, dass Colonel Puddifoot-Barton seinem Leibdiener in seinem Testament eine beträchtliche Pension zugesichert hat.«

Lord Fenwick-Langham warf Eleanor einen schelmischen Blick zu. »Ich wette, liebe Eleanor, auch Sie waren überrascht, zu erfahren, dass Pudders seinen Hausknecht mit einer großzügigen Rente bedacht hat?«

»Anfänglich ja, Sie verzeihen«, sagte Eleanor.

Lord Fenwick-Langham fuchtelte mit seiner wurstbeladenen Gabel in ihre Richtung. »Keine Sorge, altes Haus. Pudders war ein seltsamer Vogel, zugegeben. Alle Welt fand ihn verdammt anstrengend, doch der echte Pudders unter seiner Uniform war aus gutem Holz geschnitzt.«

»Ich wünschte, das wäre mir eher bewusst gewesen«, sagte Eleanor wahrheitsgemäß.

Lord Fenwick-Langham zuckte mit der Schulter. »Burkett ist dafür ein gutes Beispiel, wissen Sie. Er wurde unter Pudders' Kommando in Tanganjika während der letzten Züge des Araberaufstands im Jahr 1891 verwundet. Eine rundum furchtbare Angelegenheit, ein für beide Seiten sinnloses Blutvergießen. Im Anschluss nahm Pudders sich Burketts an und machte ihn zu seinem Leibdiener.«

Clifford nickte. »Äußerst großzügig, Mylord, insbesondere, da Mr Burkett infolge seiner Verletzungen außer Stande war, Treppen zu steigen oder sich zügig zu bewegen.«

»Jetzt verstehe ich«, sagte Eleanor. »Miss Glew sagte mir, dass der Colonel ohne seinen Leibdiener angereist sei.«

»In der Tat.« Lord Fenwick-Langham nickte. »Nur selten verließ Burkett die Londoner Bude des Colonels, zu beschwerlich für den armen Wicht.«

»Folglich«, sagte Clifford, »besaß Mr Burkett ein mögliches Motiv, seinen Arbeitgeber umzubringen, und zwar, vorzeitig an seine Rente zu gelangen. Allerdings, Mylord, weilte er, wie bereits erwähnt, in der Nacht des Diebstahls und des Mordes nicht auf dem Ball. Er war in London geblieben, wo er den Abend in seinem Dienerklub zubrachte, wie meine Nachforschungen bestätigen konnten.«

Lady Fenwick-Langham starrte Clifford an. »Dann scheidet Mr Burkett also als möglicher Verdächtiger aus. Aber was hat all das nun mit Lord Hurd zu tun?«

»Mr Burkett hat mir gegenüber Lord Hurds Namen erwähnt. Wie es scheint, waren die Lordschaft und Colonel Puddifoot-Barton in einen fortlaufenden Streit um ihre widersprüchlichen Meinungen darüber verwickelt, wie die Wirtschaft zu reformieren sei. Mr Burkett war über Auseinandersetzungen zwischen Lord Hurd und Colonel Puddifoot-Barton in dieser Frage informiert.«

Lord Fenwick-Langham nickte. »Pudders besaß eine Beteiligung an Hurds Unternehmen.«

»Eine beträchtliche, Mylord?«

»Beträchtlich genug, wie ich vermute, um Hurds Pläne zum Scheitern zu bringen, falls Pudders nicht mit ihnen übereinstimmte.«

Eleanor stieß einen Pfiff aus. »Gut, wir können also konstatieren, dass Lord Hurd einen langjährigen Streit mit dem Colonel hatte. Und wenn das geplante Verbrechen nicht darin bestand, die Juwelen zu stehlen, sondern ... äh, den Colonel zu beseitigen, dann wäre Lord Hurd eindeutig ein möglicher Anwärter. Wir müssen unbedingt herausfinden, wie genau er die Ballnacht verbracht hat.«

Lady Fenwick-Langham legte ihre Gabel nieder. »Ich erinnere mich, dass Lord Hurd als einer der letzten eintraf. Abgesehen von Ihnen natürlich, Eleanor. Als er schließlich erschien, muss es gegen sieben Uhr dreißig gewesen sein.«

»Clifford«, sagte Lord Fenwick-Langham, »vielleicht klären Sie das nach dem Frühstück mit Sandford ab? Ich weiß, dass er während der Feierlichkeiten sagte, dass Hurd unpässlich sei und sich oben im Wohnzimmer etwas erholen müsse. Vielleicht hat er einen seiner Wutanfälle erlitten. Ich kann mich nicht entsinnen, ihn noch einmal gesehen zu haben, bis die verflixte Polizei uns alle zurück in den Ballsaal getrieben hat.«

Seine Gattin legte ihre Hand auf den Tisch. »Clifford, ich spüre, dass Sie noch etwas von Mr Burkett erfahren haben, aber zögern, dies in unserer Gesellschaft weiterzugeben. Allerdings spielt die Zeit gegen uns, wie Sie wissen.«

»Sehr wohl, Mylady. Lord Hurd einen Augenblick außer Acht gelassen, führten mich meine Ermittlungen sodann in den Herrenklub des Colonels, wo ich einen kleinen Gefallen einlösen konnte. Sagen wir mal, der Türsteher vertraute mir an, dass ich mal in der Dawson Street dreiundzwanzig nachfragen solle.«

Lady Fenwick-Langham zuckte mit der Schulter. »Was gibt es denn in der Dawson Street dreiundzwanzig?«

»Einen Klub von einer etwas anderen Sorte.«

Lady Fenwick-Langham rang nach Luft. »Ein Bordell!«

»Dies entspricht tatsächlich der Reputation des Etablissements, Mylady, wenngleich diese in beträchtlichem Maße von den Tatsachen abweicht.«

»Ich verstehe nicht ganz. Handelt es sich nun um ein Freudenhaus oder nicht?«

»Tut es nicht, Mylady. Sehen Sie, es verstößt ja nicht gegen das Gesetz, eine Dame für ihre Gesellschaft beim Nachmittagstee oder eine unschuldige Partie Mah-Jongg zu bezahlen, obzwar die Zweispielervariante dieses Legespiels eine geringfügige Abweichung von der klassischen Variante erforderlich macht. Anstelle der ...« Clifford wurde Eleanors ungeduldigem Blick gewahr. »Verzeihung. Im Wesentlichen bieten die Damen der Dawson Street dreiundzwanzig lediglich Begleitdienste an.«

Lady Fenwick-Langham schüttelte den Kopf. »Wenn ich richtig verstehe, dann hat der Colonel also in Kauf genommen, dass man von ihm dachte, er frequentiere ein Bordell, nur um ein wenig angenehme Gesellschaft zu haben?«

Lord Fenwick-Langham nickte bedächtig. »Das ergibt Sinn, meine Werteste. Pudders hat nie die Liebe seines Lebens gefunden, anders als ich. Und man weiß ja, was für ein Druck auf einem Mann in seiner Position lastet, eine Frau zu ehelichen. Bei Kerlen im Alter des Colonels, die Junggesellen geblieben sind, geht die Tendenz in gewissen Kreisen dahin, anzunehmen, dass der entsprechende Gentleman in gewissen Bereichen ... nicht kompetent ist.«

Clifford nickte. »Oder aber ... anders orientiert ist.«

Lady Fenwick-Langham schüttelte den Kopf. »Und da sagt man, Kinder seien grausam! Clifford, hatte der Colonel womöglich eine bevorzugte Gefährtin, die etwas von Belang hätte wissen können?«

»Ja, Mylady, eine angenehme Dame mittleren bis höheren Alters, die ernsthaft verblüfft war, dass irgendjemand dem Colonel etwas Böses wollen würde. Sie gab seine besondere Vorliebe für Zitronenkuchen und das Kartenspiel Old Maid bei seinen wöchentlichen Besuchen preis.«

Lady Fenwick-Langham schien ein gequältes Lächeln zu unterdrücken, während Lord Fenwick-Langham Eleanor eine weitere Platte reichte.

Clifford wartete einen Augenblick lang, bevor er fortfuhr. »Die Dame hat mich überdies darüber informiert, dass Colonel Puddifoot-Barton damit angegeben habe, dass er kurz davorstehe, den berüchtigten Juwelendieb zu entlarven, der London und die Grafschaften rund um London heimsuche. Sie glaubte, dass er lediglich dampfplaudere, wie sie es formulierte. Doch im Lichte der darauffolgenden Ereignisse ...«

Eleanor sah ihn aufmerksam an. »Das höre ich gerade zum ersten Mal, Clifford.«

»Es tut mir leid, Mylady, aber ich habe die Telefonnummer von The Hall hinterlegt und die Dame gebeten, mich anzurufen, falls ihr irgendetwas anderes Nützliches einfalle. Sie rief heute Morgen an, kurz bevor wir aufbrachen, um diese Information an mich weiterzugeben.«

Eleanor hob die Hand. »Es tut mir leid, Clifford, ich wollte Ihnen damit nicht unterstellen, dass Sie Informationen unterschlagen, nur könnte dies doch der erhoffte Durchbruch sein, nach dem wir uns alle gesehnt haben.«

Lord Fenwick-Langham reckte seine Gabel in die Luft. »Hurra!«

Clifford wandte sich ihm zu. »Darf ich beantragen, gemeinsam mit Lady Swift den Schauplatz der Verbrechen zu inspizieren, Ihre Lordschaft? Möglicherweise vermag dies die Erinnerung der Ladyschaft an die Ereignisse jener Nacht aufzufrischen.«

Lord Fenwick-Langham nickte. »Ausgezeichnete Idee! Nur zu! Ich werde mit Augusta hierbleiben. Sie hat den Raum seit jener entsetzlichen Nacht nicht mehr betreten.«

Oben angekommen, schloss ihnen Sandford die Tür auf und ließ Eleanor und Clifford allein in dem Arbeitszimmer, in dem der Colonel ermordet worden war.

Abgesehen von der Abwesenheit der Leiche und des

Piraten sah der Raum genauso aus, wie sie ihn in der Nacht vorgefunden hatte, als sie den Krach vernommen hatte, hineingegangen war und entdeckt hatte, dass ... Sie fuhr sich mit den Händen über ihre Arme, um ihre aufkommende Gänsehaut zu verjagen.

»Fühlt sich fürchterlich kühl an hier, Clifford. Und ... unheimlich.«

Er nickte. »Der Tod hinterlässt seine Spuren, Mylady. Aber wenn Sie einen kühlen Kopf ...«

Sie fuhr ihm ins Wort. »Es ist nicht mein Kopf, um den ich mir Sorgen mache, sondern Lancelots Kragen! Da ist es nur ein schwacher Trost, dass Enthauptungen vor wenigen Jahren abgeschafft worden sind.«

»Vor vielen Jahren, Mylady. Im Jahr 1757, um genau zu sein.«

»Na, wunderbar!«, erwiderte sie hämisch. »Wie dem auch sei, lassen Sie uns versuchen, die Ereignisse jener Nacht zu rekonstruieren. So gehen sie zumindest in diesen Detektivromanen immer vor.«

Sie ging vornübergebeugt von der Tür aus los und arbeitete sich auf Zehenspitzen zur Mitte des Arbeitszimmers vor. »So, ich bin Lancelot, der sich reinschleicht und darauf aus ist, die Juwelen zu stehlen.« Unvermittelt blieb sie stehen und blickte zu Clifford hinüber. »Die erste Frage, die sich stellt: Wenn ich sehe, dass der Tresor offensteht, wieso mache ich dann nicht kehrt und sehe zu, dass ich wegkomme?«

»Weil Sie den bedauernswerten Colonel Puddifoot-Barton am Boden liegen sehen?«

»Natürlich. Trotz des wüsten Streits, den ich laut Cora erst vor Kurzem mit dem alten Trottel im Garten hatte, sehe ich also nach, ob er Hilfe benötigt. Ich begreife, dass er tot oder zumindest ernsthaft verletzt ist. Bevor ich Hilfe rufen kann, vernehme ich ein Geräusch. Ist es wohl der zurückkehrende Angreifer? Panisch greife ich nach dem nächstbesten

Gegenstand, den ich zu fassen bekomme, um mich zu verteidigen –«

»Den Kerzenhalter.«

»Haargenau.« Sie richtete sich auf. »Wissen Sie, Clifford, im Moment deuten die meisten Hinweise darauf hin, dass der Colonel dem Dieb auf der Spur war und ihm ins Arbeitszimmer gefolgt ist. Aber wenn dem tatsächlich so war, wieso ist der Colonel dann nicht zur Polizei oder den Fenwick-Langhams gegangen, anstatt dem Verbrecher auf eigene Faust zu Leibe zu rücken?«

Er tippte sich an die Nase. »Ein letztes Hurra womöglich?«

»Großer Gott, ja! Militärischer Stolz und so.« Sie plusterte sich auf und griff nach einer langen Spitzkerze, die sie einem militärischen Schlagstock gleich unter ihrem Arm umherschwingen ließ. »›Hör mal, Pudders‹, sagt er zu sich, ›da schleicht dieser Schurke die Treppe hinauf. Gib ihm, was er verdient!‹ Woraufhin der Colonel ihm folgt und vom Dieb einen Schlag auf den Hinterkopf erfährt.«

Sie stellte die letzten Augenblicke im Leben des Colonels nach.

Clifford applaudierte. »Mylady, wenn Sie auch bei Ihrem Laientheaterstück eine derart gute Vorstellung abgeben, werden Sie stürmischen Beifall ernten.«

»Danke, Clifford, aber irgendetwas stimmt da nicht … nur weiß ich nicht, was es ist.«

»Es wird Ihnen zweifelsohne noch rechtzeitig einfallen, Mylady.«

Lady Fenwick-Langhams Stimme, die aus dem Korridor zu ihnen drang, ließ sie beide aufschrecken. »Vielleicht, aber Zeit ist die eine Ressource, die wir im Moment nicht besitzen.«

Eleanor sprang auf und strich ihr Kleid glatt. »Lady Fenwick-Langham, wer außer Ihnen wusste, dass sich Ihr Juwelentresor hier befindet? Abgesehen von Lancelot, versteht sich.«

Lady Fenwick-Langham starrte ins Innere des Zimmers, ohne die Schwelle zu übertreten. »Nur er und Daphne. In Harolds Arbeitszimmer steht etwas, das aussieht wie der Haupttresor, jedoch handelt es sich dabei um eine Attrappe. Das hier ist der Haupttresor. Dieser Raum soll den Anschein eines kleinen Arbeitszimmers erwecken, das für gelegentliche Briefwechsel und dergleichen genutzt wird. Aber Daphne wird an ihrem kommenden Geburtstag siebzig Jahre alt. Sie mag für ein paar Minuten am Stück einen Krocket-Mallet schwingen können, Treppensteigen strengt ihr Herz jedoch über Gebühr an. Wenn sie es hier hochgeschafft hätte, dann hätte sie sich im Anschluss erst einmal eine gute Stunde lang davon erholen müssen.«

»Und Cora?«

»Die ist quietschfidel. Wieso? Meinen Sie etwa, dass Daphne Cora davon erzählt hat, dass sich der Tresor in diesem Zimmer befindet?«

Eleanor zögerte, doch es stand zu viel auf dem Spiel, um um den heißen Brei herumzureden. »Im Hinblick auf Coras Gefühle für Lancelot, derer ich mich aus erster Hand während der Krocketpartie vergewissern durfte ...«

»... und im Hinblick auf Lord Fenwick-Langhams Weigerung, sie zu heiraten ...«, ergänzte Clifford.

»Genau, Clifford. Im Hinblick darauf ist es möglich, dass sie Lancelot hierher gefolgt ist, um eine Minuten allein mit ihm verbringen zu können.«

Lady Fenwick-Langham blickte verwirrt drein. »Aber was hat das alles mit dem Tod des Colonels zu tun?«

Eleanor seufzte. »Es ist äußerst unwahrscheinlich, aber wenn wir Lancelot retten wollen, müssen wir jeder möglichen Spur nachgehen. Sowohl die Gräfinwitwe als auch Cora hatten Grund ... sich an Lancelot rächen zu wollen. Cora könnte mithilfe der Gräfinwitwe ... den Colonel getötet haben und

Lancelot aus Rache für die Ablehnung, die sie erfahren hat, eine Falle gestellt haben. Oder –«

»Oder Cora könnte auf der Lauer gelegen haben und den alten Pudders in der fälschlichen Annahme ermordet haben, dass er Lancelot ist.« Lord Fenwick-Langham trat in das Zimmer.

Lady Fenwick-Langham verbarg ihr Gesicht in beiden Händen. »Oje, Harold!«

ZWANZIG

»Gut, und wo genau in Oxford steckt er, Sergeant Brice? Soll ich etwa die ganze Stadt durchstreifen und darauf hoffen, ihm zufällig über den Weg zu laufen?« Sie streckte den Hörer von ihrem Ohr weg und gestikulierte Clifford zu, ihr Stift und Papier zu reichen. »Blue was? Bore? Ach, *Boar*, wie das Wildschwein. Was für ein sonderbarer Name. Und wo genau ist das?«

Sie präsentierte Clifford das bekritzelte Papier. Er nickte.

»Danke, Sergeant Brice.« Als sie den Hörer wieder auf die Gabel hängte, drang noch ein Schnauben aus der Muschel.

Sie trommelte mit den Fingern auf den kunstvollen Telefontisch aus Nussholz. »Sie wissen also, wo sich diese Blue Boar Street befindet?«

»Ja, Mylady. Hat Sergeant Brice erwähnt, aus welchem Grund der Detective Chief Inspector nach Oxford zurückgekehrt ist?«

»Hmm, ja, er erwähnte einen neuen Fall, der seine Aufmerksamkeit erfordere.«

Clifford nickte. »Ich verstehe, und Sie beabsichtigen,

Detective Chief Inspector Seldon unangekündigt einen Besuch abzustatten?«

Sie nickte ebenfalls. »Natürlich. Ich muss Lancelot noch einmal sprechen. Ich bin mir sicher, dass er der Schlüssel zu alldem ist, auch wenn ihm das selbst vielleicht nicht bewusst ist. Wenn ich den Inspector mit der Bitte, Lancelot sehen zu dürfen, anrufe, wird er schlicht Nein sagen, wenn ich vor ihm stehe hingegen ...« Ein stählerner Blick trat in ihre Augen.

Clifford nickte. »Es ist tatsächlich wesentlich schwieriger, zu jemandem persönlich Nein zu sagen, als es am Telefon zu tun. Insbesondere, wenn diese Person ziemlich –«

»Hartnäckig ist? Stur ist?«

Er hüstelte. »Eigentlich lag mir willensstark auf der Zunge, Mylady.«

Eleanor lächelte. »Nun, dann also auf nach Oxford. Wie lange werden wir dafür wohl brauchen?«

»Voraussichtlich etwa 75 Minuten. Die Fahrspuren sind, wie Sie wissen, steil und schmal, zudem herrscht im Zentrum von Oxford selbst zu den Semesterferien überraschend viel Verkehr.«

»Fabelhaft! Ich kann den Inspector auch fragen, ob man Lancelots Fingerabdrücke auf den gestohlenen Juwelen gefunden hat. Und er hält sich verdächtig bedeckt im Hinblick auf meine Komplizenschaft. Ich muss herausfinden, was er im Schilde führt.«

Eleanor war als Erste am Rolls-Royce. Sie setzte sich hinters Lenkrad und wies auf den Beifahrersitz. »Alles einsteigen, hurtig, hurtig.«

Noch bevor Clifford die Beifahrertür geschlossen hatte, stieg sie beherzt aufs Gaspedal. Die Hinterräder drehten durch, sodass der Schotter auf den nichts ahnenden Joseph niederhagelte, der zur Seite sprang und dabei seine Schubkarre umwarf, die in das steinerne Becken am Fuße des Zierbrunnens kippte.

Sie winkte aus dem geöffneten Fenster. »Entschuldigung, Joseph! Die Beete sehen herrlich aus.«

Er hob die Mütze und bedachte Clifford mit einem empathischen Nicken.

Der Rolls-Royce brauste aus der Einfahrt hinaus und auf die Straße.

»Achten Sie auf das Pferd dort, Mylady!«

Sie wedelte mit dem Zeigefinger, die Hand immer noch fest am Lenkrad. »Versuchen Sie nicht, mich dazu zu bringen, nicht mehr auf die Straße zu schauen. Meine Güte, wie kann ein Fahrlehrer seine Schülerin nur zu so etwas ermuntern, tss.«

Clifford schürzte die Lippen. »Das wäre in der Tat höchst verwerflich, Mylady. Nur befand sich das Tier ja *auf* der Straße.« Er wies auf den Pferdespeichel auf der vormals makellos sauberen Seitenscheibe.

Sie funkelte ihn an. »Clifford! Ich habe keine Geduld für Pferde, die sich nicht an die Verkehrsregeln halten.«

»Ach, gibt es dafür Regeln, ja?«

»Wir sind hier in England, da gibt es doch Regeln für alles!«

»In der Tat.« Er räusperte sich. »Verzeihen Sie die Anregung, aber möchten Sie vielleicht einen Gang herunterschalten? Die heftigen Vibrationen könnten ein Hinweis darauf sein, dass der von Ihnen gewählte Gang möglicherweise nicht der Geschwindigkeit des Fahrzeugs angemessen ist.«

Eleanor seufzte und ächzte, während sie mit dem »verdammten Schaltknüppel!« kämpfte.

»Soll ich?«

»Hände weg!« Sie umklammerte den Schaltknüppel mit beiden Händen. »Geh. Jetzt. Rein! Ja, juhu!«

Als ihr schlagartig aufging, dass Clifford das Lenkrad festhielt, hüstelte sie verlegen. »Danke schön. Und empfiehlt der

Fachmann, auf der anderen Seite auf dem Weg bergab zurück in den höchsten Gang zu wechseln?«

»Nur wenn Ihre Ladyschaft wünschen, sich zu den Enten unten im Fluss zu gesellen.«

Sie streckte ihm kindisch die Zunge heraus. »Vielleicht wäre es besser, wenn Sie für den restlichen Weg bis nach Oxford das Steuer übernehmen würden. Ich weiß nämlich nicht, ob der Inspector noch vor Ort sein wird, wenn wir in diesem Tempo weiterfahren!«

Eleanors Kopf war viel zu voll, als dass sie die Landschaft auf dem Weg nach Oxford hätte genießen können, doch als Clifford den Rolls-Royce eine besonders steile, gewundene Straße hinaufmanövrierte, blickte sie doch einmal aus dem Fenster. »Das ist mal eine Aussicht, nicht wahr?« Um sie herum erstreckten sich grüne Hügel voller Schafe bis zum Horizont, über dem ein blauer Himmel mit den passenden Schäfchen-wolken begann.

Clifford nickte. »Tatsächlich, Mylady, wir passieren den höchsten Punkt der Grafschaft und den Standort des Galgens, an dem früher Wegelagerer und Mör–« Er vollendete den Satz nicht.

Sie schloss die Augen, konnte aber nicht anders, als sich Lancelots am Galgen baumelnde Leiche vorzustellen. »Ich spüre den Druck, unter dem ich in dieser Sache stehe, Clifford. Ich habe keine Ahnung, an wen wir uns wenden sollen, falls wir vom Inspector nicht die erhoffte Antwort erhalten. Und überhaupt, was für eine Art von Frau bin ich überhaupt, das offensichtliche Interesse des Inspectors an mir ausnutzen zu wollen, um an Informationen zu gelangen, mit denen ich einen anderen retten kann? Das klingt doch nach der Heldin eines anstößigen Groschenromans, oder nicht?«

»Ganz ohne Zweifel.«

Sie fuhr auf ihrem Sitz herum und starrte ihn an, bevor sie den Schalk entdeckte, der ihm im Nacken saß.

»Sehr komisch!«

Der Rest der dreiundzwanzig Meilen langen Fahrt verging wie im Fluge, und bald schon wich die Heckenlandschaft den ersten Ausläufern Oxfords. Straßen voller Reihenhäuser verwandelten sich in verschnörkelte Türme, die wiederum zu Reihen aus monumentalen Gebäuden anwuchsen, die an jeder Ecke von Wasserspeiern geziert wurden.

»Gute Arbeit, Sie kennen sich aus, Clifford. All diese Gebäude gleichen sich viel zu sehr. Sie sind riesig, jedes einzelne davon könnte das Rathaus sein.«

»Tatsächlich passieren wir in diesem Moment das renommierte Magdalen College. Der Glockenturm ist Jahr für Jahr Schauplatz des sogenannten May Morning. Seit über fünfhundert Jahren wagt der Magdalen College Choir den gefährlichen Aufstieg in den einhundertvierundvierzig Fuß hohen Turm, um dort den ›Hymnus Eucharisticus‹ zu singen. Und gleich zu Ihrer Rechten befindet sich das Brasenose College, berühmt für den Türklopferzwischenfall rebellischer Studenten im Jahr 1333.«

»Wissen Sie was, Clifford, ich glaube, Sie haben die eigentliche Berufung Ihres Lebens verpasst – Sie hätten Fremdenführer werden sollen. So, wo versteckt sich nun diese elendige Blue Boar Street?«

DCI Seldon nahm die Nachricht von Eleanors Ankunft anscheinend mit wenig Begeisterung zur Kenntnis. Seine Stimme schallte einem Donnerhall gleich durch die Tür der Glastrennwand.

»Um Himmels willen! Richten Sie ihr aus, dass ich jetzt keine Zeit für sie habe.«

Eine sanftere Stimme antwortete in ländlichem Dialekt:

»Ich hab's ja versucht, Chef, ehrlich, aber sie ist eine wahrhaftige Naturgewalt.«

»Herrje, dann bitten Sie sie eben herein. Ich kümmere mich selbst darum.«

Der Sergeant, der am Empfangstresen gesessen hatte, winkte sie heran. Mit einem tiefen Atemzug betrat sie, gefolgt von Clifford, das Büro des Inspectors.

Eleanor lächelte lieblich. »Ich wollte ja einen Termin vereinbaren, Inspector, aber –«

DCI Seldon brachte sie mit erhobener Hand zum Schweigen. »Lady Swift, was auch immer der Anlass Ihres Besuchs sein mag, ich bitte Sie, hören Sie auf, wertvolle Polizeizeit zu verschwenden. Gehen Sie jetzt bitte.«

Eleanor zwang sich selbst zu einem Lächeln. »Wertvolle Polizeizeit verschwenden? Ich bin gekommen, um mir eine kurze Audienz bei Lancelot zu erbitten, bevor ... es zu spät ist.«

DCI Seldon starrte sie an, und ihr gelang es, seinem Blick standzuhalten. »Lady Swift, Sie sind nicht nur mit dem Angeklagten befreundet, sondern ebenfalls eine Verdächtige in diesem Fall, waren möglicherweise seine Komplizin bei diesen verwerflichen Verbrechen.«

Eleanors Augen blitzten auf. »Seine Komplizin? Wie können Sie es wagen!«

DCI Seldon erhob sich mit hochrotem Kopf von seinem Stuhl. »Lady Swift, wenn Sie irrigerweise davon ausgehen, Einfluss auf den Ausgang dieses Falls nehmen zu können, dann täuschen Sie sich. Meinen Sie etwa, dies sei der erste Fall, bei dem ich es mit überprivilegierten Taugenichtsen zu tun habe, die meinen, dass ihr Reichtum sie über das Gesetz stelle? Dass ihr Status sie schütze? Die Zeiten haben sich geändert, dieses Land ist es leid, dass Ihre verdammten ›Bright Young Things‹ in blinder Wut herumlaufen und sich alles, inklusive Mord, erlauben können, während normale Leute kaum über die

Runden kommen, wenn sie versuchen, eine anständige, gottesfürchtige Familie durchzubringen.«

Eleanor vernahm Cliffords dezentes Hüsteln, bevor sie antworten konnte. *Clifford hat recht, Ellie, bleib ruhig! Um Lancelots willen!* Sie blickte ihn kühl an.

»Ich mag ein privilegierter Taugenichts sein, allerdings bin ich ein privilegierter Taugenichts, der die Wahrheit ans Licht bringen und für Gerechtigkeit sorgen wird!«

DCI Seldon ließ sich müde in seinen Stuhl sacken. »Gerechtigkeit?« Er lachte trocken. »Was weiß jemand in Ihrer privilegierten Position denn schon von Gerechtigkeit?«

Eleanor öffnete den Mund, um zu antworten, doch ehe es ihr gelang, versetzten DCI Seldons Worte sie zwanzig Jahre zurück.

Ihre Mutter stand über ihr Bett gebeugt, ihr Vater im Türrahmen. Sie sah das liebevolle Lächeln und diese durchdringenden grünen Augen vor sich, die immer zu wissen schienen, was Eleanor gerade dachte. Ihre Mutter strich ihr mit einer Hand über die Wange und küsste sie. »Gute Nacht, Gott segne dich, träum süß.«

Und dann rannte sie in eine Polizeistation. Das Gebäude war heruntergekommen, die Farbe blätterte von den Wänden und die Böden waren schmutzig. Sie rannte von einem Raum zum anderen und rief: »Wo sind meine Eltern?« Gelächter begleitete sie den Flur entlang, bis sie das Ende erreicht hatte und sich umdrehte. In jeder Tür standen Männer mit Pistolen am Gürtel, die das komische kleine Mädchen anglotzten.

Eine seltsame Ruhe überkam sie. Das Gelächter verstummte. Alle Augen waren auf sie gerichtet, als sie langsam an den Männern vorbei zurück zum Eingang schritt. Einer tat einen Schritt nach vorn, um sie zu packen, doch als sie herumwirbelte, ließ ihn der Ausdruck auf ihrem jungen Gesicht zurückweichen ...

DCI Seldon blickte sie an. Sie sah auf und sprach mit leiser Stimme.

»Es scheint ganz so, als hätte ich Sie falsch eingeschätzt, Inspector. Ob privilegiert oder nicht, jeder Mensch verdient Gerechtigkeit. Guten Tag.«

Sie griff nach ihrer Tasche und verließ das Büro.

Das Brummen des Rolls-Royce war, abgesehen von Eleanors trommelnden Finger auf den Holzintarsien der Beifahrertür, das einzige Geräusch während ihrer Rückfahrt. Zurück im Wohnzimmer von Henley Hall schlich sich Mrs Butters mit einem Teetablett hinein und verließ den Raum dann schweigend. Als Clifford fünfzehn Minuten später anklopfte, war das Tablett noch immer unangetastet und der Teppich auf einem Pfad zum Fenster und zurück entschieden flacher.

Sie räusperte sich. »Clifford, ich weiß, das eben im Büro des Inspectors war keine meiner Sternstunden. Ich ... ich habe mich von meinen Gefühlen leiten lassen.« Sie wandte sich zu ihm. »Infolgedessen war der Abstecher umsonst, wir haben nichts herausgefunden, und Lancelot werde ich auch nicht sehen können. Alles meine Schuld, lassen Sie uns also nicht länger darüber reden und weitermachen.«

Clifford verbeugte sich. »Sehr wohl, Mylady.« Er präsentierte ihr die Nachmittagsausgabe des *County Herald*.

»Was immer da auch drinstehen mag, Clifford, ich habe kein Interesse.« Sie lächelte flüchtig. »Es sei denn, da wird vermeldet, dass der Kopf des Inspectors abgefallen und unter einen Bus gerollt ist.«

Er streckte ihr die Zeitung beharrlich entgegen. »Ich

fürchte, dass Sie hieran sehr wohl Interesse haben werden. Seite sieben, Mylady. Unterster Artikel.«

Sie überflog den Artikel und rang nach Luft. »Clifford!« Sie ließ sich auf die Chaiselongue fallen und fing an, den Beitrag noch einmal langsam zu lesen. »Verkehrsunfall ... ein Todesopfer ... ein Ortsansässiger.« Sie ließ die Zeitung sinken und blickte Clifford an. »Ich fasse es nicht. Vor wenigen Tagen habe ich noch mit ihm gefeiert!«

EINUNDZWANZIG

»Guten Morgen, Mylady«, rief eine körperlose Stimme.

Eleanor wirbelte herum. »Was? Wer ist da? Zeigen Sie sich!«

Der Gärtner erschien hoch über ihr in der hohen Buchsbaumhecke. »Tut mir leid, Ihnen so einen Schrecken eingejagt zu haben, Mylady. Ich dachte, Sie hätten meine Schubkarre da unten bestimmt bemerkt.«

»Ach, Joseph. Bitte entschuldigen Sie die Theatralik. Ich habe fürchterlich geschlafen. Wie geht es Ihnen?«

»Ausgezeichnet, danke, Mylady. Stecke allerdings bis zum Hals in Arbeit. Dieses Jahr gibt es sehr viel zu tun, die Buchsbaumhecke musste früh geschnitten werden, weil sie so stark gewachsen ist.«

»Wissen Sie was? Ich muss mich bei Ihnen entschuldigen, Joseph. Ich bin seit meiner Ankunft hier so sehr im Strudel der Ereignisse untergegangen, dass ich es darüber völlig vernachlässigt habe, Ihnen für Ihren außerordentlichen Einsatz in den Gärten zu danken.«

Sie sah sich um und schirmte dabei ihre Augen mit der

Hand vor der gleißenden Sonne ab. Ebenso wie der Rest der Anlagen war auch der Garten am Haus eindeutig von der leidenschaftlichen Hand eines Meisters seines Fachs gestaltet worden. Auf beiden Seiten des makellosen Rasens fügten sich Blumenbeete in sorgfältig ausgewählten Farbtönen so perfekt zusammen wie eine nahtlose Steppdecke, und dabei sahen sie auch noch genauso weich und einladend aus. Eine sanfte Brise ließ die ganze Szenerie sanft tanzen wie einen schillernden, schwingenden Regenbogen.

»Einfach nur schön, Joseph.«

»Is' mir eine Ehre. Und das seit nunmehr fast zwanzig Jahren. Übrigens, vielleicht haben Sie ja irgendwann mal Lust auf einen Rundgang? Diese Anlage ist so groß, da ist es doch fast ein Verbrechen, dass sie die Hälfte der Zeit über niemand zu Gesicht bekommt, außer mir und Master Gladstone natürlich.«

Sie kicherte. »Abgemacht!«

»Ist notiert. Wenn Sie mich jetzt entschuldigen möchten, ich muss weiterarbeiten.«

Sie gingen getrennter Wege, und als Eleanor über die Küche zurück ins Haus gelangt war, wurde sie von Gladstone, der ihr einen feuchten Lederpantoffel präsentierte, überschwänglich empfangen. Mrs Butters stieß ein erleichtertes Seufzen aus. »Ach, da sind Sie ja, Mylady. Das Frühstück ist schon eine ganze Weile fertig und Mrs Trotman hatte sich bereits Sorgen gemacht, dass es kalt wird.«

Eleanor hob ihre Hände. »Ich bitte um Entschuldigung. Ich war fürchterlich abgelenkt und habe damit wohl bedauerlicherweise den gesamten Speiseplan über den Haufen geworden.«

»Tss, aber das ist doch kein Problem. Mrs Trotman ist eine Meisterin darin, ein verspätetes Frühstück als Vormittagsmahlzeit zu verkaufen.«

Ein Hüsteln aus dem Flur unterbrach sie.

Eleanor winkte Clifford fröhlich zu. »Alles gut, ich bin da. Der Suchtrupp kann abbestellt werden.«

»Wie man sieht.« Er zückte seine Taschenuhr und spähte darauf. »Und verlangt es Ihnen selbst zu dieser wenig frühstücksgebietenden Stunde noch nach einem Frühstück, Mylady?«

Sie grinste. »Alles, wonach es mir verlangt, ist Ihnen und diesen wunderbaren Damen keine weiteren Unannehmlichkeiten zu bescheren. Ich werde das essen, was bereits zubereitet ist. Würden Sie mich bitte in den Morgensalon begleiten? Ich möchte Ihrem riesigen Gehirn auf dem Weg dorthin gern einige Ideen abverlangen.«

Mrs Butters' Stimme verstummte allmählich, als Eleanor und Clifford sich auf den Weg machten. »Mund zu, Polly, mein Mädel. Du schaust aus wie eine Kuh beim Wiederkäuen!«

Als sie den sonnendurchfluteten Morgensalon erreicht hatten, wartete Eleanor, bis Gladstone aufhörte, sich im Kreis zu drehen, und sich zu ihren Füßen niederließ, bevor sie ihr Notizbuch hervorzog, um ihre Kritzeleien zu prüfen. »Ach, Clifford! Ich habe die ganze Nacht auf der Suche nach einer Antwort wachgelegen, und alles, was dabei herumgekommen ist, sind Kopfschmerzen und Ringe unter meinen Augen. Wo, um Himmels willen sollen wir nur weitermachen?« Sie starrte ihn an, während er Kaffee ausschenkte.

Er reichte ihre eine Tasse. »Ich fürchte, Mylady, ohne die Informationen eines Eingeweihten werden wir in diesem tragischen Todesfall weiterhin im Dunkeln stochern müssen.«

»War er denn tragisch, Clifford?«

Er sah sie empört an. »Mylady?«

»Ich weiß, das klingt schrecklich, nicht wahr? Allerdings war Albie einer unserer Tatverdächtigen. Ich habe mich während meiner letzten Unterhaltung mit ihm ehrlich gesagt ziemlich unwohl gefühlt. Man stelle sich mal vor, er hätte den Colonel umgebracht, die Schuld nicht länger ausgehalten und dann den einfachsten Ausweg gewählt.«

»In seinem eigenen Fahrzeug zu ertrinken ist vielleicht nicht unbedingt der einfachste Ausweg.«

»Aber der Zeitung war eindeutig zu entnehmen, dass die Polizei die Sache nicht als verdächtig einstuft. Falls wir also von einem falschen Spiel ausgehen, wird es eine teuflische Aufgabe für uns sein, irgendwelche Informationen aus dem Inspector herauszukitzeln. Oder selbst aus Sergeant Brice.«

Clifford legte den Kopf schräg. »Wobei wir diesbezüglich natürlich noch auf unsere Geheimwaffe zurückgreifen könnten, Mylady.«

»Natürlich! Abigail, Sandfords reizende Nichte, die auf der Polizeistation von Chipstone arbeitet. Sie hat doch wohl wegen dieses letzten Falls keine Schwierigkeiten bekommen, oder etwa doch?«

»Überhaupt nicht. Und sie war sehr überwältigt von der Freundlichkeit Ihrer Ladyschaft, ihr im Gegenzug für ihre Mühen ein so großzügiges Geschenk zu machen.«

»Ich weiß, sie hat mir einen herzallerliebsten Brief geschrieben. Soll ich es Ihnen überlassen, die Erkundigungen auf dem üblichen Wege einzuholen?«

»Ich werde Mr Sandford augenblicklich anrufen, um den Samen zu säen.«

Nach einem Augenblick der Stille, der lediglich durch das sanfte Schnarchen der zufriedenen Bulldogge unterbrochen wurde, ergriff Eleanor das Wort. »Offen gestanden, Clifford, kann ich mir nicht vorstellen, dass Albie tatsächlich den Colonel erledigt und sich anschließend das Leben genommen haben soll. Anders als bei Lord Hurd schien sein eigentlicher Groll Lancelot und Johnny gegolten zu haben, die andauernd gemein zu ihm waren. Ich weiß, er hatte ein künstlerisches Temperament und so weiter, aber er ist ... er *war* der einzige von allen Freunden Lancelots mit einem Bezug zur Realität. Als Bergarbeitersohn vielleicht wenig überraschend. Trotz des naheliegenden Verdachts, dass er furchtbar knapp bei Kasse gewesen sein könnte, halte ich Albie einfach nicht für den mörderischen Typ.«

»Darf man dann im Hinblick auf Ihre Verdächtigenliste fragen, wer für Sie als mörderischer Typ infrage käme?«

Eleanor schnitt eine Grimasse. »Gute Frage. Das ist ja das Problem bei Mördern, nicht wahr? Es ist nie der, von dem man es glaubt. Sie wissen schon, der mit der Augenklappe und der Hakenhand.«

Clifford lächelte angesichts der Vorstellung. »Tatsächlich gibt es Neuigkeiten von Lord Hurd, Mylady, und ich habe den geeigneten Zeitpunkt abgewartet, Ihnen diese zu überbringen.«

Eleanor lachte. »Wieso? Verfügt Lord Hurd etwa über eine Augenklappe und eine Hakenhand?«

»Nein, aber über eine Beinprothese, da er im Krieg sein linkes Bein verloren hat.«

»Das sind wahrhaftig Neuigkeiten, Clifford.«

»In der Tat, Mylady. Es ist nur schwer vorstellbar, dass ein Mann mit einer derartigen Beeinträchtigung in der Lage wäre, unser Fassadenkletterer und Juwelendieb zu sein.«

»Und unwahrscheinlich, dass er in einem so kurzen Zeitfenster die Stufen hinaufgeflitzt, den Tresor geöffnet, den Colonel erledigt und im Anschluss wieder nach unten gehuscht sein könnte, um sich unter die Leute zu mischen.«

»Nahezu unmöglich, wäre ich zu behaupten versucht. Ich habe an unsere Unterhaltung mit Lord und Lady Fenwick-Langham angeknüpft und mit Lord Hurds Leibdiener gesprochen. Er hat mich darüber in Kenntnis gesetzt, dass Lord Hurd nicht über seine Beinprothese spricht und man diese im Alltag wohl kaum bemerkt. Allerdings ist die Lordschaft nicht zu schnellen Bewegungen imstande, sodass sein Leibdiener sicherstellt, dass er vor jeder seiner Verabredungen ausreichend Zeit hat, um sich anzuziehen und dort hinzugelangen.«

Eleanor suchte nach Lord Hurds Namen und strich ihn durch. »Nun, damit haben wir einen Verdächtigen weniger.«

»Ich würde sagen, sogar zwei, Mylady.«

Sie sah ihn erstaunt an. »Wie das?«

»Wenn Mr Appleby ermordet worden sein sollte, wäre es zwar möglich, dass dies durch eine andere Hand geschah als durch jene, die Colonel Puddifoot-Barton umgebracht hat, jedoch halte ich es für das wahrscheinlichere Szenario, dass es ein und derselbe Täter gewesen ist.«

Sie nickte. »Womit wir Albie also als Juwelendieb und als Mörder des Colonels ausschließen können.« Sie strich seinen Namen der Vollständigkeit halber ebenfalls durch. »Damit haben wir also tatsächlich zwei Verdächtige weniger.« Sie seufzte. »Und jetzt müssen die Eltern des armen Albie die Anschuldigung ertragen, dass ihr Sohn sein Leben unter dem Einfluss von Alkohol, oder schlimmer noch, von Drogen, verloren hat.«

»Ohne herzlos klingen zu wollen, Mylady, er mag sein Leben nicht deswegen verloren haben, und doch ist davon auszugehen, dass im Hinblick auf Ihre Erfahrungen im Blind Pig einiges an Wahrheitsgehalt in der Berichterstattung steckt.«

Sie stöhnte. »Ich weiß. Ich muss unbedingt mit dem Rest von Lancelots Gang sprechen, um herauszufinden, was sie in der Nacht von Albies Tod getrieben haben. Wir können nur hoffen, dass der Inspector keinen Wind davon bekommt und mich dafür ins Gefängnis verfrachtet, dass ich meine Nase in den Fall stecke.«

»In der Tat, Mylady, sollten wir hier mit doppelter Vorsicht zu Werke gehen. Ich werde nun telefonieren und Abigail umgehend auf den Fall ansetzen lassen.«

»Danke schön. Und dann werde ich mich im Armdrücken

mit dem Inspector versuchen. Er wird doch wohl keinen allzu großen Anstoß daran genommen habe, wie ich gestern davongestampft bin, was meinen Sie?«

Clifford schüttelte den Kopf. »Mit Sicherheit nicht, Mylady. Sie haben ihm ja schließlich lediglich vorgeworfen, den Lauf der Gerechtigkeit aufzuhalten, um einen unschuldigen Mann zu verurteilen.«

Als Clifford den Raum verließ, rief Eleanor ihm nach: »Nun, ich war wütend, was hat er denn erwartet?« Sie nahm einen Bissen kalten Toasts und murmelte: »Manche Leute wollen ja geradezu beleidigt sein, was soll man da tun?«

Nach einer frischen Lieferung heißen Toasts, die freundlicherweise von Mrs Butters zur Verfügung gestellt und von dem inzwischen aufgewachten Gladstone interessiert zur Kenntnis genommen wurde, fühlte sich Eleanor ausreichend gestärkt, um ihren Anruf zu tätigen.

»Inspector ... Entschuldigung, Chief Inspector – *dieses Mal einen guten Start hinlegen, Ellie!* – Seldon, bitte. Hier spricht Lady Swift.«

Während sie darauf wartete, durchgestellt zu werden, klopfte sie mit ihrem Stift ungeduldig auf ihren Notizblock.

Die schrille Stimme, die durch den Telefonhörer drang, ließ sie zusammenzucken und den Hörer zum anderen Ohr wechseln.

»Hier Detective Chief Inspector Seldons Büro. Lady Swift, ich habe vom Chief Inspector persönlich die Anweisung bekommen, Ihre Anrufe nicht durchzustellen.«

Eleanor rammte ihren Stift so heftig auf ihren Notizblock, dass er entzweibrach. »Hören Sie, ich rufe an, um den Lauf der Gerechtigkeit zu unterstützen, nicht etwa für kleinliches Geplänkel. Ich möchte mit Chief Inspector Seldon sprechen, um ihn auf ein mögliches Verbrechen hinzuweisen, das sich bislang, wie mir scheint, der polizeilichen Aufmerksamkeit entzogen hat. Ich glaube, dass einem Mann das Leben genommen wurde und die Polizei in dieser Angelegenheit bislang nicht ermittelt.«

In der Leitung war es kurz still, dann meldete sich die Stimme erneut zu Wort. »Augenblick.«

Eleanors ungeduldiges Gemüt schien eine Ewigkeit warten zu müssen, bis endlich DCI Seldons Stimme in der Leitung erklang. »Lady Swift?«

»Inspector, wie wunderbar, Ihre Stimme zu hören.«

Am anderen Ende der Leitung war lediglich ein Grummeln zu vernehmen.

»Einem Mann soll das Leben genommen worden sein, hat man mir gesagt. Welchem Mann denn, um Himmels willen?«

»Albert Appleby.«

»Dieser Name sagt mir nichts.«

»Sein Auto ist gestern in den frühen Morgenstunden in den Kanal gestürzt!«

»Ach, der! Jetzt verstehe ich. Er war einer jener ›Bright Young Things‹, nicht wahr? Der Wagen ist von der Straße abgekommen, er war zu betrunken, um auszusteigen, und ist folglich ersoffen. Vermutlich waren auch Drogen im Spiel. Die örtliche Polizei hat seinen Wagen vorsichtshalber untersucht, allerdings wurden keinerlei Anzeichen von Materialversagen gefunden, und ehe Sie fragen, es gab auch keinerlei Hinweise darauf, dass jemand an dem Auto herumgepfuscht haben könnte. Der Fall ist abgeschlossen. Und um mich klar auszudrücken, sowohl die Verschwendung von Polizeizeit als auch die Justizbehinderung können telefonisch und persönlich begangen werden. Falls –«

»Inspector«, sagte Eleanor in eisigem Tonfall, »drohen Sie mir etwa?«

Sie vernahm ein müdes Lachen am anderen Ende der Leitung. »Wissen Sie, Lady Swift, eigentlich müsste ich diesen ›Bright Young Things‹ ja sogar dankbar sein.«

»Dankbar? Wovon sprechen Sie?«

»Nun, wenn die so weitermachen, dann haben sie sich bis zum Ende des Jahres entweder alle selbst umgebracht oder sitzen im Gefängnis. Und das ganz ohne Polizeizeit oder Geld zu verschwenden. Guten Tag.«

Damit verstummte die Leitung.

Eleanor legte den Hörer langsam auf die Gabel. »Oha!«

Sie spielte noch einen kurzen Moment lang mit ihrem Ersatzstift herum und stapfte dann zurück in den Morgensalon.

Sie starrte gerade aus dem Fenster, als Clifford mit einer frischen Kanne Kaffee erschien.

»Das lief wohl nicht sonderlich gut, Mylady?«

»Was geleitet Sie denn zu dieser Annahme, Clifford?«

Er präsentierte ihr den zerbrochenen Stift und ein Blatt vom Notizblock des Telefontischs. Eine Kritzelei zeigte einen Kopf, der unter die Räder eines nahenden Busses rollte. »Detective Chief Inspector Seldon, zufällig?«

Sie ließ sich in einen Stuhl sinken. »Okay, Sie haben mich ertappt. Er hat mich gleich beim ersten Satz abgeschnitten und mir untersagt, mich mit ihm zu unterhalten. Egal worüber. Über alles, selbst das verdammte Wetter, vermute ich. Und falls ich auch nur an der Polizeistation vorbeispazieren sollte, wird er mich auf Grundlage irgendeiner fadenscheinigen Anschuldigung, die ihm gerade einfällt, verhaften. Argh!« Sie legte sich die Hände über die Augen. »Ich glaube fast, dass es bald noch einen weiteren Mord geben wird, Clifford, und diesmal ich diejenige sein werde, die die Mordwaffe in den Händen hält.«

»Verständlich, aber wenig angezeigt, Mylady. Vielleicht bestünde das beste Vorgehen darin, Miss Abigails Bericht abzuwarten? Es gibt allerdings einen Silberstreif am Horizont, den bislang keiner von uns bemerkt hat.«

Sie spähte zwischen ihren Fingern hindurch. »Und zwar?«

»Der junge Lord Fenwick-Langham befand sich zum Zeitpunkt von Mr Applebys Ableben noch immer in Haft. Falls sich abzeichnen sollte, dass es sich bei Mr Applebys Tod weder um Selbstmord noch um einen Unfall gehandelt hat, dann ist offensichtlich, dass der junge Lord Fenwick-Langham nicht der Urheber dieses Verbrechens gewesen sein kann.«

»Das wäre ein gutes Argument, Clifford, wenn denn irgendjemand Albies Ableben als Verbrechen behandeln würde. Ich werde Coco einen Besuch abstatten und versuchen, von ihr einige Antworten bezüglich Albie zu erhalten.« Sie seufzte. »Das größte Problem allerdings, Clifford, haben wir noch gar nicht bedacht.«

»Das da wäre, Mylady?«

»Einmal angenommen, wir gehen Albies Tod in der Annahme nach, dass es sich um Mord handelte und er mit dem Tod des Colonels oder den Juwelendiebstählen in Verbindung steht. Was, wenn wir herausfinden sollten, dass es gar kein Mord war?«

»Dann nehmen wir die Schmach hin und ermitteln weiter. Sie sind unerbittlich, wenn Sie einmal das Messer zwischen den Zähnen haben, wenn Sie mir in Anbetracht der Umstände diese an einen Freibeuter erinnernde Redewendung verzeihen möchten.«

Eleanor fing an, herzlich zu lachen. »Schon verziehen, Clifford. Dann wollen wir mal hoffen, dass wir es schaffen, unseren Lieblingspiraten zu kapern.«

»Ganz gewiss, Mylady. Aber um zurück auf unsere Unterhaltung zu kommen, ich kann Ihrem Gedankengang nicht ganz folgen.«

Eleanor seufzte. »Clifford, falls wir zu Albies Tod ermitteln und sich herausstellen sollte, dass er nichts mit dem Fall zu tun hat, dann werden wir viel Zeit verschwendet haben, das ist unser größtes Problem. Es wird uns davon abgehalten haben, den Mord des Colonels aufzuklären ... und Lancelots Prozess beginnt ...?«

»Ah!« Er nickte bedächtig. »Nächste Woche.«

»Und dann werden wir ...?«

Er senkte den Blick und besah seine Hände. »... zu spät dran sein!«

ZWEIUNDZWANZIG

Für den Fall, dass das rasende Auto nicht aufhören sollte zu schlingern, war Eleanor geneigt, sich von den Austern und Cocktails zu verabschieden, die sie erst eine Stunde zuvor zu sich genommen hatte. Sie hatte sich ein reichhaltigeres Abendessen gewünscht, jedoch waren die anderen höhnisch über ihren Vorschlag hinweggegangen und hatten behauptet, dass keine Zeit zum Essen bleibe, bis Albies Andenken durch den Sieg bei der Schatzsuche geehrt sei.

»Albie liebte Schatzsuchen«, erklärte Lucas. »Er war fast immer erfolgreich, wenn es darum ging, Hinweise zu entschlüsseln. Er hätte sich gewünscht, dass wir seiner auf diese Art und Weise gedenken.«

Ellie wusste den Gedanken zu schätzen, hätte es allerdings vorgezogen, wenn Lucas sich auf die Straße konzentriert hätte, während er ihr davon erzählte.

»So«, sagte Millie, »Konzentrier dich besser, du bist in der Abwesenheit des armen Albie nämlich zu unserer Rätselmeisterin gewählt worden.«

»Gewählt? Wann denn das?«

»Von mir, gerade.«

Lucas lachte. »Tut mir leid, Eleanor, aber damit ist es beschlossene Sache. Hiermit bist du nun offiziell unsere Rätselmeisterin.«

Eleanor stöhnte innerlich auf. Auch sie wollte Albies Andenken ehren, hätte dafür aber gern eine sicherere und konventionellere Form gewählt. Da sie allerdings selbst auf unkonventionelle Art und Weise erzogen worden war, konnte sie nachvollziehen, dass dies die Art der Bande war, mit dem Verlust umzugehen. Sie hatten ihr erzählt, dass die Schatzsuche beinhalte, Rätsel zu lösen, die ein mysteriöser »Mr X« aufgestellt habe, den Eleanor wiederum für ein weiteres »Bright Young Thing« hielt, das die ganze Angelegenheit organisiert hatte. Anscheinend waren Teams aus ganz Buckinghamshire und Oxfordshire angereist, um diese Rätsel zu lösen. Was Lancelots Bande hingegen nicht erwähnt hatte, war Folgendes: Sobald man herausgefunden hatte, auf was sich ein Hinweis bezog, galt es, quer durch die Landschaft zu rasen, um das verdammte Ding zu stehlen.

Clifford hatte recht, Ellie, wie konntest du das nur jemals für eine gute Idee halten?

Vor ihr war Millie auf dem Beifahrersitz damit beschäftigt, Cocktails zu mixen. Sie schlug Lucas auf den Arm, woraufhin das Auto einmal mehr heftig ins Schlingern geriet. »Lucas, du Schwachkopf, dank dir habe ich jetzt die doppelte Menge Cognac in den Shaker gekippt!«

Lucas stieß sie zurück. »Ausgezeichnet, meine Beifahrerin der Extraklasse, dann werden wir doppelt so viel Spaß dabei haben, den nächsten Hinweis zu finden.«

Millie gluckste, während sie den Verschluss des Shakers aufschraubte. »Wie aufs Stichwort, da kommt ja auch schon Johnny.« Sie drehte sich und winkte aus dem Fenster, als Johnny mit Coco auf dem Vordersitz angerauscht kam.

»Heda, ihr Lahmärsche!« Er beugte sich zwischen die beiden nebeneinander herrasenden Fahrzeuge und strich mit einem Finger über Millies in Seide gehüllten Arm. Ihr mit Perlen und Diamanten bestückter Armreif funkelte in der spätnachmittaglichen Sonne. »Wo bleiben die Drinks? Ich bin völlig ausgetrocknet.«

Coco lehnte sich aus dem Beifahrersitz neben Johnny vor und schrie zu Millie hinüber: »Shaken, nicht schäkern!«

Der Rest von Lancelots Bande fühlte sich dadurch zu einem Sprechgesang animiert: »Shaken! Shaken! Shaken!«

»Bereit?«, fragte Millie. »Johnny!« Daraufhin warf sie den Shaker durch das Fenster ins andere Auto. Johnny steuerte mit einer Hand und fing den Behälter lässig mit der anderen. Sie jubelte. »Gekonnt, Seaton, so kennt man dich!«

»Coco, du bist dran!« Er warf ihr den Shaker zu. Er landete zu Cocos Füßen, von wo aus sie ihn aufnahm und zielte.

»Millie!«

Millie griff daneben, aber Lucas fing ihn und bewahrte den Shaker so geschickt davor, auf die Straße zu stürzen.

»Johnny!«, rief Lucas. Johnny nickte und trat abwechselnd auf Bremse und Gaspedal, um es Lucas schwerer zu machen, die Fensterlücke zu erwischen.

»Seaton, du bist ein Schweinehund!« Lucas drehte sich in seinem Fahrersitz, um besser zielen zu können, und schleuderte den Shaker an Millie vorbei. Alle verfolgten, wie dieser durch das Fenster hindurchflog und auf Johnnys Schoß landete, was Lucas eine Runde tosenden Applaus bescherte.

Johnny schüttelte den Cocktail noch eimal gut durch, bevor er den Shaker durch die Heckscheibe von Lucas' Auto schleuderte. »Eleanor! Oh, gut gefangen ... für ein Mädel.«

Millie lehnte sich aus dem Fenster. »Scheusal! Mach genauso weiter, wir lieben es.« Sie warf Johnny einen Handkuss zu und streckte die Hand zu dem Korb mit Cocktailgläsern zu ihren Füßen hinab. »Benennt die Kellnerin eurer Wahl!«, rief sie den beiden Fahrern zu.

Lucas und Johnny tauschten einen Blick aus und skandierten: »Coco!«

Eleanor schleuderte den Shaker mit erstaunlicher Präzision zurück zu Johnny, dessen anerkennendes Nicken sie mit einem selbstgefälligen Grinsen zur Kenntnis nahm. Er grinste zurück.

Coco lachte. »Hurra! Das ist mein Lieblingspart.« Lucas und Johnny verringerten den Abstand zwischen den beiden schnellen Autos noch weiter. Coco kletterte mit dem Shaker an Johnny vorbei und legte sich quer über dessen Schoß. »Glas, bitte, Schwesterherz.«

Millie streckte mit einem Glas in der Hand ihren Arm aus dem Fenster.

»Los geht's.« Coco begann, den Cocktail auszuschenken. Der Großteil des Getränks tropfte zwischen die beiden Fahrzeuge und spritzte auf die Straße.

»Bravo, du würdest wirklich eine fantastische Bardame abgeben.« Johny spähte an ihrem über sich ausgestreckten Körper vorbei, um die Straße zu erkennen. »Das erste Glas geht an Prinz Allmächtig, Lucas von Indien-Masala-Biryani.«

Millie reichte Lucas den Cocktail. Er erhob das Glas. »Auf Albie! Da er ungeachtet dieses ganzen Poesiequatsches auch auf schnelle Autos und Cocktails stand, wollen wir seiner auf diese Weise gedenken!«

Die anderen skandierten einhellig »Albie!«, bis auf Millie, die stumm blieb, wie Eleanor auffiel, und einen leicht angewiderten Gesichtsausdruck aufgelegt hatte. Auf Lucas' Würgen hin fing Millie an zu kichern. »Offensichtlich genau richtig. Das nächste Glas ist für unseren Gast mit dem grünen Gesicht!«

Diesmal endete ein Großteil des Inhalts auf Coco und Millie und auf den Seiten der Fahrzeuge, sehr zur Erheiterung der beiden Schwestern.

Nachdem sie erneut auf den verschiedenen Albie angestoßen hatte und sich bereits nach dem ersten Schluck vom Brennen des Cognacs krümmte, wartete Eleanor auf einen geeigneten Moment, um den Rest ihres Getränks diskret im Aschenbecher zu entsorgen.

Nach einer kurzen Pause, in der zunächst die Herren und dann die Damen für einen Augenblick in den Bäumen entschwanden, nutzte Eleanor die Gelegenheit, um das Auto zu wechseln. Nachdem sie zurück auf der Straße waren, wandte sie sich beiläufig ihrem neuen Fahrer zu. »Apropos Albie. Der arme Kerl, ich frage mich ja wirklich, was geschehen ist. War jemand von euch dabei in der Nacht, in der er ... gestorben ist?«

Johnny schüttelte den Kopf. »Ich wünschte aber, das wären wir gewesen. Bedauerlicherweise musste ich den Tag mit meiner Familienhorde auf einem fürchterlichen Anlass verbringen. Mir gelang es, mich abends davonzustehlen. Gegen neun Uhr habe ich Coco abgeholt, danach habe ich mich mit Lucas und Millie gegen zehn Uhr in diesem fantastischen neuen Klub in Cowley, dem Hole in the Wall, getroffen. Millie meinte, dass Albie eigentlich später zu uns stoßen sollte, in einem Auto, das er sich aus irgendeinem unappetitlichen Grund geliehen hatte, so etwas wie Arbeiten am frühen Morgen.« Er sah sie an. »Wir feiern häufig bis in die Morgenstunden und darüber hinaus, wie du weißt.« Er wandte seinen Blick wieder der Straße zu. »Wie dem auch sei, Albie tauchte niemals auf. Und dann erfuhren wir irgendwann, dass der Idiot sich besoffen und samt seines Wagens in den Graben gesetzt hat. Arme Sau.«

Eleanor lehnte sich zurück und ließ diese Information sacken. »Habt ihr denn gefeiert? Bis in die Morgenstunden, meine ich?«

Johnny grinste. »Und ob. Wir haben das Hole in the Wall gegen Mitternacht verlassen, sind von da aus ins Madame Bella's, wo wir bis um drei Uhr geblieben sind, und dann sind wir im Anschluss noch zurück zu meiner Bude, wo wir bis zum Morgengrauen waren.« Eleanor wusste, dass sie dem nachgehen sollte, allerdings glaubte sie nicht, dass sich irgendwer ein so leicht zu überprüfendes Alibi ausdenken würde.

Dann wiederum, rief sie sich in Erinnerung, hatte die Polizei keinen klaren Todeszeitpunkt festgestellt und den Tod nicht als verdächtig eingestuft. In der Zeitung war von etwa ein Uhr nachts die Rede gewesen, woher diese Information aber stammte, wusste sie nicht. Es sei denn, irgendjemand hatte gesehen, wie das Auto in den Kanal gestürzt war, allerdings gab es, soweit sie wusste, keinerlei Zeugen. Albie konnte ohne Weiteres auch mehrere Stunden vor oder nach diesem Zeitpunkt gestorben sein.

Dann merkte sie, dass Johnny mit ihr sprach.

»Aber wir dürfen über alldem nicht unseren eingesperrten Freund vergessen. Wir verlassen uns darauf, Eleanor, dass du irgendetwas aus dem Hut zauberst, was unseren armen alten Lancelot dahin zurückbringt, wo er hingehört.«

Eleanor wusste nicht, was sie sagen sollte. Im Augenblick war sie sich nicht sicher, ob sich Lancelot dann angesichts der Art und Weise, in der Johnny fuhr und trank, nicht in noch größerer Gefahr befände, als es im Moment der Fall war.

Johnny ließ seine Aufmerksamkeit teilweise wieder der Straße zukommen. »Also, was ist der letzte Schnipsel des Schatzes, den wir jagen, Rätselmeisterin?«

Eleanor tastete nach dem Stück Papier auf dem Sitz neben sich. »Richtig, ja, das bin ja ich, nicht wahr?«

Millie, die zeitgleich mit Eleanor die Autos gewechselt hatte, verdrehte Johnny gegenüber die Augen, sorgte aber dafür, dass Eleanor es auch sehen konnte.

Eleanor ignorierte sie und rezitierte das nächste Rätsel auf dem zerknüllten Stück Papier:

»Nehmt den Stab, mit dem ich Messe,
die süße Liebkosung einer melodischen Dame,
der einzige Klang im Land des alten Sanctus

wird das Gebrüll von Lawrence Locke, dem Woll-
schwein, sein.«

Johnny schlug gegen das Lenkrad. »Was für ein Mumpitz, das ist vielleicht knifflig!«

»Ein ›l‹, das ›c‹, das ›h‹ und das ›e‹ des Worts ›Wollschwein‹ sind durchgestrichen«, sagte Eleanor, der mittlerweile äußerst übel war. Sie war trinkfest, wenn es darauf ankam, und auch schnelles Autofahren bereitete ihr keine Schwierigkeiten, doch diese letzte Auster war definitiv ein Fehler gewesen.

»Vielleicht sollten wir kurz halten, um die Karte zu studieren? So können wir wahrscheinlich mehr Zeit sparen, als wenn wir weiter herumrasen und versuchen, es zu erraten.«

»Wenn du versprichst, dich von uns anderen fernzuhalten«, rief Millie nach hinten.

Eleanor beugte sich nach vorn und raunte in Millies Ohr: »Wo bliebe denn da der Spaß?«

Millie sah zum ersten Mal verunsichert aus.

Als die Autos am Randstreifen standen, breitete Eleanor die abgenutzte Karte, die Lucas ihr gereicht hatte, auf der Motorhaube aus. Es war ihr gelungen, unauffällig eine Flasche Wasser hinunterzustürzen, woraufhin sie sich ziemlich erfrischt fühlte. Eine kühle abendliche Brise brachte die Karte zum Knistern. Sie sah auf. »Ihr seid doch die Experten für diese Schatzsuchgeschichte, und auch für dieses Gebiet. Wo verbergen sich die Hinweise? Stab? Melodisch? Sanctus?«

Coco beugte sich vor und nahm Eleanor den Zettel aus der Hand. »Wer zum Henker war Lawrence Locke? Habe noch nie von ihm gehört.«

Eleanor rieb sich die Stirn. »Sind die Hinweise immer so schwer?«

Die Antwort bestand in einer Mischung aus Nicken und

Schulterzucken. »Wir zählen für gewöhnlich auf unseren Wissenschaftler. Ich meine, das haben wir einmal«, sagte Coco leise.

Eleanor runzelte die Stirn. »Wissenschaftler?«

Millie rieb sich mit einer Hand über den Arm. »Albie. Er hat immer die besonders schwierigen Hinweise ausgetüftelt.«

Johnny griff auf seinen Vordersitz und holte eine Flasche Tanqueray hervor. »Einen Wacholdertoast auf unseren verstorbenen Freund, der uns so viel hätte beibringen können, wenn wir nur geneigt gewesen wären, ihm zuzuhören.«

Er nahm einen Zug aus der Flasche, wischte die Öffnung an seinem Rockschoß ab und reichte sie Coco, die es ihm gleichtat, bevor sie die Flasche an Millie weitergab. Lucas kam zuletzt. Er nahm einen Schluck.

»Auf Albie, Ruhe in Frieden, alter Kumpel. Es tut uns alles so leid.«

Eleanor fragte sich, was es mit dieser letzten Bemerkung auf sich hatte. Hatte auch Lucas Albie verspottet, so wie es Johnny und Lancelot getan hatten? Glaubte er, dass Albie absichtlich in den Kanal gefahren war, weil er ihre furchtbaren Sticheleien nicht länger hatte ertragen können? Oder steckte etwas völlig anderes dahinter?

Johnny brach das Schweigen. »Wir versuchen jetzt wohl besser, diese Nuss zu knacken. Kommt schon, keine Nachlässigkeit!« Er wandte sich Eleanor zu. »Also, Lancelot meinte, dass du eine echte Spürnase bist, entsprechend sollte das hier doch ganz nach deinem Geschmack sein.« Er beugte sich mit einem frechen Grinsen vor. »Oder ist er dabei etwa einer groben Fehleinschätzung erlegen?«

Coco patschte ihm auf den Rücken. »Johnny, halt die Klappe!«

Millie verschränkte die Arme. »Nein, kommt schon. Ich kann es kaum erwarten, zu sehen, wie gut sie wirklich ist.«

Das Verlangen, Millie ihre Boshaftigkeit zurück in ihren

Rachen zu stopfen, schärfte Eleanors Verstand auf wundersame Weise. »Wonach auch immer wir suchen, es befindet sich ganz sicher in einer Kirche.«

Millie schnaubte. »Ausgezeichnet! Davon gibt es ja kaum mehr als ein paar Hundert in dieser Region!«

Eleanor fuhr unbeeindruckt fort. »Wie gesagt, eine *Kirche,* da der Hinweis ›Der Stab, mit dem ich Messe‹ lautet, und ›Messe‹ wird großgeschrieben, nicht klein. ›Melodische Dame‹, hmm, was bringt in einer Kirche Melodien hervor?«

Coco zuckte mit der Schulter. »Eine Orgel?«

»Der Chor?«, bot Lucas an.

»Wir können doch keinen ganzen Chor stehlen, alter Gauner«, lachte Johnny. »Auch wenn es mit Sicherheit einen Heidenspaß machen würde. Ich wäre dabei, und ...« Er musterte Lucas mit einer Mischung aus Bewunderung und Belustigung. »... ich weiß, dass das auch für dich gilt.«

Lucas zuckte nur mit der Schulter und schwieg.

Eleanor schnipste mit den Fingern. »Die Glocken! Und ›nehmt den Stab‹ muss sich auf den Klöppel beziehen. Was nun ›Lawrence Locke‹ angeht ...«

Millie beugte sich nah an Eleanors Gesicht heran. »Locke, das war doch ein Arzt und Philosoph der Aufklärung, nicht wahr?«

Eleanor lächelte. »Beeindruckend. Ich wusste gar nicht, dass du so ein wandelndes Lexikon bist. Diese Information ist allerdings irrelevant.«

Millie warf ihr einen bösen Blick zu. »Irrelevant?«

»Ja. ›Locke‹ bezieht sich auf die Glocke und ›Lawrence‹ ist der Name einer bekannten Kirche, die die Glocke mit dem Klöppel beherbergt, den wir stehlen sollen.« *Wollen wir es hoffen, Ellie, ansonsten machst du dich gerade ziemlich zum Affen.*

Coco schob Millie zur Seite. »Woher weißt du denn, dass sie namhaft ist?«

»Sieh mal, ›Sanctus‹ fängt mit einem Großbuchstaben an, es ist ein Name. Entsprechend gehe ich davon aus, dass sie bekannt genug sein sollte, um sie leicht zu finden.«

Lucas nahm Coco das Papier aus der Hand. »In Ordnung, falls also ›Lawrence Locke‹ nicht die Person ist, nach der wir suchen, was hat es dann mit diesem brüllenden Wollschwein auf sich?«

Johnny trat einen Schritt vor. »Mit dem Gebrüll könnte der Wutanfall des Pfarrers gemeint sein, sobald er den Diebstahl seines kostbaren Klöppels bemerkt.«

Eleanor grinste. »Völlig richtig. Habt ihr bereits den letzten Teil ausgetüftelt? Wo glaubt ihr, befindet sich diese Kirche mit der berühmten Glocke?«

»Keine Ahnung«, murmelte Millie.

Eleanor konnte einen weiteren kindischen und doch befriedigenden Punktgewinn für sich verzeichnen. »Das ist ein Anagramm, Dummerchen! Die vier durchgestrichenen Buchstaben von ›Wollschwein‹, das eine ›l‹, das ›c‹, das ›h‹ und das ›e‹, werden dabei ausgelassen. Also, gibt es hier irgendwo in der Nähe vielleicht einen Ort namens Wolswin, Owlswin, Swinlow oder Swinowl?«

»Owlswin!«, skandierten Coco und Millie im Chor.

Johnny klatschte in die Hände. »Ab in die Autos, zack, zack! Auf zur St Lawrence's Church in Owlswin!«

Lucas schlich sich an Eleanor heran, während sie die Hintertür öffnete. »Sehr eindrucksvoll, Lady Swift. Es scheint, als ob Lancelot recht hatte mit allem, was er über dich gesagt hat. Da muss man auf der Hut sein.«

Als sie spät am Abend zurück zu Hause war, lag Eleanor in ihrem Seidenpyjama und ihrem Schultertuch aus Ryeland-Wolle auf der Chaiselongue, Gladstone dicht an ihre Seite gepresst.

Clifford hüstelte. »Vielleicht, Mylady, gibt es da noch eine andere Möglichkeit, um an die Informationen zu gelangen, nach denen wir suchen. Eine, bei der die Wahrscheinlichkeit, dass Sie getötet oder verhaftet werden, geringer ist. Es sei denn natürlich, Ihr Plan besteht darin, eine Gelegenheit zu erschaffen, die Sie befähigt, sich mit dem jungen Lord Fenwick-Langham durch die Gitterstäbe einer angrenzenden Zelle auszutauschen?«

Eleanor hob ihren Kopf gerade genug an, um ihm einen missbilligenden Blick zuzuwerfen. »Nein, das habe ich nicht vor, wie Sie nur zu genau wissen. Wenn Ihnen ein vernünftiger Vorschlag einfallen sollte, lassen Sie es mich wissen. Glauben Sie mir, ich möchte weder in meinen Tod stürzen, bei dem Versuch, einen Kirchturm zu erklimmen und den verfluchten Glockenklöppel zu stehlen, noch möchte ich von einem Zug zermalmt werden, bei dem Versuch, in ein Stellwerk einzubrechen, um einen verdammten Hebel zu stibitzen. Und ich habe ganz bestimmt kein Interesse daran, dafür ins Gefängnis zu wandern, auf ein Cricketfeld eingebrochen zu sein, um die verdammten Stumps zu klauen!«

Clifford holte bei ihren letzten Worten scharf Luft.

»Ich weiß, diese ganze Stehlerei ist wahrlich unsportlich.«

»Obgleich ich Diebstähle jeglicher Art selbstverständlich nicht gutheiße, Mylady, war ich tatsächlich mehr darum besorgt, dass Sie den Square beschädigt haben könnten. Morgen findet ein äußerst wichtiges Spiel zwischen –«

»Clifford!« Eleanors Tonfall klang wie eine Warnung. »Wie gesagt, der einzige Trost für mich besteht darin, weitere Details über die Nacht herausgefunden zu haben, in der Albie ermordet worden ist. Ach, und ich habe noch etwas sehr Interessantes beobachtet.«

»Allerdings, Mylady, sollten wir Mr Applebys letzten Abend im Hinblick auf die vorgerückte Stunde vielleicht besser morgen besprechen. Jedoch bin ich sehr gespannt, was sie beobachten konnten.«

»Nun, nicht ich bin in den Kirchturm geklettert, um den Klöppel zu stehlen. Das war Lucas. Und er ist wie einer dieser Turmarbeiter hinaufgekraxelt, die damit ihren Lebensunterhalt bestreiten.«

Clifford hob eine Augenbraue. »Oder auch wie ein …«

Eleanor nickte. »Fassadenkletterer. Jedenfalls habe ich die anderen davon überzeugt, unsere gestrige Ausbeute hier aufzubewahren.«

»Hier, Mylady? Ist das denn so weise?«

»Ja, und das aus zweierlei Gründen. Erstens beabsichtige ich, sämtliche Gegenstände an ihre rechtmäßigen Besitzer zurückzugeben, sobald diese erbärmliche Angelegenheit erledigt ist. Und ehe sie fragen, nein, ich habe noch keinerlei Plan gemacht, wie das vonstatten gehen soll.«

»Ich bin mir sicher, sobald Sie einen haben, Mylady, wird er ganz famos. Und zweitens?«

Da Eleanor sich nicht sicher war, ob Clifford ihr damit ein Kompliment machen wollte oder nicht, ging sie darüber hinweg. »Und zweitens, hat meine Einschmeichelei bei Lancelots Bande genauso funktioniert, wie ich es mir gewünscht habe. Sie meinten, dass sie die Sachen immer in irgendeiner Scheune versteckt hätten, der Farmer aber langsam misstrauisch werden würde. Das Einzige, was sie dazu zwingt, einen Rest von Tugendhaftigkeit zu wahren, oder zumindest den Anschein davon, ist die Drohung ihrer Eltern, ihnen ihr Taschengeld zu streichen. Entsprechend kam ihnen mein Angebot, ihr Raubgut für sie zu verstecken, äußerst gelegen. Ehrlich gesagt, Clifford, sie sind zwar ziemlich unterhaltsam, allerdings auch ein furchtbarer Haufen verzogener Gören, die Tag für Tag nur aus dem Grunde aufstehen, um zu schauen, welchen Schabernack sie mit ihrem Taschengeld so anstellen können.«

»Dann sind ihre Taschen wohl beträchtlich größer als die

des Durchschnitts, um Platz für die riesigen Mengen an Bargeld zu bieten, die nötig sind, um derlei Umtriebe zu finanzieren.«

»Ganz recht. Und auch wenn ich es nur ungern einräume, aber bei all der Trinkerei und Raserei ist es kein Wunder, dass Inspector Seldon keinerlei Mitleid für den armen Albie empfindet. Auf dem Papier sieht es so aus, als wäre es nur eine Frage der Zeit gewesen, bis einer von ihnen dabei ums Leben kommt.« Eleanor wickelte sich ihr Tuch enger um die Schultern. »Aber da ist noch irgendetwas, ich kann nur nicht genau sagen, was es ist. Das Problem ist, ich bin so müde, dass mein Kopf nicht mehr richtig funktioniert. Lassen Sie uns das Gespräch morgen fortführen.«

Clifford machte seine gewohnte Halbverbeugung. »Sehr wohl, Mylady. Vielleicht nach Ihrer Laientheaterprobe? Oh! Aber da Sie nun ja ein vollwertiges Mitglied der ›Bright Young Things‹ sind, müssen Sie im Anschluss mit der Bande im Criterion in Piccadilly zu Abend essen. Vielleicht im Anschluss daran? Aber nein, das ist wohl unmöglich, danach feiern Sie ja alle zusammen auf dem eleganten Anwesen von Beau Brennant. Bis zum Morgengrauen vermutlich. Vielleicht sind Sie ja gewillt, unsere Unterhaltung dann fortzusetzen?«

Eleanor sank auf die Chaiselongue zurück und flüsterte: »Clifford, Sie können mich auch gleich umbringen!«

DREIUNDZWANZIG

Am darauffolgenden Nachmittag betrat Eleanor das Gemeindezentrum in Erwartung einer kurzen Theaterprobe. Reverend Gaskell entdeckte sie sofort und eilte heran.

»Lady Swift, wie geht es Ihnen? Was für ein Segen dieses reizende Sommerwetter doch ist.«

»Hallo, Reverend. Das Wetter erhellt wahrlich die Stimmung ... im Gegensatz zu Ihrem Aufzug. Haben Sie vielleicht einen lieben Menschen verloren?«

»Einen lieben Menschen verloren?« Er runzelte verwirrt die Stirn und brach dann in Gelächter aus. »Nein, nein. Ich schlüpfe lediglich in die Rolle des bösartigen Doctor Wells. Nach außen hin respektabel ...« Er wies auf seinen dunkelgrauen Anzug und öffnete dann das Sakko, um eine scharlachrote Weste zu offenbaren. »... aber darunter diabolisch.«

Sie lächelte und hakte sich bei ihm unter. »Ich kann den Beifall schon förmlich hören, Reverend.«

Er gluckste. »Das ist ein Riesenspaß, finden Sie nicht? Mrs Appleton, meine entzückende Haushälterin, hat mich freundlicherweise dabei unterstützt, meinen Text zu lernen.«

»Text, ja, stimmt, da war ja was ...«

»Bravo, Mr Cartwright! Was für eine großartige Vorstellung. Sie werden das Publikum mit Sicherheit hinters Licht führen.«

Er tat so, als ob ihm ihr Lob nicht schmeicheln würde. »Es ist ja nicht meine erste Vorstellung, Lady Swift.«

Reverend Gaskells rote Weste blitzte auf, als er angehüpft kam. »Mr Cartwright, ein wahrer Veteran der Laientheaterbühne.«

»Die meisten Leute nennen mich einfach nur Thomas.«

Der Reverend winkte hinüber zum anderen Ende der Bühne. »Hören Sie, Elizabeth, meine Liebe. Haben Sie Mr Cartwrights Interpretation bezeugt?«

In dem Moment trat Shackley auf die Seitenbühne. »Auf geht's, es gibt Tee und Kuchen, danach geht es weiter mit der nächsten Szene.«

Elizabeths Wangen röteten sich. »Nun, es ist lediglich ein Brotpudding, allerdings verleihen die Früchte ihm ein bisschen Pfiff. Morace erhofft sich davon, dass er uns während der Proben fit halten wird.«

Eleanor nahm einen großen Bissen. »Das ist schlichtweg das Beste, was ich jemals probiert habe.«

»Ein Tropfen Brandy würde ihm guttun«, sagte Cartwright, während er sich für seine nächste Szene in Position brachte.

Penry schnaubte. »Wie wir in Wales immer zu sagen pflegen: ›All unser Besitz in dieser Welt ist nur für gewisse Zeit geliehen.‹ Und das beinhaltet meiner Meinung nach auch die Gesundheit. Ein Glas von dem kräftigen Zeug hin und wieder ist ja schön und gut, aber wenn man anfängt, Brandy zu einem Kuchen zu geben, ist das der Anfang vom Ende.«

Cartwright warf sein Manuskript auf den Stuhl neben sich und richtete die Schultern auf. »Fangen Sie schon wieder an, Penry?«

Penry lächelte unschuldig. »Mit was?«

Cartwright schritt über die Bühne hinweg auf ihn zu. »Sie wissen ganz genau, was ich meine.«

Reverend Gaskell trat zwischen die beiden und schwenkte die Teekanne. »Wie es schon im Buch des Predigers Salomo, Kapitel neun, Vers sieben geschrieben steht: ›So geh hin und iss dein Brot mit Freuden, trink deinen Wein mit gutem Mut; denn dies dein Tun hat Gott schon längst gefallen.‹« Also, Zeit für eine zweite Portion, im Anschluss werden wir alle erfrischt sein und von innen heraus strahlen.«

Die zwei Männer funkelten einander an, bevor sie sich beide wieder ihren Skripten zuwandten. Eleanor seufzte erleichtert auf. Sie hatte kein Problem damit, wenn die beiden einander umbringen wollten, aber bitte nicht jetzt, schließlich hatte sie vor, in einer guten Stunde Lancelots Bande zu treffen. Sie nahm sich noch ein Stück Brotpudding. *Iss dich besser schon mal satt, Ellie, diese schicken Restaurants verlässt man immer mit knurrendem Magen.*

Vier Stunden später musste sie ihre Meinung revidieren, so voll war sie. Das vorzügliche Entrée aus Kalbsfleischpappardelle war noch unschuldig dahergekommen, genauso wie der Hauptgang, ein köstliches, mit Wacholderbeeren garniertes Wildfleischragout. Ihr Fehler hatte darin bestanden, sich zusätzlich noch das Risotto mit Parmesan sowie die gesamte erste Hälfte der Cocktailkarte einzuverleiben.

Während sie an der berühmten Long Bar des Restaurants verweilte, träumte sie von ihrem Bett und einem separaten Beistellbett für ihren Magen.

»Und für die Signora?«, erkundigte sich jemand mit starkem italienischem Akzent.

»Äh, ein großes Glas Wasser, bitte, aber am besten serviert in einem schicken Glas, und packen Sie noch ein paar Früchte oder etwas Minze mit dazu, um es alkoholisch aussehen zu lassen, ja?« Sie vergewisserte sich, dass niemand von Lancelots Bande in Hörweite war.

Der Kellner grinste. »Dann hat unser hochverehrter Koch, Signor Giordano, heute Abend also seine Arbeit gut gemacht? Ihre Sinne sind gesättigt, wie mir scheint.«

Eleanor lehnte sich auf den Tresen. »So kann man es vermutlich ausdrücken, ja.« Sie schrak auf, als ihr jemand auf den Rücken tippte.

Als sie herumfuhr, erblickte sie Johnny, der verführerisch lächelte. »Nirgendwo schmeckt das Leben so süß wie im Criterion, sage ich immer«, grinste er.

Coco erschien an seiner Seite. »Ich kann das Dessert kaum erwarten. Ich werde mir eine dreifache Portion davon holen, von diesem, diesem ... Johnny, wie heißt dieses fantastische Schokoladendessert noch mal?«

»Torta Barozzi«, entgegnete er schwungvoll.

Der Kellner kehrte mit Eleanors Drink zurück. »Der Herr ist zu seinem makellosen Akzent zu beglückwünschen.«

Coco winkte Eleanor zu. »Dein Drink sieht gut aus, den muss ich unbedingt auch versuchen. Bin sofort zurück, ich muss mal eben für kleine Mädchen.«

Als sie wieder unter vier Augen mit Johnny war, konnte Eleanor es kaum erwarten, ihn zu fragen, was er über Albies Tod wusste, allerdings kam er ihr zuvor.

»Und, wie geht es ihm?«

»Wem?«

»Na, Lancelot, du Dummerchen. Du hast ihn in den letzten Tagen doch bestimmt mal besucht.«

Sie schüttelte den Kopf, nahm einen tiefen Schluck aus ihrem Glas und fragte sich, wohin dieses Gespräch führen würde.

Er zuckte mit der Schulter und lehnte sich dicht neben sie an die Bar, sodass sich ihre Schultern berührten.

»Du treulose Tomate. Der arme Kerl verrottet da in seinem

Kerker, und seine angebliche Retterin in der Not nimmt sich noch nicht einmal die Zeit, um bei ihm vorbeizugaloppieren und seine Moral zu bestärken.«

Eleanor drehte sich zur Seite und stützte sich auf einem Ellbogen ab, während sie das Eis, die Orangenscheiben und das grüne Zeug in ihrem Glas umherrührte. »Mensch, Retterin in der Not, das klingt aber ein klein wenig hochtrabend, findest du nicht? Das hätte ja fast aus dem Mund des armen Albie stammen können.«

»Ah ja, der arme, liebe tote Albie. Wie es scheint, konnte ihm keine seiner Musen an jenem letzten, verhängnisvollen Abend helfen. Ich finde, er hätte die tragische Maske tragen sollen, die er so oft für Maskenbälle hervorgeholt hat.«

Sie runzelte die Stirn. »Ich meine jedoch, dass er zum Ball der Fenwick-Langhams als Raffael-Gemälde erschienen ist.«

»Also wirklich, für einen jungen Kerl in der Blüte seines Lebens war er scheußlich gefühlstief.«

»Wie kurz die Blüte des Leben doch andauert.« Sie spähte auf die verspiegelten Fliesen hinter der Bar, um Johnnys Reaktion beurteilen zu können.

Falls Johnny jedoch über ein schlechtes Gewissen verfügte, gelang es ihm, es gut zu verstecken. »Kellner!« Er winkte dem Barmann zu. »Zwei Corpse Revivers, bitte.«

Sie durchforstete die Cocktailkarte. »Was zur Hölle ist das denn? Den finde ich gar nicht auf der Karte.«

»Ein dem Anlass gemäßer Trunk zum Anstoßen auf unseren verschiedenen Freund. Soll stark genug sein, um Tote zurück zu den Lebendigen zu bringen. Trinkst du mit mir? Als Ersatz für Lancelot natürlich.«

Sie nickte langsam. »Natürlich.«

Der Barmann hüstelte. »Sir, wünschen Sie den Corpse Reviver Number One oder Number Two?«

»Oh, Number Two, ganz klar.« Johnny ahmte Eleanors

Haltung nach und lehnte sich ebenfalls auf den Tresen. »Passender Ort, nicht wahr? Die Criterion Long Bar.«

»Passend wofür?«

»Für eine Meisterdetektivin wie dich natürlich.« Auf ihren verwirrten Blick hin grinste er. »Ach, komm schon! Willst du mir etwa weismachen, dass du nicht wusstest, dass Sherlock Holmes' Freund in dieser Bar hier das erste Treffen für Sherlock und Doctor Watson arrangiert hat?« Er lehnte sich so dicht an sie heran, dass ihr sein Aftershave in der Nase kitzelte. »›Sherlock‹ lautet auch Lancelots Kosename für dich, nicht wahr?«

Sie hielt ihren Cocktail gegen das Licht. »Weißt du, Mr Seaton, ich fürchte, die Wacholderbeerengarnitur oder der alte Parmesan haben deine Geisteskräfte ein wenig vernebelt.« Sie flüsterte ihm ins Ohr: »Sherlock ist eine Kunstfigur, Hirngespinst einer blühenden Fantasie, genau wie vermutlich die Meisterdetektivin, für die du mich hältst. Ich würde vorschlagen, wir überlassen das alles der Polizei und lassen es jetzt endlich krachen. Ich wollte dich allerdings noch eine Sache fragen.«

Johnny nahm einen Schluck aus seinem Cocktailglas. »Und das wäre?«

»Letzte Nacht, an der Kirche. Wo hat Lucas nur gelernt, so zu klettern?«

Johnny lachte. »Man könnte ihn für eine menschgewordene Spinne halten, nicht wahr? Er hat mir erzählt, dass er als Kind gelernt habe, zu klettern. Der Palast seines Vaters verfügt über gewaltige Steinmauern, und sein Diener, der gleichzeitig sein Leibwächter war, stammte aus einer Region in Indien, deren Einwohner für ihre erstaunlichen Kletterfähigkeiten bekannt sind, also brachte er dem jungen Lucas bei, die Palastmauern hinaufzuklettern. Und sich selbst zu verteidigen.«

»Tatsächlich?«

»Oh, ja.« Johnny schlenderte mit emporgehaltenem

Getränk in Richtung der Sitznischen davon. »Mit ihm willst du nicht in einen Streit geraten.«

»Ach, Clifford, wie schaffen die das nur? Ich meine, ich habe schon von Kairo bis Kapstadt die Korken knallen lassen, aber diese Menschen feiern, als gäbe es kein Morgen.«

»Womöglich liegt das Geheimnis in einer robusteren Konstitution, Mylady?«

»Großartig! Und wo bekomme ich die her?« Sie schielte von ihrer Lieblingschaiselongue aus argwöhnisch auf das vor ihr liegende Wurstsandwich, das sie anzuschmachten schien.

»Ich werde mich bei Harrods erkundigen, Mylady. Ich habe gehört, dort kann man alles kaufen.«

»Oh, ich wünschte, das stimmte. Mein Kopf pocht, meine Knie pulsieren und mein Magen tanzt den Turkey Trot oder den Monkey Hug oder wie zum Teufel diese Tänze eben heißen.«

»Ich vermute, dass es sich um Monkey Glide und Buzzard Lope handeln dürfte, Mylady. Der Turkey Trot soll heutzutage etwas aus der Mode gekommen sein, habe ich mir sagen lassen. Darf ich Ihnen vielleicht eine kleine Mixtur zur Stärkung anbieten?«

»O nein, doch nicht etwa dieses mongolische Gebräu, das mein Onkel sich zu Gemüte zu führen pflegte und das Sie mir schon einmal serviert haben?«

»Genau jenes. Allerdings weiß ich, dass es Wunder gewirkt hat und Sie von einem Ort zurückgeholt hat, den Sie als der griechischen Unterwelt gleich beschrieben?«

»Hmm, vielleicht, aber muss es dafür so abstoßend schmecken? Es soll doch schließlich keine Buße sein.«

Clifford ging auf den Barschrank zu. »Nun, Mylady, ich glaube schon, dass es das sein soll. Nebenbei gefragt: Wie war denn die Party – abgesehen davon, dass die Versorgung mit flüssigen Erfrischungen im Überschwang gewährleistet war, versteht sich?«

»Wild. Lang. Laut. Was haargenau der Grund dafür ist, wieso ich beabsichtige, mich in exakt ...« Sie blickte auf die Uhr. »... fünf Minuten zurück ins Bett zu verkriechen.« Sie dachte für einen Augenblick nach. »Dieser Beau Brennant war sehr charmant, und er hat unzählige Freunde, die mich an Albie erinnert haben. Sie wissen schon, künstlerische Typen.«

Clifford goß unterschiedliche Zutaten in ein hohes Glas. »Trotz seiner jungen Jahre hat sich Lord Brennant einen Ruf als Kunstmäzen erarbeitet. In den Feuilletons werden häufig neue Musiker, Künstler und sogar Dichter porträtiert, für die er sich eingesetzt hat.«

»Das erklärt einiges. Es schien, als ob er Albie gut kannte, obwohl er meinte, dass er ihm lediglich zweimal begegnet sei. Es ist wirklich seltsam, Clifford. Albies Tod erscheint wie die logische Konsequenz der ununterbrochenen Feierlaue der Bande, und doch hat er sie in keiner Weise davon abgebracht. Man hat fast den Eindruck, als würden sie als Konsequenz daraus sogar noch einmal einen Zahn zulegen. So war es auch bei der Inhaftierung Lancelots. Ich kann mir das wirklich nicht erklären.«

Clifford räumte den Sandwichteller ab und ersetzte ihn durch das hohe Glas. »Die Leute gehen unterschiedlich mit Trauer um, wie Sie ... nur zu genau wissen, Mylady. Und doch kommt man nicht umhin, sich über ihren Ethos zu wundern, über dieses *carpe diem*, pflücke den Tag, wie es der Dichter Quintus Horatius Flaccus, auch Horaz genannt, so treffend formuliert hat. Es scheint, wie Sie sagen, als hätten diese ›Bright Young Things‹ Lord Fenwick-Langhams Verhaftung und Mr Applebys Ableben als Zeichen verstanden, nur noch stärker aufzubegehren. Und, so möchte man fast meinen, sich sogar noch mehr vom Tag zu pflücken.«

»Und vom Großteil der Nacht!« Sie stützte sich auf einen Ellbogen und beäugte den Inhalt des Glases argwöhnisch. »Ich muss mich also abermals beim Inspector entschuldigen.«

Clifford sah sie fragend an.

»Er vermutete ja, dass sie sich bis zum Ende des Jahres entweder alle selbst töten oder ins Gefängnis bringen würden, ohne dass die Polizei irgendetwas dazutäte, und langsam komme ich zu dem gleichen Schluss.« Sie seufzte. »Perfekt! Da habe ich mir ja einen großartigen Zeitpunkt ausgesucht, um Ehrenmitglied zu werden.«

»Mylady, auf die Gefahr hin, mich zu wiederholen ...«

Sie funkelte ihn an. »... aber gibt es nicht eine andere Möglichkeit, die Ermittlungen voranzubringen und dabei etwas herauszufinden? Das wollten Sie doch fragen, nicht wahr? Und ja, Sie würden sich wiederholen, und zwar ad nauseam. Und die Antwort lautet schlicht: Nein, denn keinem von uns beiden ist bislang eine brauchbare Alternative eingefallen.«

»Sehr wohl, Mylady, dann will ich Ihnen von dem Telefonanruf berichten, den Sie vorhin erhalten haben.«

Sie spitzte die Ohren. »Ach, der Inspector etwa?«

»Bedauerlicherweise nicht. Vielmehr haben Sie eine weitere Einladung von Lady Childs erhalten.«

»Coco? Wie ist es nur möglich, dass sie bereits wach ist, um weitere hanebüchene Kapriolen zu planen, während ich hier noch in meinem Pyjama dasitze? Einverstanden, zu welcher Schandtat haben sie mich denn diesmal eingeladen?«

»Das hat Lady Childs nicht genau ausgeführt, allerdings enthielt ihre Nachricht den freundlichen Ratschlag, Sie mögen eine kräftige Flasche Durchhaltevermögen mitbringen.«

Eleanor leerte das Glas in einem Zug. »Hilfe! Clifford, wieso haben Sie mich nicht gestern bereits umgebracht?«

VIERUNDZWANZIG

»Kommet, meine Elfen der Freitagnacht, ich hoffe, ihr seid wach und habt feuchtfröhliche Laune mitgebracht«, sang Lucas melodielos vor sich hin, als er mit seinem Wagen hielt.

»So fade, dass es kracht!«, kicherte Coco.

Eleanor schaltete sich ein: »Nun, ich habe selten so gelacht.«

»Doch lasset die gift'ge Schlange ja nicht außer Acht«, vollendete Millie das Reimspiel, während sie die Autotür zuwarf und die Stufen zu der vergoldeten Fassade des Nachtklubs emporstapfte.

Coco hakte sich bei Eleanor unter und flüsterte: »Gar nicht erst beachten. Sie würde es niemals zu geben, aber die Sache mit Lancelot macht ihr furchtbar zu schaffen.«

Eleanor sah zu Coco. »Hat sie versucht, ihn zu besuchen?«

»Gute Güte, nein! Um ihn dort eingebuchtet zu sehen wie eine Ratte in der Falle?« Sie senkte den Blick. »Ich verstehe das alles nicht. Ich begreife noch immer nicht, wieso er dort war. Schließlich war doch alles abgeblasen.«

Eleanor blieb stehen. »Was war abgeblasen?«

»Ach Gottchen!« Coco schlug die Hände über dem Mund

zusammen. »Herrje, ich habe mich bereits so sehr an deine Gesellschaft gewöhnt, dass ich ganz vergessen habe, dass du ja gar nichts davon weißt.« Sie schien mit ihrem Gewissen zu ringen. »Nun, es ist eigentlich ein Geheimnis. Keiner von uns hat gegenüber der Polizei etwas davon erwähnt, weil es Lancelot noch schlechter als ohnehin schon hätte dastehen lassen.« Sie sah sich um, doch die anderen waren bereits vorausgegangen. »Lancelots Eltern sind in Geldnot, es ist furchtbar peinlich. Also heckte er die List aus, die Kette aus Rubinen und Diamanten der alten Lady Fenwick-Langham zu stehlen. Dann aber kündigte sich die verflixte Polizei für die ganze Ballnacht an, weswegen Lancelot alles abgeblasen hat. Er ist vollkommen unschuldig, Eleanor. Wir kennen Lancelot, und er hätte den Colonel niemals umgebracht. Aber das mit seinem Plan, die Halskette zu stehlen, das darf niemals herauskommen.«

Eleanor wandte sich Coco zu. »Aber wieso hat er den Plan dann dennoch ausgeführt, wo doch die Polizei vor Ort war?«

Coco stampfte mit dem Fuß auf. »Das ist es ja! Das hätte er niemals getan! Er ist ein Clown durch und durch, ein Idiot aber ist er nicht. Jetzt aber versprich mir, dass du das für dich behältst. Das bleibt unter uns ›Bright Young Things‹!«

Eleanor nickte und kreuzte mit einer Hand hinter ihrem Rücken die Finger. Sie wechselte das Thema, als sie an der Rezeption vorbeigeleitet wurden. »Wo sind wir denn hier?«

Coco rang um Fassung. »Kennst du etwas den berüchtigten Underground Club nicht? Unter welchem Stein hast du denn die letzten Jahre gelebt? Also ehrlich, du bist mir schon ein seltsamer Vogel.« Sie hielt inne und musterte Eleanors Gesicht. »Ich kann schon verstehen, wieso Lancelot dich so faszinierend findet.«

»Faszinierend?« Eleanor lachte. »Ich weiß ja nicht, ob dies die schmeichelhafteste Beschreibung ist, die ein Kerl von einer Frau abgeben kann.«

Coco seufzte. »Das ist sie, zumindest, wenn man sie so übermittelt, wie Lancelot es getan hat. Oh, sieh mal, da ist Millie, die stützt sich schon jetzt auf der Bar ab. Und wow, man sehe und staune, Johnny ist bereits vor uns eingetroffen. Das gab es ja noch nie, eine Premiere! Von Johnny Slowpoke höchstpersönlich geschlagen, unmöglich!«

»Guten Abend, ihr seidenen Sirenen, wie geht es uns heute?« Johnny erhob sich, als sie die Bar erreichten.

Eleanor legte den Kopf schräg und schmunzelte. »Johnny Slowpoke?«

Johnny machte ein beleidigtes Gesicht und zog einen Hocker für sie heran. »Lady Swift, dieses Gesindel verleumdet mich aufs Übelste. Ich wünschte, Sie würden Ihnen das austreiben. Sie ziehen meinen Ruf immer wieder aufs Neue durch den Kakao, indem sie behaupten, dass ich gelegentlich etwas unpünktlich sei.«

Millie ließ aus großer Höhe drei Eiswürfel in ihren Drink plumpsen. »Etwas unpünktlich! Du bist, wie unsere amerikanische Cousine Ginny es so treffend beschrieben hat, ›ein permanent-alptraumhaft verspäteter Trödler von unverzeihlicher Eleganz‹.« Sie grinste ihn an und schaute dann Eleanor schräg an. »Es war auch Ginny, die ihn ›Johnny Slowpoke‹ getauft hat. Als *slowpoke* bezeichnet man in Amerika nämlich Bummelanten wie unseren Johnny.«

»Eleanor ist doch bestimmt auch schon einmal in den Staaten gewesen, richtig?« Johnny warf ihr einen fragenden Blick zu.

Millie kicherte. »Was, auf ihrem Rad etwa? Mit Schwimmflügeln über den großen Teich?« Die beiden Schwestern steckten flüsternd die Köpfe zusammen und brachen in lautstarkes Gelächter aus.

»Kommt schon, Geschwister Galgenhumor, lasst uns doch an eurem Witz teilhaben«, sagte Lucas.

Coco lächelte Eleanor zu. »Entschuldigung, wir haben nicht über dich gelacht, nun, ich jedenfalls nicht. Wir haben uns nur ausgemalt, wie du in einem speziell angefertigten Fahrrad mit Schaufelrad über den Atlantik strampelst.« Sie brach ab, als sie ein weiterer Lachanfall heimsuchte. »In einem Badeanzug und mit Rüschenbademütze. Und ... wie du dann an der Küste von New York eintriffst, um dich dort seelenruhig als Lady Swift aus Little Buckford vorzustellen. Und nein, ich habe keine Fahrkarte vom Dampfer, Sie Tölpel!«

Die vier konnten sich kaum halten vor Lachen, und Johnny klopfte Lucas so heftig auf den Rücken, dass dieser sich an seinem Zigarettenrauch verschluckte.

Eleanor stimmte in das Gelächter ein. »Urkomisch. Das klingt nach einem großartigen Abenteuer! Die Idee werde ich mir vormerken.«

Johnny reichte Eleanor einen Drink. »Du bist wirklich weit rumgekommen, nicht wahr? Wir hatten schon geglaubt, dass Lancelot sich diese Geschichten ausdenken würde. Deine Abenteuer wurden immer zahlreicher und fantastischer. Er hat uns erzählt, du bist auf einem Fahrrad rund um die Welt geradelt.«

»Und dass du für Thomas Walker gearbeitet hast, um neue Routen für reiche Touristen zu erschließen.«

»In Indien, Persien und Südafrika.«

»Nun, was davon ist wahr?«

Sie sah in vier erwartungsvolle Gesichter.

»Nun, alles davon ist wahr.« Sie schmunzelte. »Außer der Lügen.«

Millie rümpfte die Nase. »Na ja, man muss sich ja nur eine Fahrkarte für ein Dampfschiff kaufen, um behaupten zu können, gereist zu sein.«

»Ganz recht«, pflichtete Eleanor ihr bei.

»Unsinn!«, rief Lucas. »Ich glaube nicht, dass du auf einem schnöden alten Dampfer in das sogenannte Land der unbegrenzten Möglichkeiten gereist bist. Erzähl uns die Wahrheit.«

Eleanor zwinkerte Millie zu. »Tatsächlich bin ich mit

meinen Eltern von Peru aus dorthin gesegelt. Nun, gesegelt sind sie, ich war damals noch zu jung. Das war, bevor sie … verschwunden sind und ich auf ein Internat geschickt wurde. Im Anschluss daran begann ich meine Fahrradabenteuer.«

»Was haben deine Eltern in Peru gemacht?«, fragte Coco.

»Sie waren Berater und versuchten, das Land nach Jahren der Unruhe wiederaufzubauen. Mein Vater hat geholfen, vor Ort Bildungs- und Sozialreformen umzusetzen.«

»Dann haben sie also Schulen gebaut?«, fragte Coco, während sie ihren Drink durch einen Strohhalm schlürfte.

Eleanor nickte. »Unter anderem.«

Millie fischte einen Eiswürfel aus ihrem Glas und zermalmte ihn lautstark mit den Zähnen. Eleanor hielt ihr Glas in die Höhe. »Sei's drum, Cheers! Es ist hinreißend, so viel Zeit mit euch zu verbringen.«

Lucas grinste. »Gleichfalls.«

Coco und Millie hakten sich mit ihren Gläsern in der Hand unter und kicherten, während sie an den Drinks der jeweils anderen nippten.

Johnny zückte sein Zigarettenetui. »Also, mein Prinz, bist du heute Abend bereit?«

Lucas nahm einen großen Schluck von seinem Drink. »Und ob!«

»Guter Mann!« Johnny kniff Lucas' Wangen in ironischer Zuneigung. »Du bist hier schließlich in England, nicht in Indien. Mach das Beste draus.«

Johnnys Rockschoß wirbelte umher, während er auf seinen Fersen eine eindrucksvolle Pirouette hinlegte. Eleanor registrierte die bewundernden weiblichen Blicke. Er schlug mit seinem Glas auf die Theke, als er mit einer schwungvollen Geste endete: »Liebe Bande, ich rufe den heutigen Abend zur Ordnung.«

»Aber bitte!«, sagte Coco. »Was steht heute Abend auf unserer Agenda?« Millies Augen funkelten. »Komm schon,

Seaton, ich fühle mich heute ausgesprochen verrucht. Ich wette, dass dir nichts Neues und Aufregendes einfällt.«

»Oh, ich liebe Herausforderungen. Sehet und lernet, liebe Freunde. Ihr wisst bislang noch gar nichts vom wahren Genie Seatons. Ihr könnt euch vor meiner Herrlichkeit verbeugen, wenn wir nach der heutigen Aufgabe am Strand frühstücken.«

»An welchem Strand? Brighton? Le Touquet? Blouberg?«, erkundigte sich Eleanor.

Johnny leerte sein Glas. »Die Einstellung gefällt mir, Eleanor. Ich wette, dass du auch eine bessere Kartenleserin bist als Coco. Aber das kommt erst später, viel später. Vorher habe ich noch ein anderes Ass im Ärmel.«

Der Herd bullerte, während die Dienerschaft von Henley Hall durch den Raum wuselte, jeder ganz auf seine Aufgabe bedacht. Einzig Gladstone, der sich zu seiner Sammlung gestohlener Pantoffeln in seinen gesteppten Korb zurückgezogen hatte, ließ das betriebsame Kollektiv im Stich.

»Sie geben ja ein wirklich hübsches Ballett ab, die Damen.« Eleanor lächelte mit trüben Augen über den Rand ihrer Teetasse.

»Ballett, Mylady? Nicht in uns andere hineinzurasseln, ist tänzerisch das Anspruchsvollste, was man Mrs Trotman zutrauen sollte. Sie hat nur ein einziges Mal versucht, ernsthaft zu tanzen, und zwar auf dem abendlichen Gartenfest des Reverend vor einigen Jahren. Dabei hat sie sich prompt den Knöchel verstaucht!«

Die Köchin funkelte Mrs Butters einen Augenblick lang an und rieb sich dann den Fuß.

»Donnerwetter, Mrs Trotman, was für einen Tanz haben Sie da nur aufgeführt? Dabei muss es ja äußerst energisch zur Sache gegangen sein«, lachte Eleanor.

»Es war der Quickstepp, Mylady. Der Reverend bat alle

Damen, einmal um den Rasen zu tanzen. Nun, man sollte meinen, dass er den Garten seiner Pfarrei besser kennen sollte, doch er führte mich direkt auf den abschüssigen Teil des Rasens. Dort bin ich ausgerutscht und habe mir den Knöchel verstaucht. Ich erinnere mich genau an diesen Moment.«

Eleanor verzog das Gesicht. »Sie armes Ding! Vermutlich war Doctor Browning gleich zur Stelle?« Eleanor nahm Mrs Butters' Kichern verwirrt zur Kenntnis. »Entgeht mir etwas?«

Die Haushälterin kam zum Tisch gelaufen und schenkte Eleanor Tee nach. »Unter uns Damen gesagt, war der gute Herr Doktor etwas am Ende seiner Kräfte, denn er hatte ein wenig zu viel Pastinakenwein verköstigt. Der armen Trotters war es am Morgen danach sogar noch elender zumute. Der Tag war für sie wirklich fast so schwarz wie die Farbe ihres Fußes.«

»Was war denn das Problem am Morgen?«

Die Köchin und die Haushälterin tauschten einen Blick aus. Mrs Trotman nickte Mrs Butters zu, die Geschichte fortzuführen.

»Er hatte ihren Knöchel so straff verbunden, dass er angeschwollen war und einem Riesenbovist glich. Polly, was sagtest du noch, als du ihn gesehen hast?«

Das Dienstmädchen schüttelte den Kopf.

»Na, komm, Mädel, es ist schon in Ordnung, den Mund aufzumachen, wenn die Herrin Tee in der Küche trinkt, solange du dich benimmst.«

»Ich sagte, Mrs Trotman muss ein Bein mit einem Elefanten ausgetauscht haben, es sah aus, als ob es ihr jemand zum Spaß drangemacht hätte«, entfuhr es Polly daraufhin.

Eleanor grinste in die Runde und verzog dann das Gesicht. »Ich muss gestehen, dass meine Füße nach der ganze Tanzerei in den letzten Tagen ebenfalls Qualen leiden.«

Mrs Butters schüttelte den Kopf. »Sie benötigen ein wohltuendes Bittersalzfußbad, Mylady. Polly, wenn die beiden großen Kessel gekocht haben, dann bring sie auf das Zimmer der Ladyschaft, mein Mädel.«

Sie tätschelte Eleanors Arm. »Allerdings können die Salze ihre Wirkung nicht voll entfalten, wenn Sie Ihren Füße nicht eine kleine Ruhepause gönnen.«

Eleanor ächzte. »Vertrauen Sie mir, ich habe genug vom Tanzen, Schatzsuchen, Feiern und allem anderen, in das ich in den letzten paar Tagen hineingeraten bin. Diese Mordermittlerei ist viel zehrender für den Körper, als mir bewusst war.«

Mrs Butters lächelte. »Nun, Ihr seliger Onkel würde es sicher bedauern, dass er die aufmüpfigen Streiche von Ihnen und Ihrer Bande nicht miterleben kann, da bin ich mir sicher.«

Eleanor lachte und verfiel in eine stumme Tagträumerei. »Ich wünschte, Sie hätten meine Eltern kennengelernt, Mrs Butters. Man kann kein Rebell sein, wenn es gar keine Regeln gibt. Ich fürchte, vielen Außenstehenden muss es vorgekommen sein, als wäre ich wie ein wildes Kind in den Wäldern aufgewachsen. Ich glaube, der höfliche Ausdruck dafür lautet heutzutage ›unkonventionell‹, obgleich ich mich auch noch an die geflüsterten Zigeunersprüche zurückerinnere, die meine Eltern immer mit einem Achselzucken abtaten, wenn ich mit ihnen für ihre Arbeit um die Welt zog.«

Die Haushälterin räumte Eleanors Teegeschirr ab und stellte es auf ein Tablett. »Ohne unhöflich sein zu wollen, Mylady, doch Ihre Eltern hätten Sie unserer aller Meinung nach gar nicht besser erziehen können. Offenkundig haben sie Ihr gutes Herz genährt und Sie zu der gutherzigen und genialen Dame erzogen, die Sie heute sind. Mehr kann man doch nicht verlangen, finde ich.«

Bevor der Kloß in Eleanors Hals wieder schrumpfen konnte, trat Clifford in die Küche. »Mylady, benötigen Sie den Wagen nach wie vor heute Abend um zehn Uhr?«

Eleanor stellte ihre Teetasse so heftig auf den Tisch, dass sie dabei den Großteil des Inhalts verschüttete und Gladstone ruckartig aus seinen Träumen riss. »Auf keinen Fall, Clifford, danke schön. Wir müssen einen anderen Weg finden, um an Informationen zu gelangen. Dieser Geheimkram mit Lancelots Kumpanen bringt mir noch den Tod. Und, was noch wichtiger ist: Wie wir bereits zuvor besprochen haben, dauert es schlicht zu lange. Uns ... ihm ... bleibt nicht mehr sehr viel Zeit.«

In der darauffolgenden Stille tauschte Mrs Butters einen Blick mit Mrs Trotman aus. »Mit Verlaub, Mylady, Ihr Fußbad dürfte fertig sein, sofern Polly es nicht verpfuscht hat.«

Eleanor nickte. »Dann muss ich ja nur noch eben hinauf auf mein Zimmer kriechen, das klingt doch wunderbar. Clifford, möchten Sie mir vielleicht später dabei helfen, sämtliche Hinweise auseinanderzusortieren, die ich inmitten all dieser Blasen und Schnitte zusammengetragen habe? Diese Felsen beim Schwimmen letzte Nacht waren so fürchterlich scharfkantig.« Sie stöhnte bei der Erinnerung daran auf. »Und wieso ist der Atlantik eigentlich so schrecklich kalt?«

Clifford erhob belehrend den Zeigefinger. »Das liegt daran, dass er am Äquator exakt ein Drittel weniger breit ist als der Pazifik, Mylady. Zudem mischt sich der Nordatlantikstrom häufig mit dem deutlich kälteren –«

In diesem Moment kam Polly durch die Tür geschossen, kreidebleich wie ein Gespenst. »D-d-da ist ein ... Dings ... im Bad!« Und mit diesen Worten fiel sie ohnmächtig in Cliffords geistesgegenwärtige Arme.

Eleanor blickte in die verwirrten Gesichter der anderen. »Ach so! Ja, natürlich, die arme Polly. Mein Fehler. Clifford, vielleicht wären Sie so gut, dieses ›Dings‹ irgendwie zurückzubringen. Vermutlich vermisst es seine Freunde. Es stammt aus dem London Zoo.«

»Wäre es unhöflich nachzufragen, worum genau es sich bei *diesem Dings* handelt?

»Keineswegs, Clifford. Es ist ein Pinguin.«

FÜNFUNDZWANZIG

»Aaah!« Eleanor schnellte hoch. »Was zum –? Weg da!« Das Bettlaken verhedderte sich in ihren wedelnden Armen, während sie um sich schlug und dabei einer auseinandergewickelten altägyptischen Mumie glich.

»Polly? Was zum –? Bist du das etwa?«

»Oh, Ihre Ladyschaft. Es tut mir so leid.« Das Dienstmädchen saugte am Saum seiner Schürze, und die Teetasse in seiner Hand klapperte bedenklich auf ihrer Untertasse.

Eleanor ließ sich zurück in ihr Kissen sinken. »Ich ... ich hatte einen schlimmen Alptraum. Irgendjemand kauerte über mir, ohne irgendetwas zu sagen und ... sah mich einfach nur an.« Sie starrte ihr Dienstmädchen an. »Polly, bist du etwa schon lange hier?«

Das Mädchen nickte. »Seit Ewigkeiten, Ihre Ladyschaft. Ich habe ganz lange versucht, Sie zu wecken, wollte Sie aber nicht stören.«

»Ich verstehe.« Eleanor rieb sich die Augen und versuchte, ihren Kopf einzuschalten. Sie war einfach kein Morgenmensch.

Polly hörte auf zu schniefen und hob hoffnungsvoll den

Blick. »Sie sind mir doch nicht böse dafür, dass ich Sie aufgeweckt habe, oder?«

Eleanor gab sich alle Mühe, nicht griesgrämig zu erscheinen. »Böse? Ach, nicht im Geringsten!«

Selbst die strahlende Sonne, die bereits durch das Fenster blickte, vermochte ihre schlechte Laune nicht zu vertreiben. Sie brauchte jetzt Kaffee, keinen Tee. Und zwar schnell. »Vielleicht wärst du so gut, mir mein Bettjäckchen zu reichen? Die Tasse stellst du zunächst auf dem Schrank ab, ganz recht. Und dann dieses kleine grüne Ding da aus Seide, genau.«

Polly überbrachte Eleanor ihr Bettjäckchen so behutsam, als wäre es ein neugeborenes Kätzchen. Sie blieb am Bett stehen, biss sich auf die Unterlippe und starrte zu Boden, während ihr eine Träne über die Wange kullerte.

Eleanor dämpfte ihre Stimme und reichte ihr ein Taschentuch. »Polly, wo drückt denn der Schuh?«

»Es ist nichts, Ihre Ladyschaft. Es tut mir wirklich leid.« Sie griff nach dem Taschentuch und schnäuzte sich derart lautstark, dass Eleanor zusammenzuckte. »Ach du meine Güte, Mrs Butters wird mich wieder schimpfen.« Daraufhin brach sie in lautes Schluchzen aus.

Eleanor schob ihre Arme in ihr Bettjäckchen und schwang die Beine aus dem Bett.

»Einen Augenblick.« Sie schritt zu ihrem Frisiertisch und zog einen Stuhl heran, den sie neben Polly platzierte. »Setz dich doch.«

Pollys Lippen bebten. »Es verstößt gegen die Vorschriften, vor der Dienstherrin zu sitzen.«

Eleanor drückte die Schultern des Mädchens sanft nach unten und flüsterte: »Setz dich, und ich verspreche dir, deiner Herrin sagen wir kein Wort davon.« Sie blickte dem jungen Mädchen in die Augen. »Polly, was bedrückt dich denn so?«

Daraufhin stieß das Mädchen ein Wimmern aus. »Sie ... Sie werden mich rauswerfen.«

Eleanor legte einen Arm um die Schulter des Mädchens. »Liebe Polly, ich habe bestimmt nicht die Absicht, dich rauszuwerfen. Wie kommst du denn nur auf so etwas?«

»Weil ich ein fürchterliches Dienstmädchen bin, das weiß doch jeder. Mrs Butters schimpft mich nicht schlimm aus, auch Mrs Trotman und Mr Clifford tun das nicht, nur schaut der mich manchmal so an, dass ich am liebsten im Boden versinken möchte. Aber sie sind alle enttäuscht von mir, das weiß ich.«

Eleanor legte ihren Kopf schräg. »Wie lange bist du schon auf The Hall, Polly?«

Das Mädchen dachte einen Augenblick lang nach. »Nun, Ihre Ladyschaft, Mum und Dad konnten es sich nicht leisten, uns alle durchzubringen, nicht nach Dads Unfall. Also bin ich gemeinsam mit meinen Schwestern Dienstbotin geworden.« Ihre Stirn legte sich in noch tiefere Falten. »Mum wollte, dass wir Schwestern beisammenbleiben, doch es war kurz nach dem Krieg, und es gab kein Haus, das drei Dienstmädchen auf einmal einstellen konnte. Meiner Mutter gelang es, Arbeitgeber für meine Schwestern zu finden, aber ich war erst elf, und keiner wollte mich. Dann meinte ein Freund meines Dads, der Mr Clifford kannte, dass er versuchen würde, mir zu helfen, und ... so bin ich dann hierhergelangt. Das wird mein viertes Weihnachtsfest hier sein, Ihre Ladyschaft.«

»Dann bist du jetzt also fünfzehn Jahre alt?«

»Ja, Mylady.«

Eleanor dachte einen Augenblick lang nach. »Dann muss The Hall ja deine erste Station als Dienstmädchen sein, vermute ich?« Auf Pollys Nicken hin fuhr sie fort: »Nun ... The Hall ist auch meine erste Station als Lady.«

Das Dienstmädchen sah sie mit weit aufgerissenem Mund an. Sie blickte über ihre Schulter und wisperte dann: »Sie meinen ... dass Sie zum allerersten Mal ... eine Lady sind?«

Eleanor nickte und versuchte, nicht zu grinsen.

Ihr Dienstmädchen nahm geistesabwesend einen tiefen

Schluck aus der Teetasse, was Eleanor mit einem Lächeln quittierte.

»Polly, ich fürchte, wir befinden uns beide in einer neuartigen Situation, ohne genau zu wissen, wie wir sie bewältigen sollen. Und die Dienerschaft ist zu sehr damit beschäftigt, dafür zu sorgen, dass das Haus so reibungslos wie ein Uhrwerk funktioniert. Wir wollen doch nicht, dass ein Rad abfällt, oder?«

Polly kicherte. »Stellen Sie sich nur mal ein Haus auf Rädern vor! Das wäre ja toll! Wow, ich könnte den Ofen entzünden und schüren, und Mr Clifford könnte das Steuer übernehmen. Die Damen könnten die ... die anderen fälligen Arbeiten erledigen, was auch immer die wären. Und Sie könnten sich mit einer großen bunten Karte auf den Balkon stellen, und wir würden allerlei wunderbare Orte erkunden, alle zusammen«, vollendete sie flüsternd ihre Fantasie.

Pollys kindhaftes Staunen schnürte Eleanor die Kehle zu. Sie schluckte schwer. »Kannst du bitte zwei Dinge für mich erledigen? Eigentlich sogar drei Dringe. Aber keine Bange, die sind leicht einzuprägen.«

»Alles, Ihre Ladyschaft. Alles, was Sie wollen.«

»Zunächst einmal hörst du bitte auf damit, dich darum zu sorgen, dass ich dich entlassen möchte. Und vergiss nicht, dass Mr Clifford und die beiden Damen, wenn sie auch unzufrieden erscheinen mögen, dir damit lediglich zeigen möchten, wie es besser geht. In Ordnung?«

»Ich werde mir einfach vorstellen, dass sie damit beschäftigt sind, die Räder vorm Abfallen zu bewahren.«

»Ausgezeichnet. Zweitens bleibst du bitte stumm wie ein Fisch und erzählst den anderen nichts von dieser Unterhaltung. Ich möchte mir noch mehr Gedanken darum machen, wie wir beide uns gegenseitig helfen können.«

Polly setzte ein hochkonzentriertes Gesicht auf. »Keine Sorgen machen und nichts erzählen von den ... Rädern und

Fischen.« Sie verschloss ihre Lippen mit einem imaginären Schlüssel.

»Hervorragend, gut gemacht.« Eleanor tätschelte dem Dienstmädchen die Schulter. »Und drittens: Kannst du mir bitte eine Tasse stark aufgebrühten Kaffee bringen? Sofort?«

Clifford sah von Eleanors lädiertem *The Bat*-Manuskript auf. »Ich fürchte, Mylady, der dritte Akt stellt den vielleicht wichtigsten Part Ihrer Darbietung dar.«

Eleanor ließ sich zurück auf das Sofa fallen und rutschte zur Seite, als Gladstone seine Brust gegen ihre Rippen drückte. »Nun, das hilft mir überhaupt nicht weiter. Dieser Part fällt mir nämlich besonders schwer! Ich habe viel zu viel Text.«

Clifford nahm seinen Zwicker ab und legte ihn sorgfältig auf einem Stuhl ab. »Um es mit dem berühmten Victor Hugo zu sagen, Mylady: ›Die Klugheit ist die Ehefrau, die Fantasie die Geliebte und die Erinnerung der Dienstbote.‹«

»Dann habe ich der Geliebten in letzter Zeit zu viel Beachtung geschenkt und meinen Dienstboten darüber vernachlässigt. Er befindet sich ganz offensichtlich im Streik. Offen gesagt, ich bin komplett erledigt. Cornelia Van Gorder und Detective Anderson werden sich eine Weile gedulden müssen. Wenngleich es eine meisterhafte Wendung ist, dass sich der gute Kerl als der berüchtigte Übeltäter entpuppt. Fürwahr Clifford, jede Minute, die verstreicht, in der wir nicht versuchen, Lancelot zu retten, fühlt sich schrecklich vergeudet an.« Sie fuhr mit der Hand über den Bauch der Bulldogge, dessen warme Weichheit ihr Trost spendete.

»Das mag sein, Mylady, allerdings haben Sie etwas Ablenkung nötig.«

»Da haben Sie vermutlich recht.«

Sie verbrachten den ganzen Morgen damit, über den Fall zu sprechen, während Eleanor zum zweiten Frühstück an Mrs Trotmans vorzüglichen Käse-Schnittlauch-Stangen knabberte, bis sie um dreizehn Uhr nahtlos zum Mittagessen übergingen.

»Mehr Rosmarinkartoffeln bitte ... und lassen Sie das Soßenkännchen doch gleich hier. Einen Yorkshire-Pudding mit genau dem richtigen Maß Soße zu versehen, ist eine Kunst für sich, wie ich finde.« Eleanor leckte sich die Lippen, während sie die Soße akribisch über ihren Yorkshire-Pudding verteilte.

Clifford arrangierte die gerösteten Pastinaken auf dem Teller neben ihrem Gedeck. »Vielleicht, Mylady, haben wir ja bereits die ideale Ablenkung für Sie gefunden?«

Eleanor war zu sehr auf ihr Essen konzentriert, um die Stichelei zu bemerken. »Ja, das ist schon eine heikle Angelegenheit. Gibt man zu wenig Soße auf den Yorkshire-Pudding, dann hat man kaum genug, um die erste Röstkartoffel hineinzutunken. Zu viel davon, und der Teller versinkt unter einer Flutwelle.«

Clifford verbeugte sich. »Ich hatte keine Ahnung, dass es eine so hohe Wissenschaft ist. Somit ist mein Wissen also über all die Jahre ganz und gar unvollständig gewesen.«

Sie spießte eine knusprige Pastinake auf. »Spötteln Sie nur, soviel Sie möchten, Clifford, aber das britische Weltreich wurde auf dem Sonntagsbraten aufgebaut. Wie lustig es doch wäre, Gladstone seine Mahlzeiten in einem Yorkshire-Pudding zu verabreichen – in einer Art essbarer Hundeschale.« Sie ließ Gladstone unauffällig ein Stückchen zukommen.

»Um zurück zu unseren Ermittlungen zu kommen, Mylady, es gibt da eine weitere Merkwürdigkeit, die es noch aufzulösen gilt. Wieso hat der junge Lord Fenwick-Langham augenscheinlich versucht die Juwelen zu stehlen, obwohl er doch anscheinend wusste, dass die Polizei in jener Nacht vor Ort war?«

»Ganz genau, Clifford. Coco hat just diesen Sachverhalt

erst kürzlich angesprochen. Offenbar hat Lancelot die Bande in seine Pläne eingeweiht, und sie haben ihm ganz klar geraten, die Sache abzublasen. Coco war genauso verwirrt wie wir darüber, dass er es überhaupt in Erwägung gezogen hat, wo er doch wusste, dass die Polizei anwesend war.«

»Vielleicht hat es sich der junge Lord Fenwick-Langham anders überlegt und gedacht, er könne die Polizei überlisten?«

Eleanor schnaubte über den Rand ihres Glases hinweg. »Clifford, Lancelot könnte nicht einmal eine Kaulquappe in einem Marmeladenglas überlisten.«

»Ähnlich auch mein Gedanke, wenngleich ich es etwas respektvoller formuliert hätte. Ich könnte mir vorstellen, dass der junge Lord Fenwick-Langham das Ganze als ein Spiel betrachtet hat.«

»Vermutlich. Und jetzt haben wir es mit einer ganzen Horde von Menschen zu tun, die wissen, dass er versucht hat, die Juwelen zu stehlen. Das einzig Gute daran ist, dass ihre Loyalität zu ihm sie bislang alle davon abgehalten hat, den Mund aufzumachen.«

»Obschon es doch etwas seltsam anmutet, Mylady, dass die Polizei die Juwelen zum Zeitpunkt der Festnahme nicht am Körper der jungen Lordschaft vorfand.«

»Sagen Sie das Inspector Seldon! Er scheint zu glauben, dass Lancelot einen Komplizen hatte, möglicherweise mich, der das Diebesgut irgendwie aus dem Zimmer in sein Flugzeug geschmuggelt hat.« Eleanor seufzte. »Machen wir doch mit Albie weiter, bevor wir beide Lancelot auch noch für schuldig befinden! Millie hat irgendetwas über Albie gesagt.« Sie runzelte die Stirn. »Verflixt, es ist wirklich höchst ungünstig, dass ich zum entsprechenden Zeitpunkt immer nicht mitschreiben kann.«

»Vielleicht könnten Mylady versuchen, nach Ihrer Rückkehr nach The Hall jeweils einige Notizen anzufertigen?«

»Ja, diesen Vorschlag haben Sie mir schon einmal unterbreitet. Das Problem ist nur, dass ich immer in einem Zustand zurück nach Hause gekommen bin, in dem ich zu nichts anderem mehr in der Lage war, als mich in mein Bett fallen zu lassen und am nächsten Morgen mit schrecklichen Kopfschmerzen aufzuwachen. Lassen Sie mich nachdenken.« Eleanor schlug sich mit der Faust gegen die Stirn, was Gladstone dazu veranlasste, von ihren Füßen aus, wo er sich genüsslich ausgestreckt hatte, zu ihr aufzublicken. »Es ist irgendwo da drin ... ah ja, das war es! Es erscheint mir merkwürdig, dass alle einfach davon ausgehen, dass Albie in der Nacht seines Todes betrunken gewesen sein soll und dies den Unfall ausgelöst haben soll. Soweit ich es bezeugen konnte, trank er weniger als die anderen, obwohl einer von ihnen meinte, dass Albie nie gelernt habe, Maß zu halten.«

Clifford nickte. »Die Unfallursache wurde tatsächlich auf übermäßigen Alkoholkonsum zurückgeführt. Obschon die örtliche Polizeibehörde dieses Urteil laut Miss Abigail fällte, ohne eine ordnungsgemäße Untersuchung der Leiche durchzuführen.«

»Und der Zeitungsartikel veranschlagte die Unfallzeit auf etwa ein Uhr morgens, nicht wahr?«

»In der Tat, Mylady. Vielleicht sollten wir ausgehend von Ihren Erkenntnissen versuchen, die Ereignisse dieser schicksalhaften Nacht zu rekonstruieren.«

»Gute Idee, Clifford.« Sie ordnete ihre Gedanken. »Johnny erzählte mir, dass er den Tag im Kreis seiner Familie verbracht habe. Danach, so meine ich, holte er Coco gegen neun Uhr ab und traf sich anschließend mit Lucas und Millie um zehn Uhr in irgendeinem neuen Klub in Cowley, dem Hole in The Wall. Er meinte, dass Albie später mit einem Auto, das er sich geliehen habe – was er wohl gelegentlich tat, für gewöhnlich, wenn er am darauffolgenden Morgen zur Arbeit musste –, dazustoßen sollte. Denn, wie Sie wissen, feiert die Bande häufig bis zum Morgengrauen und darüber hinaus.«

Clifford hob eine Augenbraue, und Gladstone senkte seinen Kopf zwischen die Pfoten und stieß einen langen Seufzer aus, ganz so, als wäre die schiere Vorstellung bereits zu anstrengend, um auch nur darüber nachzudenken.

Eleanor sprach schnell weiter. »Jedenfalls ist Albie dort niemals aufgetaucht, deshalb sind sie gegen Mitternacht in einem Lokal namens Madame Bella's eingekehrt, wo sie bis um drei Uhr geblieben sind. Von dort brachen sie auf zu Johnnys ›Bude‹, wo sie bis zum Sonnenaufgang blieben. Und kurz darauf, meinte Johnny, hätten sie erfahren, dass Albie betrunken mit dem Auto in den Kanal gestürzt und tot sei.«

Clifford kehrte mit einer Schüssel in Butter geschwenkter Bohnen und glasierter Honigmöhren vom Serviertisch zurück. Sie nickte ihm geistesabwesend zu, ihren Teller aufzufüllen. Sie gab einen tüchtigen Klecks Meerrettichsoße darüber und schob das Essen dann nachdenklich auf ihrem Teller hin und her.

»Armer Albie, mir fällt kein ersichtlicher Grund dafür ein, weshalb ihn irgendjemand abmurksen wollen würde. So schrecklich waren seine Gedichte nun auch wieder nicht.« Ihr entfuhr ein unwillkürliches Lachen, das umgehend von Cliffords vorwurfsvollem Blick erstickt wurde.

»Wie kam es, dass Mr Appleby zu einem vollwertigen Mitglied der Gruppe wurde, Mylady?«

»Nun, Coco hat ihn den anderen vorgestellt. Sein Hintergrund schien ihr wirklich egal zu sein, und tatsächlich war sie ihm gegenüber äußerst freundlich. Lancelot und Johnny hingegen hat sie mit einem Paar Schakale verglichen, das den armen Albie erbarmungslos umkreist und nur darauf gewartet habe, mit einem Kommentar oder einer Stichelei über ihn herzufallen. Johnny merkte mir gegenüber an, dass er Albie als scheußlich gefühlstief erachtet habe.«

Clifford nickte, als könne er sich die gehässigen Hänseleien nur zu gut vorstellen.

»Und Seine Hoheit, Prinz Singh?«

»Lucas? Er war weniger grausam als die anderen, was vermutlich seiner Persönlichkeit oder vielleicht einmal mehr seinem Hintergrund geschuldet sein mag.«

»Der Gentleman ist mit hoher Wahrscheinlichkeit ein Hindu, Mylady. Als solchem müssen ihm schon von kleinauf die Glaubensgrundsätze von Pflicht, Tugend und Sittlichkeit anerzogen worden sein.«

»Nun, in meiner Gegenwart hat er sich nicht eben als Verkörperung jener Werte erwiesen. Er feiert genauso enthemmt wie die anderen, so viel steht fest!«

»Genau mein Gedanke, Mylady. Ich fürchte, wer auch immer für diese Verbrechen verantwortlich ist, muss ein Schauspieler von meisterlichem Können sein.«

»Schade, dass wir ihn uns nicht schnappen können, damit er meine Rolle in dem Laientheaterstück spielt!«

Eleanor seufzte und verschlang noch einige Bissen ihres Mittagessens. Gladstone legte seinen Kopf schräg und versuchte, sie mit seinen großen Hundeaugen dazu zu animieren, ihm ein paar knusprige Röstkartoffeln zukommen zu lassen, während seine Lefzen erwartungsvoll bebten.

»Clifford, ich muss Lord und Lady Fenwick-Langham anrufen, um ihnen einen aktualisierten Lagebericht zu erstatten. Nicht, dass es viel Berichtenswertes gäbe.«

»Ich vermute, es wird ihnen bereits zum Trost gereichen, dass Sie noch immer daran arbeiten, der jungen Lordschaft zu helfen ... Obschon es sich bei der Gelegenheit lohnen könnte, sie eine Sache zu fragen.«

»Sprechen Sie weiter, was haben Sie herausgefunden?«

»Zum jetzigen Zeitpunkt ist es nicht viel mehr als eine Vermutung. Verzeihen Sie die Anmaßung, Mylady, aber ausgehend von Ihren Beschreibungen der Gruppe scheint es, als wären Mr Seaton und seine junge Lordschaft in ihren Sticheleien gegen Mr Appleby am unerbittlichsten gewesen?«

Sie nickte.

Lord Fenwick-Langhams Stimme dröhnte durch die Hörmuschel des Telefons. »Hört, hört, Eleanor, altes Mädchen. Sie wollen also, dass ich zum verdeckten Ermittler werde und bei Seaton senior erfrage, ob der abtrünnige Junior an dem Tage, an dem dieser arme junge Kerl gestorben ist, bei der Familie war, so wie er behauptete?«

»Wenn möglich. Es mag sich natürlich als falsche Spur erweisen. Ich werde bei den Childs-Schwestern nachforschen. Und Clifford hat bereits eine Idee, wie er Prinz Lucas über-prüfen könnte.«

»Kein Problem. Augusta findet die Seaton-Sippe ein klein wenig ordinär, als Neureiche und so, aber ich gelobe, der verschwiegenste aller Schnüffler zu sein, keine Sorge.«

Eleanor vernahm Lady Fenwick-Langhams Stimme im Hintergrund. Nach einem gedämpften Wortwechsel kam sie ans Telefon. »Eleanor, meine Liebe. Harold sagt, Sie vermuten falsches Spiel, diesmal im Zusammenhang mit Mr Applebys Ableben. Zum ersten Mal bin ich tatsächlich erleichtert, dass Lancelot inhaftiert ist. Wenn Sie beweisen können, dass dieselbe Person auch dafür die Verantwortung trägt, hat die Polizei keine andere Wahl, als ihn gehen zu lassen!«

Eleanor versprach, sie über Fortschritte auf dem Laufenden zu halten, hängte auf und wandte sich Clifford zu.

»Meine Güte, Clifford. Ich hoffe, ich habe Lady Fenwick-Langham damit keine allzu großen Hoffnungen gemacht!«

SECHSUNDZWANZIG

Eleanor hatte nicht gut geschlafen, und abermals so früh aus dem Bett gezerrt zu werden, hellte ihre Stimmung nicht gerade auf.

»Zur Hölle, Sergeant Brice, es ist ... jedenfalls viel zu früh am Morgen.«

»Wie ich bereits erklärt habe, Lady Swift, bin ich angewiesen worden, Sie anzurufen.«

»Mich anzurufen? Von wem? Und wieso?«

Am anderen Ende der Leitung entstand eine Pause, als ob jemand bis zehn zählen würde. »Chief Inspector Seldon hat mich angewiesen, Sie anzurufen. Er gestattet Ihnen einen Besuch bei Lord Fenwick-Langham um zehn Uhr.«

»Was?«

»Das habe ich auch gesagt. Untersuchungshäftlinge dürfen eigentlich keinen Besuch bekommen. Aber der Detective Chief Inspector ...«

Eleanor stieß einen Schrei aus. »Danke, Sergeant Brice! Ich werde Schlag zehn Uhr bei Ihnen sein.« Sie schickte sich an, aufzuhängen, zog den Hörer dann jedoch erneut heran. »Und sorgen Sie dafür, dass Lord Fenwick-Langham ein anständiges Frühstück bekommt!«

Sergeant Brice achtete peinlichst genau darauf, die Zeit auf der Stationsuhr zu notieren, als er Eleanor anmeldete. Sie wartete, bis er fertig war, und trommelte derweil mit ihren Fingern auf den Tresen des Schalters.

Er legte seinen Stift nieder. »Lowe. Die Tür.«

Lowe sprang auf, fing dann aber an zu zaudern. »Aber, Sarge, die Lordschaft hat noch nicht gefrühstückt.«

Brices Gesicht lief rot an. »Was zur verdammten Hölle haben Sie denn den ganzen Morgen lang getrieben?«

»Es ist nur so, Sarge, die Lordschaft hat ausdrücklich darum gebeten, das Frühstück nicht vor zehn Uhr serviert zu bekommen. Er sei es nicht gewohnt, so früh aufzustehen, wissen Sie.«

»Zehn? Das hier ist eine Polizeistation, kein verdammtes Hotel, verstanden?«

Der Constable eilte davon und kehrte mit einem Tablett mit einer heißen Tasse Tee und einer Schüssel voller dampfendem Porridge zurück. »Hier lang, Ihre Ladyschaft.«

»Zehn Minuten, Lowe. Keine Minute länger«, rief Brice ihnen hinterher.

Eleanor zwinkerte ihm zu und folgte dem Constable. An der Stahltür, die zu den Zellen führte, tastete Lowe nach dem Schlüssel und brachte das Tablett dabei bedenklich zum Schwanken.

Eleanor blickte sich um und flüsterte dann: »Lassen Sie mich das nehmen.«

Lowe überreichte ihr widerwillig das Tablett und stemmte grunzend die schwere Tür auf. »Der Sergeant legt viel Wert darauf, die Vorschriften einzuhalten, weil Detective Chief Inspector Seldon uns bei ein paar Verstößen erwischt hat.«

Eleanor grinste. »Das kann ich mir vorstellen.«

Als sie sich Lancelots Zelle näherten, hielt sie sich einen Finger an die Lippen.

»Vielleicht sollte ich erst nachsehen, ob der Gentleman angemessen gekleidet ist für Ihre Ladyschaft?«, flüsterte Lowe.

»Nicht doch«, flüsterte sie zurück. »Wenn wir uns normalerweise unterhalten, trägt er meist nur seine Fliegerbrille oder ein Piratenkostüm. Was auch immer er anhat, wird völlig ausreichen.«

Lowes Augenbrauen schossen in die Höhe.

Sie klopfte mit dem Löffel gegen die Gitterstäbe und senkte ihre Stimme. »Aufwachen, Goldlöckchen! Ihr Porridge ist da, Vorsicht heiß.«

Das Bündel unter der Bettdecke zuckte, nur ein in eine Wollsocke gehüllter Fuß lugte hervor. »Zu früh, Lowe. Ich haben Ihnen doch gesagt ...«

»Lancelot! Aufstehen. Ich bin's, Sie Narr.« Sie klapperte erneut mit dem Löffel. »Wir haben nur ...« Sie spähte zum Constable. »... fünfzehn Minuten.«

Lancelot setzte sich augenblicklich auf. »Sherlock, ich kann nicht glauben, dass Sie hier sind! Und Sie haben mir sogar Frühstück mitgebracht, das ist ja mal ein erstklassiger Service, würde ich sagen, wenngleich auch unser Constable Lowe hier ebenfalls eine ausgezeichnete Kellnerin abgibt.«

Lowe errötete angesichts des fragwürdigen Kompliments und öffnete die Tür.

Eleanor trat ein und lief auf Lancelot zu. »Werden Sie sich auch an den Tisch setzen wie ein braver Junge?« Sie setzte das Tablett ab und streckte ihm ihre Hand entgegen.

Er grinste zu ihr hoch. »Sie müssen die wohl beste Überraschung aller Zeiten sein.«

»Oh, nicht doch. Gefangenen sind Überraschungen nicht gestattet, genauso wenig wie Besucher.«

»Dann haben Sie also alle Regeln gebrochen, Sie ungezogenes Gör! Jedenfalls glaube ich, dass Ihnen eine Polizeiuniform ausgezeichnet stehen würde. Diese störrischen roten Locken, die Ihnen in alle Richtungen unter dem Helm abstehen würden, während Sie irgendein bösartiges Monster dafür verhaften, etwas furchtbar Delikates angestellt zu haben.«

Sie klapste ihm auf den Arm. »Hat Ihnen denn niemand Manieren beigebracht, Sie Flegel? Sie sollen doch aufstehen, wenn eine Lady den Raum betritt, nicht im Bett herumlümmeln. Insbesondere in Ihrem ...« Sie stieß einen leisen Pfiff aus, als er sich aus seiner Bettdecke freistrampelte. »Dieser gestreifte Pyjama ist ja wirklich bezaubernd.«

Lancelot sprang auf und drehte sich im Kreis. Sie hielt den Atem an, als er ihre Hand nahm. »Sherlock, es ist *so* schön, Sie zu sehen. Ich habe Sie ... vermisst.«

Sie räusperte sich. »Ihr ... Ihr Frühstück wird kalt.«

»Möge es vergammeln. Wer braucht schon Essen, wenn Sie da sind? Kommen Sie, setzen Sie sich.« Er gestikulierte in Richtung des eisernen Bettgestells und warf das winzige Kissen gegen die Wand, um Platz für zwei zu schaffen.

Sie setzte sich und blickte ihn an. »Wissen Sie, letztes Mal sahen Sie irgendwie besser aus.«

Er hob die Achseln und bot ihr seinen Tee an. Sie schüttelte den Kopf. Nachdem er einen tiefen Schluck genommen hatte, grinste er. »Nun, da täuschen Sie sich aber, ich sehe immer unwiderstehlich aus.« Er legte den Kopf schräg. »Und die Tatsache, dass Sie vom Hals aufwärts glühend rot sind, beweist, dass es keinerlei Sinn hat, das Gegenteil zu behaupten.«

Sie klapste ihm erneut auf den Arm. »Lancelot, necken können wir einander auch noch, wenn Sie hier wieder raus sind. Bis dahin sollten wir gemeinsam daran arbeiten, dass dieser Tag auch tatsächlich irgendwann kommt.«

»Ist denn das zu fassen? Eine Dame, die vor einem Gentleman flucht? Großer Gott, was ist nur aus der Welt geworden?«

»Wer flucht?«

»Meine liebe Lady Swift, ich habe Sie doch eindeutig das A-Wort sagen hören.«

»Was? Arbeiten?«

Er schlug die Hände über dem Kopf zusammen und stöhnte auf. »Sherlock, ich hatte Sie für amüsanter gehalten. Also wirklich, da lasse ich Sie einen Augenblick lang aus den Augen, und schon lassen Sie sich von einem Haufen verdorbener, stocksteifer Langweiler korrumpieren.«

Sie verdrehte die Augen. »Sie Strolch, der einzige Haufen, mit dem ich Zeit verbracht habe, ist Ihre sogenannte Bande.«

»Was? Sie waren mit Johnny und den anderen unterwegs? Ich verstehe.« Er stand auf, stellte den Becher zurück auf das Tablett und fummelte am Henkel herum.

Eleanor zeigte sich verwirrt. »Aber was war denn falsch daran, dass ich mit ihnen ausgegangen bin? Das sind doch Ihre besten Freunde.«

»Ja, das kann man so sagen. Nichts war falsch daran, nein, alles bestens.«

Sie gesellte sich zu ihm an den Tisch. »Lancelot Benjamin Gerald Fenwick-Langham, ich glaube, Sie sind eifersüchtig.«

Er wuschelte durch sein ohnehin schon zerzaustes Haar. »Eigentlich ja Lancelot Germaine Benedict, aber gut zu wissen, dass Sie sich Notizen machen. Haben Sie so ein niedliches kleines Büchlein mit meinem Foto auf der Vorderseite?«

»Ja, und es ist voll mit Zeilen darüber, was für ein ärgerlicher Schwachkopf Sie sind. Glauben Sie mir, ich bin nicht gekommen, um Ihnen schöne Augen zu machen.«

Er schritt auf das Bett zu, ließ sich rücklings darauf fallen und starrte auf einen feuchten Fleck im Deckenputz. »Was für eine Schande! Was für eine verdammte, verflixte, sauscheußliche Schande!«

»Ich dachte, das könnte ich tun, sobald Sie hier raus sind«, flüsterte sie. »Also helfen Sie mir, Ihnen zu helfen! Lancelot, zum ersten Mal in Ihrem Leben geht es hier um etwas, das wirklich zählt. Hören Sie doch bitte auf, den privilegierten Sohn eines Lords und einer Lady zu spielen, ja? Es muss noch irgendetwas geben, was Sie mir über die Nacht des Mordes erzählen können.«

Er ließ sich gegen die Wand sinken. »Wissen Sie, ich habe mir den Kopf über den Ballabend zermartert und versucht herauszufinden, wer der Juwelendieb und Mörder sein könnte. Ich verfüge zwar nicht über ein Gehirn wie das Ihre oder das von Mr Clifford, aber ich habe es versucht.« Er richtete sich auf. »Also, um es klar zu sagen: Ich weiß nicht genug über mögliche Verdächtige, die Sie mit Clifford außerhalb der Bande ausgegraben haben mögen, entsprechend beschränke ich mich auf die ›Bright Young Things‹.«

»Das soll mir recht sein«, antwortete sie.

»Zunächst einmal hat Brice mir von Albie erzählt, somit fällt er natürlich raus, der arme Tropf, womit unter den Herren der Schöpfung noch Lucas und Johnny übrig blieben. Ich weiß nicht, auf wen von beiden ich mich festlegen soll. Sie hatten beide Auseinandersetzungen mit dem Colonel, aber das hatte ich ja ebenfalls. Lucas kann ziemlich aufbrausend sein, sodass ich mir gut vorstellen könnte, dass er dem alten Kauz in einem Moment der Rage auf die Zwölf gehauen hat. Johnny wiederum ist sicherlich ebenfalls ausgebufft genug, um ein Juwelendieb zu sein.«

Er blickte Eleanor aus dem Augenwinkel an. »Womit wir beim schönen Geschlecht wären. Ich bin ja wirklich kein Viktorianer, aber ich kann mir einfach nicht vorstellen, dass Coco über die nötige Kraft verfügt, um dem Colonel hart genug auf die Birne zu hauen, um ihn dadurch umzubringen. Vermutlich haben Sie sie ja bei der ein oder anderen Schatzsuche beobachtet, ihre Ärmchen sind dazu gemacht, Cocktails zu halten, und das war's auch schon. Bei Millie ist es ähnlich, wenn sie allerdings aufgebracht ist, nun, dann sieht es schon anders aus. Aber wirklich, ich kann mir nicht vorstellen, dass eine von ihnen die

Juwelendiebin ist, wenngleich einer dieser Catsuits sicher beiden vorzüglich stehen würde.«

Eleanor klapste ihm zum wiederholten Male auf den Arm.

»Au!«

Constable Lowe spähte um die Ecke.

Lancelot verzog das Gesicht und flüsterte Eleanor zu: »Den hatte ich komplett vergessen.«

Constable Lowe rief durch die Gitterstäbe hindurch: »Lady Swift, verzeihen Sie, aber ich meine, der Sergeant hätte darauf bestanden, Ihnen keine zusätzliche Zeit zu gewähren?«

»Kein Grund zur Entschuldigung. Ich werde in spätestens ...« Sie spähte auf die Taschenuhr ihres Onkels. »... sechs Minuten an der Tür sein.« Sie schenkte ihm ein gewinnendes Lächeln.

Der junge Constable kratzte sich im Nacken. »Noch mal sechs Minuten? Sind Sie sicher?«

»Absolut sicher«, antworteten Eleanor und Lancelot unisono.

»Nun gut«, sagte Constable Lowe und entfernte sich wieder.

Eleanor fasste Lancelot beim Arm und zerrte ihn zur Rückseite der Zelle. »Hören Sie, wir müssen unbedingt einen Durchbruch erzielen, sonst ... sonst werde ich Sie enttäuschen.«

Zum ersten Mal bemerkte sie einen Anflug von Angst in seinen Augen. »Liebes Früchtchen, Sie könnten mich nie enttäuschen. Sie haben schon mehr für mich getan, als ein Kerl sich nur wünschen kann. Ich hatte nie die Absicht, Sie in diese Sache hineinzuziehen. Allerdings hätte ich mir denken müssen, dass Sie nicht in der Lage sein würden, Ihre sagenumwobene Spürnase nicht in diesen Fall hineinzustecken.«

Seine Worte wurden von donnernden Schlägen gegen die Stahltür draußen im Gang übertönt.

»Lowe! Lowe, Sie Idiot! Lassen Sie mich rein«, schnauzte Sergeant Brice durch die Klappe in der Tür. »Holen Sie Lady

Swift da raus! Chief Inspector Seldon wird uns den Hals umdrehen! Wo haben Sie denn den Schlüssel zur Hölle?«

»Eben hatte ich ihn noch, Sarge.«

Einen Augenblick später zuckte Eleanor unter Brices Hand auf ihrer Schulter zusammen. »Lady Swift. Wenn Sie noch ein Wort sagen, sehe ich mich gezwungen, Sie festzunehmen, wegen —«

Lancelot trat mit wutentbranntem Gesicht einen Schritt vor, doch sie hielt ihn zurück.

»Ich komm ja schon, Sergeant.« Sie grinste. »Das hat Spaß gemacht, vielen Dank für die Einladung.«

Die Zellentür knallte hinter ihr zu. Sie drehte sich noch einmal um, umklammerte die Gitterstäbe und warf Lancelot eine Kusshand zu. »Au Revoir, Brilli.«

Lancelot packte nach den Gitterstäben und flüsterte: »Aber nicht adieu, Sherlock.«

Clifford erwartete sie am Rolls-Royce. Er hielt ihr die Tür auf und ging dann um den Wagen herum auf die Fahrertür zu.

»Ich habe es mir erlaubt, den Brandy im Handschuhfach aufzufüllen, Mylady.«

Sie riss hastig den Korken ab und nahm einen großen Schluck. Ihre Stimme war ausdruckslos. »Heimwärts, Clifford.«

Als Clifford auf die Vortreppe zusteuerte, kam Mrs Butters ihnen bereits entgegengelaufen.

»Entschuldigen Sie, dass ich direkt zu Ihnen gelaufen komme, Mylady, aber sie meinte, es sei wichtig, dass ich Ihnen diese Nachricht unverzüglich übermittle, sobald Sie zu Hause sind.«

Eleanor spähte desinteressiert in Richtung des Papierzettels in der Hand der Haushälterin. »Ich habe heute schon genug

Nachrichten erhalten, Mrs Butters. Das kann auch bis morgen warten.«

Die Haushälterin wandte den Blick zum Haus zurück. »Ja, Mylady, aber die Dame ist noch immer am Telefon. Sie ist in der Leitung geblieben, weil ich den Wagen gehört habe.«

»Nun, ich bin wirklich nicht in der Stimmung.«

»Die Dame war äußerst beharrlich. Sie klang ziemlich aufgebracht, fürwahr. Gar verängstigt. Meinte, es habe etwas mit dem jungen Lord Fenwick-Langham zu tun.«

Eleanors Augenlid zuckte.

Clifford nahm den Zettel entgegen und überflog ihn eilig. »Ich glaube, Mylady, Sie sollten diesen Anruf wirklich entgegennehmen.« Er reichte ihr das Stück Papier.

Eleanor las die Nachricht und stöhnte auf. »Oh, was habe ich in meinem früheren Leben nur angestellt, dass ich das hier verdient habe, Clifford?«

»Ich weiß es nicht, Mylady. Ich fürchte jedoch, es muss sich um etwas äußerst Schändliches gehandelt haben.«

SIEBENUNDZWANZIG

Nach einer unruhigen Nacht, die Eleanor damit verbracht hatte, sich in den Laken umherzuwälzen und gegen die unliebsamen Gedanken in ihrem Kopf anzukämpfen, freute sie sich über die ersten Sonnenstrahlen, die sich zwischen den Hügeln hindurchgekämpft hatten. Es war erst kurz nach fünf Uhr, als sie sich auf Zehenspitzen die Treppe hinunterschlich, um nicht das ganze Haus aufzuwecken. Als sie an der untersten Treppenstufe angelangt war, stieß sie einen spitzen Schrei aus.

»Aah! Was treiben Sie denn hier?«

Clifford verbeugte sich, makellos frisiert und herausgeputzt in seinem Cutaway. »Ich arbeite hier, Mylady. Darf ich Ihnen etwas bringen?«

»Sehr komisch. Ich meine, was um Himmels willen treiben Sie hier in diesem Aufzug zu dieser Stunde?«

»Es ist die Pflicht eines Butlers, stets bereitzustehen und salonfähig zu sein, für den Fall, dass die Lady oder der Gentleman irgendetwas benötigen sollten.«

Sie beäugte seine säuberlich gebügelte Uniform. »Stehen Sie etwa die ganze Nacht schon hier, Clifford?«

»Natürlich nicht, Mylady.«

»Ich ... ich glaube, ich werde noch ein paar Stunden schlafen.«

»Sehr wohl.«

Als sie den Treppenabsatz vor ihrem Schlafzimmer erreichte, warf sie einen Blick über die Brüstung. Clifford war verschwunden.

Als sie langsam in den Schlaf wegdämmerte, fragte sie sich, wie um alles in der Welt die Dienerschaft immer wusste, wann sie aufwachte. Gab es etwa heimliche Gucklöcher in den Schlafzimmern?

Polly steckte ihren Kopf zur Tür herein. »Guten Morgen, Ihre Ladyschaft.«

»Guten Morgen, Polly.« Sie raffte sich auf und schmunzelte, als sie Gladstone erblickte, der mit seinem Lieblingslederpantoffel zwischen den Hängebacken an ihrem Dienstmädchen vorbeiflitzte. »Bitte sagen Sie Mrs Trotman, dass ich heute Morgen einen unbändigen Appetit verspüre.«

Ihr Dienstmädchen nickte und flüsterte: »Ich habe an die Räder und die Fische gedacht, und es hat funktioniert. Danke, Ihre Ladyschaft.« Sie hüpfte aus dem Zimmer und war verschwunden.

Eleanor lächelte noch immer, als Clifford den sonnendurchfluteten Morgensalon betrat, dessen lichtverwöhnteste Stelle auf dem hochflorigen Teppich Gladstone als Liegeplatz auserkoren hatte.

»Nochmals guten Morgen, Mylady. Darf ich Ihnen vor dem Frühstück eine Frage stellen?«

»Schießen Sie los.«

»Mrs Trotman ist unsicher, was sie sich unter diesem unanständigen Frühstück vorstellen darf, das Sie sich über Ihr Dienstmädchen ausgebeten haben?«

»Was? Ich ... Ach so! Ich habe von *unbändigem* Appetit, nicht von *unanständigem* Frühstück gesprochen. Ach herrje, die Kleine ist doch wirklich eine Ulknudel. Und wissen Sie, ich habe ein gutes Gefühl, was den heutigen Tag betrifft. Ein fantastisches geradezu. Als ich heute Morgen aufgewacht bin, erschien mir alles ganz und gar trostlos. Jetzt aber, nach ein oder zwei Stunden zusätzlichen Schlafes ...«

»Vier.«

»Wie auch immer. Die Sache ist die: Zu Beginn konnte ich mich nicht mit dem Gedanken anfreunden, dass Lancelots Prozess so unmittelbar bevorsteht und wir der Lösung des Falls keinen Schritt nähergekommen zu sein scheinen. Er sah gestern wirklich entsetzlich aus.«

»Lord Fenwick-Langham wird sich seit seiner Inhaftierung deutlich anders ernähren müssen und vermutlich so gut wie keinen Sport treiben.«

»Hm, ja, das ist wohl wahr. Aber wissen Sie was? Heute vermag mir nichts meine gute Laune zu verderben, lassen Sie uns also die Hinweise durchgehen, die wir bislang gefunden haben. Ach danke, Clifford, Sie denken immer einen Schritt voraus.« Sie nahm das Notizbuch von dem Tablett neben ihrer Teetasse. »Clifford, ich sage es Ihnen, heute kann mich wirklich nichts und niemand aus der Fassung bringen.«

»Eine ausgezeichnete Einstellung für Ihr Treffen mit Lady Millicent Childs.«

Eleanor stöhnte. »Verflixt! Das hatte ich völlig vergessen. Dann nehme ich alles zurück. Schnell, finden Sie eine Schachtel mit Patronen, in die mein Name eingraviert ist, und erschießen Sie mich.«

»Ich meine mich daran zu erinnern, dass Sie darauf bestanden, dass Lady Childs gestern Abend aufrichtig geklungen habe.«

»Ja-ha, aber das war gestern Abend. Wenngleich ich

zugeben muss, dass ich mir ziemlich sicher bin, dass die Angst in ihrer Stimme nicht gespielt war.«

Clifford hüstelte. »So unangenehm es auch sein mag, so muss ich doch zugeben, dass ich diesbezüglich hin- und hergerissen bin, Mylady. Lady Childs erschien mir –«

»Grausam? Heimtückisch?«

»Auf keines dieser Worte wollte ich hinaus.«

»Böse?«

Gladstone winselte im Schlaf.

Clifford schüttelte den Kopf. »Eher –«

»Eine Hexe durch und durch?«

Er starrte sie an wie ein kleines Kind, dem man den Mund mit Seife auswaschen muss. »Emotional, Mylady.«

»Emotional? Glauben Sie etwa, Millie ist eine Heulsuse? Oje, ich wusste gar nicht, dass man einem Stein Tränen entlocken kann.«

»Ich bezog mich damit eher auf Lady Childs' Tendenz dazu, ihr Herz, so kalt es auch sein mag, auf der Zunge zu tragen. Es sei denn natürlich, sie ist einfach nur eine äußerst versierte Schauspielerin.«

»Ich fürchte, mir bleibt keine Wahl, oder?«

»Tatsächlich. Falls Lady Millicent aufrichtig ist, dann könnte sie uns womöglich den entscheidenden Hinweis liefern.«

»Oder die Kugel, frisch vom Graveur.«

Eleanors Worte hingen den beiden noch nach, als sie am vereinbarten Treffpunkt eintrafen, dem Pike and Perch. Das Wirtshaus an der geschäftigen Straße nach Oxford war ihnen als sicherer Treffpunkt erschienen. Normalerweise war es bis zehn Uhr geöffnet, und um neun Uhr würden sie sich hier mit Millie treffen. Gegen Nachmittag hatte der Himmel begonnen, sich zuzuziehen, und die Luft war wie elektrisch aufgeladen gewesen. Ein gelegentliches Grollen hatte das aufziehende Unwetter angekündigt. Nun schlang Eleanor ihr Schultertuch fester um sich und spähte über den leeren Parkplatz. »Clifford, warum ist es in dem Pub so dunkel?«

»Ich bin mir unsicher, Mylady. Aber ich fürchte, wir sollten wieder aufbrechen, da die Dinge nicht so stehen, wie wir sie erwartet haben.«

»Nein, sehen Sie, Millie steht dort drüben.«

»Mylady, ich würde äußerst gern Vorsicht walten lassen, da ich mindestens genauso gern am Leben bleiben möchte. Ich wiederhole meinen Appell, den Rückzug anzutreten.«

Aber seine Worte gingen unter, da Eleanor in diesem Moment die Beifahrertür hinter sich ins Schloss warf. *Du hast keine Wahl, Ellie, Lancelot bleibt keine Zeit mehr.* Sie lief zu der anderen Frau hinüber, die sich fortwährend umblickte wie ein verschrecktes Kaninchen und die tiefschwarzen Schatten der nahegelegenen Scheune mit dem Fasslager und des großen Pubs im Mondlicht auf Bewegungen absuchte.

Eleanor hörte, wie die Fahrertür des Rolls-Royce bei laufendem Motor aufging.

»Millie, wo stecken denn all die Leute?«, rief sie ihr über den Schotter hinweg zu.

»Sei still, du Närrin. Es könnte uns jemand hören!«, zischte ihre Verabredung durch die Dunkelheit.

Während die beiden Frauen einander näherkamen, nahm Eleanor erstaunt Millies ungeschminktes Gesicht und ihre flachen Schuhe zur Kenntnis, die für eine derart modebewusste Frau wie sie ungewöhnlich waren. Millie fasste sie beim Arm und zerrte sie in einen dunklen Bereich am Rande des Parkplatzes.

»Hör mir zu, wir können nicht lange hier verweilen, das wäre zu gefährlich.« Sie öffnete ihre Handtasche und zog eine Zigarette daraus hervor. Nachdem sie den Glimmstängel angesteckt hatte, nahm sie einen tiefen Zug und blickte Eleanor durch den Rauch hindurch an. »Also, zunächst einmal, das muss zwischen uns beiden bleiben, ich bin mir allerdings nicht sicher, ob ich dir trauen kann.«

Eleanor starrte Millie an, denn die Vergangenheit schien sie einzuholen. Genauso hatten nämlich die Worte ihres Ehemanns gelautet, bevor er auf seine »Geheimmission« entschwunden war. Was Eleanor normalerweise sogar vor sich selbst verschwieg, war die Tatsache, dass es sich dabei eigentlich gar nicht um eine geheime Mission, sondern um eine geheime Liaison mit einer anderen Frau gehandelt hatte. Die Ironie des Schicksals war, dass es die andere Frau gewesen war, die ihn wegen Waffenhandels mit dem Feind an die Behörden ausgeliefert hatte. Eleanor hatte niemals Gelegenheit gefunden, ihr dafür zu danken. Sie blickte Millie kühl an.

»Vielen Dank für dieses Vertrauensbekenntnis.«

Millie sah sie hasserfüllt an. »Ich kann beim besten Willen nicht verstehen, was Lancelot nur an dir findet!«

Eleanor hatte genug. »Weißt du, vielleicht hast *du* ja heute Abend nichts Besseres zu tun, *ich* hingegen sehr wohl. Ich bin in der Hoffnung gekommen, dass du ein paar Informationen haben könntest, die Lancelot helfen könnten, aber nein, wie naiv von mir, du warst natürlich nur auf Streit aus.« Sie wandte sich zum Gehen.

»Warte!«

Eleanor drehte sich um. »Warum sollte ich?«

Millies Augen verrieten ihr innerliches Ringen. »Weil ... nun, weil du anscheinend die Einzige bist, die ... versucht, Lancelot zu helfen. Die anderen sind zu nichts zu gebrauchen. Die feiern einfach munter weiter und behaupten, er hätte das so gewollt. Er wird hängen, und dann werden sie weinen, dass er nicht mehr da ist. Es ist erbärmlich!«

Beim Wort »hängen« verkrampfte sich Eleanors Magen. Sie kämpfte gegen einen Anflug von Panik an und zählte stumm bis drei. »Millie, hast du nun irgendetwas über die Nacht, in der

der Colonel ermordet worden ist, herausgefunden, das Lancelot helfen könnte, oder nicht?«

Millie schüttelte den Kopf. »Nein. Ich habe dich angerufen ... wegen Albie, dem Dummkopf.«

Eleanor blinzelte. »Albie?«

Millie zögerte. »Ich glaube ... dass Albie ermordet worden ist.« Sie drückte ihre Zigarette auf einem der leeren Fässer aus, nahm sich direkt eine weitere und zündete sie an. Eleanor wartete. Ihr schwirrte der Kopf. Millie nahm einen Zug und fuhrt dann fort. »Ich habe mitbekommen, wie Albie am Telefon versucht hat, irgendjemanden zu erpressen.«

Ihre Worte brachten Eleanor aus der Fassung. »Sprechen wir über ein und denselben Mann? Albie? Den Künstler, Melancholiker und Dichter?«

»Den Raffzahn und verzweifelten Emporkömmling Albie, der unbedingt dem furchtbaren Leben entfliehen wollte, in das er hineingeboren wurde, ja. Er spielte so weit außerhalb seiner Liga, lebte völlig über seine Verhältnisse. Ich frage mich wirklich, was Coco sich nur dabei gedacht hat, als sie ihn damals in jener ersten Nacht eingeladen hat.«

»Aber er hat durchgehalten, nicht wahr?«

»In gewisser Weise. Er war widerlich knausrig, wenn es darum ging, seine Runden zu bezahlen. Lucas hat häufig für ihn bezahlt, er ist viel zu weich. Er hat Albie damit keinen Gefallen getan.«

Eleanor war erschüttert von Millies Mangel an Mitgefühl. »Vielleicht hat er lediglich versucht, sich selbst ein schöneres Leben zu machen, was wäre daran verkehrt?«

»Gegen gesunden Ehrgeiz ist ja nichts einzuwenden, er aber hat versucht, uns als Sprungbrett zu missbrauchen. Er hielt uns für seine Goldesel, die ihm interessante Kontakte verschaffen konnten.«

»Du warst also nicht sein allergrößter Fan, so viel habe ich verstanden. Wieso interessiert dich dann sein Tod?«

»Weil sein Tod mit dem des Colonels verbunden ist, du Dummerchen.«

Eleanors Magen revoltierte aufs Neue. *Hatte Millie tatsächlich einen Hinweis, der Albies Tod mit dem des Colonels in Verbindung bringen und ... wage es nicht zu hoffen, Ellie ... Lancelots Unschuld beweisen konnte?*

Millie sah sich um und beugte sich vor. »In der Nacht, in der Albie starb, habe ich mit Lucas bei Albie in seiner abstoßenden Wohnung vorbeigeschaut.« Sie rieb die Hände aneinander und tat so, als müsste sie sie waschen. »Das ist ein solches Loch. Wie dem auch sei, wir entschlossen uns, zu gehen und stattdessen zu Johnny zu fahren, wo man zumindest atmen und sich bewegen kann, ohne Angst haben zu müssen, sich irgendetwas einzufangen. Wir marschierten also raus zum Auto.«

»Was bedeutet ›wir‹?«, erkundigte sich Eleanor.

»Na, Lucas und ich. Jedenfalls war dies der Moment, in dem ich Albie belauscht habe. Er war am Telefon auf dem Treppenabsatz. Seine Vermieterin ließ es ihn benutzen, dafür musste er einmal in der Woche ihren Neffen unterrichten.« Sie erschauderte.

Eleanor hob die Augenbrauen. »Ich dachte, du hättest gesagt, dass ihr raus zum Wagen gelaufen wart.«

»Hör doch mal zu! Lucas und ich sind raus, ja. Albie meinte, er würde uns in irgendeinem geliehenen Auto folgen. Er jammerte noch irgendetwas davon, dass er früh zurück sein müsse, da er am nächsten Morgen noch irgendeine idiotische Arbeit zu verrichten habe.«

»Was für eine Art von Arbeit?«

»Weitere Nachhilfestunden, nehme ich an.«

Eleanor überlegte. »Wenn du und Lucas aber doch im Wagen saßt, wie konntest du dann Albie beim Telefonieren auf der Treppe belauschen?«

Millie fuchtelte mit ihrer Zigarette herum. »Ich hatte meine Zigaretten auf seinem hässlichen Tisch liegen lassen, und da

Lucas irgendeine unerträgliche Marke qualmt, bin ich noch mal raufgegangen, um sie zu holen. Und dabei habe ich gehört, wie er versucht hat, den großen Oberganoven zu geben. Er drohte irgendjemandem.«

»Wem?«

»Woher soll ich das denn wissen? Hör mal, ich will hier nicht länger herumlungern als notwendig.« Sie sah sich noch einmal um. »Ich habe ihn sagen hören: ›Ihr haltet euch wohl für ziemlich clever, aber ich habe euch beobachtet. Deshalb will ich jetzt meinen Anteil, sonst gehe ich zur Polizei.‹«

Eleanors Augen weiteten sich. »Was ist dann geschehen?«

Millie lachte spöttisch. »Was glaubst du denn, was geschehen ist? Ich bin raus, bevor er mich sah!«

Eleanor versuchte, Millies Enthüllungen zu verdauen. »Und in welchem Zusammenhang steht das nun mit dem Tod des Colonels und dem Juwelendiebstahl?«

Millie stöhnte entnervt auf. »Ich gehe mal davon aus, du Schafsköpfin, dass der ›Anteil‹, von dem er gesprochen hat, sich auf den Verkaufswert von Lady Fenwick-Langhams gestohlenen Juwelen bezogen hat. Wieso habe ich nur geglaubt, dass du eine Hilfe sein könntest? Ich habe mein Glück versucht und mich an dich gewandt, was für eine dämliche Idee!« Sie drehte sich um und rannte in die Dunkelheit davon.

Bevor Eleanor Zeit hatte, zu reagieren, heulte ein Motor auf. Sie fuhr herum, als aus der Scheune plötzlich ein Auto direkt auf sie zugeschossen kam. Da sie von den Frontscheinwerfern geblendet war, konnte sie nicht sehen, wer am Steuer saß. Es hatte keinen Sinn mehr, sich umzudrehen und zum Rolls-Royce zu rennen, dafür blieb keine Zeit. Daher blieb sie stehen. Als der Wagen nur noch wenige Zentimeter von ihr entfernt war, sprang sie zur Seite. Der Fahrer hatte keine Zeit, um auszuweichen, sodass der Wagen in den Berg aus Fässern krachte, vor dem sie und Millie noch wenige Augenblicke zuvor gestanden hatten. Dort blieb er stehen.

Als Eleanor auf das Auto zurannte, sprang die Fahrertür auf. Dann ertönte ein einzelner Schuss, gefolgt vom Geräusch splitternden Glases. Das Auto rauschte davon, und die Fahrertür knallte zu, als es auf die Straße bog und in der Finsternis verschwand.

Eleanor rannte dem Wagen hinterher, blieb aber stehen, als Clifford sie mit einer Schrotflinte im Arm einholte. »Was zum Teufel haben Sie sich dabei gedacht?«

Clifford blieb stehen, seine Miene war unergründlich. »Ich sah, wie der Fahrer versuchte, aus dem Wagen zu steigen, Mylady. Aus Angst, er könnte bewaffnet sein, habe ich durch das Fenster der Beifahrertür geschossen, um den Gentleman davon abzuhalten, das Fahrzeug zu verlassen.«

Eleanor schüttelte den Kopf. »Wirklich, Clifford, ich hätte problemlos das Auto erreichen und mich des Fahrers annehmen können, bevor er hätte aussteigen können. Jetzt wissen wir nicht einmal, wer das Auto gesteuert hat.« Sie seufzte enttäuscht. »Es tut mir leid, Clifford, rückblickend betrachtet war das Ganze vermutlich etwas unüberlegt von mir. Danke für Ihr beherztes Handeln.«

Sie sah sich um. »Und Millie?«

»Die ist fort, Mylady. Wie es scheint, war sie darauf vorbereitet, zu Fuß zu fliehen, deshalb wohl auch die flachen Schuhe.«

Eleanor schüttelte den Kopf. »Und wissen Sie was, Clifford? Ohne ihre lächerlich hohen Absätze war ich sogar größer als sie!«

Das Gewitter hatte begonnen, und der Regen peitschte gegen die Fenster und das Dach des Rolls-Royce. Als sie sich über einsame, überflutete Straßen auf den Rückweg nach Henley Hall machten, lehnte sich Eleanor in ihren Sitz zurück.

»Wie viel Brandy ist da noch im Handschuhfach, Clifford?«

»Ausreichend, Mylady.«

Wenig später nippte Eleanor an ihrem Brandy, während Clifford sich wegen möglicher Verletzungen sorgte.

Sie beäugte ihren Arm und fuhr mit der Hand darüber, um sich zu vergewissern. »Das ist nur ein Kratzer. Den muss ich mir an einem dieser Fässer zugezogen haben, ohne es zu bemerken. Wahrscheinlich durch das Adrenalin.«

Er streckte ihr ein sauberes Taschentuch entgegen. »Stimmt, Mylady. Allerdings wird ein Kratzer, der so tief ist, dass er blutet, gemeinhin als Schnittwunde bezeichnet. Die will bei unserer Rückkehr ordentlich verbunden sein.«

»Unsinn. Und falls dem tatsächlich so sein sollte, dann kann mich Mrs Butters wieder zusammenflicken, sobald wir zu Hause sind. Ihr Schlingstich ist absolut lobenswert.«

Er fuchtelte mit dem Taschentuch herum, bis sie es ihm aus der Hand nahm und es um ihren Unterarm wickelte.

»Zudem gilt es, auf Anzeichen eines verzögerten Schocks zu achten.«

»Clifford ...« Ihre Stimme hatte einen warnenden Unterton.

»Eine Quetschung innerer Organe ist nur schwer zu erkennen.«

»Genug!«

»Sehr wohl, Mylady.«

Sie starrte ausdruckslos aus dem beschlagenen Fenster, ohne die schattigen Heckenlandschaften wahrzunehmen, die draußen an ihr vorbeirauschten. Ihre Hand umklammerte den Taschentuchverband. »Es war manchmal schon ziemlich einsam, wissen Sie, Clifford. All diese kühnen Abenteuer sind in gewissen Dosen ja famos, aber hin und wieder ist es auch sehr schön ...« Sie sprach nicht weiter.

»Die Dienerschaft ist hocherfreut, dass Sie nun ein Zuhause haben, Mylady.«

Sie spürte, wie Tränen ihre Augen füllten. Das musste das Adrenalin sein, sagte sie sich einmal mehr. »Danke. Und danke für das Taschentuch ... und nun, für Ihre Sorge um mein Wohlergehen aufgrund dieses Schnitts ... und, wie ich schon zuvor sagte, dafür, dass Sie aus dem Autofenster geschossen haben. Vorsicht wäre in diesem Fall der bessere Teil der Tapferkeit gewesen. Überleben, um weiterzukämpfen und so.«

»Exakt, Mylady.«

Einige Minuten später war sie noch immer aufgewühlt. »Können Sie eigentlich Fahrrad fahren, Clifford?«

»Es ist schon eine Weile her, aber das Sprichwort, dass man es nie verlerne, ist in meinem Falle zutreffend. Tatsächlich bin ich sogar Rennen gefahren, als ich noch jünger war.«

»Ausgezeichnet! Dann können Sie mich ja begleiten, wenn ich zu meinem nächsten Abenteuer aufbreche.«

»Sie sind zu gütig.« Er lächelte.

ACHTUNDZWANZIG

Eleanor ließ ihren Finger durch das Wasser gleiten und blickte hinauf zu der Statue des kleinen beschürzten Mädchens, das den See überblickte. Es war der darauffolgende Nachmittag. Eleanor hatte ausgeschlafen und den Morgen gemächlich begonnen, um sich von den Strapazen der vorangegangenen Nacht zu erholen. Das Unwetter war über Nacht abgezogen und hatte einen klaren, nur von vereinzelten Wolken unterbrochenen Morgenhimmel hinterlassen.

»Wissen Sie, Clifford, während der wenigen Ferientage, die ich hier auf The Hall verbracht habe, habe ich unzählige Stunden damit zugebracht, diese Statue anzustarren. Um ehrlich zu sein, habe ich mich schon damals so verloren gefühlt wie heute.« Sie seufzte. »Damals habe ich mich gefragt, ob mein Onkel mehr Zeit mit mir verbracht hätte, wenn er einen Neffen anstatt einer Nichte gehabt hätte. Einem, der Gefallen daran gefunden hätte, Frösche und Molche zu fangen, der gern geangelt und den Kantersieg seines Cricketteams frenetisch gefeiert hätte.«

»Unwahrscheinlich, Mylady. Ihr seliger Onkel war ein glühender Anhänger davon, Amphibien in ihren natürlichen

Lebensräumen zu belassen, anstatt sie, freigelassen durch die schmutzigen Händchen eines jungen Verwandten, durch The Hall kreuchen zu wissen.«

Sie lachte und hielt dann inne. »Aber hätte er sich für ein Mündel, das seine Interessen geteilt hätte, denn nicht vielleicht mehr interessiert?«

Clifford legte den Kopf schräg und blickte sie für einen Augenblick an. »Wenn Sie gestatten, Mylady, Lord Henley war ein Gentleman von couragiertem Gemüt, der für das Abenteuer lebte. Er applaudierte dem tapferen, jungen Menschen, der mutig genug war, sich seinen eigenen Weg zu bahnen. Und dem eigenen Herzen zu folgen.«

Sie trocknete ihre Hand an ihrem Rock ab. »Nun, meinen Herzensangelegenheiten hätte er nicht applaudiert, die waren alle ziemlich desaströs.«

»Ich glaube, Thomas von Aquin hätte dieser Aussage widersprochen, Mylady. ›Die Liebe nimmt den Platz ein, den das Wissen verlässt‹, soll der berühmte Philosoph und Theologe gesagt haben. Ihr Onkel war außerdem ein großer Bewunderer eines weiteren Ihrer Wesenszüge, und zwar Ihrer Einstellung, niemals die Hoffnung zu verlieren.«

Sie schmunzelte. »Und meiner Schwäche dafür, Cowboy zu spielen und Abenteuer mit dem Butler zu bestreiten?«

Clifford wies auf das Picknick im Weidenkorb neben ihr. »Und der fürs Essen, Mylady.«

»Oh, natürlich. Was Mrs Trotman wohl heute für uns gezaubert hat?«

Beide fuhren herum, als sie ein Röcheln vernahmen, gefolgt von einer atemlosen Mrs Butters. »Master Gladstone, du Unhold! Ach, Mylady, es tut mir schrecklich leid, er ist eben ausgebüxt. Er ist ganz schön fix für einen Faulenzer.«

Eleanor sprang auf und lachte, als die hechelnde Bulldogge ihre ausgestreckten Hände beschnüffelte. »Keine Ursache, er darf gern bleiben.« Sie kraulte ihn am Kinn.

Mrs Butters strich sich ihre derangierte Schürze glatt. »Joseph ist in den Gewächshäusern hinter der Buchsbaumhecke, falls Ihnen Mr Eigensinnig hier zu lästig werden sollte, Mylady.«

Eleanor blickte der Haushälterin hinterher, die die fein säuberlich gemähten Rasenflächen überquerte und dann durch die Terrassentüren im Morgensalon verschwand. Sie ließ den Blick über The Hall, die Anlagen und die englische Hügellandschaft schweifen.

»Donnerwetter, das hier ist wirklich ein schönes Fleckchen Erde, Clifford.«

»In der Tat, The Hall befindet sich in besonders vorzüglicher Position.«

»Tatsächlich bin wohl eher ich diejenige, die sich in vorzüglicher Position befindet.«

»Wenn Sie gestatten, Mylady, würde ich auch meine Person sowie den Rest der Dienerschaft zu jener Gruppe zählen.«

Sie erstrahlte. »Das zu hören, freut mich aber von Herzen, Clifford. Ich freue mich, dass die Dienerschaft nach meiner Ankunft bereit dazu war, weiterzumachen.«

»Die Umstände erweisen sich gegenwärtig als genüsslich genug.«

Sie blickte ihn prüfend an. Ja, da war es wieder, dieses kaum wahrnehmbare Zwinkern. Es hatte eine Weile gedauert, bis sie gelernt hatte, seinen unerbittlich trockenen Humor in Verbindung mit seinem ausdruckslosen Gesicht zu entschlüsseln. Doch nun fing sie langsam, aber sicher an, ihn zu verstehen und, noch viel wichtiger, seine Gesellschaft zu genießen.

Ein köstlicher Duft lag in der Luft und riss sie aus ihren Gedanken. »Oh, sind das etwa Schottische Eier?«

»Heute Morgen frisch zubereitet, mit Thymian-Petersilie-Kruste, eine weitere Spezialität von Mrs Trotman.«

»Lecker! Zwei, bitte, Clifford. Entschuldige, Gladstone, alter Freund, du bekommst nicht den kleinsten Krümel davon ab. Allerdings beschleicht mich das Gefühl, dass Mrs Trotman auch an dich gedacht hat.« Sie zog einen Knochen für den Hund hervor. »Gott sei Dank lassen wir zwei uns von Mordfällen nicht den Appetit verderben, nicht wahr?«

»Da kann man wahrhaftig von Glück sprechen, Mylady.«

»Wussten Sie, dass manche Menschen nichts essen können, wenn sie besorgt sind? Was für ein Alptraum!«

»Bei anderen wirkt sich das auf den Schlaf aus ...«

»Ja, gut erkannt, dann ist das also mein Stressindikator. Bei Ihnen gibt es so etwas vermutlich gar nicht?«

»Mylady, ich habe die Erfahrung gemacht, dass, wenn sich die Ereignisse überschlagen, meist eine entsprechende Zahl an Stiefeln und Schuhen darauf wartet, von mir poliert zu werden.«

Sie erinnerte sich, wie sie ihn einst mit der Bürste in der Hand in der Stiefelkammer angetroffen hatte. Das war also sein persönlicher Trost, die Kammer sein Schlupfloch. Sie war damals wohl unwissentlich in sein Allerheiligstes eingedrungen, und ihr war nun bewusst, dass sie es in diesem Moment aufs Neue tat, indem sie versuchte, das Walten seines Geistes nachzuvollziehen.

»Am besten machen wir uns an die Arbeit. Da ist ein Mörder, der frei herumläuft, und wir sitzen nicht nur vor einem Berg voller verwirrender Hinweise, sondern auch vor einem opulenten Picknick, das verspeist werden will. Ich weiß gar nicht, was davon länger dauern wird.«

»Die Zeit arbeitet nicht unbedingt für uns, Mylady.«

»Ich weiß, die Eier werden kalt«, sagte sie und zuckte zusammen, als sie ihren verletzten Arm nach einem der Eier ausstreckte. Sein prüfender Blick entging ihr nicht. »Mir geht es gut, Clifford. Jedenfalls hätte derjenige, der das Auto gefahren hat, mich und auch Millie beinahe überfahren. Gut, dass sie rechtzeitig ausgebüxt ist … wie ich vermute.«

Auf seinen missbilligenden Blick hin seufzte sie und ließ dabei versehentlich die verbliebene Hälfte ihres Schottischen Eis fallen. »Nein!« Sie versuchte, es noch aufzuheben, doch Gladstone kam ihr zuvor und schlang den unverhofften Leckerbissen rasant hinunter. »Verflixt! Das hat mir eigentlich sehr gut geschmeckt.« Sie rümpfte die Nase. »Ich vermute mal, der nächste Schritt besteht darin, herauszufinden, wer gewusst haben könnte, dass Millie mit mir am Pike and Perch verabredet war? Und ob Millie in die Nummer mit dem Auto verwickelt ist, das versucht hat, mich zu überfahren, oder nicht.«

Clifford griff in den Weidenkorb. »Vielleicht können uns Ihre Notizen ja weiterhelfen.« Er reichte ihr das Notizbuch.

Sie inspizierte die unleserlichen Notizen und hastig gezeichneten Kritzeleien, die sie für jeden einzelnen Verdächtigen angefertigt hatte. Die ganze Seite war von unzähligen Pfeilen und Linien überzogen. Dann wies sie auf den Picknickkorb.

»Sehen Sie den Unterschied? Jedes einzelne Besteckteil ist perfekt poliert und nach Größe sortiert an seinem entsprechenden Platz befestigt. Die Teller sind ebenfalls entsprechend gestapelt. Die Sherryflasche mit dem Etikett nach vorn, die Gläser dicht beieinander und das Essen mit unendlicher Sorgfalt arrangiert. Ich weiß, dass Mrs Trotman dieses köstliche Festmahl zubereitet hat, aber gepackt hat sie es nicht, oder? Das alles trägt doch Ihre akribische Handschrift.«

Er nickte.

»Sehen Sie, Ihre Fähigkeit, Ordnung ins Chaos zu bringen, ist für mich völlig unfassbar. Vielleicht sind Sie ja tatsächlich ein Zauberer.« Sie wedelte mit dem Notizbuch in seine Richtung. »Hier drin stehen alle Namen und Fakten, bis auf die Geschehnisse von gestern Abend. Aber wenn ich mir das Ganze jetzt anschaue, dann sieht es für mich einfach nur so aus, als ob jemand all meine Gedanken genommen und sie von einem Flugzeug aus auf das Papier geschüttet hätte und der Pilot zu allem Überfluss nach der Landung auch noch darübergerollt wäre, um einen noch größeren Kuddelmuddel daraus zu machen. Es ist ein einziges ... Tohuwabohu.«

»Und doch sind Sie diejenige, die mir die Zusammenhänge vor Augen geführt hat.«

»Tatsächlich? Wie gesagt, ich weiß nicht weiter, Clifford. Wirklich, im Vergleich dazu war es geradezu ...« Sie sah sich um. »... ein Eierschlecken, die Welt mit dem Fahrrad zu umrunden.«

»In der Tat, Mylady. Wenn eine Frau allerdings eigenständig in der Lage dazu ist, die Erde auch nur in Teilen zu umrunden, und das wohlgemerkt auf einem Fahrrad, dann beweist sie damit, dass sie über ausreichend Mut und Selbstvertrauen verfügt, um jedwedes Rätsel zu lösen. Außerdem ...« Er wischte mit einem weichen Leinengeschirrtuch einen imaginären Fleck von einem der Messer. »... sind Sie ja nicht allein.«

Er beugte sich vor und drehte den Korb zu ihr. Er drückte auf die hintere Ecke, woraufhin eine mit Seide ausgekleidete, dreieckige Schublade hervorschnellte, in der zwei Brandyfläschchen und zwei winzige Kristallschwenker drapiert waren.

»Wow! Hat mein Onkel das gebaut?«

»Neben vielen anderen Dingen, die wir erkunden können, wenn und sobald es die Situation erfordert.« Er schenkte ihr ein Glas ein. »Tonic, Ginger Ale, Zitrone?«

»Pur, danke. Für den Brandy, aber hauptsächlich für den Sie-sind-nicht-allein-Part.«

Er wies mit dem Kinn auf das Notizbuch. »Wollen wir?«

Sie starrte auf die Zeichnung eines Säbels am oberen Rand der Seite. »Wissen Sie, es will mir nicht in den Kopf, dass Lancelot so töricht und gutgläubig gewesen sein soll, sich zum Bauernopfer machen zu lassen, oder wie sagt man noch weniger fein?«

»Ich glaube, der Begriff, nach dem Sie suchen, ist ›zum Angeschmierten‹, Mylady.«

»Ganz genau.« Sie rubbelte Gladstones Nacken. »Nur, dass das ein schwacher Trost ist, da Lancelot nicht bloß angeschmiert sein wird, Clifford, sondern hängen wird, wenn wir nicht herausfinden, wer der Mörder ist. O Gott! Und ich schwafle davon, wie schmackhaft diese Schottischen Eier sind! Ich bin doch wirklich ein Unmensch.«

Er fasste in seine Westentasche und zog eine säuberlich gefaltete Papiertüte hervor, die er vorsichtig auffaltete und ihr entgegenhielt.

»Sherbet Lemons!« Sie warf sich eines der Zitronenbonbons in den Mund und schloss die Augen. Dann rutschte sie nach hinten, um Gladstone genug Platz zu gewähren, seinen Kopf auf ihren Schoß zu betten. »Jetzt kann ich mich konzentrieren. Also, Millie meinte, dass sie und Lucas in Albies Wohnung gewesen seien. Welche ihrer Ansicht nach dermaßen beengt und dreckig sei, dass sie entschlossen hätten, in Johnnys eleganteres und hygienischeres Apartment zu wechseln. Sie hörte mit, wie Albie am Telefon drohte, zur Polizei zu gehen, falls er seinen ›Anteil‹ nicht bekäme. Seinen Anteil wovon, das wissen wir nicht, aber Millie geht davon aus, dass damit der Anteil aus dem Verkaufserlös von Lady Fenwick-Langhams Juwelen gemeint war.«

Eleanor nahm einen tiefen Atemzug. »Millie brach also mit Lucas zu Johnnys Apartment auf, obwohl selbiger ja gar nicht da war, was etwas seltsam anmutet. Später trafen sie Johnny und Coco in diesem neuen Klub, dem Hole in the Wall oder so ähnlich. Angeblich soll Albie vorgehabt haben, in einem geliehenen Auto nachzukommen, wozu es jedoch niemals kam. Stattdessen blieb er zu Hause, um sich zu betrinken und das Auto dann im Vollrausch in den Kanal zu setzen. Wieso?«

»Nun, Mylady, unter dem Einfluss von Alkohol tun Leute die irrationalsten Dinge, was die Tatsache, dass Mr Appleby in seinem Zustand Auto fuhr und verunfallte, wenig überraschend erscheinen lässt. Was jedoch seltsam anmutet, ist die Tatsache, dass er sich mit seinen Freunden zum Trinken verabredete, stattdessen aber zunächst zu Hause blieb, um zu trinken und erst *danach* ausgehen wollte.«

Eleanor nickte. »Das ist wirklich seltsam. Dann wiederum wissen wir ja, wie leicht er aus der Fassung zu bringen war. Vielleicht hat einer von ihnen eine Bemerkung gemacht, an der er Anstoß genommen hat? Oder vielleicht ist ihm das Geld ausgegangen und er konnte es sich nicht leisten, auszugehen, traute sich aber nicht, das zu sagen. Ich mag ja nicht unbedingt finanzschwach sein, Clifford, aber die Preise, die in diesen Klubs aufgerufen werden, sind gelinde gesagt gepfeffert. Feurig, geradezu!«

»In der Tat, Mylady.«

»Jedenfalls, falls Albie versuchte, jemanden wegen seines Anteils an den gestohlenen Juwelen zu erpressen, nachdem diese ... wie sagt man noch dazu?«

»Gehehlt waren?«

»Gehehlt, das ist es. Wenn er tatsächlich so blöd gewesen ist, zu versuchen, denjenigen, der die Juwelen gestohlen hat, zu erpressen, dann ist davon auszugehen, dass das Ganze furchtbar nach hinten losgegangen ist und man ihn entweder abgefüllt hat oder ihn dazu gezwungen hat, zu trinken, um ihn anschließend in das Auto zu stecken, damit er dieses im Kanal versenkte.« Erneut fand sie Trost in der Wärme von Gladstones weichem Bauch, den sie streichelte.

»Mein beschränktes Wissen über Mr Appleby deutet daraufhin, dass er ein gewissenhafter Gelehrter, nicht unbedingt aber ein gewiefter Stratege gewesen ist. Schenken Sie Lady Millicent Glauben? Immerhin hat sie das Treffen initiiert, um sich Ihnen anzuvertrauen und Ihnen die Details von Mr Applebys mutmaßlich todbringendem Versuch der Erpressung zu schildern.«

»Nun, sie schien tatsächlich aufgewühlt darüber, mir diese Dinge mitzuteilen. Sie hat mich auf ihre übliche charmante Art und Weise wissen lassen, dass sie sich nicht sicher sei, ob sie *mir* trauen könne.« Sie biss auf ihre Unterlippe. »Allerdings bin ich mir ehrlich gesagt unsicher, was sie angeht. Ich glaube, dass sie dermaßen verknallt in Lancelot ist, dass sie dafür bereit ist, die Loyalität zur Bande, als die sie sich so liebend gern bezeichnen, zu verletzen.«

»Wenn ich mich nicht täusche, war die jüngere Lady Childs von Mr Applebys Mitgliedschaft in der Bande allerdings nicht allzu begeistert, nicht wahr?«

»Gut beobachtet, Clifford, wie üblich. Nein, das war sie nicht, aber ich stimme auf gewisse Weise mit Millie überein. Sie wies daraufhin, dass er der Situation nicht gewachsen gewesen sei. Aber was hätte er denn tun sollen? Er war schlau, zumindest auf akademische Art und Weise. Allerdings stehen dem Sohn eines Bergarbeiters nur wenige lukrative Karrieremöglichkeiten offen. Und er versuchte verzweifelt, seine Situation zu verbessern.«

»Verzweifelt genug, um sich einer Erpressung zu behelfen?«

»Ich wünschte, das wüsste ich. Er schien mir nicht der Typ für eine Erpressung zu sein, aber wer ist das schon? Wir stehen also einmal mehr vor noch mehr Hinweisen und noch mehr Verwirrung. Ich glaube, unser einziger Trost besteht in folgender Annahme, die wir bereits früher konstatierten: Falls Albie ermordet wurde, muss es dieselbe Person gewesen sein, die auch den Colonel auf dem Gewissen hat. Es erscheint mir schlicht zu unwahrscheinlich, dass hier zwei Mörder frei herumlaufen, also sollten wir, solange wir keinen gegenteiligen Beweis finden, davon ausgehen, dass es nur einen gibt. Und worauf Sie ja bereits richtigerweise hingewiesen haben ...« Sie wedelte mit dem Finger vor Clifford umher. »... kann es Lancelot nicht gewesen sein, da er zum Zeitpunkt von Albies Tod in Haft saß. Wir müssen also herausfinden, was unsere

Verdächtigen in der Nacht von Albies Tod gemacht haben. Das ist eine Mammutaufgabe, Clifford, und ich glaube kaum, dass wir in der Lage sein werden, diese rechtzeitig vor Lancelots Prozessauftakt zu bewältigen.«

»In der Tat, Mylady. Obschon unsere Verdächtigenliste nicht allzu lang ist, besteht sie doch lediglich aus Gräfinwitwe Goldsworthy und ihrer Nichte, Miss Cora Wynne, Viscount und Viscountess Littleton, den Childs-Schwestern, Prinz Singh und Mr Seaton.« Er hüstelte. »Nach reiflicher Überlegung ist diese Liste womöglich doch recht stattlich. Allerdings haben uns diesbezüglich weitere Informationen erreicht, Mylady. Lady Fenwick-Langham rief an, während Sie unpässlich waren, um mich darüber in Kenntnis zu setzen, dass Mr Seatons Eltern bestätigt haben, dass er im Rahmen ihrer familiären Zusammenkunft den ganzen Tag bei ihnen verweilt und sie um sieben Uhr dreißig an jenem Abend verlassen habe. Bedauerlicherweise allerdings ist Mr Appleby ja vermutlicherweise gegen ein Uhr morgens verstorben, und Mr Seatons Eltern haben Lady Fenwick-Langham erzählt, dass er in jener Nacht nicht nach Hause zurückgekehrt sei. Sie vermuteten, dass er mit seinen Freunden, wie üblich, bis in die frühen Morgenstunden gefeiert und in seinem Apartment außerhalb von Oxford übernachtet habe.«

Eleanor seufzte. »Das Problem ist nur, dass diese verflixten ›Bright Young Things‹ ständig zusammen feiern und einander Alibis verschaffen, man aber nicht weiß, wem von ihnen – wenn überhaupt jemandem – zu trauen ist.« Sie leerte ihren Brandy. »Clifford, was ist üblicherweise Ihr Lieblingsdrink?«

»Ein mildes Porter in den Schönwettermonaten und ein Ingwerwein im Winter, wegen der heilenden Wirkung, selbstredend.«

»Selbstredend. Das hat nichts mit dem Fall zu tun, das hatte ich mich nur gefragt.«

Sie kehrten wieder zu den Ermittlungen zurück und

beleuchteten die Fakten von allen erdenklichen Seiten, einzig der dringend erforderliche Durchbruch ließ auf sich warten. Allmählich wich die Wärme des Nachmittags der Kühle des Abends. Gladstone wuchtete seinen gedrungenen Körper vom Teppich und streckte erst das eine und dann das andere steife Hinterbein aus. Der Blick, den er ihr und Clifford zukommen ließ, verriet unzweifelhaft, dass es Zeit fürs Abendessen war. Eleanor wollte gerade vorschlagen, zurück ins Haus zu gehen, als Mrs Butters wild winkend auf dem Rasen erschien.

Clifford nickte in Richtung der Haushälterin. »Ich glaube, Sie haben Besuch, Mylady.«

»Wer zum Teufel mag das wohl sein, vermuten Sie? Wieso können sich die Leute für ihre unangekündigten Besuche nicht wenigstens Zeitpunkte aussuchen, die ihren nichts ahnenden Gastgebern gelegener kommen? Ich werde ausrichten lassen, dass ich nicht zu Hause bin.«

Clifford wandte sich ihr zu. »Ich fürchte, das wird nicht möglich sein, Mylady. Der Gentleman ist bereits auf der Terrasse erschienen.«

NEUNUNDZWANZIG

Abendliche Schatten fielen quer über den Boden, als Eleanor mit verschränkten Armen ihrem Besuch entgegentrat.

»Inspector.«

»Lady Swift.« DCI Seldon drehte seinen Hut langsam in seinen Händen. »Ich muss mit Ihnen sprechen. Unter vier Augen.«

Ihr ging auf, dass Clifford lautlos den Raum betreten haben musste. »Ich habe kein Problem damit, wenn Clifford mitbekommt, was auch immer Sie zu sagen haben.«

DCI Seldons Gesichtsausdruck war unerbittlich. »Ich aber.«

Sie bekam Gänsehaut. »Clifford.« Sie starrte DCI Seldon unentwegt an. »Wir werden keinen Tee benötigen, danke. Der Inspector wird nicht lange bleiben.«

»Sehr wohl, Mylady.« Er ging so lautlos, wie er gekommen war.

»Nun?«

DCI Seldon ging einen Schritt nach vorn, sodass er dicht vor ihr stand. Beeindruckt von seiner Körpergröße verspürte sie auf einmal das lächerliche Verlangen danach, von seinen starken Armen umarmt zu werden. Er fuhr sich mit Daumen und Zeigefinger über seinen Kiefer.

»Ich bin gekommen, um Sie darüber zu informieren ... dass Lord Fenwick-Langham heute Nacht aus dem Gefängnis geflohen ist.«

Ihre Kinnlade fiel hinab. »Was? Wie das?«

DCI Seldon schüttelte den Kopf. »Der junge Lord Fenwick-Langham mag ein Idiot sein, aber allem Anschein nach ist Sergeant Brice ein noch viel größerer Idiot! Ich übernehme die volle Verantwortung dafür. Ich hätte ihn in ein sichereres Gefängnis verlegen lassen sollen.«

»Aber ... aber wieso sind Sie hierhergekommen, um mir das zu erzählen? Wieso –?«

Er hob seine Hand, um sie zum Schweigen zu bringen. »Ich werde Sie nicht fragen, ob Sie von Lord Fenwick-Langhams Flucht bereits wussten. Ich werde Sie aber etwas anderes fragen. Glauben *Sie* an seine Unschuld, Lady Swift?«

Sie zögerte. »Mein ... mein Herz glaubt das, ja.«

»Und Ihr Verstand?«

Sie sagte nichts, hielt seinem Blick aber stand.

Er ging zum Fenster hinüber, wo sich die abendlichen Schatten noch länger über den Rasen zogen. »Dann möchte ich Ihnen mein Beileid für die Entscheidung aussprechen, die Sie nun werden treffen müssen. Ich bin gekommen, um Sie zu warnen. Wenn Sie vorhaben sollten, Lord Fenwick-Langham aufzusuchen, dann müssen Sie schnell handeln. Ich wünschte, ich könnte Sie vor ihm beschützen und ... vor uns. Meine Leute werden ihn bis morgen früh aufgespürt haben, da bin ich mir sicher. Wenn Sie auch nur einen Funken Verstand besitzen, dann werden Sie bis dahin sehr weit weg von ihm sein. Falls Sie das nicht tun, dann werden Sie mindestens wegen Begünstigung oder Beherbergung eines Straftäters angeklagt. Guten Abend, Lady Swift.« Er wandte sich um und ging.

Eleanor schwirrte der Kopf. Warum war er ihr nicht aufgelauert und hatte sie beschattet, wenn er glaubte, dass sie wusste, wo Lancelot steckte? Stattdessen versuchte er, sie zu beschützen, indem er sie davor warnte, in Gesellschaft eines Flüchtigen gefasst zu werden.

Sie rannte in die Eingangshalle, doch er ging bereits durch die Haustür hinaus.

»Inspector! Warten Sie!«

Er rief über seine Schulter: »Ich glaube nicht an Schicksal, Lady Swift. Ich habe allerdings gelernt, dass manche Dinge einfach nicht sein sollen.«

Als sie am Fenster stand, konnte sie Cliffords Gegenwart spüren.

»Es ist schon paradox, nicht wahr, Clifford, dass der Inspector vermutet, dass ich den Aufenthaltsort seines geflüchteten Häftlings kenne, obwohl ich tatsächlich nicht den blassesten Schimmer habe.«

Er hielt ihr wortlos ein Stück Papier entgegen. Sie nahm es zur Hand und studierte es verwirrt. »Das ist eine Adresse. Ich verstehe nicht ... Was ist das?«

»Der junge Lord Fenwick-Langham erwartet Sie, Mylady.«

Ihre Hand schnellte zu ihrem Mund, das Papier flatterte auf den Fußboden. »Er ... erwartet mich?«

»Ja, Mylady.«

»Wie haben Sie ...?«

»Der junge Lord Fenwick-Langham hat wohl Miss Abigail aus einer öffentlichen Telefonzelle angerufen und sie gebeten, diese Adresse an Mr Sandford weiterzuleiten. Mr Sandford hat diese Information an Lord und Lady Fenwick-Langham weitergegeben, die wiederum ihren Chauffeur damit vorbeigeschickt haben. Der Zettel war versteckt in einem Paar Fasane. Ich vermute, sie befürchteten, genau wie auch die junge Lordschaft, dass die Telefonkabel, die zu

Langham Manor und wohl auch hierher führen, angezapft worden sein könnten.«

Sie zögerte. *Tu es nicht, Ellie! Du liebst diesen Clown doch gar nicht wirklich. Er hält dich zur Närrin, genau wie dein toter Ehemann es getan hat, genau wie ...*

Clifford trat einen Schritt näher an sie heran. »Mylady, ich nehme an, Sie zögern, ob Sie den jungen Lord Fenwick-Langham aufsuchen sollen?«

Sie starrte in die wachsende Dunkelheit hinaus. »Ja, aber ...«

»Lieben Sie ihn?«

Natürlich nicht, Ellie!

Sie sprach mit leiser Stimme. »Ja. Das tue ich.« Sie wandte sich Clifford zu. »Aber ... aber was, wenn ich falsch liege, und er mich ...«

»Nicht liebt, Mylady?«

»Ja. Was, wenn er mich nur ausgenutzt hat ... und gar keine echten ... Gefühle für mich hegt?«

»Dann, Mylady, werden wir den jungen Lord Fenwick-Langham gemeinsam aufsuchen ...« Er zupfte an seinen Manschetten. »... und ich werde ihn eigenhändig umbringen.«

DREISSIG

»Wir sind so gut wie da, Mylady.« Cliffords Stimme riss sie aus ihren Gedanken.

Sie seufzte. »Ich wünschte, es wäre nie so weit gekommen. Ich bin erst seit so kurzer Zeit hier auf The Hall, und doch fühlt es sich ... nun ja, wie ein echtes Zuhause für mich an.« Sie beugte sich vor und drückte seinen Arm. »Danke dafür, Clifford.« Ein schlechtes Gewissen überkam sie. »Sagen Sie den Damen Lebwohl von mir? Und ... und Gladstone? Ich konnte die Verabschiedungen nicht über mich bringen. Sagen Sie jedem einzelnen von ihnen, dass ich sie mir am liebsten schnappen und ganz fest umarmen würde. Und dass es mir leidtut, dass ich sie alle in diesen ... diesen Irrsinn mit hineingezogen habe.«

»Es war von Anfang an ein Vergnügen, Mylady. Und das wird es auch bis zum Ende sein.« Er wies auf das Handschuhfach.

Darin lag eine Brandyflasche mit zwei Gläsern, die in ein feines rotes Samttuch gewickelt waren. Sie gab einen kräftigen Schluck davon in das erste Glas. Als sie das zweite anhob, vernahm sie ein Klirren.

Sie nahm das smaragdgrüne Medaillon, das an einer feinen Goldkette befestigt war, in Augenschein. »Was zum –?« Als sie den Verschluss öffnete, verschlug es ihr den Atem. »Clifford! Ach du liebe Zeit, das bin ja ich, auf dem Knie meines Onkels.«

»Das war Ihr vierter Geburtstag, Mylady. Ihre Eltern haben damals während einem der seltenen freien Zeitfenster zwischen ihren Arbeitsprojekten herrliche zwei Wochen auf The Hall verlebt.«

Sie fuhr mit dem Finger über das Bild und las dann die Widmung, die in den Einsatz eingraviert war.

Es erfordert Mut, aufzuwachsen und zu der Person zu werden, die man wirklich ist. Dein dich ewig liebender Onkel Byron.

Tränen strömten ihr die Wangen herunter. »Ach, Clifford!«

Er zückte ein frisches Taschentuch. »Verzeihen Sie mir, vielleicht hätte ich Ihnen das schon früher geben sollen. Ihr Onkel hat es mir in seinen letzten Stunden anvertraut. Er meinte, ich würde den richtigen Zeitpunkt wissen, es Ihnen zu geben. Ich glaube, der richtige Zeitpunkt ist jetzt gekommen.«

Sie reichte ihm das erste Glas und gab auch in das zweite einen großzügigen Schuss. »Auf meinen Onkel, Clifford.«

Sie stießen an. »Auf die Lordschaft!«

Er lenkte den Wagen von der Straße auf einen Feldweg. »Bereit?«

»Nö.« Sie leerte den Brandy in einem Zug. »Also, los geht's!«

Am Ende des Feldwegs bestrahlten die Frontscheinwerfer eine Scheune, die verlassen und geradezu baufällig erschien. Clifford brachte den Rolls-Royce zum Stillstand und schaltete Licht und Motor aus. Sie stiegen aus, Clifford dicht neben Eleanor. Sie sahen sich im Mondlicht um.

»Ich fürchte, Mylady, der junge Lord Fenwick-Langham wird sich nicht in dieser Scheune befinden, die aussieht, als könnte sie jeden Moment zusammenbrechen.«

»Hier!«, erklang eine Stimme hinter ihnen.

Eleanor fuhr herum. »Brilli!«

»Sherlock, Sie sind gekommen. Ich wusste, Sie würden kommen.« Er saß im Gras, das Gesicht voller Bartstoppeln.

»Ach ja? Waren Sie sich da so sicher? Ich nämlich nicht.«

Sie lächelte, als er ihr eine Locke hinters Ohr strich.

»Liebe Frucht, ich habe nie an Ihnen gezweifelt. Sie sind mir bereits quer durch die ganze Grafschaft hinterhergejagt, was sind da schon ein paar weitere Meilen zusätzlich für ein so hoffnungslos verknalltes Mädel wie Sie?«

»Ein paar Meilen? Wir sind schon seit Stunden unterwegs. Sie sind unmöglich! Und Sie sehen furchtbar aus. Auf der Flucht zu sein, steht Ihnen nicht besonders gut, müssen Sie wissen.«

»Papperlapapp! Ich sehe mit Sicherheit verwegen aus. Wie verwegen genau, das weiß ich leider nicht, ich habe nämlich schon seit Tagen in keinen Spiegel mehr geschaut. Ich habe einen Blick in den Teich dort drüben gewagt, aber den Hecht da drin sollten Sie mal sehen, hätte mir fast den Kopf abgebissen. Das war ein Riesenvieh.«

Sie zog ihn hoch. »Wir müssen los, wir haben keine Zeit.«

»Ich weiß. Ganz schön aufregend, was?«

»Lancelot ...«

»Sherlock, ich kann Ihnen gar nicht sagen, wie froh ich darüber bin, dass Sie gekommen sind. Europa ohne Sie habe ich mir furchtbar öde vorgestellt.«

»Nun, dann hoffen wir mal, dass es bereit für uns ist.«

Mit dem Finger fuhr er ihr über das Kinn und hob ihr Gesicht an. »Was für ein flottes Schickeriapärchen wir abgeben werden! Diese Festlandeuropäer werden sich noch wundern.«

Er beugte sich vor, bis seine Lippen die ihren ganz leicht streiften.

Ein Hüsteln unterbrach sie. »Mylady, der Mann, mit dem ich telefoniert habe, bevor wir aufgebrochen sind, wird sich in wenigen Minuten an der Hauptstraße mit mir treffen. Bis dahin sollten Sie hier sicher sein.«

Während Clifford davonbrauste, schaute Lancelot sie fragend an.

»Falsche Reisepässe, vermute ich.«

Er stieß einen Pfiff aus. »Mr Clifford verfügt aber über nützliche Kontakte.«

Er fuhr herum, führte sie tanzend in die Scheune und schloss das Tor hinter sich. Im Inneren fiel der Lichtschein des Mondes auf die Heuballen und auf …

»Florence! Wie bist du denn hierhergelangt?«

Das Flugzeug, das einer vergoldeten Libelle glich, stand mitten in der Scheune.

Lancelot grinste. »Tatsächlich ist das gar nicht Florence. Allerdings das gleiche Modell. Ich bin per Motorrad gekommen. Es wäre zu gefährlich gewesen, zu versuchen, Daphne zu holen, außerdem hätte mich hier jeder landen hören und sehen können.« Er seufzte. »Ich werde sie vermissen.«

Eleanor schüttelte den Kopf. »Aber wie um Himmels willen sind Sie denn an ein anderes Flugzeug gekommen?«

»Ach, na ja, wir Fliegerfritzen sind eine verschworene Gemeinschaft, wissen Sie, wie ein privater Klub. Wir sind nicht viele, also helfen wir einander mit Reparaturen und Teilen und so weiter aus. Das hier gehört Hugo Fotherington, einem Kumpel von mir, den ich schon seit Schultagen kenne.«

»Und er hat es Ihnen geschenkt?«

»Mein Gott, nein! Der Plan besteht darin, damit im Schutze der Dunkelheit rüber auf den Kontinent zu fliegen, auf einer privaten Landepiste zu landen, die einem anderen Kumpanen gehört, und es dort zu verstecken. Hugo kommt dann irgendwann später vorbei, wenn sich der ganze Rummel gelegt hat, und fliegt den Vogel wieder zurück. Ein Flugzeug ist wie eine ...« Er beäugte Eleanor von oben nach unten. »Wie eine bezaubernde Frau. Man kann sich nicht von ihm trennen. Daphne zurückzulassen hat mir das Herz gebrochen, aber ...« Er zuckte mit der Schulter. »Und, was halten Sie von meiner kleinen eleganten Zweitwohnung?« Er präsentierte ihr die Scheune mit einer Handbewegung. »Reizend, nicht? Wobei man sagen muss, nach dieser erbärmlichen Zelle kommt mir das hier wie ein Palast vor.«

»Ja, reizend.« Sie trat einen Schritt zurück. »Aber was zur Hölle haben Sie da eigentlich an?«

»Elegant, nicht?« Er wirbelte herum. »Die Kniehosen habe ich mir geliehen.«

»Von wem zum Teufel?«

»Von einer äußerst dienlichen Wäscheleine.«

Sie rieb sich die Stirn. »Lancelot, hören Sie, ich muss etwas wissen, bevor ich mich dazu bereit erkläre, mit Ihnen zu gehen.«

Er schmollte. »Sherlock, Sie wollen doch nicht etwa eine dieser furchtbar peinlichen Floskeln hören, die Frauen immer hören wollen, eine Erklärung unsterblicher Liebe etwa, weil, schon gut, ja, aber –«

Sie beugte sich hinüber und legte ihm ihre Hände auf den Mund.

»Ich will jetzt überhaupt nichts in der Art hören, Sie dämlicher Strolch. Wir befinden uns auf der Flucht, Sie Esel. Ich will nur, dass Sie ehrlich mit mir sind. Ich weiß, dass Sie versucht haben, die Juwelen Ihrer Mutter zu stehlen, aber ... den Colonel?«

Lancelot nahm sanft ihre Arme. »Nein, ich habe den Colonel nicht umgebracht. Ich schwöre, Ehrenwort.«

Erleichtert ließ sie ihre Schultern fallen. Sie glaubte ihm.

Er strich ihr über die Wangen. »Sherlock, ich weiß nicht, wie das Ganze ... ausgehen wird. Sind Sie trotzdem dabei?«

Sie biss sich auf die Unterlippe. »Das hier ist kein Spiel, Brilli.« Sie musterte sein Gesicht. Dann zuckte sie zusammen. Irgendetwas stimmte hier nicht.

Eine Flamme züngelte sich durch einen Spalt zwischen den Holzbrettern. »Lancelot, los!« Sie rannte zum Tor und warf sich dagegen. Es gab nicht nach, sodass sie zu Boden stürzte.

Er zerrte sie am Arm zurück auf ihre Beine. »Was zur Hölle ist hier los?«

»Feuer! Irgendjemand hat die verdammte Scheune in Brand gesetzt!« Sie hämmerte aufs Neue gegen die Tür. »Verriegelt. Sie haben sie verriegelt.«

Auf der Suche nach einem anderen Ausweg wirbelte sie herum. Die Flammen breiteten sich rasch ins Innere aus und zwangen sie zum Rückzug. Der Balken oberhalb des Tores gab nach, brach und stürzte zusammen mit dem halben Heuboden hinab. Von Hitze und Rauch übermannt gingen sie hinter dem Flugzeug in Deckung, während die zundertrockenen Heuballen in Flammen aufgingen.

»Es gibt keinen Ausweg, Sherlock, wir sitzen in der Falle.« Er umschloss ihr rußverschmiertes Gesicht und küsste sie. »Verdammt, Sherlock, und ich dachte, wir hätten eine gemeinsame Zukunft.«

Sie gab sich seinem Kuss hin, stieß ihn dann aber unvermittelt von sich. »Noch ist es nicht zu spät!«

Sie kletterte hinter dem Flugzeug hervor, schnappte sich eine Metallstange vom Scheunenboden und schwang sie mit einem wilden Schrei gegen die Rückwand. Nach dem Aufschlag prallte sie von den dicken Bohlen zurück und verfehlte ihren Kopf dabei nur um Haaresbreite.

In diesem Augenblick kollabierte das Scheunentor in einem Funkenhagel ins Scheuneninnere. Die brennenden Ballen wurden von etwas auseinandergeschoben, das aussah wie die Miniaturversion eines Schneepflugs, der an einem Fahrzeug befestigt war ... Es war ihr Rolls-Royce.

Das Auto kam ruckartig zum Stillstand. Clifford beugte sich aus dem Fenster. »Einsteigen!«

Als der Deckenträger schließlich vollends kapitulierte, stürzte auch der Rest des Dachs ein. Lancelot stieß Eleanor außer Reichweite der herabfallenden Holzplanken und ins Auto. Ehe er ebenfalls ins Auto springen konnte, rollte der Rolls-Royce nach vorn und krachte durch die Hinterwand.

In sicherer Entfernung von der schwarzen Rauchsäule und dem lodernden Heu, das teils brennend durch die Luft flog, hielt Clifford den Wagen an.

Sie richtete sich mühsam auf. »Lancelot!« Sie kletterte aus dem Rolls-Royce und rannte zurück in Richtung des brennenden Gebäudes.

»Sherlock! Wo wollen Sie denn hin?«

Sie fuhr herum. Lancelot stand auf der Heckstoßstange und umklammerte mit den Händen das Dach. Er sprang hinunter. Sein grinsendes Gesicht war rußverschmiert und er schloss sie fest in seine Arme.

Ein dezentes Hüsteln brach den Zauber. Clifford stand dicht neben ihnen.

Lancelot sah auf und schüttelte den Kopf. »Clifford, Sie sind einfach der Größte und noch viel mehr! Mittlerweile glaube ich, all die Märchen von Ihnen und Lord Henley, mit denen mich Sandford einst unterhalten hat, sind tatsächlich wahr. Er hatte mir von einer schneepflugartigen Rammvorrichtung berichtet, die Lord Henley erfunden habe, aber das habe ich nur für eine weitere Fabel gehalten. Und jetzt ...« Er klapste Clifford auf die Schulter. »... habe ich sie mit eigenen Augen gesehen. Nicht übel.«

»Danke, Mylord, allerdings möchte ich mich dafür entschuldigen, einfach losgefahren zu sein. Ich hatte das

Gefühl, nicht länger warten zu können.« Clifford klopfte sich die Asche von seinem Anzug.

»Clifford, Gott segne Sie, ich stehe auf ewig in Ihrer Schuld.« Eleanor beugte sich vor und verpasste ihm einen Kuss auf die Wange.

Zum ersten Mal schienen ihm die Worte zu fehlen.

Lancelot gluckste und zog Eleanor nah zu sich heran. »Ich glaube, Sie erröten, Clifford. Sie ist wirklich eine fürchterliche Herrin, nicht wahr?«

»Wie dem auch sei.« Sie wies auf Clifford. »Schelten Sie mich nie mehr dafür, die Gänge knirschen zu lassen!«

Der Rest der brennenden Scheune kollabierte hinter ihnen unter einem entsetzlichen Ächzen. Sie alle fuhren herum und starrten in die Flammen.

Lancelot seufzte theatralisch. »Nun, das war's dann wohl mit unserer geflügelten Flucht.«

Clifford nickte. »In der Tat, Mylord, ohne ein Flugzeug wird Ihre Flucht um einiges riskanter werden. Es besteht allerdings die Möglichkeit, von Aberdeen aus einen Fischkutter zu erwischen.«

Lancelot grinste. »Wenn wir es auf dieses Boot schaffen wollen, sollten wir uns besser sputen.« Er versuchte, in den Rolls-Royce zu steigen, doch Eleanor stellte sich ihm in den Weg. »Hör mal, altes Haus, wir müssen wirklich –«

»Nein!« Die Flammen des brennenden Gebäudes spiegelten sich in ihren Augen. »Das war's. Kein Weglaufen mehr!«

Er nahm sie bei der Hand. »Sherlock ...«

Sie schüttelte ihn ab. Irgendetwas hatte sich verändert. »Hören Sie, trotz all des Nervenkitzels meiner sogenannten Abenteuer, so bin ich doch in Wahrheit seit dem Verschwinden meiner Eltern immer nur vor meinen Problemen davongelaufen. Jetzt aber habe ich endlich einen Ort gefunden, der wie ein Zuhause für mich ist, und Menschen ...« Sie sah Clifford an. »... die ich als Freunde bezeichnen kann, und ...« Sie ergriff

Lancelots Hand aufs Neue. »... mehr noch, so viel mehr, und darum ... darum werde ich auf GAR KEINEN FALL zulassen, dass mir das jemals wieder genommen wird, geschweige denn, dass jemand versucht, mich und meine neuen Freunde umzubringen.« Clifford und sie sahen sich kurz an. »Jetzt wird der Spieß umgedreht!«

Clifford nickte, seine Augen funkelten. »Die Worte einer echten Swift, Mylady.«

Lancelot sah abwechselnd von ihr zu Clifford. »Sherlock! Ich verstehe nur Bahnhof, helfen Sie mir. Was ist der Plan?«

»Die Gejagten werden jetzt zu den Jägern. Bereit?«

Er hob geschlagen die Hände in die Luft. »Was auch immer Sie sagen, Sherlock.«

»Clifford, kennen Sie einen sicheren Ort, den wir aufsuchen könnten?«

»Durchaus, Mylady.«

Als sie mit Lancelot auf der Rückbank Platz genommen hatte, lehnte sich Eleanor zu Clifford nach vorn. »Ach, übrigens, Clifford, wozu genau hat mein Onkel eigentlich diese Vorrichtung am Rolls-Royce genutzt?«

Clifford lenkte das verbeulte Auto auf die Straße.

»Eichhörnchen, Mylady.«

EINUNDDREISSIG

Die letzten vierundzwanzig Stunden hatten Eleanors Körper stark in Mitleidenschaft gezogen. Umso mehr genoss sie es nun, sich an Lancelot schmiegen zu können. Seine Ärmel waren bis zu den Ellbogen hochgerollt und seine kräftigen Unterarme lagen um ihre Schultern. Als sie aufblickte, stellte sie fest, dass er sie anstarrte.

»Alles in Ordnung, Brilli?«, flüsterte sie.

»Nein, ich fühle mich ganz komisch. So habe ich mich noch nie gefühlt, mir ist ganz schwindelig zumute.« Er sprach ganz leise.

»Vielleicht ist Ihnen all der Rauch zu Kopfe gestiegen.«

»Nein, das ist es nicht. Der Schwindel stammt von meiner Verliebtheit in einen unfassbaren Rotschopf mit den unglaublichsten grünen Augen. Meinen Sie, dass sie weg sein wird, wenn ich jetzt eindöse und später wieder aufwache?«

»Sehr wahrscheinlich. Dann wird sie vermutlich zur Vernunft gekommen sein.«

»Lady Swift, Sie schockieren mich immer wieder.«

»Ab jetzt nur noch Eleanor.« Sie zwinkerte ihm zu und schmiegte sich erneut an ihn.

Der hypnotische Takt des Motors wog sie schon bald in einen tiefen Schlaf, ehe sie durch den Kuss geweckt wurde, den Lancelot ihr auf die Stirn gab.

»Sherlock?«

Eleanor setzte sich auf und rieb sich die Augen, bevor sie einen dunklen, überwucherten Backsteinbogen über und hinter ihnen ausmachen konnte. Dann streckte sie ihre steifen Glieder. Sie stiegen aus dem Auto und sahen sich im Mondschein um.

»Clifford«, wisperte sie, »wo sind wir hier?«

»In Northington, einem Weiler westlich von Little Buckford, Mylady. Hier sollten wir sicher sein. Einige der ... schillernderen Bekanntschaften Ihres Onkels haben hier Unterschlupf gefunden. Wenn Sie einen Augenblick warten möchten.«

Er setzte den Rolls-Royce rückwärts auf etwas zu, das aussah wie ein efeubewachsener Erddamm. Tatsächlich aber durchkreuzte der Wagen den Efeuvorhang und verschwand. Der Motor erstarb, und einen Augenblick später tauchte Clifford wieder auf. »Wenn Sie mir folgen möchten, Mylord, Mylady.« Er ging voran über einen Schleichweg, der zu einem einsamen, von Dunkelheit umhüllten Cottage führte.

Als sie eingetreten waren und das Licht eingeschaltet hatten, sah Eleanor sich um. Clifford wies auf den Weidenkorb auf dem einfachen Holztisch. »Vielleicht wünschen Sie, eine kleine Stärkung einzunehmen.«

»Unbedingt! Ich habe einen Sterbenshunger!« Lancelot rieb sich seinen Bauch, öffnete den Deckel und frohlockte. »Eine Pastete mit Schinken und Ei, ein Teller mit Aufschnitt, zwei riesige Stücke Käse, Sandwiches, drei Flachmänner und mehr. Mr Clifford, ich verneige mich vor Ihnen!«

Eleanor strahlte. »Ach herrje, der arme Knastbruder ist am Ende seiner Kräfte. Er sieht ziemlich hungrig aus.«

Clifford füllte zwei große Gläser mit Sherry und reichte sie ihnen beiden.

Lancelot reckte den Daumen nach oben, während er ein großes, in eine Schinkenscheibe gehülltes Stück Käse hinunterschluckte. »Ehrlich, ich könnte ein Pferd verdrücken, zumindest aber einen stattlichen Hund. Ich habe seit gestern nichts mehr gegessen. Einen solchen Nahrungsentzug kann ein Kerl wie ich nicht lange durchhalten. Wie spät ist es jetzt?«

Clifford zückte seine Taschenuhr. »Zwölf Uhr siebenundzwanzig, Mylord.«

Eleanor lachte. »Ich glaube, ich habe den ersten Kratzer auf Ihrer blitzblanken Butlerrüstung entdeckt, Clifford.«

Er hob eine Augenbraue. »Wie das, Mylady?«

»Weil Sie Ihre makellose Zeitnahme im Stich gelassen hat. Es ist nicht zwölf Uhr siebenundzwanzig, sondern erst elf Uhr fünfzig. Sehen Sie.« Sie hielt ihm die Taschenuhr ihres Onkels unter die Nase. »Sie wurde erst letzten Monat gewartet, also muss sie korrekt sein.«

Clifford nickte. »In der Tat, Mylady, allerdings werden Sie, wenn Sie das Ziffernblatt einmal länger kontrollieren, feststellen, dass sich der zweite Zeiger nicht bewegt.«

Lancelot beugte sich über den Tisch und nahm Eleanor die Uhr aus der Hand. »Sie haben wie üblich Recht, Clifford. Das verflixte Ding ist stehen geblieben. Warum ist es nur um elf Uhr fünfzig stehen geblieben? Na klar! Sie muss bei der Flucht aus der Scheune kaputt gegangen sein.«

Eleanor zog eine Schnute. »Die Uhr liegt mir am Herzen. Sie erinnert mich an die schönen Momente mit meinem Onkel.«

Lancelot reichte ihr die Uhr zurück und schmunzelte. »Das beweist einmal mehr, dass es keinen Sinn hat, all diese teuren Wartungen zu bezahlen, man könnte sie ja auch einfach nur auf die richtige Uhrzeit vordrehen, dann ist sie so korrekt wie die von Clifford!«

Eleanor schlug auf den Tisch und sprang auf. »Das ist es!«

Lancelot hielt mit einem Stück Schinken und einer Pastete in der Hand inne. »Aber, aber, altes Mädchen, was ist *es*?«

»Na, die Antwort, natürlich!«

»Worauf?«

Sie blickte zu Clifford hinüber, der sie ebenfalls fragend ansah. Doch in seinen Augen dämmerte die Erkenntnis. Er wandte sich Lancelot zu. »Auf die Frage, wie wir Ihre Unschuld beweisen können, Mylord.«

Lancelot sah die beiden abwechselnd an. »Äh ... das hört sich ja fabelhaft an, aber könnte mir vielleicht irgendjemand erklären, inwiefern Lord Henleys olle Uhr meine Unschuld beweisen kann?«

Da Eleanor zu aufgeregt war, um sitzen zu bleiben, durchschritt sie beim Sprechen den Raum. »Die Schwierigkeit, zu beweisen, dass jemand anders den Colonel ermordet hat, rührt daher, dass die Polizei meint, den genauen Zeitpunkt seines Todes zu kennen.«

»Acht Uhr dreiundzwanzig.«

»Haargenau, Clifford, acht Uhr dreiundzwanzig, weil das der Zeitpunkt war, an dem die Uhr des Colonels stehen geblieben war, nachdem sie auf dem Kamin zertrümmert wurde.«

Lancelot runzelte die Stirn. »Dann meinst du also, dass seine Uhr *nicht* stehen geblieben ist, als er ermordet wurde?«

Eleanor schüttelte ungeduldig den Kopf. »Doch, natürlich ist sie das, Dummkopf! Ach, erklären Sie's ihm doch bitte, Clifford, ich muss nachdenken.«

»Ja, Mylady.« Clifford sah Lancelot an. »Die Uhr des Colonels erfasste tatsächlich die Uhrzeit seines Todes, Mylord. Allerdings war das nicht um acht Uhr dreiundzwanzig. Nachdem der Mörder den Colonel getötet hatte, nahm er dessen Uhr zur Hand und schlug sie gegen das Kaminsims, sodass sie zu Bruch ging und stehen blieb. Somit verschaffte er sich selbst ein Alibi und zerstörte das Ihre, Mylord.«

Lancelot stieß einen leisen Pfiff aus. »Beim Jupiter, was für ein gewiefter Kerl! Dann hat er also den alten Colonel umgebracht, die Uhr zertrümmert und sie um, sagen wir, fünfzehn Minuten vorgestellt?«

Clifford dachte einen Augenblick nach. »Womöglich etwas weniger, Mylord. Es musste gerade genug Zeit sein, um es dem Mörder zu ermöglichen, sich vor dem Zeitpunkt, zu dem die Leiche gefunden wurde, wieder unter die Gästeschar zu mischen, aber nicht mehr. Denn jede weitere Minute hätte das Risiko erhöht, dass jemand anders als Ihre Lordschaft die Leiche vorfindet.«

Eleanor, die noch immer auf und ab ging, unterbrach ihn. »Aber der Mörder nahm ein weiteres Risiko in Kauf. Der Colonel besaß nämlich eine Taschenuhr, mit der habe ich ihn sogar einmal gesehen, allerdings war es die Sorte, die sich mithilfe eines Riemens in eine Armbanduhr verwandeln lässt.«

Lancelot nickte. »Ich bin mit diesem Uhrentypus vertraut, für mein Dafürhalten etwas altmodisch, aber andererseits war der Colonel das ja ebenfalls.«

Clifford nickte. »In der Tat, Mylord, allerdings erfreuen sich solche Uhren bei Offizieren aus Colonel Puddifoot-Bartons Generation großer Beliebtheit.«

Eleanor wedelte mit der Hand. »Wie auch immer! Das, worauf es ankommt, ist Folgendes: Als ich zu Beginn des Abends mit ihm sprach, trug er die Uhr nicht an seinem Handgelenk. Das sperrige Ding wäre mir aufgefallen.«

»Ah ja!« Lancelot reckte einen Finger in die Luft. »Dann musste der Mörder also darauf hoffen, dass niemandem auffallen würde, dass sich die Uhr nun am Handgelenk des Colonels befand und nicht mehr in seiner Tasche?«

Clifford nickte. »Exakt, Mylord. Hätte sich die Uhr in der Tasche des Colonels befunden, als die Polizei sie aufgefunden hat, hätte diese sich vermutlich gefragt, wieso sie so irreparabel beschädigt war. Das bedeutet auch, dass der Mörder den Colonel gut genug gekannt haben muss, um sich darauf zu verlassen, dass er seine Uhr überhaupt bei sich tragen würde. Dann wiederum war bei einem Mann mit dem militärischen Hintergrund und überpünktlichen Habitus des Colonels davon auszugehen, dass er nie ohne Uhr unterwegs sein würde.«

Eleanor blieb stehen und fuhr herum. »Das ist es! Damit können wir herausfinden, wer der Mörder und Juwelendieb ist.« Eleanor blickte zu Clifford. »So wie ich Clifford kenne, bin ich mir jedoch sicher, dass er dies bereits ausgetüftelt hat.«

Clifford machte eine Halbverbeugung vor Eleanor. »Danke, Mylady, allerdings bin ich der Auffassung, dass Ihnen diese Ehre gebührt. Nach Ihrer brillanten Schlussfolgerung, dass der Mörder Colonel Puddifoot-Bartons Uhr vorgestellt haben muss, kann die Identität des Mörders und Juwelendiebs nun anhand eines simplen Ausschlussverfahrens ermittelt werden.«

Lancelot beäugte die beiden erneut im Wechsel. »In Ordnung, ich kapituliere!«

Nun war Eleanor an der Reihe zu schmunzeln. »Eigentlich war uns bereits von Anfang an klar, dass der Colonel nicht um acht Uhr dreiundzwanzig ermordet worden sein konnte, denn falls dem so gewesen wäre, wären die einzigen beiden Menschen, die für die Tat infrage gekommen wären, jene, die sich zu diesem Zeitpunkt in dem Zimmer befanden. Nämlich du und ich, Lancelot. Und da ich weiß, dass ich es nicht gewesen bin –«

»Und ich weiß, dass auch *ich* es nicht gewesen bin.«

»Genau. Folglich muss der Colonel also früher ermordet worden sein.«

»Acht bis zehn Minuten nach der vollen Stunde, vermuten wir. Um diese Zeit hat Parsons den Colonel nämlich hinaufgehen sehen«, verdeutlichte Clifford.

Lancelot runzelte die Stirn und versuchte, den Geschehnissen zu folgen. »Ich verstehe. Das bedeutet also, dass jeder, der sich zu dieser Zeit nicht unter den Gästen befunden hat, der Mörder sein könnte, wie aber können wir das eingrenzen? Wir können ja jetzt gerade nicht einfach umherlaufen und von allen Leuten neue Alibis einfordern, oder?«

Ein Hüsteln unterbrach sie. Clifford streckte ihr das Notizbuch entgegen.

Eleanor lächelte. »Danke, Clifford.« Sie öffnete das Notizbuch und überflog hastig die Seiten, um ihrem Gedächtnis auf die Sprünge zu helfen. Sie betrachtete die Liste der Verdächtigen und übersprang dabei Lancelots Namen. »So, Lord Hurd haben wir ja bereits ausgeschlossen. Unsere ersten ernsthaften Tatverdächtigen sind die Gräfinwitwe und Cora. Allerdings trafen diese kurz nach meinem Sturz ein, also ungefähr zu dem Zeitpunkt, an dem der Mörder den Colonel hinaufgelockt haben muss ...« Sie hielt inne, und ihre Hand flog zu ihrem Mund.

Lancelot sah sie verwirrt an. »Was ist los, altes Mädchen?«

»Mir ist soeben bewusst geworden, dass der Mörder vermutlich auf den passenden Moment gewartet hat, den Colonel nach oben zu locken, und mein Sturz vor versammelter Gästeschar war vermutlich genau das, worauf er gewartet hat! Tatsächlich meinte der Inspector, dass ich so gut wie jeden abgelenkt hätte, seine eigenen Männer inklusive.«

Sie blickte von Clifford, der nickte, zu Lancelot, der sie mit dem Mund voller Schinkenpastete erwartungsvoll ansah.

Sie seufzte. »Na ja, daran lässt sich nichts ändern. Wo war ich? Ach genau, damit scheiden die Gräfinwitwe und Cora aus. Auch Viscount Littleton half mir auf, und auch die Viscountess war zugegen, wenngleich sie, genau wie die Gräfinwitwe, nicht eben mitfühlend war.« Sie spähte auf das Notizbuch hinunter und strich die vier Namen durch.

Lancelot aß den letzten Bissen seiner Pastete. »Wer also bleibt übrig?«

»Nun, dich haben wir ja bereits ausgeschlossen.« Sie grinste ihn an. »Damit bleibt also nur noch deine ›Bright Young Things‹-Bande übrig. Wir hatten schon die ganze Zeit den Verdacht, dass der Juwelendieb und spätere Mörder einer von ihnen ist. Und noch etwas: Mir ist gerade eingefallen, was mir die ganze Zeit nicht einfallen wollte. Es geht um etwas, das der Inspector gesagt hat. Laut ihm war einer der Gründe dafür, dass du der Juwelendieb sein musstest, Brilli, die Tatsache, dass der Tresor nicht gesprengt worden war und schlicht nicht genug Zeit dafür gewesen sein konnte, das Schloss zu knacken.«

Clifford und Eleanor blickten zu Lancelot, der unter ihrem anklagenden Blick errötete. »Nun, du glaubst doch nicht, dass ...« In seinen Augen dämmerte die Erkenntnis. »Mensch, was bin ich doch für ein Dummkopf gewesen. Ich habe der Bande erzählt, dass ich Maters Juwelen stehlen wollte, und eine der beiden Schwestern, ich weiß nicht mehr, welche es war, fing an, mich zu necken, und meinte, dass ich dazu gar nicht in der Lage wäre, weil ich vermutlich noch nicht einmal die Ziffernkombination wüsste, um den Tresor zu öffnen. Nun, natürlich kannte ich diese, die Erzeuger trauen mir, also habe ich den Code aus meinem Gedächtnis wiedergegeben, nur um es ihnen zu beweisen.« Er zuckte mit der Schulter.

Clifford hüstelte. »Das bedeutet, dass sie alle den Code kannten.«

Eleanor hob den Zeigefinger. »Ah! Wie allerdings bereits besprochen, sind wohl weder Coco noch Millie stark genug, um dem Colonel auf den Kopf zu schlagen, also können wir die Schwestern außen vor lassen. Somit bleiben nur noch Albie, Johnny und Lucas übrig. Stimmt doch, nicht wahr, Clifford?«

»Ja, Mylady. Und wenn wir davon ausgehen, dass die Person, die Colonel Puddifoot-Barton ermordet hat, auch Mr Appleby ermordet hat ...«

»Genau, Albie können wir ausschließen, womit noch Johnny und Lucas übrig bleiben. Nun, Pickerton, der Zweite

Kutscher, wusste zwar, dass Lucas angeblich vorzeitig aufgebrochen war, allerdings hat er ihn nicht persönlich gehen sehen, sodass Lucas genug Zeit geblieben wäre, um vor seinem Aufbruch noch den Colonel zu ermorden.«

»Oder er ist zurückgegangen, hat sich erneut ins Haus geschlichen und ihn umgebracht?«, schlug Lancelot vor.

Clifford nickte. »Das wäre zeitlich sehr knapp geworden, Mylord, aber auch die Möglichkeit besteht.«

Lancelot blickte erwartungsvoll von Clifford zu Eleanor. »Jetzt lasst mich doch nicht so zappeln. Welcher von beiden ist es?«

Eleanor ignorierte ihn. Sie schritt auf und ab durch die Küche. »Der Mörder ist uns in jeder Runde einen Schritt voraus gewesen. Wir brauchen einen Plan, Clifford.«

Er runzelte die Stirn. »Nun, ich habe einen groben Plan, Mylady. Dieser weist jedoch zwei möglicherweise schwerwiegende Mängel auf.«

»Die da wären?«

Er hüstelte. »Erstens könnte er Sie womöglich in eine gefährliche, wenn nicht gar lebensbedrohliche Situation bringen.«

Lancelot sprang auf. »Augenblick mal, Clifford! Ich glaube, dass sie inzwischen genug Gefahren ausgesetzt war.«

Sie wandte sich ihm zu. »Hast du denn einen anderen Plan, Besserwisser?«

»Ähm, nö.«

Sie scheuchte ihn mit der Hand weg und wandte sich erneut Clifford zu. »Und der zweite Mangel?«

»Wir müssten uns dafür einen Elefantentöter beschaffen, da Ihr verstorbener Onkel es bedauerlicherweise nicht für nötig erachtet hat, das hiesige Arsenal durch einen solchen zu ergänzen.«

Sie klatschte auf ihr Bein. »Verdammt!«

»Ich kann Ihnen einen besorgen«, sagte Lancelot, ohne aufzublicken.

Sie starrten ihn überrascht an.

Er zwinkerte ihnen zu und grinste. »Na, wer ist jetzt der wichtigste Teil unseres Trios, hm?«

ZWEIUNDDREISSIG

Irgendwo draußen in der eleganten Empfangshalle schlug eine Kaminuhr sanft zwei Uhr. Eine leichte Brise ließ die bodenlangen silberfarbenen Vorhänge rascheln und blies einen Hauch kühler Morgenluft ins Innere. Das Chesterfieldsofa knarrte, als Eleanor ihre Sitzposition anpasste. Sie hatte lange genug dagesessen, um jeden einzelnen Zentimeter des Raumes auf sich wirken zu lassen, von der Wendeltreppe in der Mitte bis hin zu dem Schlafzimmer mit der offenen Empore. Der Landsitz inmitten eines großen Parks war in luxuriöse Apartments für Gentlemen mit den entsprechenden finanziellen Mitteln verwandelt worden. Zu jedem anderen Zeitpunkt hätte Eleanor die Eleganz des neuen Apartments bewundert, doch heute Nacht gingen ihr wichtigere Gedanken durch den Kopf. *Das dauert ja Ewigkeiten, Ellie!*

Das Klicken der Haustür ließ sie erstarren. Es folgte das Klacken eines Herrenabendschuhs auf dem schwarz-weißen Marmorfußboden der Halle. Die Schritte pausierten und überquerten dann den dicken, runden Teppich des angrenzenden Empfangszimmers.

Johnny Seaton blieb mit einem überraschten Gesichtsausdruck in der Türöffnung stehen. Er gewann seine Fassung jedoch schnell wieder, streifte sich seinen weißen Seidenschal vom Hals und hängte ihn über den goldenen Ständer der Stehlampe neben ihm.

»Das ist aber eine Überraschung, Lady Swift.«

Eleanor nickte mit grimmigem Gesichtsausdruck. »Ich musste dich umgehend sehen. Der Nachtportier war sich nicht sicher, wann du zurückkehren würdest, darum habe ich ihn gefragt, ob ich bis zu deiner Ankunft hier auf dich warten darf.«

Er streifte sein Jackett ab und löste den Knoten seiner Fliege. »Ich verstehe. Guten Abend, übrigens, ich glaube diesen Teil habe ich vergessen. Und bitte entschuldige die lange Wartezeit. Ich war mit ein paar Kumpels aus Oxford verabredet. Ein exzellentes Steak und ein sogar noch exzellenterer Romanée-Conti.« Er schmunzelte. »Ein echter Junggesellenabend, könnte man sagen. Nun, ich kümmere mich um die Cocktails, und du verrätst mir, welchem Umstand ich dieses entzückend unerwartete Vergnügen zu verdanken habe.« Er tänzelte durch den Raum und drehte eine zusätzliche Runde um den goldenen Tisch in der Mitte. »Was darf es sein?«

»Hör mal, es ist wirklich wichtig, aber gut, ich nehme einen Angel Face.«

»Na, so was, da sitzt aber doch schon ein Engel auf meinem Sofa. Doch verrate mir, meine Liebe, wenn du nicht gekommen bist, um Cocktails mit mir zu schlürfen, was führt dich dann um zwei Uhr morgens zu mir?«

Eleanor beugte sich vor. »Ich weiß, wer der Juwelendieb und Mörder von Colonel Puddifoot-Barton ist.«

Er drehte sich um und schnippte den Korken eines Dekanters mit dem Daumen weg. »Gute Güte, anscheinend hatte Lancelot recht, du bist tatsächlich eine echte Spürnase. Einmal Angel Face, einmal Hanky Panky.« Er reichte ihr ein Glas, nahm auf dem anderen Chesterfieldsofa Platz und schlug die Beine übereinander. »Also, raus mit der Sprache, wer ist es?« Er erhob sein Glas, und sie tat es ihm gleich. »Und wieso bist du hierhergekommen, um es mir zu sagen? So sehr es mir auch schmeichelt.«

Sie stellte ihren Drink auf dem Tisch ab. »Johnny, die Sache ist ernst. Ich glaube, du befindest dich in Gefahr.«

Er nahm einen Schluck von seinem Cocktail. »Wieso ausgerechnet ich?«

»Weil er weiß, dass du ihm auf der Spur bist. Genauso wie Albie ihm auf der Spur war.«

Johnny ging seiner lässigen Attitüde verlustig. Er beugte sich vor. »Albie? Glaubst du, dass Albie ... ermordet worden ist?«

Sie nickte. »Das glaube ich nicht, das *weiß* ich sogar. Durch dieselbe Person, die die Juwelen gestohlen, den Colonel ermordet und Lancelot in die Falle gelockt hat.«

Johnny sah sichtlich erschüttert aus. »Armer alter Albie«, murmelte er. »Ich hätte etwas sagen sollen, aber ...« Er sah zu ihr auf. »Es ist Lucas, nicht wahr?«

Sie nickte. »Du wusstest es, oder?«

Er nickte müde. »Wissen würde ich nicht sagen, es war mehr eine Ahnung. Und erst seit Kurzem, wirklich. Die Dinge passten einfach nicht zusammen. Der Juwelendieb schien immer dann zuzuschlagen, wenn die Bande zugegen war, und Lucas und sein alter Herr kennen sich so gut mit Juwelen aus. Was dann alle Zweifel beseitigt hat, war –«

»Als du ihn den Kirchturm hinaufkraxeln sahst?«

Er nickte abermals. »Da hat sich das Puzzle irgendwie vervollständigt. Ich hatte allerdings keine Ahnung, dass er Albie umgebracht hat, das habe ich wirklich für einen Unfall gehalten.«

»Nun, mir war bewusst, dass du Lucas verdächtigtest, und

ich habe die verstohlenen Blicke bemerkt, die Lucas dir zugeworfen hat. Ich bin mir sicher, dass er weiß, dass du ihn durchschaut hast. Und da ist noch etwas.« Sie beugte sich vor. »Lucas hat mir gegenüber etwas erwähnt. Er hat mir erzählt, dass er dich verdächtigt, irgendwie in die Juwelendiebstähle und den Mord am Colonel –«

»Warum zum –?«

Eleanor hob beschwichtigend die Hand. »Hör zu, Johnny, uns bleibt keine Zeit. Die Polizei hat die versteckten Juwelen in Lancelots Auto gefunden, und Lucas –«

»Du meinst wohl in seinem Flugzeug?«

Eleanor versteifte sich. »In seinem ... seinem Flugzeug?«

Johnny nickte. »Ich dachte, die Polizei hätte gesagt, dass der Idiot das Diebesgut in seinem Flugzeug versteckt hatte.« Ein Hauch eines Zweifels huschte über sein Gesicht. »Vielleicht täusche ich mich auch.«

Denk nach, Ellie! Sie zwang sich, sich nach hinten zu lehnen. Ihr schwirrte der Kopf, obwohl sie noch keinen einzigen Schluck von ihrem Drink genommen hatte. Sie nickte auf sein leeres Glas zu. »Vielleicht brauchst du einen zweiten.«

Er stand auf. »Du?«

Sie schüttelte den Kopf. »Danke, nein.«

Er ging zur Bar, mixte sich einen weiteren Drink und setzte sich wieder. Da unterbrach ein langsames Klatschen ihr Gespräch. Als sie beide den Blick nach oben richteten, erblickten sie Coco, die die Wendeltreppe hinunterstolziert kam.

»Glückwunsch, Eleanor. Du bist wirklich eine Meisterin deines Fachs.«

»Coco!« Johnny erhob sich und blickte abwechselnd zwischen den beiden Frauen hin und her.

Eleanor starrte Coco an, und ihr Kopf schwirrte sogar noch mehr. Irgendwie gelang es ihr, eine ruhige Stimme zu bewahren. »Ach Gottchen, Coco, ich hätte dich eigentlich nicht für eine dieser Frauen gehalten, die anderen hinterherspionieren.«

Coco lachte trocken. »Nein, das hast du wohl nicht. Und das mag daran liegen, dass du in der Lage bist, einen Mann zu täuschen, insbesondere einen mit einer übersteigerten Libido.« Sie bedachte Johnny mit einem strengen Blick. »Mich aber täuschst du nicht. Anscheinend bist du es gewohnt, deinen Charme einzusetzen, um zu bekommen, was du brauchst. Vielleicht hast du es so ja auch um die Welt geschafft? Einfach mit den Wimpern klimpern und die Schenkelchen aufblitzen lassen?«

Eleanor lachte und versuchte verzweifelt, zu improvisieren, um Zeit zu gewinnen. »Oh, und zwar auf Teufel komm raus, Coco. Gerade du hast dafür bestimmt Verständnis.«

»O ja. Und du hast sicherlich Verständnis für das hier.« Coco zog eine Pistole aus den Falten ihres Kleides. Eleanor schluckte schwer, als Johnny sich an Cocos Seite gesellte.

»Es tut mir ja furchtbar leid, Eleanor, altes Haus«, sagte Johnny. »Aber wie du siehst, bin ich bereits vergeben.« Er schlang seinen Arm um Cocos Schulter. »Wirklich schade, es wäre sicherlich ungeheuerlich amüsant gewesen, euch beide zu vergleichen.«

Coco hielt die Waffe auf Eleanor gerichtet. »Wie du siehst, hat es auch seine Vorteile, wenn einen alle nur für ein hohles ›Bright Young Thing‹ halten, das zu nichts anderem als zum Feiern zu gebrauchen ist.«

Johnny nickte. »In Wirklichkeit ist Coco der Kopf und die Strippenzieherin hinter der ganzen Operation. Ich bin lediglich der hübsche Vollstrecker ihrer kühnen und köstlichen Pläne.«

Coco wedelte mit der Pistole in Eleanors Richtung. »Und dieser hier ist der bislang köstlichste. Lancelot wird für all unsere früheren kleinen Streiche büßen und wir werden schlicht unseren ›Modus Operandi‹, wie es ihr öder Butler zweifelsohne bezeichnen würde, anpassen und weitermachen. Die Polizei wird Jahre dafür brauchen, die Diebstahlserien miteinander in Verbindung zu bringen, falls es ihnen überhaupt jemals gelingt, und dann werden sie vielleicht feststellen, dass sie den armen alten Lancelot irrtümlicherweise gehängt haben. Ach Eleanor, wir sind dir ein großes Dankeschön schuldig.«

Eleanors Stimme war kühl. »Wofür?«

Coco lachte. »Nicht so bescheiden. Du hast die ganze Sache nicht nur möglich, sondern zu einem regelrechten Kinderspiel gemacht. Du hast diesen attraktiven Detective so sehr gegen dich aufgebracht, dass er dir kein Wort mehr glaubte. Er drohte ja sogar, dich zu verhaften. Du bist wirklich eine Nummer.«

»Ja, das habe ich vermutlich«, stammelte Eleanor und senkte den Blick.

»Und dein Eingreifen hat nur dazu geführt, deinem Liebhaber eine Schlinge um den Hals zu legen. Ein fürchterliches Weibsstück, nicht wahr?«

Eleanor blickte mit funkelnden Augen zu ihr auf. »Dann verrate mir doch, worin mag eure schreckliche Gewohnheit nur bestehen, dass ihr so viel mehr Geld dafür benötigt, als eure spendablen Eltern euch ohnehin schon hinterherwerfen? Was ist nur aus ihrem niedlichen kleinen Mädchen geworden?«

Coco verzog das Gesicht. »Ach, deine psychologischen Spielchen brauchst du bei mir erst gar nicht versuchen, ich bin ja nicht Johnny.«

Auf seinen verwunderten Blick hin schüttelte sie den Kopf. »Sie hat dich dazu gebracht, zu verraten, dass du wusstest, wo die Juwelen gefunden worden sind.«

Johnnys Gesicht war die plötzliche Erkenntnis anzusehen. »Ich fasse es nicht!« Er starrte Eleanor an. »Dann ... dann wusste das niemand?«

Eleanor zuckte mit den Schultern. »Die Polizei hat es nie

verraten. Ich wusste es nur, da ich eine … Quelle habe, die mir diese Information weitergegeben hat. Allerdings war ich mir sicher, dass du es nicht warst …«

»Aber lediglich der Dieb und Mörder hätte es wissen können.« Johnny verbeugte sich vor Eleanor. »Äußerst eindrucksvoll.« Einen Augenblick lang sah er nachdenklich aus. »Ich verstehe … Du warst dir sicher, dass der Juwelendieb und Mörder entweder ich oder Lucas sein musste, also hast du ausbaldowert, dass du lediglich herausfinden musstest, wer von uns beiden weiß, dass die Juwelen in Lancelots Flugzeug gefunden worden waren.« Er stieß einen leisen Pfiff aus. »Beeindruckend.«

Eleanor erwiderte nichts. Tatsächlich wäre es beeindruckend gewesen, wenn ihr Plan aufgegangen wäre. Allerdings war ihr ein fataler Fehler unterlaufen.

»Beeindruckend?« Coco streckte den Arm aus und richtete die Pistole auf Eleanors Stirn. »Ich glaube, das Loch, das ihr die Kugel aus diesem Webley-Revolver gleich in den Schädel pustet, wird um einiges beeindruckender sein.«

Eleanor schluckte schwer. Sie bemerkte, dass ihre Hände zitterten. Sie zwang sich, sitzen zu bleiben und versuchte, Coco zum Weiterreden zu bewegen.

»Wieso habt ihr mich denn überhaupt um meine Hilfe gebeten, wo ihr doch mit allem davongekommen wart?«

Coco lachte. »Mich hast du natürlich nicht verdächtigt. Ich wusste, dass du deine Nase in die Sache hineinstecken würdest, um zu versuchen, deinen Angebeteten zu retten. Und da du mir vertraut hast, konnte ich herausfinden, was du bereits wusstest.«

»Wieso hast du Johnny nach unserem Abend im Blind Pig losgeschickt, um mich zu verfolgen? Das warst du doch, Johnny, nicht wahr?«

Johnny nickte. »Ist eigentlich nicht meine Art. Ich bin normalerweise eher so der Schlurfer.«

Coco schnitt eine Grimasse. »Du warst völlig unnütz,

Johnny. Sie hat sofort bemerkt, dass ihr jemand folgte.« Sie wandte sich erneut Eleanor zu. »Ich wollte dich kontrollieren, um sicherzustellen, dass du nicht doch schlauer bist, als wir dachten. Eine Angst, die offensichtlich völlig unbegründet war, wie sich sehr schnell herausstellte.«

Johnny lachte. »Nun, Lancelot war das ganz gewiss nicht. Von dem Moment an, als wir von seiner Flucht erfuhren, war uns klar, dass er versuchen würde, sich mit dir zu treffen und das Land zu verlassen. Per Flugzeug, versteht sich.«

Coco nickte. »Selbst er war natürlich nicht so dämlich, sich seinem eigenen Flugzeug zu nähern, da die Polizei ansonsten sofort zur Stelle gewesen wäre.«

Johnny nickte ebenfalls. »Also war er auf Ersatz angewiesen. Daraufhin habe ich einfach etwas rumtelefoniert. Es gibt nur wenige Kerle in einem vertretbaren Umkreis, die über das nötige Taschengeld dafür verfügen. Und Bingo! Der Sehr Ehrenwerte Hugo Fotherington verriet mir, dass er Lancelot sein Flugzeug leihen wollte. Als ich ihm erzählte, dass ich Lancelot bei seiner Flucht helfen wolle, verriet er mir den Standort des Fliegers.«

Eleanor runzelte die Stirn. »Aber wieso die Scheune anstecken? Wieso Lancelot nicht fliehen lassen? Seine Flucht hätte ihn doch gleich in doppelter Hinsicht schuldig erscheinen lassen.«

Coco gähnte. »Ja, vielleicht, aber ich hasse unerledigte Geschäfte. Außerdem stellte nicht Lancelot die Gefahr dar. Sondern du.«

Eleanor wich zurück.

Coco fuhr fort: »Du weißt einfach nicht, wann es gut ist, nicht wahr? Du hättest ihn irgendwann dazu überredet, zurückzukehren, mit irgendeinem dämlichen Plan, der seine Unschuld beweist, und das konnten wir doch nicht zulassen, richtig?«

Eleanor schüttelte den Kopf. »Aber wieso, Coco? Wozu überhaupt die ganze Stehlerei?«

Coco lachte trocken. »Du enttäuschst mich, Lady Swift. Du hältst dich für den Inbegriff der modernen Frau, aber offen gestanden bist du lediglich eine Parodie davon. Ich hingegen bin tatsächlich eine befreite Frau. Wieso sollte ich mich auf dem Geld meiner Eltern ausruhen, wenn ich mein eigenes verdienen kann?«

»Indem du die Juwelen anderer Leute stiehlst?«

Coco zuckte mit den Schultern. »Wieso denn nicht? Von den privilegierten Klassen zu stehlen ist nicht stehlen. Die meisten von ihnen besitzen so viele Schmuckstücke, dass es ihnen noch nicht einmal auffällt, wenn ein oder zwei davon fehlen.« Sie neigte den Kopf zur Seite. »Weißt du, deine Moralvorstellungen sind genauso altmodisch und überholt wie dein Sinn für Mode.«

Eleanor antwortete ebenfalls schulterzuckend: »Gewisse altmodische Werte gefallen mir ... zum Beispiel das fünfte Gebot des Alten Testaments: Du sollst nicht töten.«

Coco verdrehte die Augen. »Wirklich, du bist eine Viktorianerin durch und durch. Der Colonel, dieser alte Esel, hat sich das Ganze selbst zuzuschreiben. Hat sich in Dinge eingemischt, die ihn nichts angingen. Hat sich selbst wohl als eine Art Einmannbürgerwehr begriffen, der Idiot. Er war schlichtweg ein Kollateralschaden.«

Eleanor stellten sich die Nackenhaare auf. »Ich habe nicht vom Colonel gesprochen. Ich meinte Lancelot. Wenn er ... gehängt wird, dann seid ihr genauso für seinen Tod verantwortlich, als ob ihr ihm persönlich das Seil um den Hals gelegt hättet.«

Cocos Miene verfinsterte sich. »Ich wünschte, ich *wäre* diejenige, die ihm das Seil um den Hals legt! Für wen zur Hölle hält er sich denn? Er hat Millie das Herz gebrochen, als er sie zurückgewiesen hat.«

Eine Welle der Wut überkam Eleanor. »Da liegst du falsch, Coco. Man kann nichts brechen, was gar nicht da ist.«

Coco trat wutentbrannt auf sie zu.

Gut gemacht, Ellie, sie ist ja auch nur diejenige mit der Waffe in der Hand! Sie hielt Cocos Blick stand und begriff es endlich. »Dann ging es bei der Sache überhaupt nicht darum, die Juwelen zu stehlen, sondern lediglich darum, Rache an Lancelot zu nehmen?«

Johnny nickte. »Ganz recht. Der ursprüngliche Plan bestand darin, Lancelot dafür verhaften zu lassen, die Halskette seiner Mutter gestohlen zu haben. Natürlich fiel uns schnell auf, dass dieser Plan nicht aufgehen würde, da seine in ihn vernarrten Eltern einfach darauf verzichtet hätten, Anzeige zu erstatten.«

Eleanor runzelte die Stirn. »Also habt ihr den Plan ausgetüftelt, die Juwelen in Lancelots Flugzeug zu deponieren?«

Johnny nickte. »Ja, aber Coco beschloss, dass es nicht reichen würde, den armen Lancelot für etwas so Geringfügiges wie Diebstahl hinter Gitter zu bringen, wenn auch Diebstahl im großen Stile.«

Coco hielt ihren Blick und ihre Waffe auf Eleanor gerichtet. »Und dann hat uns das Schicksal in die Karten gespielt ...«

Johnny entzündete zwei Zigaretten und reichte eine davon an Coco weiter. »Der Colonel ahnte, dass einer aus unserer Gruppe der Juwelendieb sein musste. Der alte Trottel wurde uns langsam, aber sicher zur Last. Es war nur eine Frage der Zeit, bis er zur Polizei gegangen wäre.«

Coco lächelte Eleanor süßlich an. »Wir wussten, dass er auf dem Ball sein würde, damit war die perfekte Gelegenheit gekommen, diesen übergriffigen alten Esel loszuwerden und das Verbrechen Du-weißt-schon-wem anzuhängen.«

Johnny nahm einen tiefen Zug von seiner Zigarette. »Es war ein Leichtes, Lancelot zum Angeschmierten zu machen, er war für diese Rolle geradezu prädestiniert. Das einzige Problem dabei war ...« Er nahm einen weiteren Zug. »... dass der Plan ins

Wasser zu fallen drohte, als Lancelot kalte Füße bekam, weil er hörte, dass die Polizei vor Ort sein würde.«

Coco unterbrach ihn. »Und wenn Lancelot nicht ein ebenso leichtgläubiger Trottel wie der Colonel gewesen wäre ... Na ja, ich bat Johnny jedenfalls darum, eine Gelegenheit zu finden, allein mit Lance zu sprechen, um ihm dann anzubieten, die Aufmerksamkeit der Polizei abzulenken, sodass er unbehelligt die Juwelen stehlen konnte.«

Eleanor runzelte die Stirn. »Allerdings hast du überhaupt nicht für Ablenkung sorgen müssen, nicht wahr, Johnny? Ich habe das erledigt. Du hast den Colonel in das Arbeitszimmer im Obergeschoss gelockt, nachdem ihr die Juwelen gestohlen habt. Dann schlugst du ihm mit dem Kerzenhalter auf den Kopf.«

Johnny gluckste. »Ich konnte unser Glück kaum fassen, als ich hörte, dass Lancelot das Teil in die Hand genommen hatte.«

Eleanor schluckte ihre Wut aufs Neue hinunter und zwang sich, ruhig zu bleiben. »Und der pfiffige Teil des Plans bestand darin, die kaputte Armbanduhr des Colonels um wie viel – fünfzehn Minuten? – vorzustellen?«

Johnny grinste. »Zehn, altes Mädchen, wir konnten es nicht riskieren, die Leiche des alten Trottels allzu lange herumliegen zu lassen. Zu groß die Gefahr, dass irgendjemand anderes, du etwa, darüberstolpern würde.«

Eleanor lächelte düster. »Stimmt. Und nachdem er festgenommen war, versteckte einer von euch Lady Fenwick-Langhams Juwelen in Lancelots Flieger.«

Coco spendete Applaus, dieses Mal sogar noch langsamer. »Du hast alles ausgetüftelt. Wie schade, dass es dir nichts nützen wird.«

Eleanor hielt Cocos Blick erneut stand. »Und du wirst heute Nacht gut schlafen können, in dem Wissen, mir eine Kugel ins Hirn gejagt zu haben?«

»Wie ein Stein.« Coco leckte sich über die Lippen und richtete die Waffe auf Eleanors Kopf.

»Coco, uns bleibt keine Zeit«, sagte Johnny. »Uns bleiben nur noch wenige Minuten, bevor die Wirkung eintritt.«

Coco zuckte mit der Schulter. »Wenn du ein braves Mädchen bist, Lady Swift, dann brauchen wir die Kugel gar nicht. Johnny legt großen Wert darauf, dass seine Bude genauso bleibt, wie sie ist, und deine blutigen Überreste auf den Polstermöbeln würden das edle Ambiente beeinträchtigen, meinst du nicht?«

Eleanor runzelte die Stirn. »Wie also wollt ihr mich umbringen? Mit einem tödlichen Schlag gegen den Kopf, wie den Colonel?«

Johnny grinste. »Nein, das war für meinen Geschmack viel zu rüpelhaft. Ich bin, wie du wohl schon bemerkt haben wirst, normalerweise weitaus kultivierter.«

Ihre Augen schnellten zu ihrem Glas. »Wenige Minuten? Du ... du hast heimlich etwas in meinen Drink geschüttet, genau wie Albie, dem armen Kerl!«

Johnny tat es ab. »Dem armen Kerl? Das hat er sich selbst eingebrockt. Er hätte wirklich nicht versuchen sollen, uns zu erpressen. Er war sein ganzes Leben lang immer wieder ins Schwimmen geraten, sowohl sozial als auch kriminell, und dann ...« Er lachte. »... buchstäblich im Kanal.«

Eleanor schüttelte den Kopf. »Dann hat Millie also die Wahrheit erzählt, als sie gesagt hat, dass sie Albie bei dem Versuch belauscht habe, jemanden zu erpressen?«

Coco zwinkerte Eleanor zu. »Ja. Und jetzt, Engelsgesicht, ist es Zeit, in den Himmel aufzusteigen.«

»Was habt ihr mir verabreicht?« Eleanors Herz raste.

»Phenobarbital«, sagte Coco. »Ich sehe die Schlagzeile schon vor mir: *Lady Swift begeht tragischen Selbstmord, weil sie ihren Geliebten nicht vor dem Galgen retten kann.*«

Eleanor bemerkte, dass Johnny sich hinter sie gestellt hatte.

Plötzlich riss er ihre Arme nach unten und fesselte ihr die Hände hinter dem Rücken. Ihre Gliedmaßen wurden taub, als Johnny sie festband und dabei darauf achtete, dass sich ihre Hände so weit voneinander entfernt befanden wie möglich. »Hoppla, Eleanor, altes Mädchen! Du verträgst Drogen wirklich nicht gut, was?« Er hievte sie über seine Schulter, sodass ihr Kopf gegen seinen Rücken prallte.

Sie hörte Cocos Stimme sagen: »Gut, am Auto ist die Luft rein. Pack sie auf die Rückbank. Und Beeilung bitte.«

Der Fond des Wagens fühlte sich eisig und klamm an. Coco schob sich auf den Sitzplatz neben ihr und hielt sich, die Pistole nach wie vor fest in ihrer Hand, am Beifahrersitz fest. Johnny schlug die Tür zu und ließ den Motor aufheulen. Da sie nicht in der Lage war, sich festzuhalten, prallte Eleanors Kopf gegen den Fahrersitz, als sich das Fahrzeug ruckartig in Bewegung setzte. Johnny wechselte den Gang, wodurch das Auto einen weiteren Satz nach vorn machte, der sie tief in ihren Sitz drückte. Die Reifen des Autos ließen den Schotter in alle Richtungen spritzen, als es auf die Pforte zusteuerte.

Coco lehnte sich zum Fahrersitz nach vorn, um mit Johnny zu sprechen. Eleanor nutzte die Gelegenheit, um ihre Knie zu ihrer Brust heranzuziehen und ihre gebundenen Hände unter sich und ihren Füßen hindurch nach vorn zu schieben. Mit einer geschickten Bewegung warf sie das Seil um Johnnys Hals und zog ihn im Fahrersitz nach hinten. Er ließ instinktiv beide Hände vom Lenkrad ab und fasste nach dem Seil. Ehe Coco reagieren konnte, geriet das Auto ins Schlingern, sodass sie von Eleanor weg gegen die Tür geschleudert wurde. Eleanor blickte nach vorn und riss Johnny hastig das Seil vom Hals. Aus seinem Würgegriff befreit, fing er an zu fluchen und streckte die Hände wieder zum Lenkrad aus. Zu spät, um das Auto davon abzuhalten, gegen die Kante des Pförtnerhauses zu prallen und schlitternd zum Stillstand zu kommen.

Der Aufprall hatte die Vorderräder vom Boden gehoben und die Motorhaube eingedrückt. Johnny war bewusstlos über dem Lenkrad zusammengesackt, die Windschutzscheibe geborsten und blutverschmiert. Coco, die wüst fluchte, war bereits halb aus dem Auto ausgestiegen.

Eleanor aber war schneller. Sie bekam Cocos Bein mit dem Seil zu fassen und beförderte sie unsanft in die Schotterauffahrt, wobei ihr der Revolver aus der Hand flog. Eleanor war dicht hinter ihr. Als es Coco gelungen war, sich mit blutenden Knien aufzurappeln, hatte Eleanor die Pistole längst außer Reichweite getreten. Coco funkelte Eleanor ungläubig an. »Aber, du –«

Eleanor lächelte mitleidig und schüttelte den Kopf. »Dachtet ihr wirklich, dass ich irgendetwas trinken würde, was ihr mir vor die Nase stellt? Wenn du wüsstest, wie oft man schon versucht hat, mir irgendwas in den Drink zu schütten!«

Mit einem Aufschrei des puren Hasses stürzte sich Coco auf Eleanor. Eleanor wich leichtfüßig zur Seite aus, sodass Coco kopfüber in den Zierteich hinter ihr stürzte. Als sie wenige Augenblicke später aus dem Teich gekrochen kam, spuckte sie Wasser aus, Algen bedeckten ihr Gesicht und ihre Kleidung. Sie verlor den Halt auf dem rutschigen Teichgrund. Als Coco abermals auf Tauchstation ging, hörte Eleanor eine Stimme rufen: »Na, hör mal!«

Der Rolls-Royce versperrte das Tor. Clifford saß gelassen am Steuer, während Lancelot mit einem riesigen Elefantentöter hinter der geöffneten Beifahrertür stand. »Dieses Ding ist furchtbar schwer, musst du wissen, ich kann meine Arme schon fast nicht mehr spüren!«

Eleanor starrte sie einen Moment lang an, bevor sich ein Lächeln auf ihrem Gesicht ausbreitete. Clifford und Lancelot hatten die Aufgabe gehabt, Lucas aufzuspüren, während sie

Johnny warnen sollte. Nachdem die beiden sie abgesetzt hatten, musste Clifford offensichtlich gemerkt haben, dass sie den falschen Mann erwischt hatten, und zurückgeeilt sein.

»Ich glaube, den werden wir erst einmal nicht mehr benötigen, danke, aber halt ihn griffbereit.« Sie deutete auf Coco, die sich inzwischen nurmehr kriechend fortbewegte und am gegenüberliegenden Ufer auf allen vieren Richtung Rasen robbte. »Für den Fall, dass sie doch noch kampfeslustig sein sollte.«

DREIUNDDREISSIG

Eleanor starrte aus dem Fenster des Rolls-Royce und war überrascht davon, wie unbeschwert sie sich fühlte, als sie den Schleier von ihrem Gesicht lüftete.

»Clifford, ich habe noch nie einer solch erbaulichen Trauerfeier beigewohnt. Was für eine wunderbare Feier des Lebens!«

»In der Tat, Mylady. Ihre Anwesenheit wurde sehr geschätzt.«

»Was? Meine? Aber ich habe doch lediglich ein paar Worte gesagt.«

»Die perfekten Worte. Mr Applebys Eltern waren von Ihrer Lesung seines Gedichts sehr bewegt.«

»Ein wunderbares Gedicht, und so viele Anwesende. Ich glaube, die Familien, die er unterrichtet hat, waren alle da.«

»Zudem mehrere Kindheitsfreunde und zwei seiner Professoren aus Oxford, Mylady.«

»Wie seltsam, dass wir uns in dem kleinen Zeitfenster, in dem wir jemanden kennenlernen, gleich ein Bild von ihm machen. Albie wurde in seiner eigenen Welt offensichtlich sehr geliebt.« Sie kraulte Gladstones Ohren, als dieser sich halb auf ihrem Schoß und halb im Fußraum ausbreitete. »Auch das

Begräbnis des Colonels war sehr erbaulich. Ich war wirklich froh um die Gelegenheit, von all den guten Dingen zu hören, die die Menschen über ihn erzählten, insbesondere Lord Fenwick-Langham, da ich nie Gelegenheit hatte, die besseren Seiten des Colonels kennenzulernen. Nichtsdestotrotz waren das für mein Empfinden fürs Erste genug Trauerfeiern.« Während sie versuchte, Gladstones sabbernden Liebkosungen aus dem Weg zu gehen, betrachtete sie die vorbeiziehende Landschaft. »Es ist wirklich schön hier, Clifford, aber wie Sie wissen, bin ich leider völlig ohne Geduld zur Welt gekommen. Ich muss unbedingt wissen, wohin wir fahren.«

»Es ist gleich so weit, Mylady.« Clifford lenkte den Rolls-Royce nach rechts und bog auf einen gepflegten Schotterweg ab, der von Rosskastanien in voller Blüte gesäumt war. »Da sind wir.«

»Da ist sie ja!« Lord Fenwick-Langhams feierliche Stimme dröhnte über das makellose Gras, das sich bis zum Ufer eines künstlichen Sees erstreckte. Auf der Insel in der Mitte thronte ein prächtiger weißer Steinbau, dessen sechs zentrale Säulen ein kunstvolles Kuppeldach stützten. Lady Fenwick-Langham winkte Eleanor begeistert zu, als sie aus dem Rolls-Royce stieg.

Bevor Eleanor irgendetwas sagen konnte, hatte Lady Fenwick-Langham sie bereits liebevoll in ihre Arme geschlossen. Lord Fenwick-Langham stand hinter seiner Frau und tätschelte Eleanors Schultern. Dann trat Lady Fenwick-Langham einen Schritt zurück und drückte ihr Taschentuch fest gegen die Brust. »Mein liebes, liebes Mädchen, wir hatten bislang nicht die Gelegenheit ... Lancelot ist heimgekehrt, und dann galt es, all diesen Beerdigungen beizuwohnen. Wir danken Ihnen so sehr dafür, dass Sie unseren Jungen gerettet haben! Wir stehen auf ewig in Ihrer Schuld.«

Eleanor fühlte sich ziemlich überfordert. »Nun, mit Cliffords Hilfe. Und der Ihren, selbstverständlich. Ach, apropos Clifford.« Sie drehte sich nach ihm um. »Ah, da sind Sie ja.«

Er überreichte ihr eine lederne Reisetasche. »Ich habe mir die Freiheit genommen, Ihnen Wechselkleidung mitzubringen, Mylady. Trauerkleidung ist für eine Feierstunde womöglich nicht die beste Wahl.«

Nachdem sie die olivgrünen Twillhosen und die smaragdgrüne Bluse angezogen hatte, stellte sie fest, dass die anderen bereits damit beschäftigt waren, aus einer Reihe von Weidenkörben Unmengen von Essen auszupacken.

»Grundgütiger!«

Lord Fenwick-Langham nahm sie beim Arm. »Die Memsahib hatte die famose Idee, eine eigene Fete für Sie zu schmeißen, um Ihnen zu zeigen, wie dankbar wir Ihnen sind. Sie hatte jede Menge ausgeklügelter Ideen und hat dann Clifford angerufen, um ihn in die Überraschung einzuweihen.« Er beugte sich vor und flüsterte: »Ich glaube, er hat Sie vor irgendetwas Förmlichem mit vornehmen Kleidern und Canapés bewahrt, indem er auf meisterliche Weise den Hinweis einstreute, dass ein Picknick am See in bequemer Kleidung mehr nach Ihrem Geschmack sein dürfte, altes Mädchen.«

»Der gute alte Clifford«, flüsterte sie zurück.

»Ein wirklich ausgezeichneter Butler. Wie dem auch sei, Lancelot wollte auch kommen, aber dann hat ihn die Polizei in letzter Minute abgefangen. Soviel ich weiß, ging es darum, irgendeine Aussage zu unterschreiben.«

Zu dem Zeitpunkt, als Clifford Gladstone zum vierten Mal davon abgehalten hatte, in den See zu springen, hatte die Gesellschaft üppig gegessen und Lady Fenwick-Langham schien endlich die Sorgen abgelegt zu haben, die sie während »dieser schrecklichen Angelegenheit«, wie sie die Sache bezeichnete, mit sich herumgetragen hatte.

»Nun, meine Liebe, Mr Seaton und Lady Coco Childs, werden sie ...?«

Eleanor nickte, während sie ein vorzügliches Stück Schinkenquiche hinunterschluckte. »Die beiden werden nächsten Monat vor Gericht stehen. Inspector Seldon war sich sicher, dass er jetzt, da er weiß, wo er suchen muss, mehr als genug Beweise finden wird. Coco sagt zwar kein Wort, aber Johnny hat ein vollumfängliches Geständnis abgelegt.« Eleanor schüttelte den Kopf. »Er war vernarrt in Coco. Unglaublich, worauf manche Männer hereinfallen. Natürlich gefiel ihm auch der Rummel um die Juwelendiebstähle und die Berühmtheit, die sie dafür in der Presse erlangten. Ich glaube, er betrachtet sich selbst als eine Art Gentleman-Einbrecher à la A. J. Raffles, wirklich erbärmlich.« Sie tätschelte Lord Fenwick-Langhams Arm. »Das mit dem Colonel tut mir furchtbar leid. Das Ganze war Cocos Idee, sie wusste, dass er ihnen auf der Spur war, deshalb hat sie Johnny dazu überredet, ihn aus dem Weg zu räumen.«

»Der arme alte Pudders. Guter Mann, unter all seinen Borsten, versteht sich.«

Lady Fenwick-Langham setzte ihren Teller ab. »Aber, meine Liebe, was ist denn aus Lady Millicent Childs geworden? War sie darin verwickelt? Es hieß ja immer, die Schwestern stünden sich so nahe.«

Eleanor trommelte sich mit den Fingern gegen ihre Wange. »Sie ist entweder die beste Schauspielerin aller Zeiten oder hatte tatsächlich keine Ahnung von der ganzen Intrige. Sie hat Inspector Seldon gegenüber geschworen, dass sie mich am Pike and Perch nur getroffen habe, um mir die Informationen bezüglich des Anrufs weiterzugeben, den sie belauscht hatte, um Lancelot zu helfen. Sie sagte, sie habe zu viel Angst gehabt, um zur Polizei zu gehen. Und Coco hat bestätigt, dass Albie versucht hat, sie zu erpressen, deshalb ...« Sie zuckte mit der

Schulter. »Vermutlich werden wir die ganze Wahrheit nie erfahren.«

Lord Fenwick-Langham schluckte und wischte sich den Mund ab. »Wo wir schon vom Schauspielern sprechen, Ihre Darbietung bei dieser Laientheatergeschichte war wirklich erstklassig!«

Lady Fenwick-Langham nickte. »Das war sie tatsächlich, aber verraten Sie uns, was hat es mit diesem Prinzen auf sich, der ständig mit der Bande unterwegs war?«

»Lucas? Hier stimme ich mit Inspector Seldon überein, ich glaube nicht, dass er die leiseste Ahnung davon hatte, was Coco und Johnny im Schilde führten. Offensichtlich hat ihn die ganze Sache erschüttert. Er hat beschlossen, Schluss zu machen mit den ›Bright Young Things‹, sein Studium in Oxford abzuschließen und nach Indien zurückzukehren, bevor er sein Leben verliert. Oder das Vertrauen seines Vaters, was seinen Worten nach sogar noch schlimmer wäre.«

Lady Fenwick-Langham drückte Eleanors Hand. »Nun, das war's dann also. Unser Sohn ist zurück daheim und das ist das Einzige, was zählt.«

»Natürlich. Nur ...«

Lady Fenwick-Langham sah sie fragend an. »Meine liebe Eleanor, nach allem, was Sie für uns getan haben, würden Sie es uns doch hoffentlich sagen, wenn Sie unsere Hilfe benötigten ... oder uns verraten, was Ihnen auf dem Herzen liegt?«

»Nein, nein, es ist bloß ... nun, die ganze Sache hat sich ja erst ergeben, weil Sie sich in widrigen Umständen befanden, finanziell betrachtet ...«

Lord Fenwick-Langham gluckste. »Nett von Ihnen, dass Sie versuchen, uns vor dem Erröten zu bewahren, aber nicht nötig. Wir befanden uns tatsächlich in einer äußerst misslichen finanziellen Lage, und man könnte meinen, dass das nach wie vor der Fall wäre, da die Polizei Augustas Schmuck ja zurückgegeben hat, sodass wir das Versicherungsgeld nie erhalten konnten.«

Lady Fenwick-Langham ließ von Eleanors Hand ab und tätschelte stattdessen die Hand ihres Ehemanns. »Der Prinz war nicht der Einzige, meine liebe Eleanor, den diese entsetzliche Angelegenheit erschüttert hat. Harold und ich haben ein langes Gespräch im Rosengarten geführt. Unser Handeln hat unseren Sohn und Sie, die beiden Menschen, die uns in dieser Welt am meisten am Herzen liegen, in große Gefahr gebracht.« Sie winkte Eleanors Beschwichtigungsversuch ab. »Leugnen Sie es nicht, wir haben uns selbstsüchtig und unmoralisch verhalten. Deshalb haben wir die Juwelen in dem Moment, in dem wir sie von der Polizei zurückerhalten haben, zur Versteigerung nach London geschickt.«

Lord Fenwick-Langham ächzte. »Und die feine Gesellschaft kann gern auf uns herabblicken und sich das Maul über uns zerreißen, so viel sie mag.«

Alle drehten sich um, als ein Motorrad vom Zufahrtsweg her herangebraust kam. Lancelot erschien, stellte sich auf die Fußstützen und winkte wie wild. Eleanor erhob sich und rannte ihm entgegen, als er das Motorrad anhielt und es gegen eine der Rosskastanien lehnte.

»Sherlock!«, schrie er, und schloss sie in seine Arme.

»Hallo, Brilli.« Eleanor strahlte, unfähig, das dämliche Grinsen auf ihrem Gesicht zu unterdrücken.

Lancelot kramte in seiner Jackentasche. »Du bist wirklich eine Granate, was diese Detektivarbeit angeht, weißt du. Danke, süße Frucht.« Er küsste sie und hielt ihr ein kleines, in Seidenpapier gewickeltes Päckchen entgegen.

Eleanor nahm es entgegen und entfernte die Verpackung. »Oh, ein ledernes Notizbuch.«

Lancelot grinste. »Wie das von diesem Holmes. Für den Fall, dass du eines Tages einen anderen Kerl retten musst, der zu dämlich ist, seinen Kopf aus der Schlinge zu ziehen, die er sich selbst aufgehängt hat.«

Sie gesellten sich zu Lord und Lady Fenwick-Langham, und Clifford schenkte jedem ein Glas Champagner aus.

Eleanor erhob ihr Glas. »Auf wahre Freunde!«

Ein Stück abseits saß Clifford und kraulte Gladstones Ohren, als suche er nach einer Ablenkung. Lord Fenwick-Langham schenkte ein weiteres Glas Champagner ein und bestand darauf, dass Clifford es entgegennahm. Dann erhob auch er sein Glas und wiederholte Eleanors Toast: »Auf wahre Freunde!«

Seine Gattin lehnte sich an seine Schulter und sah Lancelot an, der gerade seine Jacke um Eleanors Schultern legte. »Und vielleicht ... ganz vielleicht auch mehr als Freunde. Cheers.«

MEHR VON BOOKOUTURE DEUTSCHLAND

Für mehr Infos rund um Bookouture Deutschland und unsere Bücher melde dich für unseren Newsletter an:

deutschland.bookouture.com/subscribe/

Oder folge uns auf Social Media:

facebook.com/bookouturedeutschland

twitter.com/bookouturede

instagram.com/bookouturedeutschland

EIN BRIEF VON VERITY

Vielen Dank dafür, dass ihr euch dafür entschieden habt, *Der Tote im Ballsaal* zu lesen. Ich hoffe, dass euch das Lesen so viel Freude bereitet hat wie mir das Schreiben. Falls ihr Ellie und Clifford gern auch auf ihren künftigen Abenteuern begleiten möchtet – und euch vielleicht dafür interessiert, ob die Romanze zwischen Ellie und Lancelot weiter aufblüht –, dann registriert euch einfach unter folgendem Link. Als kleines Dankeschön dafür erhaltet ihr die ersten Kapitel von Ellies nächstem Abenteuer und erfahrt als Erste, sobald ein neuer Band aus der Lady-Swift-Reihe erhältlich ist. Eure E-Mail-Adressen werden niemals an Dritte weitergegeben, und ihr könnt euch jederzeit abmelden.

deutschland.bookouture.com/subscribe/

Außerdem wäre ich euch sehr dankbar, wenn ihr eine Rezension verfassen würdet. Rezensionen helfen anderen, in den Genuss von Lady Swifts rätselhaften Fällen zu kommen, und bieten mir wertvolles Feedback, auf dessen Basis ich das nächste Buch sogar noch besser machen kann.

Danke schön,

Verity Bright

BLEIB IN KONTAKT MIT VERITY BRIGHT

veritybright.com

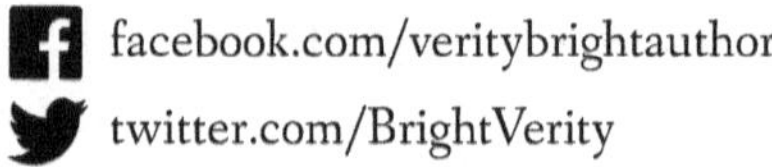

facebook.com/veritybrightauthor

twitter.com/BrightVerity

EIN PAAR
HINTERGRUNDINFORMATIONEN

Wir werden häufig gefragt, woher wir die Ideen für die Lady-Swift-Bücher nehmen. Nun, Verity Bright ist in Wirklichkeit ein Schriftstellergespann aus Ehemann und Ehefrau, sodass wir das große Glück haben, auf zwei Köpfe zurückgreifen zu können, um unsere Ideen zu entwickeln. Und auch auf zwei Köpfe, die sie recherchieren, denn viele der Geschehnisse und Orte in diesem Buch sind echt.

So trifft Ellie im ersten Buch, *Ein allzu englischer Mord*, in England ein, nachdem sie dem ersten kommerziellen Flug der Welt von Kapstadt nach London beigewohnt hat. Diesen Flug gab es tatsächlich (auch wenn er in Wirklichkeit von London nach Kapstadt führte), und er nahm auch wirklich fünfundvierzig Tage in Anspruch, die die Besatzung (bis auf fünf Tage) in Wüsten verbrachte, wo sie nach Bruchlandungen versuchte, das Flugzeug zu reparieren und Vorräte zu besorgen.

Während Little Buckford zwar ein fiktives Dörfchen ist, reisen Ellie und Clifford in *Der Tote im Ballsaal* in die reale altehrwürdige Universitätsstadt Oxford und besuchen DCI Seldon in dem prachtvollen Rathaus, das im Jahr 1897 errichtet wurde. Und im nächsten Band wird sich Ellie eine wahre Gesetzesänderung im damaligen Recht zunutze machen, die es ihr ermöglichen wird, für das Parlament zu kandidieren, auch wenn sie noch nicht selbst wählen durfte.

Die Figuren sind eine Mischung aus Realität und Fiktion. So habe ich (der Ehemann unseres Duos) tatsächlich einmal als Butler gearbeitet, und womöglich kommt ein klein wenig davon in Clifford zum Vorschein, wenngleich ich niemals so vorlaut war! Und meine Ehefrau war in jungen Jahren eine Art Abenteurerin, also steckt definitiv ein Hauch von ihr in Ellie.

Wir leben in einem kleinen Dörfchen in den Chilterns am Rande der Cotswolds, wo die Uhren in vielerlei Hinsicht seit Ellies Zeiten stehen geblieben sind. Nach wie vor gibt es hier einen Lord of the Manor, wenn das Wetter es zulässt, wird am Wochenende gejagt und Polo gespielt, und das lokale Café serviert traditionelle Gerichte des Buckinghamshire, wie den Bacon Badger Pie etwa. All dies fließt in die Handlungsorte und Atmosphäre der Lady-Swift-Bücher mit ein und trägt somit hoffentlich auch zu eurem Lesevergnügen bei.

Mit besten Grüßen

Verity

DANKSAGUNG

Ein riesengroßes Dankeschön an meine Lektorin Maisie und an das Team von Bookouture, das *Der Tote im Ballsaal* in schwierigen Zeiten bis hin zur Veröffentlichung begleitet hat.

www.ingramcontent.com/pod-product-compliance
Lightning Source LLC
Chambersburg PA
CBHW032150190726
48290CB00005BB/1502